dtv

Reihe Hanser

Karin Bruder

PANAMA

Roman

dtv

Ausführliche Informationen über
unsere Autoren und Bücher
www.reihehanser.de

MIX
Papier aus verantwortungsvollen Quellen
FSC® C013736

Umschlaggestaltung: Katharina Netolitzky
Gesetzt aus der Berling
Satz: Fotosatz Amann, Memmingen
Druck und Bindung: Druckerei Kösel, Krugzell
Gedruckt auf säurefreiem, chlorfrei gebleichtem Papier
Printed in Germany · ISBN 978-3-423-65019-9

1

Wir verließen Santa Fé im Regen. Zahllose Fingerspitzen trommelten auf Ruuds Wagendach. Ich konnte mich nicht daran erinnern, dass es am frühen Morgen je geregnet hätte.

»Ich will nicht«, hatte ich ihm in der vergangenen Nacht erklärt. Zum wiederholten Mal. Mein Nein schien ihn zu erstaunen. Mit achtzehn, besagte sein Blick, da muss man mutiger sein. Vielleicht konnte er sich nicht vorstellen, dass es ein weibliches Wesen auf der Welt gab, das ihm auf Dauer widerstehen konnte.

»Ich habe einen Schuh in der Hand. Und nun suche ich die Prinzessin dazu. Oder anders gesagt: Hier steht ein Mann. Und du bist eine Frau. Es ist nur natürlich, dass wir uns lieben.«

»Deine Standardsprüche?«

»Komm schon, lass uns ein bisschen neugierig sein. Wir werfen die Kleider ab und deinen Ernst über Bord.« Grinsend hatte er begonnen, sich zu entkleiden. Mütze, Hemd, Schlappen.

»Geh schlafen, morgen müssen wir früh raus.« Ich wollte ihn anlachen. Doch seine Enttäuschung legte sich wie ein Balken zwischen uns. Sex sollte leicht sein, deuteten seine zusammengeschobenen Augenbrauen an. Unkompliziert. Du aber bist kompliziert, hältst das Schild »Anfängerin« hoch.

»Dann eben nicht.« Dieser kleine Satz. Hat mich getroffen. An der Brust. Und weit unten.

Das monotone Summen des Scheibenwischers ließ die Gedanken an die vergangene Nacht sterben. Musik wäre schön. Aber der CD-Player war defekt. Wie so vieles. Wie das Wagendach, wie die Scheibenwischer. Ich versuchte durch die dicht gewobenen Regenfäden einen Blick auf die vorbeiziehende Landschaft zu erhaschen. Aber gerade an dem Tag hatten sämtliche Landschaften beschlossen, sich weit zurückzuziehen. Stattdessen tauchte eine unregelmäßige Bebauung auf. Wir passierten einen Abschnitt der Panamericana, an dem sich Industriehallen an mehrstöckige Mehrfamilienhäuser, Werkstätten an Fastfood-Restaurants reihten. Neben einer Tankstelle lag ein Holzkarren im Matsch. Avocados kullerten über nassen Asphalt. Pferd und Besitzer schauten ratlos.

In raschem Tempo näherten wir uns der Stadt. Ruud holte alles aus seiner alten Kiste heraus. Wir wussten, um elf Uhr würde das Flugzeug abheben, auch ohne mich. Ich hatte nur Handgepäck dabei, trotzdem sollten wir uns beeilen. Ein Blick auf den Unterarm brachte keine Erkenntnis. Wo war meine Uhr? Vermutlich im Prinzessinnenhaus. Auch mein Herz lag dort.

»Mehr Panama geht wohl nicht«, stellte Ruud mit einem Grinsen in der Stimme fest.

Ich schüttelte den Kopf, wollte nicht lachen, nicht reden. Er stupste mich mit dem Ellenbogen an, sah mich eindringlich an. Und meine Augen huschten weg. Graugrünes Licht auf der Straße. Ich wollte es einsammeln. Für später. Für die Nach-Ruud-Zeit. Natürlich ahnte er, was in mir vorging. Diese Trennung war ein Vorgeschmack auf den großen Abschied. Unser Wir hatte verdammt wenig Zukunft.

Auch wenn es regnete, war Panama wunderschön.

»Panama, die Schöne«, sagte Ruud prompt. »Sie weint.«

Ich hatte mich immer noch nicht daran gewöhnt, dass dieser Mann, der noch vor wenigen Wochen ein Fremder für mich gewesen war, meine Gedanken lesen konnte.

»Panama ist männlich«, widersprach ich. Es tat gut, die eigene Stimme auf Widerstand zu stellen.

Doch Ruud schien mir nicht zuzuhören. »Sie weint um dich. Oder um mich. Fucking egal ...«, summte er. Und es klang furchtbar. Und traurig schön zugleich. Meine Hand zuckte. Ich wollte sie auf seine legen.

»Fucking, fucking egal ...«

Ruud weinte nicht, blieb stark. Aber nicht so stark wie sonst. Eine Ruudpuppe saß neben mir, die sich in guter Laune versuchte. Mit überhöhter Geschwindigkeit tauchten wir in den Schlund der Weltstadt Panama ein, die einem Riesenkraken glich, der seine Tentakeln weit ins Meer hinausstreckte. Rechts dominierten Hochhäuser das Stadtbild. Ihre gläserne Eleganz erschreckte mich. Stumpfe Haifischzähne, sie hatten sich im Kapital festgebissen, rissen und zerrten an angeschwemmtem Gut. Panama City lebt vom Geldfluss. Und war selbst zu einem reißenden Strom geworden. Ruud überholte und bog auf die Schnellstraße ein. Er brachte mich dorthin, wo ich vor knapp sieben Wochen angekommen war: zum internationalen Flughafen. Ich hatte ein paar Tage bleiben wollen. Um meinen verschwundenen und wiedergefundenen Neffen kennenzulernen und um ihn in die Schweiz zu begleiten.

An welchem Punkt beginnt eine Geschichte?

Die Geschichte meines Neffen zum Beispiel. Damit, dass Mama in Limón ihren ersten Mann kennenlernte, der der

Bruder von Papa war, ihrem zweiten Mann? Mama konnte weder mit Männern noch mit Kindern umgehen. Nach der zweiten großen Trennung entschied sie sich, in Zentralamerika zu bleiben, um sich ganz ihren geliebten Reptilien und deren Bedürfnissen zu widmen. Papa und wir Kinder kehrten nach Deutschland zurück.

Das war noch lange nicht Pablos Geschichte.

Spätestens aber als unser Bruder Sigi den Spuren unserer Mutter folgte und ebenfalls auswanderte, legte er die Fährte für Pablos Lebensweg. Unser inzwischen erwachsen gewordener Bruder hatte sich verliebt und war Vater geworden, in einem Land, in dem Kinder verschwanden und auch die Lebenserwartung von Erwachsenen nicht besonders hoch war.

Unsere Mutter starb bei einem Flugzeugabsturz.

Unser Bruder wurde getötet.

Und sein Kind blieb verschwunden.

2

Wie alles begann.

»Liana, ich wünsche, dass du mich besuchen kommst«, verlangte der Großvater in seinem harten Deutsch. Auch nach einundvierzig Jahren in der Schweiz hatte er sein rollendes *R* nicht abgelegt. »Lass keine Zeit verstreichen, es eilt.«

Als wäre ich eine Angestellte, kommandierte seine tiefe Stimme mich herum, Widerspruch schien ausgeschlossen.

»Morgen schreibe ich Mathe.«

»Ist recht. Ich drück dir die Daumen. Obwohl, weiß ich doch, dass Mathe ein Klacks, ein Kinderspiel, für meine Königin ist. Dann kommst du eben anschließend. Ist das die letzte Prüfung?«

»Ja! Die letzte schriftliche.« Das *Ja* laut und deutlich. Er sollte ebenso stolz auf meine Leistungen sein wie ich. Die Prüfungen waren gut gelaufen. Ich konnte mir meinen Abidurchschnitt nicht mehr versauen. Doch unser Ota überhörte meinen Triumph.

»Nimm den ersten Zug. Oder kommst du mit dem Auto?«

»Ich kann nur in Begleitung fahren, das weißt du doch. Aber ich habe bald Geburtstag, du kannst schon mal Geld für ein Auto zur Seite legen.« Er ging nicht auf mich ein. Ein Scherz, der sonst immer funktionierte, war im Stacheldraht seiner Zerstreutheit hängen geblieben. »Was ist denn los?«, wollte ich wissen.

»Alles Weitere vor Ort.« Die Großvaterstimme kratzte in meinem Ohr. Der Alte klang verschnupft.

Nach der letzten schriftlichen Prüfung, fuhr ich von Bad Bergzabern nach Brunnen. Ich fuhr durch weiße Schneelandschaften, die meinem Kopf viel Spielraum für Gedanken und Erinnerungen ließen. Stoppelfelder wechselten sich mit weiß bedeckten Hügelketten ab, zugeeiste Seen mit grau schäumenden Flüssen. In Brunnen lag der Schnee besonders hoch, reichte bis an die Ufer des Vierwaldstättersees, der mit hungrigen Zungen an ihm leckte. Auch die umliegenden Berge trugen Wintermäntel, die Rigispitzen, der Fronalbstock, der Mythen. Es war früher Nachmittag, als ich ankam. Der Anblick der Berge schaffte es immer wieder, eine kindliche Unbeschwertheit in mir auferstehen zu lassen.

Lachend nahm der Ota mich am Bahnhof in Empfang, küsste mich jedoch nicht, sondern legte lediglich seinen Arm um meine Schultern. Mit der freien Hand schnappte er sich den Rucksack. Unser Großvater war eine stattliche Erscheinung, immer noch, trotz seiner achtzig Jahre. In seiner Nähe stand man im Schatten. Sein struppiger Bart war noch ein bisschen wilder, noch eine Spur weißer geworden. Ich entdeckte rote Verästelungen in seinen Augen. Ein Nikolaus in Lederjacke und Lederhose. Immer war er anders gewesen, nie hatte er geredet, wie die Nachbarn redeten, sich einzig und allein seinem ureigenen Kleidergeschmack unterworfen. Mein geliebter Alter.

Allein die Familie zählte und der Erfolg eines jeden Einzelnen. Mangel an Ehrgeiz konnte er nicht verzeihen. Meinen Fleiß lobte er gern und ausgiebig, doch an jenem Tag zeigte er sich geizig.

»Jesses, die Vorgänge in Panama beschäftigen mich mehr, als mir lieb ist«, sprach er, lud mich und das Gepäck in seinen Geländewagen. Joschi war nicht dabei. Dem Ota war auch der letzte Hund gestorben. Im Wagen roch es säuerlich. Ein Anflug von Furcht streifte mich. Großvater hatte in den letzten Jahren nicht nur die Schallgrenze vom alten zum sehr alten Menschen überschritten und seine Frau und die einzige Tochter verloren, sondern auch einen Enkelsohn zu Grabe tragen müssen. Wie viele Verluste würde er noch verkraften?

Von der Seite musterte ich ihn, zählte Falten, strich in Gedanken über die lange Narbe an seinem Hals. Er hatte in Rumänien im Gefängnis gesessen, mehrere Monate, und selten darüber gesprochen. Und wenn, dann so, wie man über ungeliebte Verwandte spricht, leise, hinter vorgehaltener Hand.

Mitten aus tiefen Gedanken heraus schreckte ich hoch. Unser Ota fuhr die Bahnhofstraße nicht weiter, bog rechts ab. Der Verkehr war dicht, die Straßen eng. Wie Türme erhoben sich Schneehügel rechts und links der Fahrbahn. Von den Fußgängern waren nur die bunten Mützen zu sehen. Wir fuhren durch Eisgalerien, wir fuhren Richtung Friedhof.

»Muss das sein?« Mein Protest klang matt. Ich war müde nach der langen Fahrt.

»Überlass das einem erfahrenen Ritter.«

Gekonnt versuchte der Alte mich mit seiner bärigen Stimme einzuspinnen, erzählte lachend, was in Brunnen an Gewöhnlichem und Ungewöhnlichem geschehen war. Und dann fragte er doch noch: »Und deine Matura? Wann ist das Mündliche?«

Aber jetzt wollte ich nicht mehr.

»Na, was hast du?«

Schon hielt der Wagen vor dem schmiedeeisernen Tor. Für alle, die auch im Winter die Sehnsucht nach den Toten überkam, waren vier Parkplätze frei geräumt worden. Ich sah den gestreuten Hauptweg und die mir traurig zunickenden Hängebuchen. Meine Augen stolperten über das weiße Dach der Kapelle, und da waren sie wieder: die Bilder von Sigis Beerdigung. Ich sah meinen Vater, wie er am Grab zusammengebrochen war, und ich fühlte die Hand meiner Zwillingsschwester, die sich wie eine Handschelle um mein Armgelenk gelegt hatte. Immer noch konnte ich die Stelle benennen. Und dann fühlte ich gar nichts mehr, und meine Augen füllten sich mit Tränen. Es war einfach ungerecht, dass Sigi hatte sterben müssen. Und es war ungerecht, dass Ota mich ohne Vorwarnung hierherschleppte. Plötzlich war mir klar, dass mein Besuch mit Sigi zusammenhing. Waren seine Mörder gefunden worden?

»Wir besuchen deine Omama ein anderes Mal«, erklärte der Alte und ergriff meine Hand. »Heute geht es um deinen Bruder. Ich habe ihm die Neuigkeiten noch nicht erzählt. Das holen wir jetzt nach.« Zielstrebig führte er mich zum Grab.

»Was für Neuigkeiten? Spann mich nicht auf die Folter«, schniefte ich.

Er beantwortete meine Frage nicht. Kramte stattdessen in seiner Tasche, holte ein Taschentuch heraus. Geblümt, nicht besonders frisch. Mitten in der Bewegung hielt er inne, ein Mann hatte sich uns genähert, der in der weißen Einsamkeit wie eine Fata Morgana aufgetaucht war.

»Grüezi miteinander«, sprach er.

»Na«, antwortete der Großvater. »Bei dem Wetter ...«

Belangloses flog hin und her. Ich versuchte die Tränen zurückzunehmen, doch es war zu spät.

»Wein, mein Schatz, weinen ist gesund«, tröstete der Ota, drehte dem Grabnachbarn demonstrativ den Rücken zu und wandte sich an den unter Schnee begrabenen Erdhügel.

»Lieber Sigi«, begann er, und sein Blick ruhte auf dem schlichten Holzkreuz, »noch weiß es niemand. Dein Sohn Pablo ist wieder aufgetaucht. Abgegeben worden oder zurückgegeben worden, wie immer man das nennen will. Du bist einen Scheißtod gestorben, aber nun geht das Leben weiter.«

»Was soll das bedeuten, Ota?« Ich verstand weniger als nichts. Meinte er wirklich den kleinen Pablo, der vor drei, oder waren es schon vier, Jahren verschwunden war und den wir irgendwo im Himmel, bestenfalls in den USA bei reichen Pflegeeltern vermuteten? Sollte ich mich freuen? Wegen Pablo hatte Sigi sich in Gefahr gebracht. Wegen ihm war unser Bruder gestorben.

Ich fragte meinen Großvater, wie so etwas möglich war, wie das Unmögliche eingetreten sein konnte. Und ich merkte, wie mir die Erregung als warme Welle vom Bauchnabel bis zu den Haarspitzen hochstieg.

»Wo haben sie das Kind gefunden, Ota?«

»In Panama City. Jemand hat ihn ins Foyer der Deutschen Botschaft gestellt. Sie wissen nicht, wer das war.«

»Warum nicht?«

»Weil es am späten Abend passierte. Jemand von der Botschaft hat ihn unten abgeholt. Da war die betreffende Person, es war eine ältere Frau, bereits weg.«

Ich brauchte eine Weile, bis ich unser Glück fassen konnte. Sigi hatte also recht gehabt. Das Kind war entführt worden. Aber von wem? Und warum? Es gab nie Lösegeldforderungen.

Ich löcherte Großvater mit zahllosen Fragen. Wie geht es dem Kind, welche Sprache spricht es, ist es gesund, wo ist es jetzt, was hat Marisol dazu gesagt?

Kurz angebunden, denn Großvater fehlten offenbar die Informationen, antwortete er. Wohlbehalten, gut untergebracht, aber schwierig im Umgang, stellte er klar. Die letzte Frage beantwortete er besonders brummig. »Das ist ja das Problem. Die Mutter ist nicht auffindbar. Deshalb wurden wir informiert. Liana, ich will, dass du fährst. Sobald du die mündlichen Prüfungen hinter dir hast, sobald wir einen Flug gefunden haben, geht's los. Du holst den Jungen. Ich bin zu alt für solche Geschichten.«

Sein breites Glücksgesicht strafte ihn Lügen. Die Augen leuchteten, verjüngten seine Züge. Nein, er war nicht wirklich alt. Vor mir stand ein Lausbub, der sich mordsmäßig freute. Die Vorfreude galt nicht mir, das war mir natürlich klar.

Den Ota als Oberhaupt der Familie zu bezeichnen ist weit untertrieben. Er ist der Kaiser, der über seine Nachkommen herrscht und richtet. Der Großvater fragte nicht. Er tagte mit sich selbst, war Minister, Berater und Zeremonienmeister in einer Person. Wenn er zu einer Entscheidung gelangt war, verkündete er diese und drückte sie durchs Parlament, verwandelte sie in ein Gesetz. In seinen Ansichten war er klar und unbeweglich. Ein tiefer Bergsee. Und so ahnte ich sofort, dass es nicht darum ging, zu verstehen oder an der Entscheidung beteiligt zu werden. Nein, er hatte mich einzig und allein hierherbestellt, um sein Urteil zu verkünden: *Ich will, dass du fährst!*

Während der Großvater ein paar Tannenzweige aus dem

Schnee zupfte, sprach er mit gedämpfter Stimme auf mich ein. Jedes Wort sprach er betont langsam. Die Luft war eisig klar, ich drängte mich in meine Daunenjacke. Erst sein Schlusssatz schreckte mich auf.

»Das Kind wartet im Waisenhaus in Panama City auf dich. Ein Anwalt ist eingeschaltet. Er wird dir helfen und dir zur Seite stehen. Du bist nicht allein.«

Augenblicklich war meine Freude über das Wiederauftauchen des kleinen Pablo verflogen. Ota meinte es ernst. Tagelang, vielleicht wochenlang, musste er diesen Plan mit sich herumgeschleppt haben.

»Warum soll ausgerechnet ich Sigis Kind holen? Warum nicht Papa? Und wozu? Bei wem soll er leben? Warum wartet man nicht, bis Marisol ihn zu sich nimmt?« Endlich kam wieder Leben in mich, und ich war bereit, auf dem Absatz kehrtzumachen, wenn er mich nicht aufklärte.

»Ja, verstehst du denn nicht, das kann dauern, und wie viele Monate soll das Kind im Waisenhaus ausharren, deiner jugendlichen Meinung nach? Wir müssen ihn zu uns holen, jetzt. Und basta. Dein Vater wird das nicht tun. Seit Jahren setzt er sich in keinen Flieger mehr. Dir muss ich nicht sagen, warum.«

Der Ota schluckte trocken, und ich tat es ihm gleich. Beide dachten wir an Mama, die irgendwo auf dem Grund des Atlantischen Ozeans lag.

»Tatsache bleibt, der Junge hockt mutterseelenallein dort drüben und wartet. Ich wiederhole, wie lange willst du ihm das antun, ein Jahr, zwei? Wir sind seine Familie. Wir sind immer füreinander da gewesen.«

»Was hast du vor?«

»Jeder so, wie er kann. Ich kann noch kämpfen, und genau das werde ich tun. Ich werde dem Kind ein neues Zuhause geben. Es reicht mir langsam mit diesem Sterben. Ich wollte es nie akzeptieren, dass deine Mutter und Sigi gestorben sind. Aber jetzt weiß ich, es geht wieder aufwärts. Pablo wird bei mir leben. Als mein Urenkel setzt er die Jakobilinie fort und …« Der Ota zögerte nur wenige Sekunden, »es wird ihm an nichts fehlen.«

Verwundert schluckte ich meinen Einspruch gegen diesen merkwürdigen Plan hinunter. Sammelte neue Argumente.

»Ota, du hast vergessen, dass ich mich um einen Studienplatz kümmern muss, und ich brauche ein Praktikum. Ich habe schon eine Zusage, aber ich soll mich vorher nochmals melden, zu einem Einarbeitungstag. Außerdem findet bald das Abschlussfest statt. Du bist eingeladen. Und er soll wirklich bei dir …« Ich beendete den Satz nicht.

»Wann, wann ist dieses Fest?«

»Ende März.«

Mein Großvater war es nicht gewohnt zu bitten, er bekam auch so, was er brauchte.

»Ende März bist du längst zurück. Wir kommen zu deinem Abschlussfest, der Pablo und ich.«

Ota bemerkte meinen Blick und richtete sich stolz auf. In seinem Schnauzbart hatten sich winzige Eiszapfen gebildet. Er war gemein. Hier am Grab fühlte ich mich hilflos, war ihm auf Gedeih und Verderb ausgeliefert, denn Sigi hörte jedes Wort mit.

»Jesses, wie du schaust, als wolle ich dich zur Schlachtbank führen. Es ist ein Opfer, aber ein kleines. Jemand muss handeln, das wenigstens verstehst du doch.« Er wurde jetzt lauter. Als wären wir nicht auf dem Friedhof. Niemand ermahnte ihn. Niemand brachte ihn zum Schweigen. Selbst die Rabenkrähen hatten sich zurückgezogen.

Ich drängte, wollte den Ort so rasch wie möglich verlassen, doch unser Großvater blieb unbeirrt stehen.

»Du verstehst, auch ohne dass ich betteln muss, nicht wahr. Ich habe das Geld, du die Kraft. Außerdem sprichst du Spanisch. Und sag, wozu diese Studieneile? Hast du nicht noch hundert Jahre vor dir liegen? Also, das Leben, lass dir das gesagt sein, das geht dir so schnell nicht durch die Lappen. Es wird diese zehn Tage auf dich warten.«

»In Zentralamerika ticken die Uhren anders, Ota. Zehn Tage sind nichts. Werden sie mir das Kind überhaupt geben? Ich bin noch nicht volljährig.«

»Alles eingefädelt. Dieser Anwalt sitzt an der Quelle. Ihm habe ich Geld geschickt, er hat geschmiert, die Papiere sind vorbereitet. Es ist gut, wenn man Leute an den richtigen Stellen sitzen hat, aber natürlich ist es schwer, von hier aus alles zu regeln.« Nur kurz hielt er die Luft an, als hätte er Angst, mein Widerstand könne sich erneut entzünden. »Seit Wochen hänge ich am Telefon. Ich dachte schon, die Trauer hätte mich eingekrustet, aber nein, ich turne wieder mit. Dr. Schmid Rodrigues leistet gute Arbeit. Vor allem dann, wenn man ihm viel verspricht und auf die Füße tritt. Es ist ja nicht so einfach, das Sorgerecht zu bekommen. Sowieso musste ich deinen Vater bitten einzuspringen. Wir haben uns entschieden, einen Antrag auf Pflegschaft zu stellen, denn in dem Fall sind die Hürden niedrigen und es geht schneller voran. Ein Adoptionsverfahren können wir später einleiten.«

»Papa weiß Bescheid? Und wieso wollen sie ihm das Kind geben? Er ist nicht der leibliche Großvater.«

»Ganz einfach, weil er einen Antrag gestellt hat. Dein Onkel Hans ist ja schwer krank, zu nichts mehr zu gebrauchen, na ja, reden wir nicht davon. Alle versuchen sich irgendwie aus der Verantwortung zu stehlen, es ist ein Jammer.«

»Aber Papa hat nichts gesagt.«

»Schrei nicht. Hab ich ihm verboten, den Mund zu öffnen. Er ist ein guter Mann, dein Vater, hat sich an meinen Wunsch gehalten.«

»Hast du für Pablo Lösegeld bezahlt?«, hakte ich nach. Vielleicht war die Wahrheit ganz einfach. Vielleicht hatte unser Großvater sich jahrelang geweigert, Lösegeld zu zahlen, und uns alle belogen. Sigis Tod hatte ihn umgestimmt. Und unser Vater wusste von dem Deal. Meine Gedanken wurden unterbrochen.

»Aber nein, wie kommst du darauf? Es gab nie eine Forderung. Hätte es sie gegeben, hätte Sigi sein Kind freikaufen können. Er hätte sich nicht in Gefahr bringen dürfen.«

»Ota, das sind zweierlei Stiefel.«

»Egal. Es muss leider gesagt werden, dein Bruder war ein Selbstmörder. Schade um ihn. Und warum sie seinen Sohn jetzt vor die Botschaftstür gesetzt haben ...« Der Alte zuckte die Schultern, zeigte zum eisblauen Himmel, an dessen Rändern durchscheinende Federwolken auftauchten, »... weiß nur der Chef allein.«

»Es muss einen Grund geben. Vielleicht ist er krank. Man hat es nur noch nicht festgestellt. Oder gab es einen Machtwechsel in Panama? Alte Seilschaften sind aufgebrochen, und ...«

»Joi, wie klug sie ist, wie sie nachhakt. Bravo. Von mir hast du das geerbt. Nur bitte, werd mir nicht auch noch politisch. Ich habe die Nase voll, von den Ideen deiner Mutter und vom Opfertod deines Bruders. Lass dir versichert sein, Fragen habe ich mehr als Antworten, mein Engel. Und manche Dinge passieren, ohne dass ich instruiert werde.«

Nach dieser Grundsatzrede war der Ota eine Weile lang still. Es war schwer, das Gehörte zu schlucken. Verdauen musste ich es später.

»Habt ihr nach Marisol, Pablos Mutter, gesucht? Was sagt die Polizei?«

»Die dortige, die hat wie immer keine Ahnung. Auch das ist ein Grund, warum ich dich hinschicken will. Du kannst dich umschauen. Der Anwalt kümmert sich, natürlich, der hat Erfahrung mit solchen Dingen, und Geld stopfe ich ihm genug in den Hintern. Dennoch, ein Lächeln, gerichtet an den Herrn Botschafter, von einer hübschen Knospe wie dir, manchmal wirkt so etwas Wunder.«

Otas Sätze besaßen Widerhaken. Das fiel mir auf. Er verheimlichte mir etwas.

»Warum bittest du den Anwalt nicht? Er kann das Kind zu dir bringen.«

In Gedanken schimpfte ich auf den Großvater, der mir das alles zumutete, schimpfte auf meine Daunenjacke, die es nicht verstand, mich ordnungsgemäß zu wärmen. Schimpfte auf unseren Bruder, der sich sein Kind hatte stehlen lassen. Ich legte mir schützend die Arme um den Körper.

»So nicht«, krähte Großvater los und hob abwehrend die Hand, als müsse er einen Gegner abwehren, »der Junge hat Furchtbares durchgemacht. Jemand aus der Familie muss ihn abholen. Jemand mit einem deutschen Pass. Mir würden sie ihn sowieso nicht geben.« Sein Gesicht, von der Kälte und vom Reden gerötet, zwang sich zur Blässe. Er versuchte den Kranken zu mimen. »Du allein bist die Strickleiter zu meinem Glück.«

Er ergriff meinen Arm, und wir strebten rasch dem Ausgang zu. Doch immer noch legte er Holz nach, schürte das Feuer.

»Du hast es gesehen, nicht wahr, der Schnee hat gewackelt. Hol mich der Teufel, wenn dein Bruder nicht stolz auf dich ist. Ebenso stolz wie ich.«

Gegen meinen Willen musste ich über den Einfallsreichtum des alten Jägers lachen. Wie gewieft er war, wie gut er seine Fallen platzierte.

»Gut möglich, dass er für mich durchs Feuer gegangen wäre, aber doch eher, weil er sich immer etwas beweisen musste. Mir hätten sie das Kind nicht entführt. Weil ich nicht dort leben würde, wo Kinder verschwinden.«

»Gut so, ich meine, gut, dass du anders bist. Aber das ist jetzt zweitrangig. Meine Perle, schau, du musst lediglich hinfliegen und lächeln. Sieh es als kostenlosen Urlaub an. Die Jungen machen jetzt alle ein soziales Jahr, habe ich mir sagen lassen. Sie gehen in die Heime und putzen den Alten die Hintern. Auch du tust etwas Gutes, und noch dazu bleiben deine Hände sauber.«

Es war nicht zu fassen.

»Werden die panamaischen Behörden akzeptieren, dass ich das Kind abholen komme?«

»Du hast den richtigen Nachnamen. Der Anwalt meint, das sei entscheidend. Und ein Attest für deinen Vater kann ich besorgen.«

»Aber ich will studieren«, unterbrach ich den Ota. »Und zwar so rasch wie möglich. Wenn ich meine Unterlagen nicht rechtzeitig fertig mache, muss ich ein ganzes Jahr warten.«

»Erzähl einem alten Hasen keinen Blödsinn. Ich habe mit deinem Vater telefoniert. Sag, warum willst du Maschinenbau studieren? Warum nicht Jura oder Wirtschaftsingenieurswesen? Tatsache ist, dass du als Rheinland-Pfälzerin deine Matura früher in der Tasche hast als die anderen.

Kommt noch hinzu, dass du ein Jahr übersprungen hast. Dir bleibt also massig Zeit.« Unser Großvater lachte verschmitzt. Jetzt war er wieder der kleine Junge, der einen Spatz mit der Steinschleuder vom Dach holen wollte. »Bewerbungsfrist bis Mitte Juli, ich habe mich von meinem Computer beraten lassen.«

»Und dir den Namen des Studienfaches merken können. Gratuliere, Ota.«

»Ich bin auch noch für etwas anderes gut.« Er griff in seine Hosentasche, zog einen Schlüssel hervor. Es war ein Autoschlüssel, mit einem Herzanhänger. Wie ein wertvolles Diadem reichte er mir das Mitbringsel. »Den solltest du gut aufheben. Der Wagen steht für dich bereit. Und die Versicherung übernehme ich für drei Jahre, Ehrensache.«

3

»Ihr Gepäck?«

Ich drehte mich zur Seite, neigte die rechte Schulter und ließ den größeren meiner beiden Rucksäcke aufs Band fallen.

»Nur das?« Die schwarzhaarige Dame vom Bodenpersonal war nicht besonders gesprächig. Ich auch nicht. Sie warf mir einen kritischen Blick zu. Ich warf ihr einen fragenden zurück.

»Sie scheinen mir nicht zu glauben.«

»Ja, ich meine Nein. Ich habe noch nie erlebt, dass jemand mit einem solch schmalen Gepäckstück nach Panama fliegt. Keine Frau. Und je jünger, desto schwerer die Koffer.«

»Ein Kurztrip«, stellte ich klar.

»Sie will nämlich nicht weg«, mischte Basti sich ein. Er lachte und legte mir den Arm um die Schulter.

Irritiert schaute ich ihn an. Was gingen diese Frau meine Pläne an? Ich war ihr keine Erklärung schuldig.

Basti verstummte augenblicklich, als er mein Gesicht sah. Seinen Arm nahm er nicht von meiner Schulter, aber der Griff lockerte sich. Schweigend erreichten wir den Sicherheitsbereich.

»Ich dachte, wir trinken noch einen Kaffee.«

Um nicht unhöflich zu sein, schaute ich auf die Uhr. Dann schüttelte ich den Kopf. »Ich muss los.«

Wir küssten uns.

»Eine gute Reise, mein Schatz. Und geh mir nicht verloren.«

»Ist ja nicht lang.«

»Liebst du mich?«

Ja doch. Ich nickte. Aussprechen konnte ich es nicht so gut. Wir waren erst seit einem halben Jahr zusammen. Mein Kopf schwirrte, weil die Augen immer etwas zu sehen und die Ohren permanent etwas zu hören hatten. Und jetzt diese Frage.

Basti lächelte und schloss mich in die Arme. Er roch wunderbar. Nach Heimat und ein bisschen nach Kernseife. Seine Matratze im Wohnheim hatte Stockflecken. Er behandelte sie regelmäßig mit Essigessenz und Kernseife.

»Nicht wahr, du wirst mich nicht vergessen? Du fängst nichts mit einem dieser berüchtigten Sombreromachos an?«

Basti war groß. Er war gut aussehend. Doch sein Selbstbewusstsein brannte auf Sparflamme.

»Die leben in Mexiko. M E X I K O«, buchstabierte ich.

»Ich liebe dich.«

Und schon war ich ihm entglitten. Doch er ließ mich immer noch nicht gehen. »Lass dir keine Souvenirs andrehen. Und schreib mir.«

Ratschläge über Ratschläge. Oder waren es versteckte Drohungen?

Der Flug startete mit einer halben Stunde Verspätung. Was ich für ein gutes Omen hielt, da das Flugzeug, das mit unserer Mutter in den Tod gestürzt war, früher als geplant von Bocas del Toro aus gestartet war. Das Nahen eines Hurrikans war gemeldet worden. Doch Warnungen kann man so oder so interpretieren. Die kleine Passagiermaschine flog direkt in den Wirbelsturm hinein und wurde weit aufs Meer hinausgetrieben. Den Namen Earl werde ich nie vergessen, so hieß der Hurrikan.

Den Reiseführer hatte ich bereits zu Hause durchgeblättert und alles gelesen, was mit Panama City zusammenhing. Gelangweilt griff ich daher nach dem Magazin, das mir ein Steward beim Einsteigen in die Hand gedrückt hatte, und überflog die Titel. *In einer Woche zur Traumfigur. In vier Tagen eine Sprache lernen. Ohne Eile – den Partner fürs Leben finden.*

Die Frau neben mir erwachte. Beim Strecken stieß ihr Ellenbogen gegen die aufgeblätterte Zeitschrift.

»Sie träumen in Farbe?«, wollte sie unvermittelt wissen. Sie sprach mit einem harten Ostakzent. Ich sah hinüber, in blitzblank polierte Augen. Kein bisschen Schlaf hing unter den Lidern. Ein Lächeln zeichnete winzige Falten um die Augen. Die Frau strahlte mich an, als würden wir uns kennen.

»Ne, weiß nicht, denke schon.« Mein Stottern erschreckte mich. Etwas an der Frau machte mich verlegen. Sie war doppelt so groß wie ich, wohl auch doppelt so alt. Na ja, vielleicht auch knapp unter dreißig. Wie selbstverständlich hatte sie ihren Ellenbogen auf die Mittellehne gelegt. Ein Grübchen teilte ihr Kinn in zwei ungleichmäßige Hälften. Das gab ihr etwas sehr Männliches.

»Mara Scherbakow.« Es sah so aus, als wolle sie mir die Hand reichen, doch der Platz reichte nicht aus. Ihr Gesicht wartete, ruhig schauten die Augen. Der Mund gespitzt, wollte etwas sagen, hielt sich jedoch zurück.

»Liana Eisen.«

»Angenehm. Sie reisen allein?«

»Ja.«

»Wohin?«

»New York.« Ich sah nicht ein, warum ich die Wahrheit sagen sollte.

»Tolle Stadt.« Sie wartete. Als ich nichts mehr sagte, seufzte sie.

»Dann ich will Sie nicht stören.«

Ich vertiefte mich wieder in das Magazin. *Der wichtigste Mensch in Ihrem Leben.* Das fehlte noch, dass ich mich über Träume unterhalten musste. Anina war so eine, eine, die sich zu einem Traumseminar anmelden würde. Dann schon lieber Frauenmagazine durchblättern. *Der wichtigste Mensch in Ihrem Leben.* Daneben starrte mich eine leere Zeile an. Sie wollte gefüllt werden. Diese dümmste aller Fragen, besser gesagt, die Tatsache, dass ich sie nicht beantworten konnte, verfolgte mich. Gab es niemanden, der mir am wichtigsten war? Ein Jemand, der mir als Vorbild diente? Was war mit Sigi, was mit Anina? Zwillingsschwestern können nicht ohneeinander, wird in der Literatur behauptet. Ich konnte ganz wunderbar ohne sie. Und warum wollte meine Hand nicht Basti schreiben?

Vor der Landung bekamen alle ein Schriftstück ausgehändigt.

»Bitte ausfüllen«, erklärte der Steward.

»Ich habe das Formular bereits im Internet ...«

»Trotzdem.«

Also, once again. Nein, ich wollte keine Anschläge auf die USA verüben. Und nein, ich bekannte mich immer noch nicht zum Terrorismus.

»Sie erneut träumen«, unterbrach mich die tiefe Frauenstimme mit dem Ostakzent, »ich sehe das.«

»Sie sind Traumforscherin?«

»Nein, leider nicht.« Sie schwieg. Schien darüber nachzudenken, wie viel sie mir von sich erzählen wollte. Dabei hatte ich es bereits gesehen, als sie ihren Pass hervorholte. Das kräftige Bordeauxrot. Sie war also Deutsche, trug keinen Ehering und las so etwas Spannendes wie das *Handelsblatt.* »In gewisser Weise, ich aber habe doch mit Träumen zu tun«, hörte ich sie sagen. »Ich zerstöre Träume. Manchmal.«

Ich verstand nicht. Wollte aber nicht nachfragen. Die Anschnallzeichen kamen mir zu Hilfe. Eine allgemeine Hektik und Aufgeregtheit setzte ein. Und ich stellte die Lehne gerade.

Bald würden wir in New York landen, und ich wusste immer noch nicht, wer der wichtigste Mensch in meinem Leben war.

Beim Aussteigen reichte meine Sitznachbarin mir förmlich die Hand, wünschte mir viel Glück für mein weiteres Leben. Das klang nach verdammt viel.

Man sah sich aber doch wieder, auf den Rolltreppen, bei der Passkontrolle. Wieder traf mich die Neugierde der Großen unerwartet.

»Sie nicht bleiben in New York?«

»Nein, ich meine Ja.«

»Wann geht Ihr Anschluss? Keine Sorge, wir haben Verspätung. Klappt aber doch meistens. Irgendwie.«

Zwei Stunden waren mir für ein einfaches Umsteigemanöver lang erschienen. Inzwischen sah ich die Dinge nicht mehr so gelassen. Wie Vergnügungssüchtige standen wir in einer nicht enden wollenden Schlange, liefen, nein tasteten uns im Zickzack zu den Einreiseschalter vor. Anstehen für die begehrte Achterbahn im Europapark. Während die Amis links durchgewinkt wurden, erlahmte unser Vorwärtskommen. Schwer bewaffnete Beamte ruderten mit

Armen und Schultern, ohne dass sich an dem Tempo etwas änderte. Fingerabdrücke wurden genommen, ein Foto erstellt. Ich hatte mir das nicht so schleppend vorgestellt.

»Wohin?«, wollte die Große wissen.

»Panama City.«

»Oh!« Begeistert erzählte sie, dass sie dort lebe, und fragte mich nach dem Grund meiner Reise. Diese Frau war auf jede Kleinigkeit erpicht, als wäre sie ein Schwamm und meine Pläne die Flüssigkeit, die es aufzuwischen galt. Als ich nicht antwortete, mutmaßte sie weiter.

»Urlaub also nicht. Dann Freiwilligendienst?«

»So ähnlich.« Meine Stimme zitterte. Ich wollte nicht über meine Familie reden. Die Gefahr, über Sigis und Mamas Tod zu stolpern, war einfach zu groß.

Ich erinnerte mich gut an Mamas letzten Besuch. Anina und ich waren in einem Alter, in dem wir die großen Ferien nicht mehr in der Schweiz verbrachten. Wegen des Mutterbesuchs aber fuhren wir zum Ota. Sie sah anders aus als in unserer Erinnerung und wog weniger als nichts. Dennoch war sie laut und temperamentvoll, wuselte wie ein Wirbelwind durchs Haus und machte alle verrückt. Sie spielte uns etwas vor. Die langen Haare waren von Silberfäden durchzogen, die Haut am Hals und am Dekolleté zeigte Falten, und ihre Augen waren nicht mehr so strahlend. Unsere Schöne ging gebeugt.

Eine weitere halbe Stunde bibberte ich vor dem Schalter, ob ich den Anschlussflug bekommen würde, drückte bereitwillig meine Fingerabdrücke auf eine Glasplatte, lächelte in die Kamera, rannte zum Ausgang, bestieg einen Skytrain, reihte mich wieder in eine Schlange, ließ mich erneut abtasten und kam schweißgebadet am Gate an.

Mara Scherbakow war schon da. Wie sie es geschafft hatte, mich zu überholen, blieb ihr Geheimnis. Und dann, als ich dachte, nun muss es endlich losgehen, stellte sich heraus, dass die Maschine überbucht war und sich Freiwillige für den »Absprung« melden mussten.

Soundso viele Flugmeilen wurden geboten, dazu eine Übernachtung im Dreisternehotel. Kostenloser New-York-Aufenthalt. Als eine halbe Stunde später erst zwei Rucksackreisende nach dem Köder geschnappt hatten, wurde die Anzahl der Flugmeilen erhöht, die Übernachtungen ebenfalls.

»Last offer! Last offer!«, tönte es durch den Lautsprecher. Ich hörte längst nicht mehr zu. Mir war schlecht, ich war hoffnungslos übermüdet, hatte nagenden Hunger und somit einen absoluten Tiefpunkt erreicht.

»Sind denn jetzt überhaupt Ferien?« Mara klappte ihr Handy zu, stellte sich neben mich.

»Ich habe mein Abitur gerade gemacht. Daher habe ich frei.« Meine Plauderlaune hielt sich nach wie vor in Grenzen. Sah ich wirklich so jung aus, dass man in mir sofort die Schülerin erkannte?

»Ende Februar?«

»In Rheinland-Pfalz geht das.«

Ihre Antwort war ein intensiver Blick aus zusammengekniffenen Augen. So mustert man Menschen und Tiere, denen man nicht über den Weg traut, dachte ich, sagte aber nichts.

Mit eineinhalbstündiger Verspätung startete endlich der Continental-Flug nach Panama City. Noch vor dem Start verlangte ich nach einer Spucktüte. Später benötigte ich drei weitere. Mara hatte, ohne mich zu fragen, den Platz neben mir mit einer jungen Frau getauscht. Ihre Anhänglichkeit sollte sich für mich lohnen. Ohne sie wäre ich gestorben. Sie kümmerte sich rührend um mich.

»Kleine Turbulenzen, Herzchen«, beteuerte sie immer wieder und wischte mir mit einem nassen Lappen über das schweißnasse Gesicht. Mir war längst klar, dass die Turbulenzen an ganz anderer Stelle stattfanden. Ich hatte Angst.

Sigi war unserer Mutter gefolgt. Und das leider im doppelten Sinne. Dem Begriff *Auswandern* haftet der Geschmack von Abenteuer an, und genauso war es gekommen. Sigi verliebte sich in eine Nicaraguanerin, die sieben Jahre älter war als er und bereits ein Kind hatte. Ein zweites Kind wurde geboren. Möglicherweise starb es, doch daran wollte Sigi nicht glauben. Während der Suche nach der Wahrheit verstrickte er sich immer mehr in Verschwörungstheorien, und schließlich begegnete ihm der Sensenmann. Schneller, als wir gucken, schneller, als wir trauern konnten. Ich würde seine Abenteuerkette nicht neu auffädeln, so viel stand fest. Zum Teufel mit den Kämpfern und Weltverbesserern. Warum also umlagerte mich die Angst?

Unwillig duckte ich mich unter dem Gedankenschauer, wusste für Sekunden nicht, wo ich mich befand. Mühsam musste ich mich an mein Ziel erinnern. Ich würde Pablo holen und in Sicherheit bringen. Zum wiederholten Mal stellte ich mir vor, wie der kleine Furz wohl aussah. Die Fotos, die ich mir daheim angeschaut hatte, waren schon Jahre alt. Ich holte mein Notizheft hervor, betrachtete das einzige Bild, das ich eingesteckt hatte. Marisol wirkte neben ihrem zweiten Kind dunkel, fast schwarz. Gut möglich, dass Pablo nachgedunkelt war. Wie ein Möbelstück, das dem Licht ausgesetzt worden war.

Reisezweifel und Reisefieber, schrieb ich mit krakeliger Schrift in das Heft. Gerade als ich es zuklappen wollte, fiel mir ein Schriftstück entgegen. Ich sah auf Sigis Handschrift. Obwohl mir immer noch schlecht war, begann ich zu lesen.

Anina, Liana, lieber Lude,

es ist passiert. Ich werde heiraten. Oder auch nicht. Jedenfalls ist Marisol schwanger. Sie ist eine Miskitoindianerin (Viertel- oder Achtelblut, sie weiß es nicht so genau). Sie sagt, das Kind sei von mir. Ich glaube ihr. Marisol kann nicht lügen. Sie ist wie ein Vogel, man versucht sie festzuhalten, sie fliegt davon. Aber anders als unsere Mutter. Sie fliegt, weil sie sich nichts zutraut und niemandem zur Last fallen will. Eigentlich möchte sie unsichtbar sein, stelle ich mir vor. Sie redet ja nicht so viel und schon gar nicht in der diskutierenden und analytischen Art und Weise, wie wir das tun. Sie weint, wenn ich sie frage, ob sie glücklich ist.

Ich schimpfe viel. Und bettle und hadere. Was soll ich machen? In absehbarer Zeit werde ich nicht nach Deutschland zurückkehren. Ich werde hierbleiben. Bei Marisol. Sie arbeitet in einem Hotel. Es ist eine miese Absteige für einheimische Touristen, die am Wochenende in Horden hier einfallen und alles verwüsten. Hinterher sehen die Umgebung, die Gärten, sogar die Straßen wie eine einzige Müllhalde aus. Marisol will ihre Arbeit nicht aufgeben. Sie hat ein Kind, ein Baby noch, Alejandro. Der Vater des Kindes ist noch vor der Geburt abgehauen. Dass Marisol ihre Selbstständigkeit nicht aufgeben möchte, kann ich gut nachvollziehen. Die Arme war am Boden zerstört, als ich sie kennenlernte. Ich werde mich um sie und Alejandro kümmern. Und natürlich um das Neugeborene. Aber ich muss auch mit dem Ota sprechen, vielleicht kann er helfen. Wir werden eine neue Wohnung brauchen.

So ging das weiter. Er erzählte von der Arbeit, dem Alltag als schlecht bezahlter Aushilfslehrer an einer Schule. Kein Wort über unsere Mutter.

Ich schlief ein, wachte auf, nickte wieder ein. Irgendwann schlug mir jemand sanft gegen die Wange.

»Wir landen. Aufwachen! Angeschnallt bist du.«

»Wie spät?« Ich sah mich um, brauchte eine Weile, bevor ich mich in meinem Elend zurechtfand.

Mara lächelte mich aus klaren Augen an. Der Rest ihres Gesichts zeigte sich ernst. »Viertel nach fünf. Vier Stunden du hast geschlafen. Fast.«

»Danke.«

»Con mucho gusto, gern geschehen. Hier, das ist für dich.« Sie reichte mir einen Plastikbecher mit Wasser. Trink alles aus.«

»Was werden Sie tun in Panama?«

»Wir sind per du, Schätzchen. Hast du vergessen?« Demonstrativ reichte sie mir die Hand.

»Und ich habe dir erzählt mein ganzes Leben. War ich Alleinunterhalterin.« Sie lachte ihr jugendliches Lachen. »Egal, vielleicht du hast Lust, mich zu besuchen. Dann kann ich dir erzählen noch einmal. Mein Leben. Und du deins.« Sie machte eine Pause, kramte vor sich im Netz. »Das hier du hast verloren.« Sie reichte mir das Blatt aus Sigis Tagebuch. Ohne Kommentar. Aber ihr Gesicht hatte einen ernsten Ausdruck angenommen. Zu guter Letzt drückte sie mir eine Visitenkarte in die Hand. »Wenn wir gelandet sind, wirst du sehen, wie sagt man bei euch, die Hinteransicht von mir. Ich muss rennen. Kommst du alleine zurecht?«

»Denke schon.«

»Zwei Wochen sind kurze oder lange Zeit.«

»Es sind nur zehn Tage.«

»Trotzdem.« Sie ließ nicht locker. »Du besuchst deinen Bruder?«

Ich stutzte kurz, dann wurde mir klar, dass sie den Tagebucheintrag gelesen haben musste. Ich hatte ihr nichts von Sigi erzählt.

»Mein Bruder ist tot«, erwiderte ich knapp.

»Und sein Kind?« Ihre Neugierde war aufrecht, geradlinig, trotzdem fühlte ich mich unter ihrem Blick unwohl.

»Das Kind war verschwunden. Das ist einige Jahre her. Jetzt ist er wieder aufgetaucht. Ich werde den Jungen abholen und mitnehmen.«

»Du bist jung.« Sie spuckte mir diese Wahrheit wie einen vergifteten Apfel vor die Füße. »Warum machen das nicht deine Eltern?«

Ich schluckte, wollte mich nicht rechtfertigen und tat es doch. »Unser Vater setzt sich in kein Flugzeug. Und außerdem ist er nicht der Vater meines Bruders. Also auch nicht Pablos Großvater. Trotzdem läuft die Adoption, ich meine, die Pflegschaft, auf seinen Namen. Weil mein Onkel schwer krank ist.«

»Welcher Onkel?«

»Der Bruder meines Vaters.«

»Deine Mutter war mit Brüdern verheiratet?«

»Verheiratet nicht.«

»Warum macht ihr so kompliziert alles? Dein Vater muss den Jungen abholen. Wisst ihr nicht, wie Bürokraten ticken in aller Welt. Man schickt nicht Stellvertreter.«

»Jetzt bin ich aber da.«

»Deine Mutter wenigstens. Sie wäre gut gewesen.«

»Die ist tot.«

»Gott, schrecklich. Was hast du für Familie? Alle tot und

verschwunden und verstreut. Du hast verschlafen meine Biografie. Gut so, auch bei mir das Unglück wuchert, wächst wie Unkraut. Aber Hintergründe, Schätzchen, wo war der Junge? Warum du lässt dir alles aus der Nase ziehen?«

»Weil mich die Geschichte krank macht. Das siehst du doch. Wir wissen nicht, wo sich der Junge aufgehalten hat. Bislang nicht.« Ich senkte meine Stimme. »Es gab keine Geldforderungen. Und wer ihn gefunden hat und in welchem Zustand er sich befindet, werde ich erst in den nächsten Tagen erfahren. Der Polizeibericht war nicht fertig, als ich abflog. Am liebsten wäre ich schon wieder auf dem Heimweg.«

»Zehn Tage«, wiederholte Mara und schnalzte ungehalten mit der Zunge, »sind kurze oder lange Zeit. Ruf mich an, wenn du brauchst Hilfe.«

»Mir fehlt nichts, danke.«

»Kamm vielleicht.«

Verlegen griff ich nach oben. Kein Spiegel weit und breit. Ich war mir sicher, dass ich furchtbar aussah. Und es war mir gerade recht, dass der Anwalt kurzfristig abgesagt hatte. Er könne mich leider nicht abholen, hatte er per SMS geschrieben, ich solle mir ein Taxi nehmen. Morgen würde er mich im Hotel *Ozeano* abholen.

4

Kaum hatte ich das klimatisierte Flughafengebäude verlassen, fauchte mich ein chaotisches, Dreck ausdünstendes Ungeheuer an. Willkommen, Zentralamerika! Die moderne Skyline, die sich mir während des Anflugs entgegenreckte, hatte etwas anderes suggeriert. Bankentürme bildeten einen gläsernen Wald, der von der späten Nachmittagssonne angestrahlt worden war. Auch das Meer hatte mich versöhnlich gestimmt, war intensiv blau gewesen. Jetzt war da nur Chaos, Qualm und Lärm.

Der Taxifahrer war nicht mehr jung, doch er fuhr wie ein Junger, eigentlich fuhr er wie jemand, der niemals eine Fahrprüfung abgelegt hat. Auch wie jemand, der keine Angst vor Kontrollen oder Auffahrunfällen hat. Wie ein Gejagter schoss er durch die überfüllten Straßen, hetzte in jede sich ergebende Lücke und drängte andere Wagen zur Seite. Durch Einbahnstraßen entgegengesetzt zu fahren, schien er für ebenso normal zu halten wie die Tatsache, dass man aus einer dreispurigen Straße eine vierspurige machen konnte, wenn man sich vor Enge nicht fürchtete. Die eine Hand dirigierte das Lenkrad, die andere hielt ein schreiend buntes Handy ans Ohr. Es ging um Minuten, ich verstand ihn gut. Der Mann hatte eine Familie, seine Frau gab ihm den nächsten Auftrag durch. Sie und er sprachen zwischendurch über die Kinder. Am Leben schien er dennoch nicht zu hängen. Sein Mund stand nicht still, und die Hupe, die er mit dem Daumen bearbeitete, erzeugte einen Dauerton. Im Wagen stank es nach Benzin. Mir wurde übel. Als ich die Fensterscheibe herunterkurbelte, drang qualmender Rauch ein. Ich schloss das Fenster wieder.

Panama City erinnerte an einen brodelnden Hexenkessel, in dem es gefährlich gärte. Nie war ich, wie etwa ein Großteil meiner Klassenkameraden, in Berlin, New York, London oder Paris gewesen. Nicht einmal Frankfurt kannte ich. Ich war ein Landei. Und so traf Panama City mich wie ein Faustschlag, traf mich mitten in die Magengrube, und das, obwohl ich auf eine gute Deckung geachtet hatte. Schließlich wusste ich aus dem Reiseführer, dass fast die Hälfte der Gesamtbevölkerung in der Hauptstadt lebte.

Den Fahrpreis hatte ich vorher ausgehandelt, nachdem ich dem Fahrer den Namen des Hotels genannt hatte. »El Oceano«.

Als das Taxi in immer kleinere Straßen einbog, die Häuser schmaler und ihr Zustand ärmlicher wurde, kamen mir erste Bedenken.

»Sind wir richtig?«, fragte ich verängstigt.

Doch er konnte nicht antworten, das Handy schien nicht nur an seinem Ohr, sondern auch an seinem Mund festgewachsen zu sein. In seinen Antworten ging es jetzt um den Vorgarten. Immerhin, er nickte emsig. Ich hätte ihn alles Mögliche fragen können, auch, ob er verrückt sei. Spätestens aber, als er vor einem hellblau gestrichenen Haus mit aus den Angeln hängenden Fensterläden hielt, wusste ich, dass er, dieser Mistkerl, das falsche *Oceano* angesteuert hatte.

Ich war irgendwo gelandet, den Häusern zufolge in einer Altstadt. Da ich die Unterscheidung im Reiseführer zwischen Casco Viejo und Panama Viejo nicht verstanden hatte, wusste ich nicht einmal, ob ich in der Altaltstadt, die zu Kolumbus' Zeiten gegründet worden war, oder in der unwesentlich neueren zweiten Altstadt gelandet war. Touristen, so stand es im Reiseführer, sollten beide Bereiche nachts meiden.

Aber: Ich hatte nicht vor, noch einen einzigen Meter mit dem Kerl zu fahren. Also stieg ich aus, ergriff mein Gepäck, bezahlte jedoch nicht, sondern bat ihn zu warten. Bis zur Rezeption schaffte ich es nicht. Der Mensch kam mir nach, überholte mich, tippte auf die Uhr. Dabei konnten wir prächtig miteinander reden. Ich war überrascht, wie gut verständlich sein Spanisch war, viel wohlklingender als das meiner Lehrerin am Gymnasium.

Er rannte ins Haus und kam nach wenigen Sekunden mit der Nachricht zurück, er wolle nun sein Geld, und ich solle mir keine Sorgen machen, es sei noch ein Platz frei.

»Sie werden erwartet.«

Kann man so dumm sein? Es ist noch ein Platz frei. Ja, das stimmte, doch es war nur ein Bett. Ich war in einem Jugendhotel gelandet. Im Dormitorium wies mir ein junger Mann ein Bett zu. Leer war es nicht, jemand hatte sein nasses Handtuch darauf ausgebreitet. Auch der Rest des Raumes war mit großen und sehr großen Rucksäcken, verschwitzten Klamotten, Schuhen, Einkaufstaschen und Waschbeuteln vollgestellt worden. Menschen, denen das alles gehören musste und die einen interessanten Geruchscocktail zurückgelassen hatten, waren keine zu sehen. Im Foyer aber, an den PC-Plätzen und vor einem großen Fernseher, lümmelten einige herum.

Ich entdeckte auch ein älteres Ehepaar in der Küche und fragte erstaunt, ob sie auch im Dormitorium schlafen würden. Nein, es gab auch Doppelzimmer. Doch die waren leider belegt.

»High season«, erklärte mir der nette junge Mann, der nun wieder an der Rezeption saß. »We have a lot of reservations as you can imagine.« Seine hellgrünen Augen verengten sich. Neugierde streifte mich, blieb an mir haften.

Ich nahm das Bett für eine Nacht und beschloss, morgen zu wechseln. Mir wurde bewusst, wie unerfahren ich war. Jugendherbergen kannte ich von Schülerfahrten und Freizeiten, ein Hostal für Rucksackreisende war mir jedoch völlig fremd. Aber, so tröstete ich mich, von dem gesparten Geld würde ich einkaufen gehen und es so richtig krachen lassen.

Und dennoch, als ich meinen Pass hervorkramte, um mich anzumelden, kamen die Tränen. Ich stand in einem Meer, schmeckte Salz und dachte intensiv an Basti. Das Kind in mir genehmigte sich eine Extraportion Sehnsucht. Die Vernünftige hingegen beschloss, Basti eine Mail zu schreiben. Ich würde mich bei ihm ausheulen. Ich würde danach gut schlafen.

5

Immer noch waren alle PC-Plätze besetzt, deshalb setzte ich mich aufs Sofa. Zwei Niederländerinnen schauten sich *Spiderman 3* an. Ich kannte den Film. Gelangweilt beobachtete ich die beiden Frauen, wie sie sich aneinanderkuschelten, wie sie lachten, die Augen aufrissen. Dann bemerkten sie meinen Blick, und ich musste wegschauen. Eine Liste lag auf dem niedrigen Sofatisch. Sie bestand aus drei Seiten doppelseitig bedrucktem Papier. Mehr als hundert Filme standen zur Auswahl. Ich war beeindruckt. Endlich wurde ein PC-Platz frei. Ich hastete hin, verdrängte einen Jungen mit Pickeln, der die Lücke ebenfalls schließen wollte.

»Brauch nicht lange.«

Als hätte ich eine Einladung ausgesprochen, blieb der Kerl neben meinem Stuhl stehen, er schaute mir nicht direkt über die Schulter. Aber seine Anwesenheit machte mich nervös.

»Wo bist du? Ich sag dir Bescheid, wenn ich fertig bin«, wandte ich mich an den Jungen. Bestimmt war er älter als ich, doch die roten Pusteln in seinem Gesicht machten ihn zum ewigen Teenager.

»I'm in the kitchen.« Er reichte mir förmlich die Hand, lächelte mich an. »My name is Bill.« Er war ein Netter. Prompt fragte er, ob ich Lust auf einen Pfannkuchen hätte?

So erfuhr ich, dass in der Küche der Kaffee und Pfannkuchenteig nie ausgingen und jeder sich nach Herzenslust bedienen durfte.

Basti hatte mir sechs Mails geschrieben. Er war so süß. Ich schrieb ihm eine Mail zurück und aß sechs Pfannkuchen. Zu dem Pfannkuchen kam eine Stunde später Wein hinzu, dann Bier, dann eine Gitarre, noch später steckte jemand einen Joint an. Ich bekam nichts ab, außer dem Rauch. Es gab eine Hierarchie, vermutete ich, Neuankömmlinge mussten sich hocharbeiten, etwas spendieren.

Ich beschloss, erst schlafen zu gehen, wenn das Wohnzimmer sich geleert hatte, aber dann war ich doch die Erste, die ihr Bett belegte. Ich war lange die Einzige, schlief schlecht, träumte wirres Zeug und musste oft auf die Toilette.

Beim Nachtwächter, der nur Spanisch sprach, besorgte ich mir Ohrstöpsel. Er hielt die Hand auf, wollte bezahlt werden.

»Mañana«, sagte ich.

»Nein, sofort«, erwiderte er und schaute mich aus dunklen Augen an.

Selbst im halb wachen Zustand nahm ich mir Zeit, schön geformte Ohren zu entdecken und breite Kieferknochen. Seine Haut war ebenmäßig braun. Ein Kakaomann. Das Blut indianischer Vorfahren floss durch seine Adern.

»Scheiße«, sagte ich auf Deutsch. Mein Rucksack schlief in einem kleinen Safe, der Schlüssel lag irgendwo unter meinem Kopfkissen. Ich stöhnte und reichte ihm die Ohrstöpsel zurück. Mit einer schlichten Handbewegung lehnte er ab. Dann solle ich eben morgen bezahlen.

»Gracias. Hasta mañana«, bedankte ich mich. Ich schenkte ihm ein verschlafenes, aber ehrliches Lächeln.

Aus dem Dormitorium schlug mir ein derart penetranter

Höhlengeruch entgegen, dass ich meinen Plan änderte und in den Innenhof flüchtete. Ich suchte nichts Bestimmtes und fand einen Schatz. Orangefarbene Lampions waren an Seilen zwischen Palmen befestigt worden, mehrere Hängematten bewegten sich im Wind. Hellblaue und dunkelblaue Kacheln dekorierten den gepflasterten Bodenbereich, zogen sich die Mauern hoch, endeten in Spiralformationen, die ein verspielter Handwerker aus Tonscherben gestaltet haben mochte. Die schwarz-weiße Hotelkatze schlief auf einer Bank. Dass man sich mitten in der Altstadt befand, konnte man hören, doch die Geräusche waren gedämpft, die Luft deutlich frischer als im Dormitorium. Ich überlegte nicht lange, legte mich in eine Hängematte, legte mich quer, so wie ich es als Kind gelernt hatte. Panama, seufzte ich. Fast wäre ich eine von ihnen geworden. Fast. Den Himmel zog ich zu mir herunter, benutzte ihn als Bettdecke und schlief sofort ein.

Eine Stimme nannte immer wieder und wieder meinen Namen. Dann rüttelte jemand an meiner Schulter. Das Wachs in meinen Ohren dämpfte nicht nur die Töne, sondern auch meine Aufnahmefähigkeit.

»Was?«

»Señorita Liana! Ein Anruf für Sie.«

Verdutzt guckte ich auf. Es war nicht der Nachtportier, der sich über mich beugte, sondern eine mir unbekannte Frau. Ich befand mich in einem geschlossenen Raum. Das Deckenlicht brannte, und durch das einzige Fenster drängte sich Sonnenlicht. Es dauerte nur wenige Sekunden, bis mich der erste Strahl einfing, ich wurde wach, nahm die Ohrstöpsel heraus, stand auf, sah, dass alle Betten verwaist waren. Ich erinnerte mich nicht daran, die Hängematte verlassen zu haben. War ich narkotisiert worden? Ich fühlte mich, als hätte ich in einem Bad aus Blei gelegen.

»Er hat bereits mehrmals angerufen«, drängte die Fremde, sie sprach Spanisch und ging davon aus, dass ich sie verstand. Die Wörter *Doktor* und *Advokat* betonte sie wichtigtuerisch, ihre Stimme drängte.

So, wie ich war, barfuß, mit nichts als einem Schlüpfer und großem T-Shirt bekleidet, folgte ich ihr ins Foyer. Wieder waren alle PC-Plätze besetzt, wieder hingen die beiden Niederländerinnen vor dem Fernseher. Ich nickte nach rechts und links, doch niemand erwiderte meinen Gruß. Aus der Küche stieg schwarzer Rauch auf.

»Guten Morgen, Fräulein Eisen, ich hoffe, ich bin nicht zu früh, aber es drängt.«

»Mit wem spreche ich?«

»Entschuldigung, ich dachte, man hätte mich angekündigt. Dr. Werner Schmid Rodrigues, mit nur einem *i* und weichem *d* im Schmid. Ich bin der Anwalt ihres Großvaters und vertrete ihn hier vor Ort. Ich hatte Ihnen eine SMS geschrieben, auch eine E-Mail. Haben Sie sie nicht erhalten? Es tut mir so leid, dass ich gestern ...«

»Sie kümmern sich um die Papiere?«, unterbrach ich ihn.

»Ich kann Sie auch heute leider nicht abholen. Ich hatte heute Morgen einen Termin in der Angelegenheit und muss nochmals zur Polizei. Die Sache wird nun doch etwas mehr Zeit in Anspruch nehmen, ich meine die Angelegenheit mit den Papieren. Die Tatsache, dass Ihr Vater nicht kommen konnte, erschwert den Ablauf etwas. Nur gut, dass Sie den gleichen Nachnamen haben, sonst hätten wir ein weiteres Problem.«

Ich schluckte. Das fing ja gut an.

»Die Unterlagen liegen den jeweiligen Behörden zur Prüfung vor«, fuhr der Anwalt fort, »aber Sie wissen ja, wie das ist, die bürokratischen Mühlen mahlen langsam. Es wird wohl etwas dauern, bis wir das Kind herausbekommen.«

Er sagte tatsächlich herausbekommen, als handle es sich bei Pablo um Frachtgut.

»Mein Großvater meinte, alles sei geregelt.«

»Mehr oder weniger. Wann können Sie da sein?«

»Wo?« Mir ging das alles zu schnell.

»Die Leiterin des Waisenhauses ruft ständig an und will wissen, wann Sie kommen. Haben Sie die Adresse?«

»Woher wissen Sie, wo ich bin?« Sein Deutsch war fehlerfrei, die von ihm genannten Namen stimmten, daher glaubte ich nicht, es mit einem Betrüger zu tun zu haben, und dennoch. »Sie können unmöglich wissen, wo ich abgestiegen bin.«

»Nun, es gibt nur zwei *Oceanos* in Panama. Ich war etwas überrascht, dass Sie zum Hostal gefahren sind, ich hatte ja im Hotel für Sie gebucht. Die sind etwas verärgert und ...«

»Ich bin noch nicht angezogen.«

»Natürlich, duschen Sie, frühstücken Sie. Ich schlage vor, wir treffen uns um elf Uhr beim Waisenhaus. Anschließend können wir, wenn alles gut gelaufen ist, zusammen Mittag essen. Und morgen haben Sie einen Termin in der Deutschen Botschaft. Ich werde Sie natürlich begleiten.«

Was meinte er mit *alles gut gelaufen*? Warum sprach er nicht aus, was schieflaufen könnte?

»Wie spät ist es jetzt?«

»Kurz vor zehn.«

»Ich fahre um zwölf Uhr los. Die Adresse habe ich.«

Ohne auf seine Antwort zu warten, legte ich auf. Ich war schweißgebadet. Aus der Küche drangen immer noch dunkle

Rauchschwaden. Ich ging hinein, zog die Pfanne vom Ofen, schaltete den Gasherd ab. Ein Hotel, jammerte ich, wäre traumhaft gewesen. Ein Hotel, in dem man sich an den fein gedeckten Frühstückstisch setzt. Ota bezahlt die Rechnung. Es war überhaupt nicht sinnvoll zu sparen.

Meine Sachen ließ ich im *Oceano* und verlängerte für einen weiteren Tag. Dreckverkrustete Pfannen und schlecht gelüftete Schlafräume erschienen mir wie Kinderkram angesichts der Unsicherheit, die mich überkam, sobald ich an die Begegnung mit Pablo dachte. Und mit was für Problemen wollte dieser Anwalt mich konfrontieren?

Natürlich hatte ich den Großvater auf mögliche Schwierigkeiten angesprochen. Ob das Kind verletzt oder traumatisiert sei, hatte ich gefragt. Aber der Ota hatte abgewinkt. Und von Geld erzählt, einem Haufen Geld, das er der Polizei, dem Waisenhaus und einer Ärztin hatte zukommen lassen. Von den hohen Anwaltskosten wollte er ausführlich berichten, aber ich hatte ihn unterbrochen.

»Geld, warum redest du immerzu von den Kosten? Wie geht es ihm? Weiß man schon, wer ihn entführt hat?«

»Nein, zur zweiten Frage. Und ja, er ist gesund. Alles dran, was an einem Kind dran sein sollte.«

Vorfreude und Angst vermischten sich in meinem Kopf zu einem bittersüßen Cocktail. Ich wusste nicht, ob mir die Sache schmeckte. Um elf Uhr eilte ich hinunter, öffnete zwei Sicherheitstüren und betrat die Straße. Sofort sah ich mich dem Großstadtgewühl ausgesetzt, das mich mit Smog, Lärm und Hektik begrüßte. An der nächsten Querstraße stieß ich auf Ruß ausstoßende Lastwagen, die sich wie große Frachtschiffe durch die vor mir liegende Häuserschlucht schoben. Sie und die zahlreichen Busse dominierten das Bild. Es war

Montag, ein normaler Werktag, alle Läden waren geöffnet, zudem die Restaurants, Bars und Straßenbuden. Vor einem Friseurladen saßen zwei Frauen auf Holzstühlen, sie verkauften Lose und Anstecknadeln. Nur wenige Schritte weiter bot sich mir ein ähnliches Bild, ein älterer Mann bot Kämme und Uhren zum Kauf an. Ich wollte mir lieber nicht vorstellen, wie die Lungen dieser Menschen aussahen. Passanten hasteten achtlos an den Straßenhändlern vorbei. Auch sie bedienten diesen Apparat, waren die Ameisen in einem Staat, dessen Regeln nur verstand oder akzeptierte, wer hier leben musste. Ich hingegen blinzelte wie ein Marsmädchen, war aus Versehen an diesen Ort verschlagen worden. Doch auch Marsbesucher lernen dazu, diesmal war ich gewappnet, hielt den Zettel mit der Adresse des Waisenhauses in der Hand. Der Taxifahrer würde mich dahin bringen, wohin ich wollte, nicht umgekehrt. Die Straße hatte sich bereits aufgeheizt, und mir war sofort klar, dass meine lange Hose unpassend gewählt war. Zurückgehen mochte ich dennoch nicht. Jetzt half nur noch Entspannung. Die Sonne stand hoch über mir, lachend spiegelte sie sich in den Fenstern der gegenüberliegenden Häuserfassaden.

6

Der Taxifahrer war eine Fahrerin, sie war dunkel, fast schwarz, und ihr Lachen verstummte sofort, als ich den Preis drückte. Sie winkte mir griesgrämig zu, eine Gefälligkeit, nichts weiter, drückte ihre Miene aus, eigentlich würde sie für solch einen niedrigen Preis nirgends hinfahren. Sie war unglaublich dick. Wie eingegossen saß sie in ihrem Sitz.

Das war mir gestern nicht aufgefallen, aber als ich jetzt meinen Blick über die hin und her hastenden Menschen wandern ließ, fiel mir auf, dass viele nicht mehr hasten konnten, dass sie die Ellenbogen benutzen mussten, wie Schiffer ihre Ruder, um sich vorwärtszuschieben. Im Zentrum angekommen, entdeckte ich die Logos amerikanischer Fast-Food-Ketten. Die Versuchung, das Taxi anzuhalten und sich einen billigen Burger einzuverleiben, war groß.

Señorita, Sie kommen woher, Sie leben wie, Sie haben Familie, Sie studieren? Wie bunte Papierflieger faltete die Taxifahrerin ihre Fragen, warf sie schwungvoll über die Rückenlehne.

Ich spielte mit, antwortete nicht wahrheitsgemäß, aber nahe an meiner Biografie bleibend. Sie lobte mein Spanisch. Dann zeigte sie mir Bilder ihrer drei Mädchen. Und mir fiel ein, dass ich die Fotografien, die ich Pablo hatte mitbringen und zeigen wollen, vergessen hatte. Die Große wolle Ärztin werden, berichtete meine Fahrerin stolz, die anderen beiden seien noch zu klein, um sich über die Zukunft Gedanken zu machen.

»Wir leben beim Schwiegervater, mein Mann ist weg.« No importa, der Schwiegervater sei sowieso der bessere Mann. »Er besitzt ein kleines Häuschen«, fuhr sie fort, »weit draußen und ...«

Auch wir fuhren weit, ließen Häuserzeile um Häuserzeile hinter uns. Aus vierstöckigen Häusern wurden sechsstöckige Wohnblocks. Kein Baum fand dazwischen Platz und wenn, dann stand er gekrümmt, die Wurzeln waren freigelegt und nur notdürftig mit Erde und Plastikmüll festgedrückt worden. Die Fassaden schienen über Nacht nicht ansprechender geworden zu sein, aber die Sonne malte mit farbigem Pinselstrich hier und da bunte Wäschestücke in Fensteröffnungen oder Geranienrot auf Balkone. Gestern war ich zu müde gewesen, um auch nur einen kurzen Blick an die Stadt zu verschwenden. Jetzt fielen mir tausend Kleinigkeiten gleichzeitig auf. Doch kaum konzentrierte ich mich auf ein Detail, wurde es von neuen Eindrücken überlagert. Es waren einfach zu viele Häuser, zu viele Menschen, zu viele Maschinen. Aus vier Fahrspuren bildeten sich fünf heraus, Ampeln wurden grundsätzlich bei Rot überfahren, und wer als Fußgänger nicht schnell genug war, kam unter die Räder. Und es gab viele Fußgänger, die sich entlang der Straßen drängten und abhetzten oder ihre Waren auf der Straße feilboten. Kinder kletterten über Absperrungen, zeigten sich im Clownskostüm oder auf Stelzen und erbettelten Geld. Dicker Qualm drang aus Auspuffrohren, und ich versuchte, das Fenster zu schließen. Es ging nicht.

»Warum rauchen so wenige Panamaer?«, fragte ich unvermittelt.

»Geld. Wer will schon Geld für so etwas Unnützes ausgeben? Das Leben wird dadurch ja nicht einfacher. Wissen Sie, was eine Schuluniform kostet?«

Mitten in ihren Redestrom hinein bat ich die Taxifahrerin, vor einem Spielzeugladen zu halten. Bunte Plastikeimerchen, Bälle und Rutschautos hatten meinen Blick eingefangen. Und nun kamen sie doch, die Erinnerungen, die sich wie Farbfilter über meine Gegenwart legten. Drei Jahre lang hatten Anina und ich im Nachbarland Costa Rica gelebt, dann zwei weitere Jahre in Panama, bevor die Beziehung unserer Eltern endgültig in die Brüche ging und Papa mit uns in die alte Heimat aufbrach. Mama kam nicht mit. Und uns Kindern blieben nur die Erinnerung an eine heile Welt und der Besitz einer zweiten Sprache. In Bad Bergzabern gab es eine peruanische Erzieherin, die mit uns Spanisch sprach. Später genoss ich es, mit meinen Kenntnissen im Spanischunterricht zu glänzen. Die Bilder aber hatte ich verloren oder verdrängt. Nun tauchten sie aus den Tiefen meiner kindlichen Erinnerungswelt wieder auf. Früher hatte ich Bettler und Straßenhändler als zum Straßenbild gehörend akzeptiert. Es gab Reiche, es gab Arme. Kinder mussten sich mit Lappen und Eimer bewaffnen, um ihren Lebensunterhalt zu verdienen. Das war eine Tatsache, nicht verhandelbar, nicht zu ändern. Anina und ich hingegen hatten uns stets etwas in einem Spielzeugladen aussuchen dürfen, wenn wir in die Stadt kamen. Damals. Als der Begriff Familie mit einem tiefen Glücksgefühl verbunden war und sich in wunderbar einfachen Kinderzeichnungen Ausdruck verschaffte. Vater, Mutter, Kinder, Riesenblumen und lachende Sonne.

Pablo war keine zwei Jahre alt, als er verschwand. Wir hatten keine Ahnung, wo er sich aufgehalten haben mochte. Was also sollte ich ihm kaufen, was würde ihm gefallen?

Einem Kind, das, wäre es in Deutschland aufgewachsen, im Herbst in die erste Klasse kommen würde. Ich versuchte mich daran zu erinnern, wie es mir mit fast sechs Jahren ergangen war. Und stellte erstaunt fest, dass dies genau dem Alter entsprach, in dem unser großer Umbruch stattgefunden hatte. Mama hatte sich für ihren Beruf und ihre Berufung als Umweltaktivistin entschieden und gegen uns, ihre Familie. In Deutschland waren wir uns wie Flüchtlingskinder vorgekommen. Würde es Pablo ebenso ergehen?

Mit Kinderaugen durchsuchte ich das grellfarbene Durcheinander, verliebte mich in eine kitschige Porzellanfigur, made in China, kaufte eine Riesentüte mit Luftballons, sechs Frisbeescheiben, ebenso viele Bälle und mehrere Comichefte. An der Kasse fielen mir Glitzerstifte ins Auge, sie wurden eingepackt. Auch der Großvater hatte ein Geschenk für Pablo besorgt. Eine besondere und wohl auch recht wertvolle Armbanduhr. Für Geiz war in seinem Kopf kein Platz gewesen. Ich aber kaufte Billiges und Glänzendes. Restlos zufrieden verließ ich den Spielzeugladen. Vor der Tür streiften meine Augen ein knallbuntes Skateboard. »Das da auch. Bitte einpacken.«

Die Verkäuferin bat mich wiederzukommen.

»Pues claro, natürlich«, versprach ich und eilte mit meinen Taschen hinaus.

Die Taxifahrerin schien versöhnt, aus der knausrigen Touristin hatte ich mich in eine Wohltäterin verwandelt, eine Heilige.

»Da werden die Kinder sich aber freuen«, strahlte sie mich an. »Sie wollen ein Kind adoptieren, stimmt's? Und die anderen sollen auch nicht leer ausgehen.«

»Nicht ganz, ich hole meinen Neffen ab. Ich bin sehr neugierig.«

»Was ist mit den Eltern passiert?« Sie wirkte ehrlich betroffen, durchsuchte den Rückspiegel nach einer Antwort. Dennoch fuhr sie konzentriert, kein Vergleich mit dem ruppig selbstmörderischen Verhalten des gestrigen Fahrers.

»Mein Bruder wurde umgebracht, nachdem er öffentlich behauptete, sein kleiner Sohn sei entführt worden. Und jetzt, nachdem wir tatsächlich wissen, dass er recht hatte, ist er nicht mehr da, um ihn in Empfang zu nehmen. Auch die Mutter ist verschwunden.«

Die Taxifahrerin hörte zu, ohne mich ein einziges Mal zu unterbrechen, als würde sie ahnen, dass es mir sehr schwerfiel, über diese Vorfälle zu sprechen.

Es dauerte eine kleine Ewigkeit, bis wir das Waisenhaus erreichten, es lag im Südwesten der Stadt, in Kanalnähe und am Rande eines schmalen grünen Dschungelbandes, das durch die Sicherheitsbestrebungen der Nordamerikaner erhalten geblieben war. Erst 1999 war der Kanal und die Panamakanalzone in die Hände der panamaischen Regierung übergeben worden. Doch noch immer glaubten die USA das Recht zu besitzen, sich in die inneren Angelegenheiten Panamas einmischen zu dürfen, und begründeten das mit der internationalen Bedeutung des Kanals. Das wusste ich nicht aus dem Reiseführer, sondern aus dem Blog unserer Mutter, die 1989 gegen das militärische Eingreifen der Nordamerikaner protestiert hatte. Zusammen mit anderen sorgte sie sich um die »green belts«, Wanderwege, die für die Tierwelt des zentralamerikanischen Kontinents überlebenswichtig sind. Dazu gehört auch die Kanalzone, vor der ich nun stand.

Rasch schob ich alle Gedanken an Mama beiseite, sah mich um. Direkt an der dicht befahrenen Straße entdeckte ich drei flache Barackengebäude, lang gestreckte Schuhkartons mit Wellblechdächern, die sich um einen staubigen Vorplatz gruppierten. Ein Spielbereich hätte darauf hinweisen können, dass es sich um den Lebensbereich von Kindern handelte, doch ich konnte kein einziges Spielgerät entdecken. Und noch etwas wunderte mich: Wo war der Zaun, der die Kinder davon abhielt, auf die Straße zu rennen? Es gab keinen. Im Hintergrund ragten Urwaldriesen in den Himmel, und ich konnte das erste Wildtier beobachten, eine Riesenechse. Sie war gerade dabei, einen blattlosen Baumstamm zu erklimmen. Sonst war niemand zu sehen. Kein Kind, kein Erwachsener. Ich konnte auch nichts hören, außer dem Gesang der Straße und dem Kichern eines Vogels.

Als ich das Auto verließ, brach mir der Schweiß aus allen Poren. Die heißfeuchte Luft ließ mich taumeln. Eine Hand griff nach mir.

»Willkommen in Panama, Fräulein Eisen. Sie sehen ja noch jünger aus ...«, kurze Pause, »... als auf den Fotos.«

Wo kam der Mensch plötzlich her? Der Anwaltsblick glitt an meiner Hose hinunter, blieb an meinen Flipflops hängen. Hatte er etwas anderes erwartet? Und wenn schon, mir konnte das egal sein. Wie ein Erfolgsverwöhnter sah auch er nicht aus. Zwar war er mit einem hellen Anzug bekleidet, dazu trug er ein taubenblaues Hemd, und eine Krawatte baumelte locker am Kragen, aber das Ganze sah eher wie eine Kostümierung aus. Ich roch ein Zuviel an Aftershave. Dr. Werner Schmid Rodrigues war jünger, als seine gedrechselte Sprache und sein Amt hatten vermuten lassen. Er zeigte mir ein sehr privates Gesicht mit weichen, eingedrückten Augen. Während er erzählte, zwinkerte er mir immer wieder kameradschaftlich zu. Wir sind jetzt Freunde, sollte das wohl bedeuten.

Den Schmid hatte er von seinem deutschen Vater, den

zweiten Nachnamen von seiner panamaischen Mutter. Nach seinem Jurastudium in Mannheim hatte er an der Uni Bremen Internationales Recht belegt und seinen Doktor gemacht. Eine Familie wünsche er sich nicht, wie er betonte. Die Unabhängigkeit sei ihm Gold wert, und mir war das total egal. Dennoch erfuhr ich während der fünfminütigen Vorstellungsrunde weitere Details. Und das alles inmitten eines von Staub gefluteten Parkplatzes. Danach war sein Gesicht noch weicher, fast teigig. Die Lider zwinkerten.

»Können wir?«, unterbrach ich ihn.

»Nun ja …« Der Mann vor mir glich plötzlich einem Fisch, dem die Luft knapp zu werden drohte. »Sie wissen um Pablos Schicksal, er hat es wirklich nicht leichtgehabt. Aber sehen Sie, das Personal beschwert sich …« Er zeigte in Richtung des Eingangs, aus dem immer noch niemand herausgetreten war. »Der Junge, also ihr Neffe, gilt als extrem schwierig. Verhaltensauffällig, würde ich sogar sagen. Seit ich Anfang Januar von dem Fall erfuhr, also, seit ich hierherkomme, will er mit niemandem reden.«

»Pablo ist seit zwei Monaten im Heim?«, unterbrach ich den Anwalt. »Das wusste ich nicht.«

»Er schläft kaum«, fuhr Dr. Schmid Rodrigues unbeirrt fort, als hätte ich mit dem Wind geredet. »Und wenn ihm jemand zu nahe kommt, spuckt er. Wie ein Lama, verstehen Sie?« Der Anwalt machte erneut eine vielsagende Pause, sah demonstrativ an mir vorbei.

»Ich werde ihn erst heute kennenlernen«, stellte ich klar.

Meine Neugierde schmolz dahin, und die Arme, an denen die Plastiktüten mit den Spielsachen hingen, wurden lang wie Seile. Jetzt erst bemerkte ich, dass ich das Skateboard im Taxi liegen gelassen hatte. Dr. Schmid Rodrigues missverstand meine Panik.

»Nein, ich will Sie nicht entmutigen«, trieb er mich mit Worten an. »Eine Familie muss zusammenhalten. Die Waisenhausleitung erwartet, dass Sie sich jetzt, da Sie vor Ort sind, um das Kind kümmern.«

»Aber er ist mir fremd.«

»Machen wir uns nichts vor.« Wie von weit weg erreichte mich die Advokatenstimme. »Die Heimleiterin will nicht, dass Sie viel Zeit mit dem Kind verbringen, sie möchte mehr Geld.«

»Verstehe.«

Verhaltensauffällig, diese schrecklich vertraute Vokabel. Keine Ahnung, in welchem Alter ich sie kennenlernte, aber ich weiß, dass ich sie in einem Bericht entdeckte, dessen Inhalt ich mühsam, aber sehr ehrgeizig entzifferte. Das Wort stand dick unterstrichen in den Akten, die das Jugendamt an unseren Vater, den Stiefvater und Onkel meines Bruders, schickte. Über Sigi wurde früh Bericht geführt.

»Kann ich Pablo jetzt sehen?« Ich wusste, dass ich das gefragt hatte, dennoch erschreckte mich meine Entschlossenheit. Angst tippte mir auf die Schulter, doch ich ließ nicht locker. »Und kann ich mit demjenigen sprechen, der ihn gefunden hat?«

»Es gibt keine Hinweise auf diese Person. Ich dachte, das wüssten Sie.«

»Der Informationsstand kann sich ändern. Oder etwa nicht? Ich hoffe, Sie könnten mir wenigstens sagen, wo Pablo die letzten vier Jahre gelebt hat. Je nach Auftreten und Kleidung kann man doch Schlussfolgerungen ziehen. Gibt es endlich einen Polizeibericht? Was sagen die Behörden? Ist der Pass an irgendeiner Grenze abgestempelt worden? War Pablo in einer amerikanischen Familie?«

Erstaunen spiegelte sich im Gesicht des Anwalts. Zum

ersten Mal schien er so etwas wie Interesse an mir zu haben. Ja, bekundete er langsam, Silbe für Silbe betonend, es gebe inzwischen einen ausführlichen Bericht. Pablo sei am Tag nach seinem Auffinden einer Befragung sowie einer gründlichen Untersuchung unterzogen worden. Erst jetzt sah ich die dunkle Aktenmappe, die der Advokat unter der rechten Achsel verborgen gehalten hatte. Er schlug die Klappe aus Lederimitat auf, fischte ein Papier hervor.

»Sehr dünn«, wunderte ich mich.

»Doppelseitig. Und die Befragung hat schließlich nichts ergeben. Das Kind spricht ja nicht.«

»Ich weiß«, unterbrach ich ihn verärgert. »Und da ist alles festgehalten? Gesundheitszustand des Kindes, Untersuchungsergebnis der Kleidung? So einem Kind können doch Fotos vorgelegt werden. Man kann seine Reaktionen prüfen, man kann es Erlebnisse aufmalen lassen.«

»Fräulein Eisen, man merkt, dass Sie Erfahrungen mit der Ermittlungsarbeit haben, aber die panamaische Polizei ...«

Er beendete den Satz nicht, denn in dem Augenblick trat eine ganz in Rot gekleidete Frau aus der Eingangstür. Rot der Rock, die Bluse, der Blazer. Nur die Schuhe waren schwarz. Und die Haare natürlich. Sie winkte uns zu sich herüber. Zeitgleich flog ein Papagei aus einem der hohen Urwaldbäume auf. Auch er farbenfroh.

7

Bevor ich Pablo sehen durfte, wurden Dr. Schmid Rodrigues und ich ins Büro der Leiterin gebeten. Sie stellte sich als Rosaria Gomez Blanco vor. Das Büro war klein, die Wünsche der Rotgekleideten groß. Mit vielen Adjektiven, die ich nur selten verstand, wurden die Geldangelegenheiten diskutiert. Ihr hartes Spanisch verwandelte sich in Kiesel, die gegeneinanderrollten und mir die Ohren füllten. Ich bat um ein Glas Wasser und verlangte, dass die Summe auf ein Papier geschrieben wurde. Ich hatte mich nicht verhört. Nach mehreren Schreckminuten telefonierte ich mit unserem Großvater.

»Ja, ja, wenn du meinst. Ja doch, ich habe verstanden.«

Dr. Schmid Rodrigues wurde von mir angewiesen, der Heimleiterin gegenüber Zusagen zu machen. Die immer noch finster dreinschaute. Wie eine Beleidigte. Wie eine englische Gouvernante. Mundwinkel nach unten. Versauerte Mimik. Enttäuscht von irgendetwas. Und irgendjemandem.

Endlich wurde Pablo geholt. Ich dachte *endlich* und war mir doch unsicher, ob ich ihn wirklich kennenlernen wollte.

Mein Neffe. Ich hatte mir natürlich ein Bild von ihm zu machen versucht, hatte vorgefertigte Schablonen über ein Kindergesicht gelegt. Da waren die Fotos aus frühester

Kindheit. Ein rundes Gesichtchen vor hell gefärbtem Himmelsblau. Später kamen Fotos vor einer zitronengelben Hauswand hinzu. Doppelporträt, Vater und Sohn, mit dem Handy aufgenommen. Man sah den ausgestreckten Arm von Sigi am rechten Bildrand. Und zwei lachende Gesichter. Ich legte also zuunterst die Schablone Babyfoto, darauf die Schablone Sigi. Diese Arbeit hätte ich mir sparen können.

Wenn ich Pablo auf der Straße begegnet wäre, diesem ernst dreinblickenden, dunkelhäutigen Etwas mit den wirren Locken, den über der Nasenwurzel zusammengezogenen Augenbrauen, ich wäre an ihm vorbeigeeilt. Niemand in unserer Familie besaß Locken, auch keine Naturwelle. Wir waren Pferdeschwanztypen, alles an uns war glatt, gestriegelt, ordentlich, langweilig. Na ja, etwas hatten wir doch aufzuweisen, Anina und ich hatten langes, dichtes Haar. Mit einem satten Schwarzton darin. Sigis Haut jedoch war hell und von Sommersprossen übersät gewesen, was ihm etwas fröhlich Unbeschwertes verliehen hatte.

Neugierig musterte ich nun seinen ernsten Sohn. Nahm mir Zeit. Die Kleidung zu betrachten, den stolpernden Gang. Am meisten aber faszinierte mich das Gesicht. Und in dem Gesicht der trotzige Ausdruck. Aber ja, genauso hatte Sigi auch geschaut, wenn er sich unwohl fühlte. Mit funkelnden Augen hatte er seinen Willen durchzusetzen versucht und dies zumeist auch geschafft. Und konnte nicht auch unser Großvater ebenso starr und fordernd dreinblicken? Das wird ihm gefallen, dachte ich und spürte sofort, wie die Eifersucht nach mir griff. Dieser Junge sollte als neuer Familienpatriarch aufgebaut werden.

»Buenos dias, Pablo«, sprach ich und trat einen Schritt auf den Jungen zu. Und da erst sah ich es: Abwesenheit umgab ihn. Wie eine Nebelwand. Er war nicht da. Nicht bei mir. Nicht bei sich. Erschrocken wich ich vor ihm zurück. Als hätte ich mich verbrannt. Erst abkühlen, beschloss ich, erst Luft holen.

»Soy la hermana de tu padre. Ich bin die Schwester deines Vaters. Und lebe in Deutschland. Vivo en Alemaña. Ich bin aus Deutschland gekommen, um dich abzuholen. Verstehst du mich?«

Meine Stimme blieb vor einem Hindernis stehen. Da war nichts zu machen. Spring, sagte ich mir, doch ohne Anlauf war das unmöglich. Die dunklen Pupillen des Jungen hatten sich in runde Moorseen verwandelt, die überzufließen drohten. Die vorgeschobene Unterlippe zitterte, und hartnäckig vergrub er seine Hände in den Hosentaschen. Dabei wurde das Kinderkreuz weit nach vorne gedrückt, die Schultern sackten nach unten. Er versuchte sich einzugraben, glich einem Krebs, der sein Häuschen verloren hatte. Stand da und wusste, dass er den Mächten schutzlos ausgesetzt war. Dem Wind, den Wellen, den Raubvögeln. Und mir. Einen kurzen Augenblick lang überlegte ich, ihn in die Arme zu schließen. Aber ich wollte ihn nicht erschrecken. Voller Zärtlichkeit betrachtete ich das herzförmige Gesicht, die gerade Nase, die schmalen Wangen. Alles Babyhafte war verschwunden. Und doch wirkte er schutzbedürftig.

Bück dich, heb ihn auf, wie du es als Kind mit einem aus dem Nest gefallenen Jungvogel getan hast. Um ihn daheim in eine Sperrholzkiste mit Watte zu betten. Hilfe suchend blickte ich zum Anwalt hinüber. Die Heimleiterin hatte uns verlassen, nicht ohne uns vorher zu warnen, das Kind brauche Ruhe, wir sollten nichts überstürzen.

»Tja.«

Dr. Schmid Rodrigues konnte mir nicht helfen. Er wirkte

ebenso hilflos wie ich. Sein Blick verharrte zwischen den Füßen des Jungen, lag also auf dem Boden, klebte dort, als gälte es, Unebenheiten auszugleichen.

Ich erinnere mich, dass ich dann doch noch einiges sagte, sogar ein Lachen einflocht, wie Rosinen in einen Hefezopf, doch den genauen Wortlaut meines kurzen Monologs habe ich vergessen. Pablo hörte zu, er spuckte auch nicht, blieb ruhig. Ich fand ihn alles andere als verhaltensauffällig, ich fand ihn großartig. Morgen komme ich wieder, versprach ich und wollte nun doch meine Hand auf seine Schulter legen, doch er wich zurück, und ich ließ meine Hand sinken, ein nicht benötigtes Werkzeug.

»Hasta mañana.«

Er antwortete nicht, auch als Frau Gomez Blanco wiederkam und ihn ansprach. Die Spielsachen übergab ich der Heimleiterin, die Uhr des Großvaters hielt ich zurück. Wir verließen das Zimmer. Ein schmaler Flur dehnte sich zu einem unendlich weit erscheinenden Rechteck. Kein Möbel stand darin. Schräg einfallendes Licht warf spitze Leuchtbilder auf den braunen Linoleumboden. Pablo wurde weitergeschoben, wir bogen rechts ab. Ich sah und hörte keine anderen Kinder.

An das Essen mit Dr. Schmid Rodrigues denke ich mit gemischten Gefühlen zurück. Mein Kopf war mit Pablo beschäftigt. Ich stellte zahllose Fragen. Doch der Anwalt hatte keine Lust oder nicht das nötige Wissen, um mich zu bedienen. Schließlich aßen wir schweigend. Immer mehr Parallelen fielen mir auf zwischen Pablos und unserem Leben. Auch Scham fühlte ich. Warum war ich so steif? Aber schließlich hatte ich mich nicht freiwillig gemeldet, mich nicht um die Rolle als Super Nanny beworben. Trotzdem nahm ich mir vor, unbefangener mit Pablo umzugehen. Er war ein Kind. Nicht er musste auf mich zugehen, ich war am Zug.

Am nächsten Tag holte Dr. Schmid Rodrigues mich im Hostal ab. Er trug denselben Anzug, dazu die blaue Krawatte, das hellblaue Hemd vom Vortag. Seine Haare waren strähnig. Vielleicht war auch ihm das warme Duschwasser ausgegangen. Nach einem gemeinsamen Mittagessen fuhren wir mit einem Taxi ins Herz der Stadt, ins Banken- und Geschäftsviertel. Eine Oase in der Wüste der hustenden Busse und überquellenden Marktstände, dachte ich zunächst und hörte den Verdauungsgeräuschen zu, die feiner, subtiler waren als in der Altstadt. Doch auf Baulärm hatte man auch hier nicht verzichten wollen. Panama City war zweifelsohne eine boomende Stadt. Inmitten eines Entwicklungslandes war ein Magnet entstanden, an dem Geld wie von Zauberhand kleben blieb. Hundertdreißig Banken drängten sich auf diesem Finanzmarkt. Durch eine bankenfreundliche Gesetzgebung war in Panama ein Imperium des Geldüberflusses aufgebaut worden, das in der Welt seinesgleichen suchte. Daran änderten auch die neu erlassenen Gesetze wenig, die die Einzahlung von Schwarzgeldern aus dem Drogengeschäft erschweren sollten. Wie man sah und hörte, expandierten die Banken weiter. Immer höhere Wolkenkratzer sollten errichtet werden. Erbaut wurden sie auf neu geschaffenem Boden, Aushub, der durch die Kanalerweiterung anfiel. Dicht an dicht standen sie beisammen, Glasbäume, blattlos, modern, hoch aufstrebend. Ich entdeckte aber auch Bürohäuser, die sich schlangengleich und geschmeidig den streng geometrischen Formen widersetzten. Hier hatten Architekten sich verwirklichen dürfen. Dennoch erschien mir das Ganze wie eine Kunstwelt, die irgendwohin gehörte, nach New York, Frankfurt, London, aber nicht in ein kleines zentralamerikanisches Land, das sich nicht einmal eine eigene Währung leisten konnte.

»Sollen wir?«, fragte Dr. Schmid Rodrigues.

»Und das ist ein richtiger Botschafter?«

»Nein, nur der Vertreter von Dr. Kranz, und der wiederum ist der Vertreter von Dr. Schenk, welcher ...«

»Kann ich hier warten?«

»Sich zeigen, sage ich immer. Und lächeln. Sie können doch lächeln, oder?«

Was ein kleiner Witz sein sollte, kam bei mir nicht gut an. Die nächsten Minuten jedenfalls lächelte ich nicht.

Das Gespräch fand anfangs über meinen Kopf hinweg statt. Aufgeschreckt wurde ich dennoch, durch bedrohlich klingende Äußerungen.

»Die Unterlagen sind nicht vollständig. Und Frau Eisen ist ja leider nicht volljährig«, sprach der Vertreter des Vertreters des Botschafters. Wir saßen zu dritt in einem supermodernen und extrem klimatisierten Hochhausbüro, in dem ich entsetzlich fror. Mir kam der Verdacht, dass ich vereist und mundtot gemacht werden solle. Was gut gelang. Ich wusste nichts zu erwidern.

»Nun, sie kann ja sowieso nicht unterschreiben. Schließlich betrifft die Pflegschaft ihren Vater. Das mit dem doppelten Beinbruch tut mir natürlich leid. Seine Anwesenheit hätte die Dinge beschleunigt. Die panamaische Regierung gibt ihre Kinder nicht so einfach aus der Hand. Selbst wenn sie einen deutschen Pass besitzen.«

Nun musste ich doch etwas sagen, auch wenn er, dieser Mensch, mich zu ignorieren gedachte. Das Lügen fiel mir besonders leicht.

»Nun bin ich aber hier. Uns wurde zugesichert, dass die Papiere fertig seien. Man könne das Kind abholen.«

Der Vertreter des Vertreters ließ sich nicht beirren. Diese diffizile Angelegenheit benötige ein hohes Maß an Sorgfalt und Geduld. Das waren seine Worte.

Nach der Verabschiedung nahmen wir sie mit, in einen fast normal klimatisierten Flur, in einen warmen Lift und hinaus auf einen stark erhitzten Vorplatz.

»Das hat sich aber nicht gelohnt«, stellte ich verdattert fest und schaute auf meine Uhr. Fünfzehn Minuten, mehr Zeit hatte uns der Mensch, der immerhin von unseren Steuergeldern bezahlt wurde, nicht geschenkt. »Kann man mit Geld etwas machen?«, wollte ich wissen.

Dr. Schmid Rodrigues schüttelte den Kopf. Er wirkte müde, als habe er in der letzten halben Stunde mehr geleistet, als er sonst den ganzen Tag über zu leisten gewohnt war. Er bemerkte meinen Blick und entschuldigte sich. Die Hitze setze ihm zu, gestand er und zeigte mir ein nasses Taschentuch. Mein Mitleid war begrenzt, er hatte das Klima gefälligst gewohnt zu sein. Unter anderem wurde er genau dafür bezahlt.

»Was soll ich meinem Großvater sagen? Wird das mit dem Rückflug klappen?«

»Eile ist jetzt nicht angesagt, wirklich nicht«, betonte der flügellahme Advokat und zerrte an seiner Krawatte. »Ab jetzt hilft nur Daumendrücken und Warten. Hilfreich sind freundschaftliche Kontakte, na klar, aber die habe ich ausgereizt. So eine Kindesübergabe ist ja immer auch ein kleines Politikum.«

Wie er das meinen würde, wollte ich wissen, und ob man die Kontakte nicht ein weiteres Mal ausreizen könne.

»Die Gesetzeslage ist verzwickt. Wir haben den Totenschein der Mutter. Aber es müssen noch diverse andere Dokumente überprüft werden.«

»Marisol ist tot?« Was erzählte er da? Vor mir drehte sich ein Karussell. Übelkeit stieg in mir auf. Die Wörter *Mutter* und *tot* wirbelten in luftiger Höhe um ihn herum. Von der Mutter getrennt zu sein, war schrecklich genug. Wer sollte das besser verstehen als ich. Zu wissen, dass man sie nie mehr wiedersehen würde war hingegen schier unerträglich. Pablo, so hatte ich mir vorgestellt, hätte zu einem späteren Zeitpunkt wieder bei seiner Mutter und seinem großen Bruder leben können. »Wann ist das passiert mit Marisol, und wie?«, stotterte ich. »Ich dachte, man sucht nach ihr. Mein Großvater sagte mir, sie sei ...« Ich wusste nicht weiter.

»In der Tat, da kommt jetzt einiges zusammen. Ein schwerer Autounfall. Zu dem Zeitpunkt, als Pablo gefunden wurde, hielt sie sich wohl in Costa Rica auf. Der Totenschein wurde in der Hauptstadt ausgestellt. Wie dem auch sei, ich spreche Ihnen hiermit mein Beileid aus, Fräulein Eisen. Von dem Tod Ihrer Schwägerin habe ich erst vor ein paar Tagen erfahren.«

Die beiden waren nicht verheiratet, wollte ich erwidern, doch der Anwalt streckte sich wichtigtuerisch, sprach einfach weiter.

»Was für unsere Belange jedoch nicht schlecht ist. Wie gesagt, wir werden das Kind schon schaukeln.«

Seine Äußerung fand ich mehr als makaber. Da blieb immer weniger Sympathie, die ich ihm schenken konnte.

»Und was ist mit den anderen Verwandten? In Nicaragua muss es Verwandte geben. Und ich weiß, dass Sigi in seinen Briefen von einer Schwester sprach, die in Costa Rica wohnt. Pablo hätte demnach eine Tante im Nachbarland.«

»Das sagte ich bereits. Ihre Schwägerin war vermutlich mehrmals bei ihr. Daher habe ich nach ihr geforscht und sie und ihre Familie tatsächlich gefunden, in San José, der Hauptstadt Costa Ricas. Die Frau hat drei Kinder. Sie lebt mit ihrem zweiten Mann zusammen. Ein weiteres Kind können sie sich nicht leisten. Vorerst nicht, so lautete die Aussage, die sie auch schriftlich abzugeben bereit ist. Und sie wird sich auch darum kümmern, dass die Familie in Nicaragua uns eine Verzichtserklärung schickt. Die mütterliche Linie also hat kein Interesse.«

Eine kurze Pause trat ein, dann fuhr er fort: »Und das ist gut, schließlich will Ihr Großvater das Kind haben.« Der Anwalt räusperte sich. »Offiziell natürlich Ihr Vater. Bei dieser Wahrheit müssen Sie bleiben. Vergessen Sie das bitte nicht. Alle Stellen dürfen einzig und allein mit dieser Information versorgt werden.«

»Ich versorge niemanden mit Lügen.« Das klang toll, fand ich, doch der Applaus blieb aus.

Bedauern ausdrückend wackelte der Anwaltskopf. Ihm lag der Widerspruch auf der Zunge, das konnte ich sehen. Statt mich eine Träumerin zu nennen, wiederholte er sich: »Wir werden das schon hinkriegen.« Mit schmalen Fingern trommelte er auf seine Aktenmappe. »Lesen Sie den Polizeibericht. Ich habe Ihnen eine Kopie mitgebracht. Das ist Ihre einzige Hausaufgabe für morgen.«

Er drehte sich um, stolperte dabei über ein Blumenbeet. Die Pflanzen darin standen in einem Blütenmeer. Es gab auch schöne Dinge. Ich nahm mir vor, sie zu sehen und zu benennen. Dr. Schmid Rodrigues klopfte sich den Staub von den Hosenbeinen und wünschte mir einen schönen Abend.

»Halt, ich habe noch ein paar Fragen. Weiß Pablo, dass seine Mutter gestorben ist? Und wann genau ist sie zu Tode gekommen. Sie sagen, gleichzeitig mit seinem Auftauchen, also vor mehr als ...«

»Nun ja, vor mehr als zwei Monaten, genau gesagt, Ende Dezember.«

»Aber finden Sie das nicht auch merkwürdig; ein Kind taucht nach Jahren wieder auf, und ausgerechnet zu dem Zeitpunkt kommt die Mutter zu Schaden?«

»Wir haben mit der Heimleitung und Ihrem Großvater vereinbart, ihm vorerst nichts zu sagen.«

»Mein Großvater ist also informiert worden. Na toll. Warum ich nicht? Und was weiß Pablo überhaupt?«

Der Anwalt sah mich an, als würde ich ihn zur Rotationsgeschwindigkeit der Erde befragen. In meinem Kopf stand plötzlich folgender Satz: *Keinen Finger hat dieser Mensch gekrümmt.* Nur weil Pablo mit niemandem redet, hat auch er nicht mit ihm gesprochen. Verärgert guckte ich in das zermürbte Feierabendgesicht.

»Pablo weiß also nicht, dass sein Vater Sigi heißt, er weiß nichts über seine Mutter, seinen Bruder, über mich oder die Groß- und Urgroßeltern?«

»Nun, dass Sie die Schwester seines Vaters sind, das habe ich ihm schon gesagt, und dass er nach Europa reisen wird. Aber was und wie viel er verstanden hat, kann ich natürlich nicht sagen. Darf ich Sie zum Essen einladen?«

»Nein.«

Wir gingen auseinander. Wie ein gelangweiltes Ehepaar auseinandergeht, nicht für immer, aber gerne.

Und was war mit Alejandro, Pablos älterem Bruder? Ich hatte vergessen, mich nach ihm zu erkundigen.

Schwankend stand ich da, während mein Blick sich in den Spiegelflächen verlor. Mir wurde eng ums Herz. Und plötzlich freute ich mich darauf, zurückkehren zu dürfen, in die einfache Welt der Backpacker. Auch wenn sie nicht meine Welt war, so stand sie mir doch deutlich näher als dieser zur Schau gestellte Überfluss. Ich beschloss, meinen Großvater anzurufen. Der Ota hieß mich durchhalten. »Bist du meine Große, ja oder nein? Du bist eine Löwin. Eine Löwin gibt nicht auf. Zeig deine Krallen.«

»Ota, ich kann weniger als nichts tun. Du hast mir versprochen, dass alles geregelt ist. Aber nichts scheint geregelt. Ich komme gerade von der Botschaft. Und nun muss ich vom Anwalt erfahren, dass Pablos Mutter tot ist. Warum hast du mir das nicht gesagt?«

»Na, habe ich das selbst erst vor Kurzem erfahren.«

»Ota, da stimmt was nicht. Es scheint dir und dem Anwalt egal zu sein, was mit Marisol passiert ist. Schmid Rodrigues beantwortet meine Fragen ausweichend, sagt, die Untersuchung läuft noch. Kann schon sein. Aber ein bisschen mehr bemühen könnte er sich schon. Was soll ich Pablo sagen? Der Junge ist in einer schlechten Verfassung. Seelisch, meine ich.«

»Das kriegen wir hin. Bring ihn mir.«

»Wie denn?«

8

Die Tage rauschten in großer Geschwindigkeit an mir vorbei. Ich befand mich auf einer sechsspurigen Autobahn. Wurde fremdgesteuert. Über und unter mir kreuzten sich die Zu- und Abfahrten. Ich verlor mich, verlor auch den Überblick, auch den Augenblick. Meine Zeit war mit Warten und Rennen und Telefonieren ausgefüllt. Es gab auch Erheiterndes. Jeden Tag erhielt ich mindestens einen Heiratsantrag. Die einzig gute Bluse steckte ich daher wieder in den Rucksack, trug im Wechsel ein rotes und ein blaues T-Shirt.

Gerne hätte ich mir ein besseres Hotel gesucht, aber ich kam nicht dazu. Nur gut, dass ich vom Dormitorium in ein Zweibettzimmer für mich allein gewechselt war. So hatte ich meine Ruhe, der pure Luxus. Immer noch hatte ich kein eigenes Klo, keine eigene Dusche, aber eine Tür, die ich abends hinter mir schließen konnte.

Täglich telefonierte ich mit Dr. Schmid Rodrigues.

Täglich trafen wir uns.

Täglich besuchte ich das Waisenhaus und versuchte Pablo näherzukommen. Schweigend unternahmen wir kleine Rundwanderungen. Doch es gab keinen Fortschritt, keine Entwicklung. Weder konnte ich die Fertigstellung der Papiere forcieren noch mein Verhältnis zu Pablo verbessern. Wir hingen buchstäblich in der Luft. Zwei mit Helium gefüllte Luftballons, die es voneinander wegtrieb und die in unbekannte Höhen abzudriften drohten. Ich war für Pablo eine Fremde, die sich selbst immer fremder wurde. Und daher konnte ich mich zu keinem Zeitpunkt richtig entspannen. Die Sonne zeigte sich täglich im Ausgehkleid, die Hotelkatzen luden zum Streicheln ein, die anderen Gäste des Hostals verwickelten mich in nett gemeinte Gespräche. Und der kanadische Zottelbart, der tagsüber an der Rezeption saß, hatte sich in mich verliebt. Seine Liebeslieder, die er auf einer Gitarre begleitete, gefielen mir gut.

Doch das übliche Woher, Wohin, Wie lange, Was machst du beruflich? – ging mir auf die Nerven. Selbst die Gute-Laune-Gesichter verbesserten meinen Seelenzustand nicht. Im Gegenteil. Alle schienen happy, frei und unbeschwert zu sein. But me. Ich kämpfte mit der Hitze, dem Staub, den Geräuschen, den immer besetzten Klo- und Hängemattenplätzen. Ich kämpfte mit dem Essen, der verrinnenden Zeit, vor allem aber mit Pablo.

Er schenkte mir kein Lächeln, kein Wort. Ein paarmal schien es, als wollte er Anlauf nehmen, seine Lippen öffneten sich, die Mundwinkel zuckten. Doch dann zog sich seine Stirn zu einem Faltengebirge zusammen, Pablo verwandelte sich in einen alten Mann, einen Weisen, der viel gesehen hatte. Zu viel. Und der wohl auch glaubte, alles gesagt zu haben. Und doch nahm ich ihm seine Zurückhaltung nicht ab. Kinder sind zu jedem Zeitpunkt Kinder, machte ich mir Mut. Wenn man sie kitzelt, wenn man sie ablenkt, wenn sie den Ernst vergessen, dann können sie nicht anders, als fröhlich zu sein. Bis es so weit war, durfte er still und steif bleiben. An den Begriff *verhaltensauffällig* dachte ich nicht mehr. Pablo kratzte und spuckte nicht. Es war etwas anderes, ein Geheimnis, eine große Traurigkeit oder einfach nur Angst, die ihn zu lähmen schien.

Jeden Nachmittag erstattete ich dem Großvater Bericht. Und beschwerte mich lautstark.

»Ota, die Rückflüge verfallen.«

»Egal, ich bezahle neue.«

»Du bist unmöglich. Wie kannst du lachen. Mir ist nicht nach lachen zumute.«

»Gut so. Löwinnen lachen nicht, sie kämpfen.«

»Verdammt, ich bin kein Kämpfer. Aber du. Kümmere dich um diesen Schmid Rodrigues, damit er in die Pötte kommt. Mich nimmt er ja nicht ernst. Aber das hättest du dir denken können. Hat Papa die Unterlagen losgeschickt? Und wäre es nicht doch besser, wenn ich Kontakt mit Marisols Schwester aufnehmen würde? Vielleicht ist das Kind dort besser aufgehoben. Man könnte die Familie finanziell unterstützen.«

»Das lässt du besser bleiben, hörst du. Für Verhandlungen aller Art wird der Anwalt bezahlt.«

»Ich mag ihn nicht. Es gibt Menschen, die haben immer die Hände in den Hosentaschen. So einer ist das. Einer, der eine Schubkarre keine zweihundert Meter weit schieben kann, selbst wenn sie leer ist. Ein Mann aus Wachs. Man kann ihn kneten, und in der Sonne schmilzt er. Der weiß nicht einmal, wo Pablos Bruder sich aufhält.«

»Mach nicht alles komplizierter, als es ist. Bestimmt war das Kind mit im Wagen. Sonst hätte man ja etwas von ihm gehört. Und kein abfälliges Wort mehr über meinen Anwalt. Er tut alles, was in seiner Macht steht, glaub mir. Er mag auf dich wenig Eindruck machen, weil du ein junges und ungeduldiges Fohlen bist, aber ich vertraue ihm. Vertrau du ihm auch.«

Da also war es wieder, er behandelte mich wie ein Kleinkind. Vertraute meinem Urteil nicht. Aber es hatte keinen Sinn, sich gegen ihn zur Wehr zu setzen. Unser Ota hatte immer das letzte Wort.

»Er sagt, du lehnst jede Einladung ab.«

»Wer?«

»Nun, von wem reden wir? Vom Anwalt. Habe ich dir beigebracht, der Erfolg ist kein aufdringlicher Besucher, der bei einem vorbeischaut. Du musst schon aktiv werden, um erfolgreich zu sein. Wenn mein Anwalt dir etwas von der Welt zeigen will, dann schlag ein. Fahr mit ihm an den Kanal, wenn ihm so viel daran liegt. Geselligkeit ist gut fürs Geschäft.«

»Ota, du spinnst.«

»Falsch. Ich bezahle. Das ist ein gewaltiger Unterschied.«

Jeden Abend heulte ich mich bei Basti aus. Große Gefühle, große Sehnsucht.

»Ich vermisse dich«, sagte ich.

»Und ich dich erst. Seit du weg bist, noch viel mehr.«

»Und wie ist es mit der Liebe?«

»Du meinst, ob ich außer Sehnsucht noch andere Gefühle habe?« Er lachte.

»Ja, sag es mir.«

»Ich liebe dich.«

»Ich dich auch.«

War das nicht schön? Meine Unzufriedenheit, meine Angst vor Ablehnung und der verkrampfte Magen, der dieses Warten nicht vertrug, machten es mir einfach, ihm ein »Ich dich auch« zu schenken. In die schönste Verpackung gehüllt, mit einer breiten Schleife aus gehauchten Küssen umwickelt.

»Es ist schön, deine Stimme zu hören. Hier ist alles so, wie soll ich es ausdrücken, so voll«, seufzte ich. »So voll daneben. Jeder denkt nur an sich und will so schnell wie möglich an Geld kommen, und ach, ich weiß nicht. Basti, ich bin unglücklich. Es geht überhaupt nicht voran.«

»Aber du hast doch von den netten Taxifahrerinnen und Hotelgästen erzählt.«

»Ach, das.«

Dass man im Hostal nur schwer einen PC-Platz ergattern konnte, vermochte ich bald durch einen Trick auszugleichen. Ich lächelte Franck, den kanadischen Zottelbart, an. Kommentarlos borgte er mir seinen privaten Laptop.

»Merci beaucoup, Franck.«

Ich nahm das Gerät entgegen und verzog mich in mein Zimmer. Es galt viel nachzuholen und zu recherchieren. Ich hatte mich denkbar schlecht auf diese Reise und das Zusammentreffen mit Pablo vorbereitet. Das wurde mir erst nach und nach bewusst.

Ich gab die ersten Begriffe in den Laptop ein. *Kinder* und *Erinnerung.*

Ab welchem Alter haben Kinder eine abrufbare Erinnerung? Was geschieht mit Kindern, wenn sie von einem auf den anderen Tag, in einer neuen Umgebung, mit neuen Gewohnheiten und einer neuen Sprache zurechtkommen müssen? Welche Schäden können auftreten? Welche Verhaltensweisen deuten auf bestimmte Erfahrungen hin?

Anina und ich wurden als Fünfeinhalbjährige von unserer Heimat, der Mutter und für ein Jahr von Sigi getrennt. Ein schreckliches Erlebnis. Aber wie ergeht es Kleinkindern, wenn sie diese Erfahrung machen müssen? Wissen oder spüren sie, dass etwas nicht stimmt? Erneut schämte ich mich. Befand, dass ich mich stärker mit Sigis und Pablos Schicksal hätte beschäftigen sollen. Woran lag mein Desinteresse? Daran, dass ich Gefühle gut unterdrücken und Probleme wunderbar verdrängen konnte, oder weil Sigi sein Kontingent an Aufmerksamkeit mehr als ausgeschöpft hatte? Noch während diese Gedanken Purzelbäume in meinem Kopf schlugen, wusste ich, dass es vermutlich an meinem Alter lag. Zudem war ich nicht bereit, mir einen Sack aufzuladen, der mir mit Sicherheit bald zu schwer werden würde und der mir nicht einmal gehörte.

Dennoch, ich durfte den Kopf nicht weiter in den Sand stecken. Der Polizeibericht fiel mir ein. Ich holte ihn heraus, las ihn erneut durch. Manche Vokabeln hatte ich nachschlagen müssen. Im Grunde aber war der Bericht eine Farce. Was mir an kriminalistischem Wissen fehlte, konnte ich durch zahllose Erfahrungen, die mit Sigis Vergangenheit zusammenhingen, wettmachen. Der Bericht war stümperhaft und unprofessionell angefertigt worden, so viel stand fest. Weder war auf die Person eingegangen worden, die Pablo abgeliefert hatte, noch auf die genaue Uhrzeit und den Ablauf der Übergabe. Selbst über die Kleidung, Gegenstände und so weiter, die Pablo bei sich gehabt haben mochte, eine Tasche, ein Taschenmesser ... kein Wort.

Lediglich sein körperlicher Zustand und sein Verhalten waren kurz dokumentiert worden.

Er sah unversehrt aus, hatte Hunger, weigerte sich zu sprechen. Verstand aber jedes Wort, zeigte seinen Ausweis vor. Punkt. Unterschrieben von einem gewissen Gustavo Luncho Hernandez.

Keine Stuhl-, Urin- oder Blutproben waren entnommen

worden. Ob er zuletzt mit Rauchern zusammen gewesen war, unter Unterernährung litt oder nur normal hungrig gewesen war, ob er weinte, stundenlang schlief ... Das alles hätte in einem solchen Bericht stehen müssen. Oder war und dachte ich zu deutsch? Und brachte einen dieses Wissen wirklich voran? Der Schlüssel, um Pablos Erlebnisse zu verstehen, lag womöglich tief in seinem Inneren verborgen.

Der arme Wurm. Wie und wo hatte er wohl in den letzten Jahren gelebt? Was hatte er erlebt, gesehen? Wie viel wusste er von seiner frühen Vergangenheit, den Verlusten?

Aber nicht doch, er hatte ja keine Erinnerung an seine Eltern, wie ich gerade gelesen hatte. Erst ab einem Alter von vier Jahren kann man sich an Personen und Ereignisse bewusst erinnern. Eine Weile lang gab ich weitere Suchbegriffe ein, *Trauma bei Kindern, Gefangenschaft, Kindesentführung* ... Aber schließlich deprimierten mich die Artikel, und ich wechselte zum E-Mail-Programm.

Sollten Psychologen sich um das Kind kümmern. Meine Aufgabe bestand darin, Pablo in Brunnen abzuliefern. Ich würde ihn erst wiedersehen, wenn sie ihn geradegebogen hatten. Etwas in mir wollte sich schützen. Es ist nicht mein gebrochenes Bein, sagte ich mir, ich muss seine Schmerzen nicht auf mich nehmen.

Der Sonntag war ganz in Gelb und ich in Blau gekleidet, als Dr. Schmid Rodrigues mich abholte. Seine Familie besaß ein Ferienhaus am Panamakanal. Ein Muss für jeden Touristen, dozierte er und musterte mich zufrieden.

»Ich bin aber keine Touristin.«

»Irgendwie schon.«

Unser Anwalt trug ein weißes Poloshirt und kurze Hosen. Das beeindruckte mich nicht. Seine Beine waren stark behaart. Verwundert stellte ich fest, dass er alleine gekommen war. Ein großer Geländewagen parkte vor dem Hostal.

»Wo ist Ihre Familie?«

»Sie warten auf uns.« Mir wurde mulmig zumute. Meine Vorsicht entpuppte sich als überflüssig. Der Anwalt war ein korrekter Mensch. Er redete nur das Nötigste, hielt nur an den absoluten Highlights und entfernte sich und mich nie weiter als zwanzig Meter von der Straße.

»Unser Häuschen«, erzählte Dr. Schmid Rodrigues, »liegt auf einer Insel im Lago Gatún. Das ist ein künstlicher Stausee, Teil des Kanals. Aber das wissen Sie sicherlich.«

Natürlich wusste ich es nicht. Natürlich nickte ich. Den Lago Gatún erreichten wir eine Stunde später, jedoch nicht die Insel und das Wochenendhäuschen. Wolken zogen den Himmel tief hinunter, zogen ihn bis auf die Erde. Später kam dichter Nebel hinzu. Er umgab die Kanalzone wie ein Kokon, und es wurde so schwül, dass ich um mein Leben fürchtete. Unsere Mutter spukte als Geisterstimme durch meinen Kopf und kommentierte unablässig die Landschaft. Unverdrossen machte sie mich auf den Primär- und Sekundärurwald, die Mangrovensümpfe und die überfluteten Täler aufmerksam. In Gatún selbst machten wir eine längere Pause. Ich war beeindruckt, bat aber umzudrehen.

»Mir ist übel. Diese Hitze, oder ... ich weiß auch nicht.«

»Kommen Sie, die Abwechslung wird Ihnen guttun. Die oberen Schleusen müssen Sie unbedingt sehen. Und den Staudamm natürlich. Der ist wirklich einzigartig«, lockte mein Begleiter. »Er war seinerzeit der größte der Welt. Bei Fertigstellung 1913 war das etwas ...«

»Ja, bestimmt.«

Pelikane überflogen die Wasserfläche in einer geradlinigen Formation. Wie auf Kommando senkten sie sich ab, stiegen in einer sanften Linie wieder hoch, während der See sich immer mehr mit dem dunklen Grau des Himmels vermischte. Nur schemenhaft sahen wir Schiffe zwischen den Inseln auftauchen, auch kleine Yachten, die sich, grüppchenweise zusammenrotteten, als fürchteten sie sich, in der Weite der Wassermassen zu verirren. Das war alles sehr nett, doch ich konnte nicht mehr. Es dauerte keine zehn Minuten, da musste der Anwalt erneut anhalten. Ich übergab mein Frühstück einem grünen Fleckchen Erde.

»Wie konnten Menschen in diesem mörderischen Klima einen Kanal bauen?«, jammerte ich.

Geduldig hörte ich mir die Baugeschichte des Kanals an, doch da befanden wir uns bereits auf dem Rückweg.

Ich sagte, dass es mir sehr leidtun würde. Zu gerne hätte ich seine Familie kennengelernt. Aber das war gelogen. Ich wollte niemanden kennenlernen. Während ich eine Plastiktüte in den Händen hin und her drehte, fragte ich dennoch nach. Damit er mein Unwohlsein nicht als Missachtung missverstehen konnte. So erfuhr ich jede Menge Zahlen über Todesopfer und Geldverluste und -einnahmen, die mit dem Panamakanal zusammenhingen. Wie er es schaffen wollte, dass Pablo und ich in drei Tagen ausreisen konnten, erfuhr ich nicht. Er war als Anwalt und ich als Touristin ein Reinfall. Die Nacht verbrachte ich sitzend. Im Bett und auf dem Klo. Nicht nur mein Kopf, auch mein Magen spielte verrückt. Eine schwerwiegende Entscheidung stand mir bevor. Sollte ich am Mittwoch den Rückflug verfallen lassen? Oder konnte ich mich trauen, ohne Pablo zurückzukehren?

Es geschah an meinem neunten Tag in Panama. Ein Tag vor dem geplanten Rückflug. Den ich bestätigen musste. Was ich nach langem Hin- und-her-Überlegen auch tat. Für eine

Person. Ich wollte heim. Für mich gab es hier nichts zu tun. Am späten Nachmittag verließ ich das Waisenhaus. Mit einem schmerzenden Gefühl im Bauch. Eigentlich fühlte sich mein ganzer Körper steinhart an. Kein Rhythmus in den Beinen, stattdessen dieser niederschmetternde Eindruck, versagt zu haben. Die Bilanz dieser Reise zeigte ein miserables Ergebnis. Ich hatte nichts erreicht.

»Hasta mañana«, verabschiedete ich mich von Pablo. Noch hatte ich mich nicht getraut, ihn in meinen Plan einzuweihen. Ich wollte es ihm morgen schonend beibringen. Mein Flug ging spät, mir würde also genügend Zeit für einen letzten Besuch bleiben. Vorausgesetzt, ich stand früh auf.

Pablo, du musst durchhalten, wollte ich sagen. Wenn die Papiere wirklich fertig sind, komme ich wieder. Dann hole ich dich ab. Versprochen. Dann bringe ich auch Fotos mit. Ich zeige dir, wo du leben wirst. Aber ich muss jetzt zurück. So oder so ähnlich wollte ich auf ihn einreden. Mehr tat ich während meinen Besuchen sowieso nicht. Ich redete, er schwieg. Vermutlich war es ihm vollkommen egal, ob ich mich in Panama oder auf dem Mond befand.

Die Stadt lag unter Wolken. Ein kräftiger Wind blies. Es war bedrückend. Das Grau der Straßen und das Grau der Wolken versuchten sich in einem wilden Tanz zu paaren. Staubig heiße Luft von oben traf auf staubig heiße Luft von unten. Innerhalb kürzester Zeit waren meine Nasenlöcher verklebt. Im Mund knirschte der Sand. Ja, auch das Wetter mischte an diesem entscheidenden Tag kräftig mit.

In der vergangenen Nacht war es spät geworden. Franck und ich hatten lange diskutiert. »Niemand kann mich zwingen, länger zu bleiben«, posaunte ich und erklärte Franck in groben Zügen, worum es ging.

»Mir wäre es lieber, du würdest mehr Geduld aufbringen. Du bist verwirrt, du weißt nicht, was du tun sollst, du ...«

»Ach, halt den Schnabel und gib mir noch ein Bier.«

Am Morgen erwachte ich mit Kopfschmerzen. So kam es, dass ich spät ins Waisenhaus aufbrach. Sehr spät. Und jetzt dieser Staubsturm. Schlecht gelaunt stand ich an der Straße. Und kein Taxi wollte halten. Ich lief ein Stück die Straße entlang. Irgendwo musste es eine Bushaltestelle geben. Ich lief mit bleischweren Beinen.

Eine junge Frau sprach mich an. Sie muss mir meine Hilflosigkeit angesehen haben. Sie fragte, wohin, sie ergriff meine Hand, sie führte mich zu einer dicht befahrenen Straße, sie kaufte mir ein Ticket, sie weigerte sich, Geld anzunehmen, sie schob mich in einen Bus, sie bat mich, neben dem Fahrer stehen zu bleiben, und sie befahl ihm, mich an der richtigen Haltestelle herauszulassen. Mich überwältigte ihre Fürsorge und Gastfreundschaft.

Nur leider: Die richtige Haltestelle erwies sich als die falsche. Immerhin, ich landete in der Nähe der Altstadt. Den Rest konnte ich zu Fuß zurücklegen. Dachte ich. Ein Taxi wäre Verschwendung. Glaubte ich. Am helllichten Tag konnte mir nichts passieren. Wieder eine Fehleinschätzung. Nicht nur die Wolken verdunkelten den Himmel. Auch die Vorboten der Nacht. Dass der Abend an der Startlinie stand, gebückt und gut trainiert, ignorierte ich jedoch. Die Straßen waren breit. Viele Menschen unterwegs. Einige mochten zur Abendschicht eilen, viele jedoch befanden sich auf dem Heimweg. An jeder Ecke, vor jedem Laden hockten Straßenverkäufer. Daneben standen: Jugendliche und diskutierende Frauen, beladen mit schweren Einkaufstaschen, aus denen exotisch aussehende Gemüsepflanzen ragten. Ich fühlte mich sicher. Und war überzeugt, dass ich mir inzwischen den Weg gut eingeprägt hatte. Die mit Altersflecken übersäte Kirche, an deren höchstem Punkt ein grün schimmerndes Kreuz die Glaubensrichtung angab, lag rechts, wenn ein Taxi mich zum Waisenhaus fuhr. Also musste ich an der nächsten Kreuzung links einbiegen. Erst drei Straßenkreuzungen weiter und drei Kirchen später ahnte ich, dass es mehr als ein mit Altersflecken bestücktes Gotteshaus in der Altstadt gab. Aber war ich nicht immer an der gelben Fassade dieses ehemals prächtigen Kolonialhauses vorbeigefahren? Einem Bauwerk, von dem wirklich nur noch die Außenmauer stand, als gehörte es zu einer Filmkulisse. Auch die farblose Gebäudewand daneben wurde durch Holzverstrebungen vor dem Einsturz bewahrt. Ganz deutlich erinnerte ich mich daran, wie absonderlich ich es fand, dass die Haustür mit Querbalken vernagelt worden war. Was hätte man hinter der Fassade stehlen sollen? Nur Müll lag dort sowie die Reste von zerkleinertem Mauerwerk. Es war ein Witz.

Ich hätte nicht laut lachen sollen. Denn nun hörte ich Schritte hinter mir. Immer tiefer war der Himmel an die Erde herangerückt. Der Wind hatte zwar nachgelassen, doch immer noch wirbelte er dichten Staub auf. Ich begriff augenblicklich, dass ich mich in Gefahr gebracht hatte. Zwar war die Gasse, in die ich geraten war, mit zahlreichen Autos vollgeparkt, bei näherem Betrachten entpuppten sich die Fahrzeuge jedoch als nicht mehr fahrtüchtig. Offenbar befand ich mich in einem Viertel, in dem nicht nur einzelne, sondern alle Häuser unbewohnbar geworden waren. Mieter und Gemäuer schienen sich gemeinsam verabschiedet zu haben. Hier gab es keine kleinen, nicht einmal allerkleinste Läden. Auch keine schwatzenden Hausfrauen oder nach Hause eilende Arbeiter. Ich sah nach oben, sah nach rechts, nach links und in jeden Hauseingang. Keine Menschenseele. Die Schritte kamen immer näher. Instinktiv hielt ich meinen Rucksack fest. Papas Worte kamen mir in den Sinn. Lass deine Papiere immer im Hotel. Nimm nicht zu viel Geld mit. Du brauchst einen normalen Geldbeutel und einen mageren für Diebe. Wenn dich jemand beklauen will, darfst du dich nicht wehren. Gib ihm den für ihn reservierten Geldbeutel. Er wird zufrieden sein. Für diese Menschen bist du eine reiche Frau. Selbst wenn du durch deine Kleidung etwas anderes vorzutäuschen versuchst. Gut gemeinte Papaworte, die es zu widerlegen galt.

Durch den dünnen Stoff des Rucksacks erspürte ich die Flasche mit dem Pfefferspray. Ich würde mich verteidigen. Ich würde mich nicht bestehlen lassen.

Entschlossen drehte ich mich um. Und sah zwei Jungen auf mich zukommen. Jugendliche, fast noch Kinder. Ihre Schritte wirkten kämpferisch. Doch in den Gesichtern glaubte ich Unsicherheit zu erkennen. Das hier war nicht ihr tägliches Geschäft. Auf der anderen Seite wollten sie sich diese einmalige Chance nicht entgehen lassen. Ein Stück vom großen Kuchen stand direkt vor ihnen. Fast schon ein gefundenes Fressen. Eine Extranjera, eine Fremde. Allein unterwegs. Wie dumm. Was auch immer sie im Rucksack spazieren trug, sie würde sich nicht mehr lange daran erfreuen. Sie konnte um Hilfe rufen, doch niemand würde sie hören. Sie konnte betteln, aber die beiden hatten sich dazu entschlossen, ihr Mitleid hinunterzuschlucken. Tapferen Kriegern gleich.

Es galt ein Handy zu ergattern, eine Kamera und Bargeld. Die Sache fing an, ihnen Spaß zu machen. Ich erkannte es an ihren Augen, die einen leuchtenden Glanz angenommen hatten. In mir spannte sich ein Bogen. Ich war stehen geblieben und entschlossen, mich ihnen zu stellen. Nur wusste ich nicht, wie ich das tun sollte. Außer dem Pfefferspray hatte ich ihnen nichts entgegenzuhalten. Rasch öffnete ich den Rucksack und holte das Fläschchen heraus. Die Dose fühlte sich kalt an. Kalt, wie der Schweiß, der sich in meinem Nacken zu sammeln begann. Ich hatte es noch nie benutzt. Nur für den Notfall, hatte Papa mir eingeschärft. Bei unüberlegtem Einsatz kann der Gebrauch einen einfachen Banditen in eine aggressive Bestie verwandeln. Wenn du dich aber dazu entschließt, es einzusetzen, musst du gut zielen. Du hast nur diese eine Chance, danach musst du um dein Leben rennen. Gut gemeinte, sinnvolle Papasätze.

Er hatte von einem Banditen gesprochen, ich aber stand zweien gegenüber.

»Was wollt ihr?«, sprach ich die beiden auf Spanisch an. »Lasst mich in Ruhe.«

Augenblicklich blieben sie stehen. Damit schienen sie nicht gerechnet zu haben, dass ich Spanisch sprechen konnte. Ich nahm meinen Geldbeutel heraus und warf ihn auf den Gehweg. Zielsicher vor ihre Beine. Ich hätte ihn weiter weg werfen können. Aber das fiel mir erst sehr viel später ein. Als alles zu spät war. Das metallische Klappern von Geldmünzen ließ sie erstarren.

»Verschwindet! Mehr habe ich nicht.«

Sie schauten auf den staubigen Asphalt, in dem einzelne Marmorstücke daran erinnerten, dass dies einmal eine reiche Gegend gewesen war. Dann schauten sie zu mir. Die Mimik des einen drückte immer noch Verwunderung aus. Eng zog er die Augenbrauen zusammen. Ein Zweifler. Der andere grinste, bückte sich und fischte den Geldbeutel aus einer Vertiefung. Jetzt hätte ich wegrennen sollen. Aber ich konnte mich nicht dazu entschließen. Die Angst, von hinten angegriffen zu werden, war übermächtig. Ich wollte sehen, was sie machten. Und ein Teil von mir hoffte, sie würden zufrieden sein und mit dem Geld verschwinden. Doch es war zu wenig.

Ein Blick hatte dem Zweifler genügt, um die Summe zu schätzen. Er wollte mehr. Die voranrückende Zeit kam ihnen zu Hilfe. Schatten griffen nach den Konturen, und Dunkelheit begann die Gasse zu fluten. Ohne sich mit seinem Kumpel abzusprechen, kam der Zweifler auf mich zu. Nur noch wenige Schritte trennten uns. Mit dem ausgestreckten Arm hätte ich ihn schlagen können. Mit dem ausgestreckten Arm hätte er mir den Rucksack entreißen können. Ich musste es tun. Ich hatte keine Wahl. Ich hob die Hand, zielte und spritzte ihm das Pfefferspray in die Augen. Ein zischendes Geräusch erklang. Wie von Sprühsahne. Es roch süßlich. Vor Verwunderung atmete ich heftig ein und aus. Aber ich rannte immer noch nicht weg. Dabei wäre es so einfach gewesen. Während der eine immer noch mit dem Zählen des Geldes beschäftigt war, schrie der andere auf. Ein verletztes Tier. Und wie ein Tier krümmte er sich in einem wilden Tanz, zusätzlich Staub aufwirbelnd. Schließlich hörte man ihn nur noch ächzen und stöhnen. Hilflos schlug der Junge beide Hände vors Gesicht, rieb sich die wunden Augen. Er war mehr als hilflos. Erledigt. Aber was würde der andere machen, wenn ich weglief? Viel zu lange überlegte ich. Viel zu lange zögerte ich. So lange, bis Mitleid mich ansprang. Obwohl der Kerl mir die wildesten Flüche um die Ohren warf, verdrängte dieses Mitleid meine Angst.

»Scheiße, ich bring dich um, du Hure. Du verfluchtes Miststück, das wirst du teuer bezahlen.«

»Wasser«, unterbrach ich ihn, »tu die Hände runter, da hilft nur Wasser.« Und erneut griff ich in meine Tasche, holte meine Trinkflasche heraus und goss ihm den ganzen Inhalt über den Kopf. Ich hätte noch Gott weiß was versucht, doch da bemerkte ich, dass der Geldzähler aus seiner Erstarrung erwacht war und auf uns zukam. Erst jetzt ließ ich meinen Rucksack fallen, drehte mich um und rannte, so schnell ich konnte, davon. In der einen Hand eine leere Trinkflasche haltend, mit der anderen umklammerte ich das Pfefferspray. Ich rannte um mein Leben und einem großen Mann direkt in die Arme.

Er hieß José Luis Alcantara und begleitete mich sicher zum Hostal.

Am nächsten Tag kam er vorbei, brachte grün und blaugelb gefärbtes Konfekt in einer mit roter Schleife geschmückten Schachtel mit und erkundigte sich nach meinem Befinden.

»Hast du dich etwas von dem Schock erholt?«, wollte er wissen.

»Nein, wie auch? Die Papiere sind weg, und ich habe meinen Rückflug verpasst.«

»Das ist schlimm«, bestätigte er und strahlte über das ganze Gesicht. Nur wenig später machte er mir einen Heiratsantrag. Ich lehnte ab.

Kein Wort über den Überfall, schärfte ich Anina ein. »Ich will nicht, dass Papa sich Sorgen macht.«

»Papa macht sich aber Sorgen. Er telefoniert jeden Tag mehrmals mit dem Ota. Die beiden streiten sich. Aber mir erzählt er nicht, worüber sie sich zoffen.«

»Siehst du. Wir haben andere Sorgen!«, bestätigte ich. »Ich muss mich um Pablo kümmern. Er redet immer noch kein Wort mit mir. Nicht einmal ein Lächeln schenkt er mir. Das mit dem gestohlenen Geld ist nicht so schlimm.«

»Und die Kamera?«

»Egal.«

»Und das Handy?«

»Egal. Ich kaufe mir ein neues.«

Was ich verschwieg, war das Zittern, das Entsetzen und die Vorwürfe, die ich mir machte. Ich hatte mich nicht gerade stark gefühlt, als ich in Panama ankam. Aber seit zwei Tagen traute ich mich nicht mehr auf die Straße. Dabei musste ich dringend Kontakt mit der Botschaft aufnehmen. Selbst meiner Schwester gegenüber hatte ich mein Versagen nur teilweise zugegeben. Sämtliche Papiere waren weg. Kreditkarte, Reisepass, Rückflugtickets, einfach alles. Das Schicksal hatte mir ein Bein gestellt. Vielleicht war es gut so, bestimmt aber hilfreich, dass ich niemandem, außer Franck, von meinen Rückreiseplänen erzählt hatte. Ich hatte aufgeben wollen. Das kam nun nicht mehr infrage. Ich würde erst dann neue Flüge buchen, wenn die Ausreisepapiere für Pablo fertig waren.

Damit Anina nicht weiterfragte, damit sie nicht merkte, wie es wirklich um mich stand, bat ich sie um einen Gefallen.

»Die Notizen von Sigi. Schickst du mir die als Scans zu. Und die Bilder von uns, die ich vergessen habe.«

»Wozu?«

»Ich sitze hier rum und habe Zeit, mich zu informieren.«

»Fehlt er dir auch?«

»Ich habe seinen Sohn an der Backe, schon vergessen?«

»Sigi war nicht einfach.«

»Das wissen alle, die mit ihm zu tun hatten. Warum also erzählst du mir das?«

»Ich habe ihn trotzdem geliebt.«

»Anina, was ist los?«

»Ich bin traurig.«

»Warum?« Meine Stimme klang genervt. Ich war genervt. Warum wollte die Welt ausgerechnet von mir getröstet werden?

»Michi hat 'ne Neue.«

»Michi hat schon lange eine Neue. Vergiss ihn.«

»Er und ich, wir passen aber supergut zusammen.«

Ich beendete das Gespräch. Mit Anina über Männer zu sprechen hatte keinen Sinn. Sie war total unrealistisch, und ich hatte ganz andere, wie ich fand, existenzielle Sorgen. Anina verliebte sich immer in die miesesten Typen. Es war eine Krankheit, ein Infekt. Der ewig gleiche Bakterienstamm, leicht mutiert, legte ihre Abwehrkräfte lahm. Sven, Rolf, Michi. Ich war so froh, dass ich Basti hatte. Aber auch Basti konnte ich nicht sagen, wie es um mich stand. Stattdessen suchte ich erneut die Nähe zu Franck und bat ihn um Rat.

»Mein Pass ist mir gestohlen worden. Was soll ich tun?«

»Du hast mich angelogen. Du hast gesagt, du hättest den Flug wegen mir verschoben«, schimpfte er los. Dann aber begriff er und sprang hinter der Theke hervor. Franck kam auf mich zu, nahm mich in die Arme.

»Was muss ich machen? Los, sag's mir, das kommt doch hier bestimmt täglich vor.«

Ohne weiteren Kommentar ergriff er meine Hand und begleitete mich zur Polizei, anschließend zur Deutschen Botschaft. Dort ließ ich mithilfe einer erfahrenen Beamtin die Kreditkarte sperren und beantragte Ersatzpapiere.

»Das dauert ein paar Tage«, stellte sie anfangs, zwischendurch und am Ende unseres Gesprächs klar.

Ich nickte nur.

Auch in der darauffolgenden Nacht schlief ich schlecht. Immer wieder durchlebte ich bruchstückhaft den Überfall. Erwachte schweißgebadet. Im Halbschlaf stellte ich mir vor, wie und an welcher Stelle ich anders hätte reagieren sollen. Mein Verhalten war unverzeihlich, unprofessionell und idiotisch gewesen. Gegen Morgen fiel der Strom aus. Ich hörte es, weil der Ventilator nicht mehr brummte, und spürte es, weil die warme Luft nicht mehr kreisförmig durchs Zimmer wirbelte. Müde und zerschlagen stand ich gegen sechs Uhr auf und ging aufs Klo. Danach konnte ich nicht mehr einschlafen. Um sieben bereits war ich beim Waisenhaus. Den Anwalt hatte ich am Vortag erreicht und ihm eine Erkältung vorgetäuscht.

»Und ich hatte schon Sorge, Sie würden zurückfliegen.«

»Vielleicht hätte ich das tun sollen.« Verlegen hustete ich. Die Wahrheit wollte ich ihm nicht erzählen. Zum einen schämte ich mich, zum anderen befürchtete ich, dass die Nachricht von dem Überfall unseren Vater erreichen würde. Von meinem Entschluss, den Rückflug nicht verfallen zu lassen, hatte ich dem Anwalt auch nichts gesagt, er hätte mich ja doch nur umzustimmen versucht. Und tatsächlich musste ich mir eine ausufernde Durchhalteparole anhören.

»War nicht so ernst gemeint«, ruderte ich zurück. Dem Kerl war zuzutrauen, dass er meinen Wankelmut, wie er sich ausdrückte, nicht nur Großvater, sondern auch Pablo gegenüber hervorhob.

Erst als ich das Taxi verließ, wurde mir bewusst, dass ich viel früher als sonst zu Besuch kam.

Zum ersten Mal sah ich Kinder auf dem Parkstreifen vor den Gebäuden spielen. Aber nein, sie spielten nicht, sie liefen nur emsig hin und her. Manche trugen zu zweit und zu dritt Matratzen nach draußen, manche hielten Bettwäsche in den Händen. Pablo, nur mit einer kurzen Hose bekleidet, entdeckte ich unter einem Baum. Er stand ganz still, hielt eine Matratze fest.

»Was machst du?«

Er zuckte zusammen, blickte auf. Seine Augen waren gerötet.

»Guten Tag, Pablo. Buenos dias.«

Das Kind starrte auf meine Füße. Ich ging in die Knie, sodass ich kleiner war als er. Aufmunternd schaute ich ihm von unten in die Augen. Alles an ihm erschien mir perfekt. Die kurze Nase, die weit auseinanderliegenden dunklen Augen, der schmale Mund. Nur die Mimik fehlte. Ein Begrüßungslächeln zum Beispiel.

»Hast du Angst?«

Er schüttelte den Kopf.

»Und warum hältst du die Matratze fest?«

Erneut schüttelte er den Kopf. Seine Haare waren kurz, nur eine einzige Locke schaffte es in die Stirn. Ich schob sie sanft zur Seite.

»Ist das ein Spiel?«

Jetzt grinste er ein schiefes Grinsen, zeigte auf die Flecken im mittleren Teil der Matratze. Ich konnte nichts riechen, doch es war zu vermuten, dass er heute Nacht ins Bett gemacht hatte. Zur Strafe musste er nun seine Matratze festhalten. Er war nicht der Einzige. Wie bei einer Ausstellung reihte sich Matratze an Matratze. Und die Kinder standen stramm wie Verkäufer daneben. Manche waren deutlich jünger als Pablo. Ein Windstoß, und ihre Schlafflöße würden sie unter sich begraben.

»Komm mit!«, kommandierte ich. Und als er nicht gehorchen wollte, stieß ich die Matratze grob zur Seite. Sie fiel in den Staub. Ohne Murren blieb sie liegen. Das Kind aber schaute mich entsetzt an.

»Das darf ich nicht«, sagte es auf Deutsch, bückte sich hastig und versuchte, die Matratze wieder hochzustemmen. Dabei fiel ihm ein Foto aus der Hosentasche. Ich hob es auf. Ohne zu zögern, versetzte ich der Matratze erneut einen Stoß, stellte sogar meinen Fuß darauf ab und zwang Pablo, zu mir aufzuschauen.

Wenn er kein Radio verschluckt hatte, dann war das gerade seine Stimme gewesen. Ich war zu perplex, um etwas zu erwidern, doch mein erster Gedanke war: Du kleiner Scheißer, du sprichst sogar Deutsch und sagst kein Wort. Verstehst alles, was ich sage. Warum verweigerst du dich so hartnäckig, du hinterhältiger Furz?

Auch hinter Pablos Stirn stauten sich die Gedanken; ich sah es arbeiten. Irritiert schluckte er einen Kloß hinunter, der sich in seinem schmalen Hals gebildet hatte. Dass ich mich nicht freute, sondern ein finsteres Gesicht machte, gab ihm den Rest. Er versuchte wegzurennen. Doch ich hielt seinen Arm fest umklammert. Entschlossen, dieses Rätsel sofort zu lösen, zerrte ich das Kind ins Büro der Leiterin.

»Warum haben Sie mir nicht gesagt, dass er Deutsch spricht?«, fragte ich etwas zu laut.

Rosaria Gomez Blanco versicherte mir, dass Pablo niemals zuvor mit den Kindern oder dem Personal gesprochen habe, weder Spanisch noch in einer anderen Sprache. Das müsse ich ihr glauben.

»Warum hast du nie etwas gesagt?«, wandte ich mich an den Jungen.

Doch der schwieg hartnäckig. Möglicherweise hatte ich mir das Ganze nur eingebildet, in der nächsten Stunde jedenfalls schenkte er mir nicht einmal ein Nicken oder Kopfschütteln.

Beim Abschied übergab ich Pablo das Geschenk des Großvaters.

»Eine Uhr, für dich, von deinem Urgroßvater.« Und lauernd fügte ich auf Deutsch hinzu: »Er liebt dich sehr.«

Pablo schaute nur kurz auf, dann schnappte er zu. Ein hungriger Karpfen, der nach einer Fliege schnappt. Um sogleich wieder unterzutauchen. Ins sichere Nass. In die ihn schützende Dunkelheit. Ohne die Uhr näher zu untersuchen, steckte er sie in die Hosentasche.

»Willst du dich nicht bedanken?«

»Wo warst du gestern und vorgestern?«

9

Mara Scherbakow. Ich brauchte ihre Hilfe. Gott sei Dank hatte ich ihre Visitenkarte als Lesezeichen benutzt. *Cámara de Comercio e Industria Panameña-Alemaña* stand auf dem Kärtchen. Ich schaute es mir näher an und erfuhr: Sie war Vizechefin der Deutsch-Panamaischen Industrie- und Handelskammer. Und weil ich mir darunter nicht allzu viel vorstellen konnte, weil aber bereits ein leichtes Kribbeln meiner Fingerspitzen mir verriet, dass das ein interessanter Kontakt sein könnte, recherchierte ich im Internet. Und freute mich riesig, als ich unter der Rubrik Aufgaben folgenden Eintrag las: Auskünfte über Ein- und Ausfuhren.

War Pablo nicht so eine Art Ausfuhr? Es war an der Zeit, etwas zu unternehmen. Und ich musste dringend mit jemandem über meine Erlebnisse mit dem Kind reden. Ich rief sofort an und wurde sofort enttäuscht. Mara war nicht im Büro, teilte mir eine Angestellte mit kindlicher Stimme mit. Eine private Adresse rückte sie natürlich nicht heraus. Dumme Kuh, dachte ich bei mir und warf die Visitenkarte im hohen Bogen durchs Zimmer. Wo sie mit der Rückseite nach oben liegen blieb. Und da sah ich es: Handschriftlich hatte Mara mir ihre private Telefonnummer notiert. Erneut wählte ich. Und wurde von einer warmen Stimme mit starkem Ostakzent willkommen geheißen. Wir verabredeten uns.

Das Restaurant, in dem wir uns trafen, hatte mehr als dreißig Tische und war wohl für große Gesellschaften ausgerichtet. Durch die gefliesten Wände strahlte es den Charme einer Fleischmarkthalle aus. Zudem fehlte das in Deutschland übliche Dekor, nicht eine einzige Pflanze oder Vase war zu sehen, dafür Dutzende von Stühlen, die sich eng um die Tische gruppierten. Da es noch sehr früh war, wurden wir wie Königinnen begrüßt. Außer uns befand sich kein weiterer Gast im Lokal. Das war mir ganz recht. Ich wollte heulen, die Servietten zerreißen, laut fluchen und Panama einen wirklich schrecklichen Ort nennen. Das durfte man einer deutschen Beauftragten mit russischen Wurzeln zumuten. Und dann kam doch alles ganz anders, ich weinte nicht, ich schimpfte wenig. Denn Mara war nicht nur körperlich groß, sie war auch eine große Fragenstellerin.

»Jetzt muss ich verstehen noch einmal von vorne«, unterbrach sie mich, nachdem ich ihr während der Vorspeise mein Herz ausgeschüttet hatte. »Den Kleinen habt ihr vier Jahre nicht zu Gesicht bekommen. Keine Ahnung habt ihr, wo er steckte, wer ihn entführt hat. Sag, wo kann er gelebt haben?«

»Nun, er scheint Spanisch und Deutsch zu verstehen.«

»Du aber findest das nicht merkwürdig.«

»Was meinst du?«

Ein Kellner kam, räumte die Vorspeisenteller ab und servierte den Hauptgang. Fisch mit Reis.

»Denken musst du. Kinder verschwinden, das ist in Zentralamerika nichts Besonderes. Allerdings, die Kinder bleiben nicht im Land. Normal, also in der Regel, werden sie in die Vereinigten Staaten gebracht. Die Käufer … Warum zuckst du zusammen? Ist das Leben so. Así es la vida. Das Leben ist ein steiniger Pfad. Geschäfte mit den

USA sind lukrativer, auch sicherer. Spuren können die Menschenhändler verwischen, Nachforschungen sind erschwert.«

»Das haben wir uns alles überlegt«, versuchte ich sie zu unterbrechen. Aber sie war so richtig in Fahrt gekommen.

»Es wundert mich nicht, die Entführer stellten keine Geldforderungen. Sie wussten nicht, dass dein Bruder Geld hatte.« Rasch sprach sie weiter. »Nur ein Problem, bei dieser Theorie: In den USA spricht man Englisch. Sag, was glaubst du?«

»Keine Ahnung.« Ich wusste überhaupt nicht, worauf sie hinauswollte. Vielleicht war es mir auch egal. Sie schien nicht verstanden zu haben, dass ich von ihr keine Analyse erwartete, sondern Hilfe. Sie sollte mir dabei helfen, Pablo so rasch wie möglich nach Hause zu bringen. Doch Mara war auf einem ganz anderen Trip. Ihre Stimme wurde lauter, ihr Gesicht färbte sich dunkel. Diese imposante Frau kam mir plötzlich bedrohlich vor.

»Aber das ist klar, Schätzchen.« Sie tippte sich an die Stirn. »Ihn hat geklaut jemand aus eurer Verwandtschaft.« Sie legte keine Pause ein. Ganz im Gegensatz zu meinem Verstand. Der hatte den Rückwärtsgang eingelegt. »Wenn ich habe alles richtig verstanden«, fuhr Mara fort, »bei euch ist nichts normal. Deine Mutter zieht als junge Frau nach Costa Rica. Ein Mann begegnet ihr, sie heiraten, bekommen ein Kind. Deinen Bruder. Dann deine Mutter trennt sich von dem Mann. Jahre später deine Mutter kommt mit einer Kopie zurück nach Costa Rica.«

Mara lachte, wie Kinder lachen. Ein fröhliches Lachen, mit reichlich Schadenfreude gewürzt. Ich war mir nicht sicher, ob mir ihre Form der Zusammenfassung gefiel.

»Deine Mutter verliebt sich in den Bruder ihres ersten

Mannes. Ausgerechnet. Dann irgendwann deine Schwester und du ... Wie heißt deine Schwester?«

»Anina.«

»Aber auch diese Ehe geht kaputt, weil ...«

»Sie waren nicht wirklich verheiratet, nur so symbolisch, und du musst das nicht alles wiederholen«, unterbrach ich sie gereizt. »Ich kenne die Geschichte. Und glaub ja nicht, du seist die Erste, die sich darüber wundert. Meine Familie ist trotzdem nicht abartig.«

»Nicht was?«

»Abartig. Warum kennst du den Begriff nicht?«

Als der Kellner kam, hatte ich nur die Hälfte des Gerichts aufgegessen. Er traute sich nicht abzuräumen, und ich musste ihm mehrmals versichern, dass ich satt war. Mara erklärte mir unterdessen, wie sie die deutsche Staatsbürgerschaft erhalten hatte. Als Achtzehnjährige war sie eingewandert, der Grund banal: eine Urlaubsliebe. Wie das eben so läuft, gestand sie, Sommer am Schwarzen Meer, die Liebe groß, leuchtend, ein Stern, vielversprechend. Und *Auswandern* wäre in Russland eine Alltagsvokabel, süß schmeckend wie Muttermilch. Die Ernüchterung kam wenig später, der Mann war gestört, sein dritter Selbstmordversuch gelang.

»So ein Mist. Aber auch Glück. Der deutsche Pass ist zu mir gekommen, und der deutsche Pass ist bei mir geblieben. Keine Probleme, kein Mann mehr, keine Kinder.« Sie lächelte mit geschlossenem Mund, als sie davon erzählte. Und mir war sofort klar, dass sie sich nichts sehnlicher als einen Mann und ein paar Kinder wünschte.

»Weißt du, bei uns daheim gibt es viele komplizierte Onkel- und Tantengeschichten. Aber der Überblick ist wichtig.«

Ich verstand nicht.

»Du kapierst nicht? Dann gestatte, dass ich dir erkläre.

Dein Onkel und deine Mutter waren alleine. Vielleicht wollte er oder sie Ersatz für den Sohn.«

»Sei still!«, unterbrach ich sie grob. »Mama und Kinder!« Was für einen Blödsinn fantasierte Mara sich da zusammen? Noch in der gleichen Sekunde bereute ich, ihr überhaupt etwas erzählt zu haben.

»Niemand wird seinem eigenen Sohn aus einer Laune heraus das Kind stehlen. Was für ein Unsinn. Und Mama kann mit Kindern auf Dauer nichts anfangen. Außerdem ist sie vor über einem Jahr gestorben. Derartige Verstrickungen gibt es selbst in unserer Familie nicht. Ich habe ja reichlich Gruselkram konsumiert ...«, Filme, wollte ich sagen, aber solch einen Schwachsinn hat mir noch niemand aufgetischt. Ich sprach den Satz nicht zu Ende. Meine Lippen zitterten. Ich schüttelte mich wie nach einem Regenschauer, schüttelte diesen schrecklichen Gedanken ab. »Vergiss die Idee, es ist ...«

»Wir reden. Das ist gut. Nicht alles muss stimmen, was ich sage. Aber reden können wir, oder? Deine Mutter kommt möglicherweise nicht infrage. Aber vielleicht wollte dein Onkel das Kind in Sicherheit bringen. Hör zu und geh nicht gleich in die Luft. Du hast gesagt, Sigi war verrückt ein bisschen. Hat immer wieder gewechselt Wohnort und seinen Job. War hin- und hergerissen zwischen neuer und alter Heimat. Das kann einem Großvater machen Sorgen.«

Ich musste über ihre altmodische Wortwahl lächeln. Und vergaß für kurze Zeit den Schock, den sie mir versetzt hatte. Obwohl ich mir vorgenommen hatte, nichts mehr zu erzählen, beantwortete ich brav ihre Frage, unter welchen Umständen Sigi ums Leben gekommen war.

Doch erneut unterbrach sie mich, war nicht zufrieden.

»Wie bitte? Kann das sein dein Ernst? Sie ermorden deinen Bruder, und du weißt nichts über die Hintergründe?«

»Was willst du von mir? Ich habe dir doch erzählt, dass er den betreffenden Arzt und eine Krankenschwester verdächtigte, seinen Sohn verkauft zu haben. Er hat gedroht, den Laden auffliegen zu lassen. Dabei hatte er überhaupt keine Beweise. Der Fall kam nie zur Anklage. Wie soll man so etwas auch beweisen? Niemand vom Krankenhauspersonal wollte gegen den Arzt aussagen. Und vielleicht gab es ja nichts auszusagen. Diesen Gedanken ließ Sigi jedoch nicht zu. Er war felsenfest davon überzeugt, dass sein Sohn lebte. Obwohl niemand ihm geglaubt hatte, selbst wir, seine Familie, nicht. Wir dachten wirklich, jetzt wird er verrückt.«

Ich konnte nicht mehr weitererzählen. Doch Mara gönnte mir keine Pause.

»Okay, dein Bruder war unterwegs, um Freund in Panama City zu besuchen. Doch er ist nicht angekommen. Wochen später man fand ihn. Was sagt die Polizei zu seinem Tod?«

Maras angespannter Gesichtsausdruck machte mich nervös. War sie ehrlich betroffen oder nur neugierig?

»Ein Mann wurde festgenommen, aber er hat die Tat geleugnet. Möglicherweise wurde jemand vom Arzt bezahlt ...« Ich schluckte. »Das passt dazu, dass Pablo jetzt wieder aufgetaucht ist. Schließlich hat der Arzt einen Totenschein ausgestellt. Er musste seine Lüge schützen. Allerdings wurde Sigi ausgeraubt. Und jetzt will ich einen Kaffee.«

»Kaffee schmeckt scheußlich hier. Und Ausrauben hat Methode, damit genau gegenteiliger Eindruck von Mord entsteht. Aber du hast recht, alles sind Vermutungen. Du willst wirklich Kaffee?«

»Ja.«

Sie winkte dem Kellner. Dann starrte sie mich erneut an. Aber ich mied ihren Blick.

Ohne Unterlass traten neue Besucher ein, und das Lokal füllte sich bis zum Anschlag. Dementsprechend laut und hektisch wurde die Atmosphäre. Mir brach der Schweiß aus. Vielleicht, weil in meinem Inneren ein Vulkan brodelte. Touristen konnte ich keine entdecken, dafür geschmacklos gekleidete Familienväter und -mütter mit herausgeputztem Nachwuchs. Diensteifrig umtänzelten die Kellner die Tische. Erst jetzt fiel mir auf, dass zwei Fernseher liefen. An gegenüberliegenden Wänden. Sie zeigten jeweils unterschiedliche Programme. Die Geräuschkulisse war unerträglich.

»Du hast viel zu tun«, stellte Mara nach einer Weile fest. »So viele offene Fragen. Gut möglich, dass dein Bruder hat diesem Arzt ans Bein gepisst. Und er und seine Leute haben zurückgepisst. Hier gelten raue Gesetze. Wenn du mit den Mächtigen dich einlässt, riskierst du dein Leben. Die Polizei wird schlecht bezahlt. Man besticht die richtigen Leute, man liquidiert. Hast du selbst gesagt, wo dein Bruder hingeht, geht man nicht mit. Besser, man biegt vorher ab. Er hat zu hoch gepokert, sich Feinde gemacht.«

Der Argumentationskette war nichts hinzuzufügen, deshalb schwieg ich, schob genervt den Kaffee zur Seite. Er war kalt gewesen, hatte nach Spülwasser geschmeckt.

»Willst du noch etwas?«

Ich schüttelte den Kopf und dachte über unseren Bruder nach.

Sigi war ein guter Schüler, obwohl er es mit der Anwesenheitspflicht nicht so genau nahm. Montags wurde er selten auf dem Schulgelände gesichtet. Dennoch mochten ihn die Lehrer. Weil er engagiert war, wissbegierig und eifrig mitarbeitete, wenn er anwesend war. Einmal blieb er sitzen, Pech, sagte er nur und strengte sich im folgenden Jahr mehr an, übersprang sogar ein Schuljahr. Sein oberstes Ziel war es gewesen, in den Entwicklungsdienst zu gehen. Er suchte sich eine Lehrstelle als Landmaschinenmechaniker. Etwas Praktisches sollte es sein. Doch ein halbes Jahr vor Beendigung der Ausbildung warf ihn ein Motorradunfall aus der Bahn. Dennoch wollte er nach Zentralamerika auswandern. Keiner aus unserer Familie zeigte Verständnis dafür, am wenigsten der Ota. Auch unser Vater verlor sich in neuem Unglücklichsein. »Als was willst du in Panama arbeiten? Du bist erst neunzehn, hast keine Ausbildung«, hatte er Sigi gefragt.

»Find schon was«, lautete Sigis Antwort.

Ich schluckte. Die Erinnerungen trieben mir erneut die Tränen in die Augen. Sigi war unser großer Bruder gewesen. Wir hatten ihn nicht beschützen können. Doch wie früher bereits, so erging es mir auch jetzt. Diese Geschichte dehnte sich ins Unendliche aus und überforderte mich. Sobald ich das Gefühl hatte, sie verstehen zu können, schlug sie einen Haken, entglitt mir. Mara schien von meinen schwermütigen Gedanken nichts zu ahnen.

»Okay, wo lebt er, der Onkel?«

Ich musste mich erst wach schütteln, um ihrem erneuten Frage-Antwort-Spiel gewachsen zu sein.

»Er ist nach Deutschland zurückgekehrt, nachdem er sehr krank geworden war.«

»Wann genau?«

»Noch nicht lange her«, erwiderte ich. »Ein halbes Jahr vielleicht, nicht lange nach Sigis Tod.«

Ich verstand nicht, warum Mara so hartnäckig war. Sie hatte unrecht, warum konnte sie das nicht zugeben. Aufmerksam beobachtete ich sie. War das ihr drittes oder bereits ihr viertes Glas Weißwein?

»Was ist los, warum bohrst du? Nein, ich habe nicht mit ihm gesprochen. Aber ich weiß, dass unser Vater ihn regelmäßig besucht.« Ich sah auf die Uhr. Es war spät geworden.

»Gut.« Wieder wurde ihre Stimme drängender. »Telefonier, sprich mit deinem Vater. Ist dein Onkel nur wegen Krankheit weg? Wo hat er gelebt?«

»Nein«, wehrte ich mich, »ich geh da nicht hin.«

Mara lachte über mich und wiederholte unbeeindruckt ihre Frage. So lange, bis ich antwortete.

»In einem kleinen Dorf, irgendwo. Mehr weiß ich nicht. Er hatte dort eine Pension und ein paar Pferde.«

»Dann mach dich ... In Deutsch ihr habt schönen Ausdruck: auf die Socken machen. Fahr in das Dorf! Nein, wir fahren zusammen. Wir werden die Leute befragen.«

»Bestimmt nicht. Da gibt es nichts zu befragen.« Ohne Atem zu holen, redete ich weiter, merkte nicht, wie ich mich rechtfertigte. »Mein Auftrag, wenn du so willst, lautet: Ich soll Pablo in die Schweiz bringen. Deshalb bin ich hier. Ich dachte, du kannst mir dabei helfen.« Klang ich bockig? Bestimmt. Sie musste mich für ein dummes Kind halten, das beleidigt war und eine Schnute zog.

»Warum sagst du eigentlich immer unser Bruder, unser Vater?«

Als ich nicht antwortete, tätschelte sie entschuldigend meinen Arm, nippte etwas verlegen an ihrem Wein.

»Ich kann dir nicht helfen«, erwiderte Mara, »aber ich werde mich umhören. Nur, wenn dein Großvater reichlich hat geschmiert, wie du sagst, und die Papiere trotzdem nicht fertig sind, dann sieht das aus wie schlechtes Kartenblatt. Aber eine Wartezeit man kann immer sinnvoll nutzen.«

»Du arbeitest für eine Reiseagentur? Wie hoch ist deine Provision?«

»Ich will dich nicht ärgern, Schätzchen.« Mara lehnte sich vor, ergriff meine Hand. »Ich will dir machen Mut. Schlag ein! Ich bin eine Freundin, habe neuen Blick auf die Dinge.«

Irgendwie stimmte das. Und daher unterdrückte ich meinen Widerspruch. Eine Fremde hatte sich in den letzten Stunden in eine Vertraute verwandelt. Aber auch in eine bevormundende Mutter. Mara glich einem Wandelröschen, war mal sanft, eine wunderbare Zuhörerin, dann wieder besserwisserisch und resolut. Aber das, was ich am wenigsten brauchen konnte, war eine Adoptivmutter. Auch keine übergriffige und neugierige große Schwester. Immer wieder ertappte ich mich bei dem Gedanken, dass es nicht klug gewesen war, ihr alles zu erzählen. Mit wem würde sie darüber reden? Ich ermahnte sie, vorsichtig zu sein.

»Vielleicht solltest du überhaupt nicht nachhaken. Ich meine, eventuell geht dann alles noch langsamer, weil irgendjemand verärgert ist. Irgendjemand auf irgendeinem Amt«, stotterte ich.

»Mach dir keine Sorgen, ich bin vorsichtig wie Katze. Denn ich weiß, jeder kennt hier jeden. Jeder redet über jeden. Ein kleiner Kreis regiert das Land. Ich natürlich gehöre nicht dazu.«

Sie sah mich ernst an und fügte ein »Trotzdem ich erfahre viel« hinzu.

Diese Antwort befriedigte mich nicht. Aber es schien zu spät zu sein, um zurückzurudern. Das ins Wasser gelassene Boot hatte längst Fahrt aufgenommen. Müde lehnte ich mich in meinem Stuhl zurück und versuchte gleichzeitig, einen der Kellner für mich zu gewinnen. Handzeichen, Rufen, es dauerte eine Weile, bis ich beachtet wurde. Aus Königinnen waren Aschenputtel geworden. Die anderen Gäste, die bestellen wollten, gingen jetzt vor.

»Du bist eingeladen, ich habe wieder Geld.«

Eigentlich hatte ich ihr nichts vom Überfall erzählen wollen, jetzt musste ich das doch tun.

»Qué pena«, bedauerte sie mich sofort. »Kann ich dir trotzdem zumuten, alleine zu fahren, wenn wir dir rufen ein Taxi? Ich habe noch etwas vor.« Der obere Knopf ihres Rockes war aufgesprungen, die Bluse verrutscht. Flink brachte sie ihre Kleidung in Ordnung.

»Kein Problem. Ich kenne die Stadt jetzt in- und auswendig.«

Sie lachte mich aus. »Gut, dass du hast Humor. Lebenslang, hoffen wir.«

Der Verkehr hatte nachgelassen, doch immer noch lag schwerer Dieselgeruch über der Stadt, erschwerte das Atmen. Dazu kam die Tageshitze, die sich im Asphalt festgebissen hatte. Mein Taxi stand bereit, als Mara einen letzten Trumpf aus dem Ärmel zog. Ihr Gesichtsausdruck ließ mich nicht daran zweifeln, dass sie mir noch etwas Bemerkenswertes zu sagen hatte.

»Bleibt diese Frage, warum Pablo spricht Deutsch? Und ist es nicht komisch, er hat Pass bei sich? Entführer haben nicht den richtigen Pass für das Kind. Sondern immer eine Fälschung.«

Ich hatte bereits das Taxi bezahlt und den Fuß auf der Schwelle des Hostals, als mir etwas einfiel. Rasch kramte ich in meinem neuen Rucksack, trat unter die Außenleuchte und schaute mir das Foto an. Das Foto, das Pablo verloren und ich aufgehoben hatte. Es war ein Bild von Mama. Aufgenommen vor dichtem Urwaldgrün. Erst mit Verzögerung sah ich, dass sie eine Brille trug. Ich wusste, dass sie bei ihrem letzten Besuch in der Schweiz noch keine getragen hatte.

Mamas Haare waren an den Schläfen verdächtig hell. Wie kam Pablo an ein neues Foto seiner Großmutter? Es gab dafür nur eine Erklärung, Dr. Schmid Rodrigues musste es ihm gegeben haben.

Völlig erledigt schloss ich mein Zimmer auf. Schaltete den Ventilator auf höchste Stufe. Warf mich aufs Bett. Mit den Schuhen an den Füßen. Maras Worte und die Frage nach der Herkunft des Bildes kreisten in meinem Kopf. Einzelnen Puzzleteilen gleich wirbelten sie durcheinander, Bildteile, die nicht zueinanderpassten. Wenn ich verstehen wollte, musste ich mit unserem Vater sprechen. Aber Papa durfte nicht alles wissen. Er besaß die körperliche Robustheit eines Stiers, aber die Seele einer Elfe.

Die Zeitverschiebung zu Deutschland betrug über sechs Stunden, daheim war früher Nachmittag, ideal, um anzurufen. Doch leider nahm niemand ab. Erst am nächsten Tag hatte ich Erfolg.

»Mein Schatz«, begrüßte mich unser Papa.

»Selber Schatz. Wie geht's euch?«

Nach den üblichen Floskeln, dem Austausch von Wetterberichten, den Fragen nach dem Befinden der Katzen und der Erklärung, weshalb ich länger bliebe, machte ich einen Schwenk um 180 Grad. Ich fragte ihn nach seinem Bruder Hans. So erfuhr ich Dinge, die ich bereits gehört, aber längst wieder vergessen hatte. Jetzt interessierte mich jedes Detail. Mein Jagdinstinkt war erwacht.

Vater erzählte mir, wie es zum Zusammenbruch seines Bruders gekommen war. Hans hatte im letzten Jahr Insolvenz anmelden müssen und dabei alles verloren. Seine Pension, seine Pferde. Bereits in Panama war er krank geworden, hatte sich jedoch den Ärzten verweigert. Wie der Ort hieß, in dem er Jahrzehnte gelebt hatte, erfuhr ich auch: Santa Fé.

»Seine Nummer willst du?«, fragte unser Vater verwundert. »Das ist nicht möglich, das weißt du doch. Die Klinik hat mir schon gesagt, dass du versucht hast, ihn zu erreichen. Er ist schwer krank. Was willst du von ihm?«

Aus Verlegenheit stotterte ich etwas von Adressen und Infos, die ich erfragen wollte.

»Ich muss hier raus, aus der Stadt, meine ich. Mal was anderes sehen, die Berge zum Beispiel. Ich habe Sehnsucht nach klarer und staubfreier Bergluft.«

»Du willst nach Santa Fé?«

»Möglich.«

»Nun, wie die allerhöchsten Berge darfst du dir das aber nicht vorstellen. Wir waren ja einmal dort und haben meinen Bruder besucht. Du erinnerst dich vielleicht. Auch zu Jahresanfang. Trockenzeit, aber es regnete dennoch jeden Tag ...« Nach einer kleinen Pause fuhr er fort: »Es ist ein schöner Fleck aber ... der Fuchs ist dort begraben.«

»Genau das brauche ich jetzt.«

»Und was machst du mit Pablo?«

Ich hatte diesen Gesprächsverlauf nicht gewollt. Was sollte ich sagen? Aus einer Laune heraus, einem Samenkorn, das Mara mir in den Kopf gepflanzt hatte, war ein stattlicher Wald erwachsen, in dem ich mich zu verirren drohte.

»Ich fahre nur für zwei Tage. Wenn überhaupt. Es ist noch nichts geplant. Natürlich lasse ich ihn im Waisenhaus. Du weißt ja, wie schwierig er ist. Gibst du mir bitte mal Anina. Ich höre sie doch schon die ganz Zeit im Hintergrund scharren.«

»Noch nicht.« Ein Krächzen unterbrach unser Gespräch, ich vernahm Schritte, dann hörte ich, wie eine Tür ins Schloss fiel.

»Meine Kleine«, begann unser Vater. So hatte er mich schon

lange nicht mehr genannt. »Ich bin stolz auf dich, das sollst du wissen. Auch mit Anina bin ich zufrieden und sehr beruhigt.«

Keine Ahnung, was das jetzt sollte. Ich hörte zu und schwieg. »Weißt du, es wäre jetzt nicht mehr schlimm, wenn ich gehen würde. Was ich meine, ich lebe gerne, das weißt du, aber ich hänge nicht am Leben. Nicht so, wie andere das tun. Ich war immer sehr besorgt um euch. Jetzt ist das nicht mehr der Fall. Ich denke, dass ihr mich nicht mehr braucht.«

»Was soll das heißen, Papa?« In mir stieg die Sorge auf, dass ich gerade irgendetwas ganz Wesentliches verpasste. Ich war nicht wirklich beunruhigt, denn unser Vater hatte öfters Anwandlungen von Schwermut. Meistens hing das mit einer seiner Freundinnen zusammen.

»Ist was mit Regine?«, hakte ich nach, »oder mit Beate?«

Papa, der Weiberheld. Er tat nichts dafür. Ließ alles geschehen. Dass unser Haus in Bad Bergzabern regelmäßig geputzt wurde, war seinem unwiderstehlichen Charme zu verdanken. Nicht seinem Arbeitseinsatz, nicht seinem Geldbeutel.

»Oder ist es wegen Hans?«

»Es ist nicht leicht.« Ich hörte ihn lachen. Es war ein kleines, geschenktes Lachen, für mich zusammengeschnürt und durch eine dünne Telefonleitung gedrückt. »Du verstehst mich doch hoffentlich richtig. Ich bin gerührt, begeistert, wie soll ich es ausdrücken, ich fühle mich frei, weil ihr, du und Anina, jetzt groß seid. Ich war dagegen, dass du diese Reise unternimmst. Aber dein Großvater hat sich mal wieder durchgesetzt. Du weißt ja, wie er ist.«

»Was meinst du?«

»Wir hängen an seinem Tropf. Das will ich sagen. Und dass ich mich schäme. Aber bevor ich noch mehr Unsinn rede, gebe ich dir jetzt deine Schwester. Mach's gut, meine Kleine. Ich meine natürlich, meine Große.«

Auch ich war gerührt, auch ich stand nahe davor, in Tränen auszubrechen. Aber nicht nur, weil ich meinen Vater über alles liebte, sondern vor allem, weil er, absichtlich oder nicht, seine Abhängigkeit vom Großvater preisgegeben hatte. Dass der Ota Anina und mir monatlich Taschengeld überwies, war der Familie hinlänglich bekannt. Nicht aber, dass unser Vater am Schweizer Geldtropf hing. Dabei lag es auf der Hand. Vater konnte das Geld nicht zusammenhalten. Er konnte sich auch für keine seiner Freundinnen entscheiden. Er war Sigi kein strenger Vater und unserer Mutter gegenüber vielleicht kein guter Mann gewesen. Für Sekunden wusste ich nicht, wohin mich meine Gedanken trieben. Sie überrollten mich wie eine Welle, ließen mir keine Zeit zum Luftholen.

Als Anina den Hörer entgegennahm, war ich froh, dass ich ihr viel zu erzählen hatte. Nach einer großen Einleitung berichtete ich ihr von jenem ungeheuerlichen Verdacht, den Mara ausgesprochen hatte.

Lange sagte meine kleine Schwester nichts. Was ungewöhnlich war. Dann sagte sie doch etwas: »Wann fährst du?«

»Also würdest du fahren?«, fragte ich zurück. Es gab Augenblicke, da hätte ich sie gerne in meiner Nähe gehabt. Dies war so ein Augenblick. Ich war längst nicht so mutig, wie ich gerne sein wollte.

»Klar doch.«

»Du findest das nicht albern?«

»Doch.«

Unser Gespräch drohte in einer Sackgasse zu enden. Um es weiterzuführen, erteilte ich ihr einen Auftrag.

»Bitte versuch die Adresse von Marisols Schwester herauszufinden. Sie lebt in San José. Stell dir vor, Großvater verbietet mir, dort anzurufen. Das wäre seine Sache, und ich soll keine Pferde scheu machen. Ich möchte mal wissen, was das soll. Leider kenn ich nicht einmal ihren Vornamen. Marisol war dort. Es wird kein Zufall sein, dass der Totenschein in San José ausgestellt wurde. Also …«

»Also wirst du auch nach San José fahren«, unterbrach mich meine Schwester. »Gute Idee.«

Als ich sie auslachte, stieß Anina heisere Töne aus.

»Du bist ein Feigling, echt.«

Als Kinder waren Anina und ich unzertrennlich, waren uns gegenseitig Freundin und Muttterersatz gewesen. Doch seit der Pubertät hatte sich mein Verhältnis ihr gegenüber abgekühlt. Dabei ist sie ein Teil von mir. Wie einer meiner Arme, eines meiner Beine. Sie war ja immer da, und selbst wenn sie nicht da war, fühle ich sie, schleppe sie mit mir herum. Es war aber so, dass ich mich auch gern ohne sie durchboxte. Wenn sie fehlte, war ich mehr ich selbst. Nicht Schwester, nicht vergleichbar mit ihr, sondern ich allein.

»Und wenn schon. Feiglinge werden steinalt.« Ich verabschiedete mich. Es war unglaublich. Meine Familie und Mara trieben mich an, Pablo verweigerte sich, und der Anwalt gefiel sich in der Rolle des Blockierers. In diesem Moment wollte ich alles hinwerfen und nach Hause fahren. Aber natürlich tat ich das nicht. Stattdessen besuchte ich wie jeden Tag Pablo und kehrte wie jeden Tag frustriert wieder ins Hostal zurück.

10

Egal, wie die Dinge laufen würden, es konnte nicht schaden, im Reiseführer zu blättern, beschloss ich. Da sich jedoch in meinem nur ein kurzer Artikel zu Santa Fé finden ließ, ging ich eine Etage höher. Ich wollte zum Gemeinschaftsraum, in dem sich ein Regal mit Büchern befand. Mitten auf der Treppe fiel der Strom aus, ich tappte blind weiter. Hielt mich dicht an der Wand. Oben sah ich Licht. Es kam näher. Franck tauchte auf. In der Hand hielt er eine Kerze wie ein Kommunionsanwärter. Ich konnte sehen, dass nicht nur sie brannte, auch sein Gesicht strahlte.

»Liana. Zu dir wollte ich. Möchtest du etwas trinken? Nur wir zwei?«

»No chance.«

Aber er ließ nicht locker. »Gib mir zwei Minuten, ich hole uns Bier, wir gehen in dein Zimmer.«

Ich lachte. »Sorry, muss arbeiten. Kennst du Santa Fé? Wie komme ich dorthin?«

»Arbeiten, das klingt schrecklich deutsch.«

»Vielleicht bin ich eine Deutsche.«

»Das stimmt leider. Trink ein Bier mit mir, und ich erzähle dir alles über Santa Fé.«

»Du warst schon dort?«

»Nein, niemals.« Das *Niemals* gedehnt, als würde er einen

anrüchigen Ort beschreiben. »Aber heute haben zwei eingecheckt. Die leben in Santa Fé.«

»Ich will ja nur wissen, wie ich hinkomme.«

»Na, mit den beiden. Die fahren morgen zurück. Sie haben jemanden zum Flughafen gebracht.«

»Morgen kann ich nicht.«

Ich war nicht scharf auf ein Bier mit Franck, und ich winkte ab, als er mich einem Paar vorstellen wollte. Doch da war es bereits zu spät.

»Das sind Ruud Peter und …«

Es war erstaunlich leise im Wohnzimmer, so als hätte das fehlende Licht nicht nur die Farben, sondern auch die Stimmen verschluckt. Dabei waren alle Stühle und sämtliche Sofaplätze besetzt. Die beiden saßen auf dem Boden. Neben ihnen und auf den Tischen waren Teelichter und Kerzen auf Untertassen aufgestellt worden. Schatten tanzten durch den Raum. Das Paar fühlte sich gestört, das war deutlich zu sehen. Dennoch vollendete der Fremde mit tiefer feierlicher Brummstimme Francks begonnene Vorstellung.

»Anun, das rötliche Leuchten der aufgehenden Sonne.«

Der Name war wunderschön, passte zu der jungen Asiatin. Sie hatte lange dunkle Haare, ein schmales Gesicht und wirkte im schimmernden Glanz des Kerzenscheins unglaublich zierlich. Ein Kind mit weiblichen Rundungen. Ihre Feingliedrigkeit wurde noch verstärkt, weil ihr Freund ein Riese war. Breiter Brustkorb, Bauchansatz. Ein echtes Nordlicht, rothaarig. Das sah man, obwohl er eine Baskenmütze trug. Es war diese Baskenmütze, es war aber auch dieses goldene Rot. Die Haare unseres Vaters schimmerten rötlich, und er verließ das Haus nie ohne eine Kopfbedeckung. Sehnsucht griff nach mir, und eine Erregung, die neu schmeckte. Etwas stimmte nicht.

Das Gesicht der Asiatin wirkte erhitzt, als hätte sie gerade einen Streit ausgefochten, möglicherweise auch verloren. Mir war es peinlich, dass ich sie mit so etwas wie einer Wegbeschreibung behelligen sollte. Warum ließ Franck mich nicht einfach nach einem geeigneten Reiseführer suchen? Dann aber fiel mir ein, dass ich ganz alleine schuld an dem Dilemma war. Ich hatte Franck gefragt.

Ein kurzer Wortwechsel bahnte sich an. Wann und wie, wollte dieser Ruud wissen. Seine Freundin schwieg, während ihre Nasenspitze immer länger und der Gesichtsausdruck säuerlich wurde. Als sich herausstellte, dass ich morgen auf gar keinen Fall fahren wollte, schien das Thema erledigt. Aber dann zwinkerte der Wikinger mit den Augen, nahm ein Teelicht hoch und hielt es nach oben. Mir wurde warm. Trotz der Entfernung hatte Ruud ein Lasso um meinen Hals gelegt, holte mich zu sich herunter.

»Hey, ich kenne dich.« Obwohl wir die ganze Zeit Englisch gesprochen hatten, sprach er jetzt Deutsch mit mir. Sein Akzent erinnerte mich an eine Bekannte, die Papa vom Jakobsweg mitgebracht und über ein halbes Jahr bei uns einquartiert hatte.

»Gibt es dich als doppeltes Lottchen?«

Ich war zu erstaunt, um zu antworten. Ist das eine Falle?, kam es mir in den Sinn. Hängt hier irgendwo eine versteckte Kamera? Anina erlaubt sich einen Scherz und hat ein deutsches Filmteam losgeschickt, um mich aufzuheitern. Natürlich war die Idee total verrückt. Aber dieser Ruud konnte mich nicht kennen. Ich wand mich wie an einer Angel, brummte etwas Unverständliches. Doch er ließ mich nicht vom Haken.

»Das ist echt ein Zufall. Jesus, ich kenne ja nur dieses Foto, und jetzt stehst du hier. Deine Haare, weißt du. Das ist mir auf dem Foto aufgefallen. Und das da? Wie nennt man das? Grübchen.« Kindliche Verwunderung, oder war es Begeisterung, war ihm anzumerken. Und noch etwas wurde deutlich: In seinem Mund stritten mehrere Sprachen um die Vorherrschaft. Ich stellte mir kleine Krieger in Ritterrüstungen vor. Weil ihn drei Menschen verständnislos anstarrten, fügte er hinzu: »In dem Hostal, das ich gekauft habe, hing ein Foto von einem Zwillingspaar. Das Gesicht ist okay, ich meine richtig.« Und schon kramte er in einem Rucksack, der neben ihm lag, und holte eine Visitenkarte heraus.

»Ja, schade, dass wir dich nicht mitnehmen können. Aber du kannst mich besuchen. Ich betreibe das Hostal *El Rustico*.«

»Wir betreiben das Hostal«, mischte sich Anun auf Englisch ein.

»Hey, seit wann verstehst du Deutsch?«, wunderte sich Ruud.

Erst da wurde mir bewusst, dass Anuns Einwand an uns beide gerichtet worden war. Die Asiatin sprang auf und teilte dabei einen Boxhieb aus. Der rothaarige Wikinger stöhnte und ließ sich zur Seite fallen. Dabei fiel auch die Visitenkarte herunter. Franck reagierte blitzschnell. Ich sah es genau. Mit einer einzigen Fußbewegung entsorgte er die Visitenkarte unter dem Sofa. Der Vorfall blieb von den anderen unbemerkt, denn in dem Augenblick ging das Deckenlicht an. Durch die Fenster konnten wir sehen, dass auch in die uns umgebenden Gebäude die Elektrizität zurückgekehrt war. Ein kollektiver Jubelschrei erklang, lenkte mich von dem soeben Gehörten ab. Die Gäste des Hostals klatschten. Dazu gesellte sich Gläserklirren und eine allgemein summende Geräuschkulisse. Die Ruhigeren schlugen wieder ihre Bücher auf oder spielten die unterbrochene Schachpartie zu Ende. Franck zog mich mit sich fort.

»Was willst du in Santa Fé?«

Ich lachte ihn aus. Seine Eifersucht wirkte mehr als kindisch. Ich hatte ihn nie länger als vier Minuten angelächelt. Ich war ihm etwas schuldig, das ja, denn er lieh mir seinen Laptop, wenn kein PC-Platz frei war. Und es war nie einer frei. Und er hatte mir geholfen, als es mir schlecht ging und ich nicht weiterwusste. Aber einen Anspruch auf meine Person konnte er dadurch nicht ableiten.

»Ich will nur mal raus«, erklärte ich zum zweiten Mal an diesem Tag. »Mehr nicht.«

»Aber es muss doch eine Verbindung geben zwischen dir und Santa Fé und dem da.«

»Exakt. Unser Onkel hat dort gelebt, bis letztes Jahr. Und wie ich heute erfahren habe, hat dieser Ruud sein Haus gekauft. Kennst du ihn schon lange?«

»Vielleicht. Weiß nicht so genau.« Brummige Antwort.

Ich wechselte das Thema und blieb vor dem Bücherregal stehen. »Lass mich mal schauen, ob ich einen brauchbaren Reiseführer finde.«

Wir tranken dann doch noch ein Bier zusammen. Und während Franck ab und zu an die Rezeption gerufen wurde, las ich auf Englisch und auf Deutsch, dass das Dorf Santa Fé auf einen ehemaligen Goldgräberstützpunkt zurückzuführen war.

Es hatte an die 2800 Einwohner und lag auf popeligen 400 Metern Höhe. Immerhin gab es einen Hausberg, den El Tute, und im nahe gelegenen Nationalpark konnte man ganz wunderbar wandern. Ausschlaggebend für mich aber war: Santa Fé befand sich nur vier Autostunden von der Hauptstadt entfernt. Ein Klacks. Täglich gab es mehrere Busverbindungen. Ein Umstieg war zwar nötig, aber laut den Berichten gestaltete sich das unproblematisch. Nur drei Hostals waren angegeben. Eins davon nannte als Besitzer unseren Onkel.

Der Wikingermann blieb noch einmal neben mir stehen, doch ich sah nicht auf, und er ging weiter, ohne etwas zu sagen. Obwohl ich ihn nur aus den Augenwinkeln betrachtete, kamen mir seine Ausmaße riesig vor. Er war breit wie ein Schrank, hoch wie ein Baum. Vor langer Zeit, so stellte ich mir vor, war ein skandinavischer Pirat vor der niederländischen Küste gestrandet, um seinen Anker in das Herz einer blonden Schönheit zu werfen. Seitdem hatten sich die Ernährungsbedingungen laufend verbessert. Ich war es gewohnt, unter den Kleinsten zu sein. Doch dieser Mensch schüchterte mich ein. Auch weil er Dinge über mich und Anina wusste, die Fremde nichts angingen. Ich hingegen wusste nichts über ihn.

Auch der Asiatin lief ich wenig später in die Arme. Sie grüßte mich nicht, hielt ihre Zahnbürste umklammert und steuerte das Zimmer neben dem meinen an. Aus irgendeinem Grund war mir diese Nähe unangenehm, und ich beschloss, ein weiteres Bier mit Franck zu trinken.

Ziemlich spät fiel ich vollkommen erledigt ins Bett. Doch schlafen konnte ich nicht. Neben mir wurde heftig und laut eine niederländisch-asiatische Versöhnung gefeiert. Zahllose Ohs und Ahs. Um mich abzulenken, holte ich Sigis Aufzeichnungen hervor.

Die ersten Briefe und Tagebucheintragungen, die Anina mir per Mail zugeschickt und die ich in einem Kopierladen hatte ausdrucken lassen, datierten aus dem Jahr 2006, der Zeit also, als unser Bruder in verschiedenen Projekten jobbte. Mir graute davor, mich erneut mit der Gedankenwelt meines Bruders auseinandersetzen zu müssen. Ich tat es dennoch: Pablo zuliebe. Vielleicht fand ich ein paar Bausteine aus seinen ersten beiden Lebensjahren, mit denen ich eine Brücke bauen konnte. Eine präzise gearbeitete römische Steinbrücke würde es nicht werden, das war mir klar. Ich nahm mir vor, mit einer wackligen Hängebrücke ohne festes Geländer zufrieden zu sein. Mangelnde Schwindelfreiheit hin oder her. Zunächst überflog ich die Einträge und verschaffte mir einen Überblick. Dann suchte ich konkret nach zwei Namen. Marisol und Pablo.

Las Lajas, Panama, 13. März 2008

Eine Mauer des Schweigens.
Es war nur eine Mittelohrentzündung. Ich war nur zwei Monate weg. Marisol ließ Alejandro bei einer Nachbarin und fuhr mit Pablo ins Krankenhaus nach David. Weil sie Angst hatte, wie sie später sagte. Die Straßen waren überflutet. Nach Panama City, wie ich ihr telefonisch geraten hatte, konnte sie nicht. Sie entschied sich also für das Kreiskrankenhaus. So war sie näher bei Alejandro. In der ersten Nacht schliefen sie und eine weitere Mutter in dem Krankenzimmer. Sie legten ihre Kinder zusammen, teilten sich das frei gewordene Bett. Marisol erinnert sich nicht an das Gesicht des behandelnden Arztes, aber in seiner Stimme lag keine Sorge. Pablo bekam Antibiotika. Das Fieber ging herunter. Auch in der zweiten Nacht wollte sie bei unserem Sohn bleiben. Sie durfte nicht. Die Mütter mussten das Zimmer verlassen und in einem Kellerraum die Nacht verbringen. Nie zuvor hatte Marisol einen Kellerraum betreten. Sie hatte furchtbare Angst. Warum es dennoch nötig war, wurde ihnen nicht gesagt. In dem Raum standen nur Stühle. Der Boden war kalt. Spät in der Nacht brachte ihnen eine Schwester ein paar Decken.

Nachdem sie bezahlt hatten. Es wurde eine kurze Nacht. Am frühen Morgen ging Marisol los, um für sich und Pablo etwas zu essen zu besorgen. Es war noch keine sieben Uhr, als sie mit dem frischen Brot im Krankenzimmer stand. Immer wieder hat sie es mir versichert: Es war noch keine sieben Uhr. Es war, bevor die Ärzte kamen, es war, als die Tagesschwestern ihren Dienst antraten.

Mit dem frischen Brot ging sie nach oben. Pablo lag im ersten Stock, das Zimmer hatte die Nummer 12. Vorsichtig trat sie ein. Um die Kinder nicht zu wecken. Das Bett an der Tür, Pablos Bett, war leer. Irritiert sah sie sich um, dachte, sie hätte sich in der Etage geirrt. Sechs Betten mit kleinen und größeren Kindern. Aber da erkannte sie einen Jungen. Und einen zweiten. Wenngleich der Schlaf Menschen verändert. Sie atmeten ruhig und tief. Nur ihr Kind fehlte. Wo ist mein Kind?, schrie sie.

Marisol sagte, sie hätte nicht geweint. Sie hätte gleich geschrien. Weil eine Ahnung sie angesprungen hätte. Die Ahnung kommt vor dem Wissen. Eine Kerze wäre ihr am Vortag in der Kirche aus der Hand gefallen. Ein böses Omen.

Zwei Kinder sind in der Nacht gestorben. Das war die Aussage der alten Schwester mit dem fehlerhaften Gebiss. Sie hatte Nachtschicht gehabt. Es war nicht die Schwester, die ihnen die Decken vermietet hatte. Die alte Schwester mit dem fehlerhaften Gebiss war dageblieben. Um die Familien zu trösten. Im Schwesternzimmer saß eine junge Frau, die Marisol vom Sehen kannte. Sie war in Tränen aufgelöst. Auch sie betrauerte ein Baby.

Marisol war außer sich. Sie wollte unser Kind sehen.

Ich habe geschrien, sagte sie später immer wieder.

Marisol forderte, dass man die Polizei holen solle. Doch die alte Schwester begann ihr zu drohen. Auch ein Arzt drohte. Er war aus einem Nachbarzimmer getreten. Er war groß und westlich gekleidet. Unter dem weißen Kittel trug er Jeans.

Ich erinnere mich an seine Schuhe, sagte Marisol später, die würde ich wiedererkennen. Ich wollte doch nur mein Kind sehen. Als ich mich nicht beruhigen ließ, haben sie mich festgehalten. Der Arzt gab mir eine Spritze. Ich bin eingeschlafen. In den vorangegangenen Nächten hatte ich kaum Schlaf gefunden.

Marisol wiederholte immer wieder, dass sie versucht hätte, wach zu werden, es sei nicht möglich gewesen. Sie fühlte sich sterbensmüde und elend. Eine Gefangene. Im doppelten Sinne gefangen. Als sie endlich zu sich kam, war da nichts, kein Mensch, keine Erinnerung. Dann war alles wieder da. Sie suchte nach Pablo. Eine Schwester ging mit ihr in den Keller. Unweit des Raumes, wo sie und die anderen Mütter die vorhergehende Nacht untergebracht worden waren, lag der Kühlraum.

Warum hat man mich nicht geweckt?, wollte sie wissen. Man hätte mich doch wecken können, wenn es meinem Kind nicht gut ging. Vielleicht hätte ich etwas tun können. Vielleicht.

Pablo war nicht im Kühlraum. Die Schwester konnte ihn nicht finden. Marisol bekam ihren zweiten hysterischen Anfall. So stand es später in den Akten. Der Tag war sehr heiß, stand in den Akten. Der Kühlraum überfüllt. Man hatte ein paar Tote verbrennen und beerdigen müssen. Auf Staatskosten hätte man sie beerdigt. So gut ist der Staat. So zuvorkommend das Krankenhaus. Man picke sich die Ärmsten heraus und beerdige sie auf Staatskosten. Auch das andere Baby war verbrannt worden.

Es wäre nicht passiert, wenn Marisol nicht allein gewesen wäre. Das haben wir später ausdiskutiert. Immer und überallhin muss man Angehörige mitnehmen. Als Zeugen. Warum nur ist sie alleine gefahren? Das hätte sie nicht tun sollen. Sie weiß doch, dass normalerweise die halbe Sippe ins Krankenhaus mitgeht.

Kein Wort darüber, dass er sich in der betreffenden Zeit in Deutschland aufgehalten hatte. Stattdessen folgten Beschuldigungen gegen einen Arzt und eine Krankenschwester, die in der betreffenden Nacht Dienst taten. Namen von Zeugen tauchten auf, waren durchgestrichen und überschrieben worden. Sigi verlor sich in Details, die mir nicht weiterhalfen. Aber ich notierte mir ein paar Jahreszahlen. Nach Sigis Vorbild. Damit ich wenigstens ein bisschen durchblickte. Aber ich blickte nicht durch.

Während der Schlaf federleicht über mir lag, klopfte jemand an meine Tür. Ich zuckte zusammen, noch schlaftrunken, noch zu müde, um zu entscheiden, ob ich mich totstellen sollte oder nicht.

»Señorita Liana. Es ist acht Uhr«, sagte eine Frauenstimme. »Sie wollten geweckt werden.«

Ich antwortete mit: »Si«, dabei dachte mein Kopf: No. Es waren nicht mehr als drei oder vier Bier gewesen, unmöglich, dass ich vergessen hatte, was ausgemacht worden war, was nicht. Ich stand nicht auf. Nahm aber mein Notizbuch zur Hand, blätterte darin, erfuhr das aktuelle Datum und den Wochentag. Ich beschloss, Mara zu fragen, ob sie mich morgen oder übermorgen begleiten wollte. Aber wer, verdammt, hatte nun veranlasst, dass ich geweckt wurde? Franck, ich war mir sicher, dass er hinter diesem dummen

Scherz steckte. Ich legte mir Maras Visitenkarte zurecht, dann ergriff ich meinen Waschbeutel.

Aus Furcht, dem Wikinger und seiner Freundin zu begegnen, öffnete ich die Zimmertür nur einen Spaltbreit. Sah mich vorsichtig um. Das tat ich auch sonst, Staus vor den Waschanlagen waren mir ein Gräuel. Gott sei Dank, es war noch zu früh für einen allgemeinen Andrang.

Nur eine Dusche war belegt, man hörte es rauschen, eine tiefe Stimme grunzte zufrieden. Erst auf dem Rückweg stolperte ich, stolperte ausgerechnet über ihn.

»Good morning, doppeltes Lottchen. So früh schon auf den Beinchen«, begrüßte er mich. Sein rechtes Auge blinzelte. Wieder überraschte mich sein Deutsch. Die Anglizismen, die er ständig einstreute, fand ich allerdings furchtbar. Noch schlimmer aber war seine überhebliche Art, auf mich herunterzuschauen und mich wie eine Figur aus einem Kinderbuch zu behandeln. Dabei war er es, der lächerlich aussah. Ein Handtuch hatte er sich um den Kopf gewickelt, ein zweites um die Hüften geschlungen. Er musste es mit der Hand festhalten. Zu klein das Handtuch, zu groß der Bauch.

»Sorry, ich habe mir erlaubt, dich zu wecken. I mean, wecken zu lassen. Vielleicht willst du ja doch mit. Mitfahren. Und ich fahre früh. Also jetzt.«

Ich schüttelte den Kopf. Drehte mich einfach um und ging zurück in mein Zimmer. Ich ging nicht alleine, nahm zahlreiche Eindrücke und Gedanken mit. Hatte ich gestern nicht klipp und klar gesagt, dass ich nicht mitfahren konnte? Auch der Singular in seiner Beschreibung war mir aufgefallen, aber das ging mich nichts an. Vielleicht hatte er die hübsche Asiatin zum Frühstück verspeist. Einem Riesen mit einem dehnungsfähigen Bauch, der nachts lange hatte durchhalten müssen, war das durchaus zuzutrauen.

Eine halbe Stunde später hatte ich ihn und seine Freundin vergessen. Ein Anruf unseres Großvaters erreichte mich. Hans gehe es sehr schlecht, teilte er mir mit. Er sei in ein Hospiz verlegt worden. Der Anwalt habe nochmals Kontakt mit Lucia, Marisols Schwester, in San José aufgenommen. Keinesfalls dürfe ich mich an die nicaraguanische Botschaft wenden. Weder in Panama noch in Costa Rica. Es sei zu vermuten, dass Marisols Schwester sich illegal in San José aufhalte.

»Ich habe nicht vor, mich an eine Botschaft zu wenden. Ich will lediglich mit Lucia sprechen.«

»Musst du nicht. Dafür wird der Anwalt bezahlt.« Seine Stimme klang verärgert. Und selbst nach mehrmaligem Nachhaken kam ich nicht dahinter, was los war.

Frustriert aß ich mehrere Pfannkuchen zum Frühstück, trank einen großen Becher Kaffee und unterhielt mich nebenbei mit zwei Schweizerinnen, die Richtung Colón an die Karibikküste aufbrechen wollten. Ich erzählte ihnen von den negativen Erlebnissen anderer Touristen, sagte, die Strecke entlang des Panamakanals sei langweilig und der Ort Colón noch gefährlicher als die Hauptstadt. Doch von meinen Erfahrungen aus zweiter Hand wollten sie nichts wissen.

Nach neun traute ich mich, Mara in ihrem Büro anzurufen. Ihre freundliche Stimme bereits im Ohr, sah ich, dass der Wikinger die Treppe hochkam. Ich umklammerte das schnurlose Telefon und verzog mich in den Aufenthaltsraum. Ruud zahlte seine Rechnung. Mara freute sich, dass ich mich zu der Fahrt entschlossen hatte. Doch noch bevor ich ausholen konnte, unterbrach sie mich. Mitkommen könne sie leider nicht, weder morgen noch übermorgen oder am kommenden Wochenende, etwas Privates gelte es zu klären. Sie könne mir das jetzt nicht erläutern, nicht am Telefon. Schade, ja, aber wir sollten uns unbedingt sehen. Heute noch, was sie zu sagen habe, dulde keinen Aufschub. Aus irgendeinem Grund kam mir ihre Aufgeregtheit übertrieben vor. Von meinem Versteck aus sah ich meiner Mitfahrgelegenheit mit gemischten Gefühlen hinterher. Ruud hatte einen Seesack geschultert. Er ging wie ein Schneepflug, den Oberkörper nach vorn gebeugt, als würde er Unsichtbares vor sich herschieben. Seine Freundin war nicht bei ihm.

»Es gibt Neuigkeiten«, wisperte Mara. »Was du machst heute?«

»Ich fahre ins Waisenhaus, was soll ich sonst tun. Ich muss Pablo und der Leiterin Bescheid sagen, dass ich für zwei Tage verreise.«

»Wo ist dieses Waisenhaus?«

Nachdem ich es ihr erklärt hatte, bot sie an, mich dort abzuholen.

»Fünfzehn Uhr«, sagte sie, »du begleitest mich auf eine Party.« Alles, was einen interessanten Namen tragen würde oder auch solche wie sie, die mit Wirtschaft und Geld zu tun hätten, seien dort. Auch ein sehr lieber und guter Freund. »Ich werde dir vorstellen einen Mann.« Ihre Stimme hatte sich zu einem Flüstern herabgesenkt.

Warum so geheimnisvoll, wollte ich wissen, doch sie ging nicht darauf ein.

»Verspreche dir gutes Geheimnis.«

Pablo zeigte sich aufgeräumter als die Tage davor, er lächelte, als ich ihn im Speiseraum abholte, und er schenkte mir ein Armband, das er aus Gräsern für mich geflochten hatte. Ich war gerührt. Als ich einen Ausflug vorschlug, klatschte er begeistert in die Hände. Meine Besuche schienen ihm doch wichtig zu sein.

Beim Rausgehen aber geschah es. Wir trafen die Heimleiterin vor der Haustür. Dort stand sie, als hätte sie auf uns gewartet. Dabei war ich vor fünf Minuten in ihrem Büro gewesen. Alles war gesagt worden. Sie hatte sich wie immer über Pablo beschwert, ich hatte erklärt, dass ich für zwei Tage verreisen müsse, und gleichzeitig angeboten, sie zwei Stunden zu entlasten, indem ich Pablo in den Metropolitanpark entführte. Unserem ersten richtigen Ausflug hatte sie lächelnd zugestimmt. Jetzt sah ich ihrem Gesicht an, dass sie noch etwas loswerden wollte. Die Lippen, von Natur aus breit, waren zu einem Schnabel gespitzt.

»Von dem Vorfall gestern habe ich Ihnen noch nicht erzählt.«

»Können wir das später in Ruhe besprechen? Ich komme in Ihr Büro.«

»Er hat wieder versucht, seine Bettwäsche zu vergraben.«

Ich hätte weitergehen sollen. Mit hochgezogenen Augenbrauen blickte ich zu Pablo hinunter.

»Nicht zum ersten Mal, wie gesagt«, trieb die Leiterin das Gespräch weiter voran. »Er gräbt ein Loch und stopft die Bettwäsche hinein. Er ist unmöglich.«

»Später«, betonte ich und raubte dem Kurzsatz das Fragezeichen.

Doch sie war immer noch nicht bereit, uns gehen zu lassen. »Das kann so nicht funktionieren.« Pause. »Oder glauben Sie, wir haben nur dieses eine Kind zu betreuen?«

Als ich nichts entgegnete, trat sie einen Schritt vor. Ich konnte die Schuppen an ihrem Haaransatz sehen. Einige hatten sich verselbstständigt, punktierten den blauen Kragen ihres Kleides.

»Ich wünsche Ihnen eine gute Reise, Señorita«, fuhr Rosaria Gomez Blanco mit schneidender Stimme fort. »Wir werden uns trotzdem, so gut es geht, um Pablo kümmern. Die Bettwäsche muss ich Ihnen allerdings in Rechnung stellen. Jetzt entschuldigen Sie mich, ich fahre mit einem der Kinder ins Krankenhaus.«

Gerne flocht die Heimleiterin Wichtiges in unsere Gespräche ein, demonstrierte ihre aufopferungsvolle Tätigkeit. Doch diesmal trieb sie etwas anderes an. Sie hasste mich. Vielleicht ging es auch gar nicht um mich, sondern um Pablo. Der war unter ihrem Wortschauer zusammengezuckt. Ich sah es, lange bevor er es mich spüren ließ.

Meinen Ausflug nach Santa Fé hatte ich Pablo in aller Ruhe beichten wollen. Ich dachte tatsächlich in der Kategorie *Beichte ablegen*. Mir war klar, dass ich ihn zurückließ, ihn nicht einmal fragte, ob er mitkommen wolle. Mit ihm zu reisen schien mir unmöglich. Dennoch hatte ich vorgehabt, ihn einzubinden, ihm meine neuen Accessoires zu zeigen: Wanderschuhe, Trinkflasche und Fernglas, Dinge, die ich unterwegs gekauft hatte. Das war nun hinfällig. Eine Marionette saß neben mir im Taxi. Meine Vorfreude, den Ausflug betreffend, hatte sich in Rauch aufgelöst.

Panamaische Schuhkartonarchitektur. Das Eingangsgebäude zum Park erinnerte in seiner Bauweise an das Waisenhaus. Vielleicht wollte Pablo deshalb nicht näher treten, ich musste ihn schieben, und schließlich blieb er einfach draußen stehen. Ich ging hinein, um zwei Karten für uns zu kaufen. Wie alt das Kind sei, wollte die Frau an der Kasse wissen und schielte durchs Fenster. Als ich ihr sagte, dass er im Sommer sechs werde, schüttelte sie zweifelnd den Kopf. Der ist älter, sagte sie in barschem Ton. Da müsse ich den vollen Preis zahlen. Der volle Preis bedeutete sieben Dollar. Mir war das egal. Mich ärgerte aber der Tonfall und dass sie an meinem Wort zweifelte. Ich wollte nicht streiten. Und dennoch, ich beharrte darauf, das letzte Wort zu haben.

»Schauen Sie, wie klein er ist.«

»Die Größe ist es nicht. Es ist der Gesichtsausdruck. Tragen Sie sich hier in der Liste ein. Sie sind Ausländerin. Aus Alemaña, richtig. Das ist aber nicht Ihr Kind. Es liegt am Essen, wissen Sie. Der Junge sieht wie mein Sohn aus, und der ist bereits acht.« Die Dame machte Anstalten, Fotos aus ihrer Brieftasche herauszufischen.

Ich winkte ab und ging nach draußen. Pablo stand unbeweglich an derselben Stelle. Auch die Sonne hatte ihren Platz nicht aufgeben wollen. Und kein Windhauch sorgte für Abkühlung. Nur hoch oben, in den Spitzen der Urwaldriesen, tänzelten die Blätter. Fasziniert schaute ich mich um. Ich hatte Pablo die Karte in die Hand gedrückt und gehofft, dass er den ersten Schritt tun würde. Einen aktiven ersten Schritt. Doch er sah sich weder um, noch zog es ihn zum Startpunkt des Rundweges. Immerhin durfte ich seine Hand ergreifen.

Mehrere Wege standen zur Auswahl, ich entschied mich für den längsten. Im Reiseführer war der Park überschwänglich beschrieben worden. Das absolute Muss für alle Tierliebhaber. Ein Paradies, mitten in der Stadt. Doch als wir nach über einer halben Stunde immer noch keine Tiere gesichtet hatten, dachte ich laut darüber nach, die Eintrittsgelder zurückzufordern.

»Wo sind jetzt die verdammten Viecher?« Meine Frage muss einem Hilfeschrei geglichen haben, denn sofort stand einer neben uns. Einer der diensthabenden Parkwächter. Keine eins fünfzig groß, mager, flink. In der rechten Hand schwenkte er eine Machete. Gekrümmt. Fast ebenso lang, wie der Mann hoch war.

»Hola.« Der kleine Mensch fragte nicht. Er sah mich nur an, musterte Pablo, dann grinste er über das ganze Gesicht und winkte uns hinter sich her. Und jetzt sahen wir sie, weil er an den richtigen Stellen stehen blieb und auf die Tiere deutete. Eine Riesenechse, die hoch oben in einem silberblättrigen Baum hing, die kleinen Totenkopfäffchen, die sich in schwindelerregender Höhe um den Nektar orangefarbener Blüten stritten. Und nach einem Lockruf kam auch prompt ein Schwein auf hohen Beinen und mit Rüsselnase bewaffnet aus dem Gebüsch gestampft. Kaum zu fassen, wir hatten einfach nicht richtig hingeschaut oder den falschen Duft verströmt und die Tiere verscheucht.

»Qué es esto?« Und das da? Ich wies auf etwas, das einer hängenden Stachelfrucht glich.

»Un perezoso.« Er nannte mir den spanischen Namen. Und lächelte stolz, als hätte er das Exemplar selbst an den Ast gehängt.

»Ein was?«

»Un perezoso, muy joven.« Jung verstand ich, den Rest immer noch nicht.

»Ein Faultier«, sagte eine Stimme neben uns. In leicht genervtem Tonfall.

Ich drehte mich um. Und starrte Pablo an.

»Ein Faultier«, wiederholte ich lahm. »Und das Tier vorhin, mit dem Rüssel, kennst du den Namen auch?«

Doch Pablo sah mich nicht einmal an, sondern interessierte sich jetzt sehr für das gezackte Blattwerk einer Kletterpflanze. Kein Wort war mehr aus ihm herauszukriegen. Auch auf der Heimfahrt nicht.

Beim Aussteigen schließlich explodierte ich. »Was ist

denn los mit dir? Verflucht, kannst du nicht sagen, was dich stört? Musst du beim Sprechen immer drei Tage Pause einlegen? Verflixt und zugenäht.«

Keine Ahnung, was ich mit meinem Ausbruch erreichen wollte, seine Gleichgültigkeit reizte mich. Ich war der Stier, und er wurde immer mehr zu einem roten Tuch für mich.

»Ich kann dich anrufen, von unterwegs, weißt du. Aber dann musst du mit mir reden.«

Doch sobald ich den Satz ausgesprochen hatte, war mir sofort klar, dass ich mein Angebot auch hätte unterlassen können. Dieses Kind hatte gelernt, alleine klarzukommen. Mit einem letzten verzweifelten Aufbäumen spannte ich den einzigen mir verbliebenen Pfeil. Wir hatten soeben den kiesigen Untergrund des Parkplatzes vor dem Heim überquert. Vor der Tür wartete Dr. Schmid Rodrigues auf uns. Ich ließ meinen Pfeil los.

»Pablo, ich bleibe hier, wenn du endlich mit mir redest.«

Beide hielten wir den Atem an. Der Junge rührte sich nicht mehr, war stehen geblieben, starrte irgendwohin. In seinem Gesicht konnte ich nicht wirklich lesen, doch wie der Aufzug von Schlechtwetterwolken sah das nicht aus. Gerne hätte ich die Sache jetzt und sofort geklärt. Das Zeichen, auf das ich so dringend wartete, entgegengenommen, doch es kam leider nicht zur Übergabe.

Dr. Schmid Rodrigues preschte auf uns zu und schüttete ungefragt seinen Small Talk über mir aus. Pablo ging ins Haus, ohne sich von mir oder dem Anwalt zu verabschieden.

Das war's.

»Es tut mir ja so leid.« Betrübt schaute der Anwalt mich an, schaute Pablo hinterher. Und ich wusste nicht, was ihm leidtat. Dass er immer noch nichts erreicht hatte oder die

Tatsache, dass Pablo mich nicht mochte. Die Spannung, die sich in meinem Inneren angesammelt hatte, war kurz davor, sich in einer weiteren Entladung zu äußern. Gerne auch körperlich. Gerne hätte ich dem Anwalt gegen sein Schienbein getreten. Oder sonst wohin. Was war das für ein Kerl? Warum tat er nichts? Stand rum. War weniger als Luft wert. Mein Großvater hat Ihnen einen neuen Wagen finanziert, kochte es in mir, und Sie vertrösten mich Tag für Tag. Die vorbereiteten Wörter wollten nicht heraus.

»Rosaria Gomez Blanco hat Ihnen vermutlich eingeflüstert, dass ich nach Santa Fé fahre. Ich muss mal raus aus der Stadt. Aber in zwei Tagen bin ich wieder da.«

»So geht das nicht. Sie sind doch nicht zum Vergnügen hier? Haben Sie mit Ihrem Großvater gesprochen?«

»Ja, natürlich«, log ich.

»Kann ich Sie begleiten?«

Er müsse sich um Pablo kümmern, stellte ich klar, und der Anwalt nickte zustimmend.

»Sie haben recht. Wir müssen aber in ständigem Kontakt bleiben. Soll ich Sie mit in die Innenstadt nehmen?«

»Nein, nicht nötig, ich werde abgeholt.«

Mit einem schiefen Lächeln ließ ich ihn stehen. Niemand schlug ihm gegen sein Schienbein. Auch sonst nirgendwohin. Schlechte Laune haftete wie Staub an mir. Mir war schrecklich warm, und ich konnte mich selbst nicht leiden.

Fast pünktlich brauste Mara heran, wendete rasant auf dem Kiesplatz. Sie stieg nicht aus, sondern beugte sich über den Beifahrersitz und öffnete mir die Tür. Doch nicht ich zog sie auf. Wie ein Wiesel drängte Dr. Schmid Rodrigues sich ins Innere, legte ein Knie auf den Sitz.

»Welche Überraschung, Mara.« Echte oder geheuchelte

Freude ließ seine Stimme piepsig klingen. »Ich wusste nicht, dass ihr euch kennt. Beruflich?«, fragte er.

»Panama ist ein Dorf. Liana und ich haben uns kennengelernt in dem Flugzeug. Wir fahren einkaufen.«

Mara sprach schnell, lachte schnell und betonte sicherheitshalber, dass man uns nicht aufhalten dürfe. Sie konnte also wunderbar lügen. Dazu entschlossen, nicht mehr das nette und wohlerzogene Mädchen zu mimen, schob ich das Anwaltsknie zur Seite. Ich setzte mich und zog die Tür zu. Durch die Scheibe verhandelte der Advokat weiter.

»Wir sollten mal wieder essen gehen.«

Mara beruhigte ihn mit einem: »Ja, machen wir.«

Schweigend fuhren wir los. Der Verkehr war mörderisch, wie immer. Mara musste sich konzentrieren. Das verstand ich. Aber da war etwas, das ich klären wollte.

»Wie gut kennst du unseren Anwalt?«

»Ein netter Kerl.«

»Deine Begrüßung klang eisig.«

»Nein. Ich war normal.«

»Er ist jeden Tag hier.«

Mara hupte, drängte einen Jungen auf dem Fahrrad zur Seite. Er überschlug sich und stürzte in den Graben.

»Hast du das nicht gesehen?« Ich gebot ihr anzuhalten, doch sie ignorierte mein Drängen und fuhr einfach weiter.

»Dein Großvater muss ihn bezahlen großzügig.«

Im Seitenspiegel konnte ich sehen, dass der Junge aufgestanden war. Erleichtert atmete ich aus. Erst dann fragte ich Mara nochmals nach ihrer Meinung, Dr. Schmid Rodrigues betreffend. Meinem Großvater hatte ich bereits den Vorschlag gemacht, sich nach einem neuen Anwalt umzuschauen, dabei aber keinen Zuspruch geerntet. Ein gutes Argument würde mir nutzen. Leider war Mara nicht in der

Stimmung, Geheimnisse preiszugeben. Auch in anderer Beziehung ließ sie mich zappeln. Auf meine nächste Frage, was für eine Überraschung mich auf der Party erwarten würde, sagte sie: »Keine Ahnung. Habe es vergessen.«

Wir verließen die Umgehungsstraße und fuhren durch die Innenstadt. Die Klimaanlage im Wagen lief auf Hochtouren. Jetzt fror ich. Mara hatte sich schick gemacht, trug ein hellgelbes Kostüm, dazu hochhackige Schuhe, in denen kein normaler Mensch Auto fahren kann. Als hätte sie meine Gedanken gehört, bremste sie abrupt. Der Wagen schlingerte und blieb auf dem Seitenstreifen stehen. Mara kramte in ihrer Handtasche und holte einen Lippenstift hervor.

»Für wen putzt du dich so heraus?«, wollte ich wissen.

»Bei Lippenstift ist nicht immer Mann im Spiel, diesmal aber schon.« Mehr wollte sie mir immer noch nicht verraten.

Endlich erreichten wir den Ort, von dem ich angenommen hatte, er würde sich in der Nähe des Waisenhauses befinden. Richtig war, dass das Anwesen am Stadtrand lag, jedoch nicht in Kanalnähe, sondern in der entgegengesetzten Richtung.

Vor der Villa tummelten sich nicht nur jede Menge Nobelkutschen, sondern auch etliche Bodyguards. Leicht zu erkennen, an den breiten Stiernacken, den gegelten Haaren und der dunklen Kleidung. Die männlichen Gäste trugen zumeist helle Anzüge. Waren aber ebenso feist und wohlgenährt wie die Bodyguards. Neben ihnen standen und gingen Prinzessinnen. In langen, in kurzen, in gebauschten Kleidern. Keine einzige von ihnen sah normal aus, im Sinne von angezogen. Alle wirkten herausgeputzt, toupiert, hochgradig geschminkt und mit allerlei gefährlich aussehendem Schuhwerk bewehrt.

»Du hast mir nicht gesagt, dass hier Kleiderzwang herrscht.« Ich zeigte auf meine Flipflops. Zwar trug ich meine weiße Bluse, dazu einen geblümten Rock, doch meine beste Kleidung konnte mit der Extravaganz der anderen Besucher nicht konkurrieren.

»Wir wollen dich nicht versteigern.« Mara lachte mich an. »Ich präsentiere dir einen guten Freund. Geschäftlich. Dafür du musst nicht hübsch aussehen. Außerdem du siehst hübsch aus.« Sie redete wieder sehr schnell. »Du bist Naturschönheit. Ich beneide dich. So dichte echte Haare.«

Verlegen fingerte ich an meinem Pferdeschwanz. Mara aber erwartete keine Erwiderung, sondern plapperte weiter. »Du musst nicht hungern wie meiste Frauen.«

Auch dazu gab es nichts zu sagen. Es stimmte, mir konnte mein Auftreten herzlich egal sein. Ich gehörte nicht dazu, wollte nicht dazugehören, würde nie dazugehören. Erleichtert schob ich die Unsicherheit zur Seite, atmete kräftig ein und genoss es, der staubigen Stadtluft entkommen zu sein. Auch die Geräusche hatten sich verändert, keine Presslufthämmer, keine quietschenden Omnibusse mehr. Dieser Ort glich einem aufgeräumten Paradies. Geschaffen für die Reichen und Erfolgreichen.

»Ich glaube, dort ist er.« Mara zeigte irgendwohin und marschierte los. Dabei steuerte sie nicht den Eingang an, sondern umlief das Gebäude. Schließlich standen wir auf einer beachtlichen Terrasse, die halbkreisförmig an die gepflegte Rasenfläche grenzte. Sonnenlicht ließ den Marmor silbern glitzern. Die Flügeltüren zum Salon waren weit geöffnet, gaben den Blick ins Innere jedoch nicht frei, da sich die meisten Gäste im Schatten der Markise drängten. Gut zwanzig Tische luden draußen zum Verweilen ein. Doch es fehlten die Sonnenschirme. Nur nach und nach wurde mir das ganze Ausmaß der Villa und der dazugehörenden Anlage bewusst. Ich war im Schätzen von Grundstücksgrößen ungeübt, aber ein paar Volleyballfelder mochten gut in den Garten passen. Sattes Golferglück, so weit das Auge reichte. Unterbrochen wurde es durch hübsch drapierte Palmengruppen und Sträucher. Ich erkannte Hibiskus und Bougainvillea. Und im Hintergrund schimmerte es fototapetenblau. Ein strahlend blauer Himmel ging in das etwas dunkler getönte Blau des Pazifiks über. Eine einzige Federwolke schwebte über der Bucht.

Maras Bekannter war in ein Gespräch vertieft, aber als wir auftauchten, verabschiedete er sich rasch und kam auf uns zu. Er war groß, aber nicht schlank, mit breitem Stiernacken. Sein Bauch hingegen war durch einen gut geschnittenen Anzug verdeckt, weißes Leinen, beste Qualität. Der Mensch wollte schick aussehen, seine schwarzen Schuhe allerdings machten diesen Versuch zunichte. Fehlten nur noch die geringelten Socken. Und tatsächlich, beim letzten Schritt erhaschte ich den entscheidenden Blick auf rotweiß Gestreiftes. Da war er mir sofort sympathisch. Mara stellte ihn als guten alten Freund vor.

»Das ist mein lieber Mike. Wie sagt man, durch und durch deutsch. Sehr ordentlich.« Sie lachte ihn an und schmiegte sich mit ihrer rechten Schulter an ihn. Auch später konnte sie nicht von ihm lassen, berührte ihn immerzu, tastete ihn mit Händen und Augen ab. »Stell dir vor, er kennt den Vorgang. Und er weiß, woher Verzögerung kommt.« Sie machte eine theatralische Geste. Die Katze aber steckte immer noch im Sack.

»Wissen tu ich leider nichts«, wehrte Mike ab. »Aber Vermutungen kann ich äußern. Ich hoffe, Sie sind nicht enttäuscht.«

Mit einem ironischen Lächeln blickte dieser Mike mich an, dann zeigte er mit der Hand auf einen Tisch, der abseits stand. Wir überquerten die Terrasse. Endlich erhaschte ich einen Blick ins Innere der Villa. Wie nicht anders zu erwarten war, schaute ich in eine Filmkulisse. Kronleuchter, rote Teppiche, gediegene Möbel. Wir rückten Stühle zurecht, zogen den Tisch nach. So saßen wir wenigstens im Halbschatten, denn der Sonnenstern zeigte sich besonders verschwenderisch. Ohne Zusammenhang oder Überleitung begann Mike von seinem letzten Ausflug auf die Insel Flamenco zu erzählen. Von Bilderbuchstrand, Bilderbuchpalmen, Bilderbuchwetter war die Rede. Ich wusste nicht, warum er derart abdriftete. Dabei war es nicht schwer zu verstehen. Ein Kellner kam und versorgte uns mit superschön aussehenden Cocktails, während weiter über Belangloses gesprochen wurde. Erst als der Kellner sich zurückgezogen hatte, beugte Mike sich vertraulich zu mir herüber. Mit knappen Worten stellte er sich als Mitarbeiter der Deutschen Botschaft vor. Ein kleines Licht, wie er bescheiden sagte, dennoch habe er Zugang zu Neuigkeiten. Von ihm also erfuhr ich, dass ich besser nicht damit rechnen solle, das Kind in absehbarer Zeit mitnehmen zu können. Eine Adoption zum jetzigen Zeitpunkt sei sowieso nicht möglich.

Ich war sprachlos. Ich war sauer. »Es geht doch nur um eine Pflegschaft, und uns wurde gesagt, dass der Papierkram erledigt sei.«

»Das ist das, was offiziell gesagt wird. Tatsache aber scheint zu sein, dass die leibliche Mutter nicht eingewilligt hat.«

»Wie soll sie auch, sie ist tot.« Fast böse spuckte ich den Satz aus, erschrak über meinen Ton.

»Richtig, das steht in den Akten, die Dr. Schmid Rodrigues im Auftrag ihres Vaters dem Ministerium für Familienangelegenheiten vorgelegt hat. Dienststempel und Unterschriften, alles drauf. Doch aus irgendeinem Grund hat ein Mitarbeiter mit dem letzten Arbeitgeber von Frau Morales telefoniert. Ein Arbeitszeugnis wechselte daraufhin den Besitzer. Und wie das so ist, stimmen die Daten nicht überein. Am Tag des Unfalls hat Frau Morales noch in Las Lajas, Panama, gearbeitet. Der Totenschein aber ist in San José, Costa Rica, ausgestellt worden. Die Orte liegen über vierhundert Kilometer auseinander. Und das sind keine europäischen Entfernungen. Nur ein Datum kann richtig sein. Ein Versehen vielleicht, vielleicht aber auch nicht.«

Ich wollte nach Alejandro fragen, aber ich bekam den Mund nicht auf.

»Es gilt nun festzustellen, ob die Kindesmutter überhaupt verstorben ist. Der Vorgang mit dem Totenschein wird vom Ministerium neu geprüft. Und das kann dauern. Außerdem fehlt die Geburtsurkunde. Seit diesem Jahr verlangt Panama bei der Ausreise Minderjähriger die Geburtsurkunde.«

Um mich herum wurde es sehr still. Wie durch einen Filter nahm ich den Rest der Welt wahr, fühlte mich abgeschnitten, mit Tausenden von Gedanken allein gelassen. In meinem Kopf fuhr ein Traktor im Kreis. Pablos Mutter war also möglicherweise nicht tot. Das war toll, das war vielleicht die Rettung, für mich, für das Kind. Allerdings war sie für tot erklärt worden. Von wem und warum? Angenommen die Papiere waren fingiert worden, wer, außer unserem Großvater, kam für einen solchen Coup infrage? Dieser schreckliche Verdacht, der zweite in weniger als achtundvierzig Stunden, erschütterte mich bis ins Mark. Möglicherweise stotterte ich irgendetwas, um meine Unruhe zu überspielen, möglicherweise trank ich meinen Cocktail in einem Zug leer. Ich weiß es nicht mehr. Ich weiß nur, dass der indirekt ausgesprochene Verdacht mir wesentlich mehr zu schaffen machte als die Horrorszenarien, die Mara mir an den Kopf geworfen hatte. Meine verrückte Familie. Ja, ich wusste doch, dass bei uns nicht alles rundlief. Aber unser Ota war, obwohl ein strenger Göttervater, auch ein Heiliger für mich. Und immer gewesen. Ein Schutzheiliger, der die Fäden zusammenhielt und seine Flügel in Sturmzeiten über Anina und mir ausbreitete. Das ging leicht, weil er Geld und Ansehen besaß, und genau danach strebte auch ich. Es gab schlechtere Vorbilder. Dass er mich für seine Zwecke benutzte, wusste ich und war ihm nicht böse deswegen. Dass er mich eventuell angelogen und hintergangen hatte, war allerdings mehr, als ich schlucken konnte.

»Was du wirst tun?«

Maras Stimme holte mich in die Gegenwart zurück. Und erstaunt stellte ich fest, dass dieser Mike uns verlassen hatte. Bestimmt nicht, ohne sich von mir zu verabschieden.

»Es war deine Idee, nach Santa Fé zu fahren.«

»Ich weiß. Ist immer noch eine gute Idee.«

»Aber müsste man jetzt nicht nach der Mutter suchen?«

»Nun ja, ist ein Punkt. Spielt aber nur eine Rolle, wenn feststeht, dass sie noch lebt. Du hast andere Fragezeichen: Wo war Pablo die ganze Zeit, und ...«

»Und wo ist sein Bruder?«, vollendete ich den Satz. »Tatsache aber ist: Ich will keine Fragezeichen mehr.«

»Das kann ich verstehen. Auf anderer Seite, vergiss dein Selbstmitleid. Dir geht es gut. Oder nicht?«

»Danke für die Belehrung.«

Wenig später fand ich mich auf dem großzügigen Parkplatz der Villa wieder. Ich hatte nicht mitbekommen, dass

Mara ein Taxi bestellt hatte. Als sie dem Fahrer die Adresse meines Hostals nannte, unterbrach ich sie.

»Nein, ich fahre zurück zum Waisenhaus.«

»Und dann?«

»Pablo hatte ein Bild neueren Datums. Ich muss ihn und die Heimleiterin fragen, ob es noch weitere Fotos gibt. Schmid Rodrigues wusste nichts davon.«

»Was für Foto?«

»Erzähl ich dir später.«

Mara zog ihre Nase kraus. Was lustig aussah. Doch ich ahnte, dass sie damit jede Menge Kritik ausdrücken wollte. Laut sprach sie ihre Gedanken nicht aus. Stattdessen umarmte sie mich. Zu guter Letzt ergriff sie mein Gesicht mit beiden Händen, drückte und schüttelte mich wie ein bockiges Kind. Einen Kuss bekam ich nicht.

»Du meldest dich, wenn du bist zurück aus Santa Fé.« Es war keine Frage.

»Woher weißt du, dass ich fahre? Ich traue mich nicht, Pablo alleine zu lassen. Mitnehmen kann ich ihn aber auch nicht.«

Sie nickte nur und schob mich in den Wagen.

Im Rückspiegel sah ich, wie sie neben Mike durch den Nebeneingang der Villa trat.

»Mara liebt Mike«, murmelte ich vor mich hin. »Ein hübsches Paar.« Mara hatte mir, als sie mich kaum kannte, ihre Hilfe angeboten. Sie war eingesprungen, als ich nicht weiterwusste. Aber wirklich rechnen konnte ich nicht mit ihr.

Rosaria Gomez Blanco führte mich in ein Zimmer. Es war leer. Fast leer. In einer Ecke stand der Abguss eines Kindes. Pablo stand aufrecht, mit dem Gesicht zur Wand. Ein säuerlicher Geruch ließ mich zögern.

»Was soll das?«, fragte ich die Heimleiterin.

»Er hat sich … sehen Sie doch selbst. Mitten während des Nachmittagsunterrichts. Jetzt ist er wieder ruhiger.«

Nachdem meine Augen sich an das Halbdunkel gewöhnt hatten und ich ein paar Schritte vorgetreten war, erkannte ich das Problem. Die graue Uniformhose zeigte dunkle Flecken.

»Wo sind seine Sachen? Ich meine seine Kleider. Er braucht zwei T-Shirts und zwei Hosen und natürlich Unterwäsche. Ich nehme ihn sofort mit.«

»Aber Sie haben gesagt … Sie können nicht einfach …« Zum ersten Mal erlebte ich sie sprachlos.

»Ich weiß. Aber ich habe es mir anders überlegt. Wenn Sie wollen, unterschreibe ich, dass ich die Verantwortung für ihn übernehme.«

»Das können Sie nicht. Ihr Vater muss sich einverstanden erklären.«

Als das Fax mit der erforderlichen Unterschrift aus dem Drucker glitt, traf mich ein mitleidiger Blick. Oder war es ein schadenfroher?

11

Beim Anblick des Kindes freuten sich die Gäste des Hostals wie blöd. Die beiden Niederländerinnen schalteten sofort den Fernseher aus. Sie sprangen auf und kamen uns schnatternd entgegen. Während ich mit Franck sprach, überhäuften sie Pablo mit Fragen. Der lächelte, antwortete jedoch nicht. Das schien sie nicht zu stören. Sie wollten ihm die Tasche abnehmen, doch das ließ er nicht zu. Also gingen sie zu viert in die Küche. Das Kind, die Tasche, die beiden Frauen. Ich hörte Teller- und Besteckgeklapper. Dann tauchten kauende Gestalten auf und verschwanden im Wohnzimmer.

»Willst du ein bisschen in die Hängematte? Oder sollen wir dir etwas vorlesen? Es gibt keine Kinderfilme, aber wir können dir eine Geschichte erzählen.«

Ich hörte, wie sie ihr Spanisch an Pablo ausprobierten und, weil er nicht angemessen begeistert reagierte, Englisch mit ihm sprachen.

»Er kann kein Englisch«, unterbrach ich die beiden. »Lasst ihn in Ruhe, er muss sich erst zurechtfinden.«

Doch kaum hatte ich den Satz ausgesprochen, kam Franck angetänzelt. Tänzelte tatsächlich, wie einer, dem man Juckpulver in die Hose gestreut hatte.

»Ja, was haben wir denn hier für einen Prachtkerl. So hübsche Kinder kriegt ihr in eurer Familie zustande, los, Liana, dann wollen wir beiden mal keine Zeit verlieren. Möchte der kleine Mann vielleicht einen Spielkameraden …?«

Er sprach den Unsinn laut aus. Die Niederländerinnen lachten sich halb tot.

»Er spricht kein Englisch«, wiederholten sie meinen Spruch.

»Wir gehen jetzt runter«, sagte ich.

»Warte, ich zeig euch alles«, sagte Franck.

»Was willst du mir zeigen? Ich wohne hier.«

»Nicht dir. Ihm, ihm zeige ich die Duschen, die Toiletten. Wir haben sogar eine Tischtennisplatte. Irgendwo muss sie sein. Sie ist ein bisschen kaputt, aber vielleicht können wir sie im Hof aufbauen, was meinst du?«

Die Welt der Singles. Lächerlich. Sie wollten reisen, sie wollten lange studieren, sie wollten sich an keine Frau, an keinen Mann binden, aber wenn sie ein Kind sahen, flippten sie aus. Ich fand das mehr als sonderbar. Vielleicht war ich auch nur zu jung, um Muttergefühle zu entwickeln. Oder aber, so grübelte ich, hat unsere Mutter mich verkorkst, und ich bin überhaupt nicht in der Lage, mich auf ein Kind einzulassen.

Nachdenklich folgte ich Franck und Pablo in den Innenhof. Pablo war wirklich ein hübscher Kerl. Und wie klein er plötzlich aussah neben dem Zottelbart. Kaum hatte ich den Gedanken zu Ende gedacht, da flog Pablo in die Höhe und landete auf Francks Schultern. Ängstliches Kindergeschrei. Mit einem derartigen Angriff hatte Pablo nicht gerechnet. Vor Überraschung fiel ihm seine Tasche aus der Hand. Er drehte sich um und zeigte darauf. Ein lautloses Bitte. Ich hob sie auf. Franck bekam von alledem nichts mit. Er hüpfte zu den Waschräumen, hängte Pablo kurz an eine Wäscheleine, sagte, da würde er alles aufhängen, was schmutzig sei, also auch ihn, dann kam er wieder zurück, holte Pablo wieder ab, wobei er mich keines Blickes würdigte, und stob mit dem Kind auf den Schultern davon. Jeder, der Ohren hatte, konnte Pablo vor Freude jauchzen hören.

Die grüne Sporttasche stellte ich in unser Zimmer, dann ging ich los und besorgte eine wasserdichte Unterlage, Leintücher und mehrere Kissen. Das Bett schob ich an die Wand. Fielen Kinder mit fünfeinhalb Jahren noch aus dem Bett? Ich hatte keine Ahnung. Pablo schaute kein einziges Mal nach, was ich da machte. Lieber durchmaß er den Hof mit eiligen Schritten.

Später fand ich ihn auf einer Bank sitzend, im hintersten Winkel des Innenhofes, dort, wo ausrangierte Bretter, Stühle und Eimer ihren Altersruhesitz gefunden hatten. Virginia, die schwarzgraue Hauskatze, hatte sich auf seinem Schoß zu einem Knäuel zusammengerollt. Die namenlose Buntgescheckte saß zu seinen Füßen. Pablo hatte alle Hände voll zu tun. An der Ecke war ich stehen geblieben, beobachtete ihn. Die Normalität des Anblicks, die Ruhe und Zufriedenheit, die aus den Zügen des Kindes sprachen, rührten mich. Ohne Uniform, weit weg vom Waisenhaus, schien Pablo ein ganz normales Kind zu sein. Kraushaarig, mit einem Anflug von Traurigkeit.

Ja, dachte ich, es war richtig, ihn dort wegzuholen. Aber ist es auch richtig, ihn nach Santa Fé mitzunehmen? Was, wenn er tatsächlich schon einmal dort war? Werden sich seine Angstzustände verschlimmern? Oder würde die Schocktherapie ihn kurieren? Ich könnte die Reise absagen. Aber aus irgendeinem Grund wollte ich das nicht. Bestimmt aber war es besser, ihm den Zielort nicht zu nennen.

»Wo ist Franck?«, erkundigte ich mich und setzte mich neben das Kind.

Pablo zeigte zur Treppe. Er lächelte. Erst jetzt sah ich, dass ihm ein Milchzahn fehlte.

»Dein erster?«

Sofort verschwand Pablos Gelassenheit, sein Gesicht verfinsterte sich, als hätte ich ihn ausgeschimpft. Rasch kehrte ich zur vorhergehenden Frage zurück.

»Er muss arbeiten. Ein lustiger Kerl, nicht wahr. Er mag dich.« Ich redete weiter, erzählte, wie ich in das Hostal geraten war und dass ich es am Anfang schrecklich fand. »Morgen fahren wir in die Berge. Ich bin gespannt, wie es dir dort gefällt. Und heute Abend lese ich dir aus dem Reiseführer vor. Dort gibt es auch Urwälder und jede Menge Tiere.«

Pablo zeigte auf die Katze, lächelte.

»Ja, hier auch. Diese hier heißt Virginia.« Ich streichelte die Katze in seinem Schoß. »Und die Bunte«, ich schaute mich suchend um, »tja, die hat keinen Namen, weil sie immer wegrennt. Willst du etwas essen? Lass uns in die Küche gehen. Dort gibt es Pfannkuchenteig. Und im Kühlschrank habe ich allerlei Obst.«

»Ich habe keinen Hunger mehr, vielen Dank. Deine Freundinnen haben mir Pfannkuchen heruntergebracht.«

»Meine Freundinnen.« Ich schluckte. Tränen schossen mir in die Augen. Eine Hitzewelle bahnte sich den Weg über mein Rückgrat, wanderte hoch zum Kopf. Meine Ohren fühlten sich heiß an, und auf meinen Lippen lagen jede Menge Erwiderungen. Keine einzige wollte ausgesprochen werden. Du redest endlich wieder. Warum sprichst du perfekt Deutsch? Bei wem hast du all die Jahre gelebt? Wer hat dich zur Botschaft gebracht? Warum hattest du deinen Pass?

Langsam, damit nichts Falsches herausrutschen konnte,

wiederholte ich: »Keinen Hunger mehr. Nun, dann gehen wir jetzt ins Bett.«

Er stand sofort auf, nahm Virginia mit.

«Die Katze bleibt draußen!«

Schwarze Pupillen schauten zu mir auf. Und ich wurde mit Wärme übergossen. Von irgendwoher kam eine unsichtbare Hand, schubste mich an. Gib nach, flüsterte eine Stimme mir zu.

»Okay«, sagte ich, »aber Franck darf uns nicht erwischen. Und wenn sie nachts rausmöchte, dann stehst du auf.«

Mitten in der Nacht mehrere Geräusche. Quietschende Bettfedern, leises Trappeln, eine Tür, und dann wurde meine Bettdecke zur Seite gezogen und etwas Kaltes schmiegte sich an meinen Rücken. Ein Arm rutschte über meine Hüfte. Es war ein kurzer Arm. Meinen Bauch konnte er nicht umfassen, aber mein Herz erreichen.

Am nächsten Morgen das gleiche Theater. Pablo hier und Pablo da, und noch einen Pfannkuchen gefällig? Und in den Kakao einen oder zwei Löffel Zucker? Das Kind schien das übertriebene Gehabe nicht zu stören. Nur wenn man es anfassen wollte, wich es zurück. Mir kam der Gedanke, Pablo hierzulassen. Das Zimmer war billig, und waren die anderen nicht viel aufmerksamere Väter und Mütter als ich? Doch dann erinnerte ich mich an die Berührung während der Nacht, und ich ahnte, dass ich ihn nicht erneut enttäuschen durfte. Für den nächsten Tag reservierten wir ein größeres Zimmer. Ich packte alles zusammen, was ich nicht mitnehmen wollte, und deponierte es in einem Nebenraum. Es war nicht viel. Als ich meine Flipflops anziehen wollte, waren sie weg.

Ich bat Pablo, mir beim Suchen zu helfen. Ich sprach mit

der Putzfrau, ich klopfte an alle Klo- und Duschtüren. Erst als ich an der Rezeption stand und Franck sich weigerte, mir ein Taxi zu bestellen, kapierte ich, was los war.

»Du weißt, dass ich sie liebe?«

Er nickte.

»Und deshalb dachtest du, ich würde hierbleiben, wenn du sie nur gut genug versteckst?«

Wieder nickte er. Sein Mund konnte sich nicht entscheiden. Heraus kam ein zuckendes Grinsen. Stur starrte er auf den Bildschirm, bediente nebenbei die Maus. Ich trat einen Schritt auf ihn zu, drehte seinen Kopf zu mir.

»Ich lasse meine Halbschuhe hier, ein paar T-Shirts, das muss reichen. Und jetzt gibst du mir die Flipflops und holst ein Taxi. Du Schafskopf.«

Letzteres schien er als Liebesbeweis misszuverstehen. Besitzergreifend legte er seinen Arm um meine Taille und drückte seinen Wuschelkopf gegen meinen Bauch. Keiner von uns lachte, dabei war die Situation total komisch. Er konnte gar nicht mich meinen. Er kannte mich nicht. Und hatte er nicht mitbekommen, dass ich lange telefonierte und zahlreiche E-Mails verschickte? Er konnte sich also denken, dass ich einen festen Freund hatte. Da erst fiel es mir ein: Ich hatte Basti seit zwei Tagen nicht mehr angerufen. Ihm auch keine Nachricht mehr geschickt. Es war einfach zu viel los gewesen. Ich zählte bis drei, dann löste ich mich aus Francks Umklammerung.

»Wir wollen los«, sagte ich. »Ruf das Taxi! Bitte.«

Pablo war samt Tasche neben uns aufgetaucht. Seine Haare waren noch nass. Er hatte sich selbst gekämmt. Nur beim Schnürsenkelbinden hatte ich ihm helfen dürfen.

Sein Pass war immer noch in der Botschaft, das machte mich einigermaßen nervös, denn ich wusste, dass man auf

Busbahnhöfen und während der Fahrten kontrolliert wurde. Hinzu kam, dass auch ich nur ein vorläufiges Dokument besaß.

»Du ziehst aber für die Fahrt deine neuen Wanderschuhe an«, betonte Franck.

»Ja, Daddy. Und wenn ich Blasen bekomme?«

»Umso besser, dann kommt ihr schnell zurück.«

»Du willst den Jungen haben?«

»Na klar. Pass gut auf ihn auf.«

12

Raus aus der Stadt. Ich hatte zwei Wochen lang jungen Rucksackreisenden dabei zugeschaut, wie sie sich vorbereiteten. Auf einen Ausflug zu den Kuna-Indianern, auf die Besteigung eines Vulkans, die Durchquerung des zentralamerikanischen Kontinents. Während ich selbst festsaß. Immer hatte ich dieses Festsitzen mit dem in weite Ferne rückenden Heimflug verknüpft. Dabei war es so einfach, der Stadt den Rücken zu kehren. Man fuhr zum Busbahnhof, kaufte sich ein Ticket, und los ging's.

Und dennoch: Als wir im Taxi saßen, zitterten mir die Knie. Am frühen Morgen hatte ich lange wach gelegen. Wie würde es werden? Würde er wieder spucken, sich im Bus oder im Hotelbett einnässen? Würde ich Schwierigkeiten bekommen, weil er keinen Ausweis besaß? Dass meine Sprachkenntnisse für eine Reise vollkommen ausreichten, hatte ich inzwischen begriffen. Mir waren zahlreiche Touristen begegnet, die reichlich bescheiden Spanisch sprachen. Und alle waren durchgekommen, irgendwie. Jeder hatte etwas Abenteuerliches zu erzählen gehabt, jedem war die eine oder andere kleine Katastrophe zugestoßen, doch niemand hatte darüber sein Lachen und seine Reiselust verloren. Und ich hatte gelernt, meine Papiere am Körper zu tragen.

In Panama City gibt es mehrere Busbahnhöfe. Das wusste ich. Dennoch schaffte ich es, dem Taxifahrer den falschen Namen zu nennen. Natürlich merkte ich meinen Fehler nicht sofort. Auch nicht ein wenig später. Eher viel später, als wir verwirrt in einer gläsernen Halle herumirrten. Schließlich fand ich einen Fahrplan, suchte ihn nach dem gewünschten Ort ab. Doch um uns herum herrschte ein derart unglaublicher Lärm und ein ameisengleiches Gewusel, dass ich mich nicht konzentrieren konnte. Ein Lastenträger stieß mich an. Eine Indiomutter mit vier oder fünf Kindern konnte eines der Kinder nicht beruhigen, woraufhin zwei oder drei weitere zu brüllen begannen. Ein durch Zahnlücken und Narben verunstalteter Hutverkäufer versuchte mir einen pinkfarbenen Hut anzudrehen, und ein Bettler wollte nicht mehr von meiner Seite weichen und ließ sich zu meinen Füßen nieder. Ich gab nicht auf. Las den Fahrplan wieder und wieder. Erst als Pablo mich ungeduldig in die Seite stieß, erwachte ich. Fragende Augen.

»Erste Station ist Santiago«, sagte ich.

Seine dunklen Pupillen wurden eine Spur dunkler. Aber er erwiderte nichts. Ging zu einem Schalter, stellte sich an und wartete geduldig, bis er an die Reihe kam. Er sprach durch ein rundes Sprachloch, er nahm einen Zettel entgegen und brachte ihn mir. Da fiel er mir wieder ein, der Name des richtigen Busbahnhofs.

»Du findest dich besser zurecht als ich.«

»Ja.«

Pablo beschämte mich ein zweites Mal, als er auf den Bettler zeigte, der den rechten Fuß absichtlich verkrümmt hinter seinem Rücken abgelegt hatte. Erwartungsvoll schaute das Männchen zu mir auf. Feiner Speichel floss ihm aus dem Mundwinkel, während er sein Sprüchlein wiederholte.

»Gib ihm etwas«, bat Pablo.

Mit einem öffentlichen Bus fuhren wir quer durch die Stadt zum Busbahnhof Albrook. Wieder erwartete uns ein gläserner Käfig, doch dieser war moderner, sauberer und nicht ganz so bevölkert. Das hatte seinen Grund. Schon bald stellten wir fest, dass wir in die Mittagspause hineingeraten waren. Mehrmals liefen wir die lange Meile der Schalter ab. Erst um halb zwei würde es weitergehen. Bis dahin hieß es warten und schauen und hören. Auf den wenigen Bänken fanden wir keinen Platz, wir suchten daher den Restaurantbereich auf und setzten uns. Ohne etwas zu essen, ging das nicht, wie uns ein junges Mädchen in Uniform erklärte. Wir holten uns eine dunkelrote Limonade mit Eis, dazu eine Hühnerkeule. Spottbillig, die Umwelt zahlte einen höheren Preis. Einmal Styroporbecher, -teller und Plastikbesteck.

Pablo sprang immer wieder auf, bewunderte grellfarbene Uhren, ebenso bunte Spielsachen und unpraktisch kleine Taschen an einem geschlossenen Kiosk. Ich nagte ein bisschen an der Hühnerkeule, doch die Soße war mir zu fett.

»Ich muss auf die Toilette.« Pablo wollte sitzen bleiben, doch ich bestand darauf, dass er mich begleiten müsse.

Leider hatte ich die Rechnung ohne die Klofrau gemacht. Buschige Augenbrauen zogen sich wie Bürsten zusammen, als wir auftauchten. Mit stechendem Blick musterte sie das Kind an meiner Seite. Wieder die Frage: Wie alt? Ich tat, als verstünde ich nicht, und reichte ihr das Geld für zwei Personen. Wie eine Königin thronte sie vor einem mit hellblauer Farbe markierten Durchgang. Neben ihr auf einem kleinen Tischchen, lagen fein säuberlich voneinander getrennt, Klopapierstapel. Jeweils fünf oder sechs Blätter.

»Der Junge gehört zu den Männern«, beharrte sie.

Ich aber zog Pablo hinter mir her und schnappte mir ein Klopapierhäufchen. Das hätte ich nicht tun dürfen. Wie eine Furie sprang die Frau auf die Beine. Sie war gut doppelt so breit und doppelt so stolz wie ich. Pablo nutzte die Gelegenheit, riss sich von mir los und rannte zum Restaurantbereich zurück.

Aufs Klo kam ich nicht mehr.

Als wir die Brücke über den Kanal passierten, zeigten sich uns die ersten Ausläufer der Kordilleren. Nichts Scharfkantiges, eher ausgefranste grüne Papierschnipsel, die ungeduldige Kinderhände ausgerissen und vor einen hellblauen Hintergrund geklebt hatten. Obwohl dieser Schattenriss mit den stolzen Drei- und Viertausendern der Alpen nicht viel gemein hatte, machte mein Herz einen Freudensprung.

Mit dem Ota waren wir oft in den Bergen gewesen, eigentlich täglich, außer es goss in Strömen. Durch ihn sind wir zu Wandervögeln geworden. Wenn wir in den Sommerferien in Brunnen waren, nahm der Großvater sich frei. So frei war er.

»Geld hin oder her«, schnaufte er, sodass sein imposanter Schnurrbart über der Oberlippe flatterte, »jetzt sollen die anderen schuften.« Damit meinte er seine Fahrlehrer, seine Sekretärinnen und das Reinigungspersonal. Längst war er zum Kontrolleur und Antreiber avanciert, stand mit erhobener Stimme wie mit einer Peitsche in den Geschäften und ließ es knallen. Nicht aber im Juli und August. Die Kinder sind da, erklärte er den Angestellten lapidar und meinte damit: Glaubt ja nicht, dass ich nicht trotzdem alles mitbekomme.

Täglich unternahm er mit uns Ausflüge. Der beste Großvater der Welt. Einmal an den Bodensee und nach Liechtenstein, einmal an den Langensee, einmal sogar nach Zürich. Das waren allerdings die Ausnahmen. Unter Ausflug verstand Ota die Verwendung von Wanderschuhen und das Einpacken von Vesper, Trinkflasche, Stock und Hut. Frühmorgens ging es los. Geld galt es ebenfalls einzustecken, denn die Bahnen waren nicht billig, und die Preise auf den Almhütten nannte der Großvater gesalzen. Es ging immer hoch hinauf, auf den Ürmliberg, die Rigispitzen, den Fronalbstock, den Mythen. Diese Jahre haben uns geprägt, Anina, Sigi und mich. Kein Klettersteig war uns zu steil, kein Wanderweg zu lang. Das war, als die Omama noch lebte und unsere Mutter regelmäßig aus Panama anreiste, um zu sehen, wie groß wir geworden waren.

»Pablo, warst du schon einmal in den Bergen?«, fragte ich vorsichtig und zeigte nach rechts, auf die grüne Gebirgskette, die von nun an zu einem stetigen Begleiter werden sollte. Der Junge hatte sich wie ein Profi zwischen den wartenden Fahrgästen hindurchgedrängt, um für sich einen Fensterplatz und für mich den danebenliegenden Sitz zu ergattern.

Wenn ich ihm etwas zeigen wollte, musste ich mich zu ihm hinüberbeugen. Das ließ er sich gefallen. Die Frage jedoch ignorierte er. Immer noch war es mir ein Rätsel, warum er nur im äußersten Notfall sprach. Ihn für dumm oder zurückgeblieben zu halten war ein Fehler gewesen. Im Gegenteil, er schien intelligent zu sein, fand sich mühelos in einer fremden Umgebung zurecht und beherrschte mehrere Sprachen. Zudem war er das, was man bei uns ein gut erzogenes Kind nennen würde. Er war ja nicht wirklich kontaktscheu. Vielmehr klebte etwas Unausgesprochenes an ihm, eine Fragen abweisende Schutzschicht. Seine ausgelassene Stimmung vom Vorabend war am Morgen in Vorfreude übergegangen. Seit wir jedoch im Bus saßen, wirkte er wieder verstockt. Stur starrte er nach draußen, wollte nichts essen, nichts trinken und mochte seine Eindrücke partout nicht mit mir teilen. Also schwieg auch ich. Dabei sehnte ich mich nach Ablenkung.

Der alte Reisebus war nur zur Hälfte gefüllt. Doch bereits jetzt gingen mir die Geräusche auf die Nerven. Heisere, durch Kommentare und Werbeslogans durchbrochene Softbeatmusik floss aus den Lautsprechern, dazu ertönte in allernächster Nähe das Kling-Kling eines Computerspiels. Ein junger Mann musste allen Anwesenden zeigen, dass er nicht nur einen Laptop besaß, sondern diesen auch zum »Singen« bringen konnte. Und drei Reihen weiter unterhielt sich eine Indiofrau per Handy mit ihrer Schwiegermutter. Ich war bis zu meinem sechsten Lebensjahr oft in solchen und ähnlichen Bussen unterwegs gewesen, damals ohne Handygeräusche, ohne Laptops, dafür mit total angesagten tragbaren Kassettenrekordern. Die Vielzahl der Geräusche konnte Anina und mir nichts anhaben. Mir fiel aber auch ein, dass unsere Mutter so manches Gerät beschlagnahmt und sich damit viel Ärger eingehandelt hatte. Grund genug für mich, keinen Ton zu sagen.

Wir liebten unsere Mutter.

»Warum?«, hatte ich fast täglich nachgefragt. »Warum kommt sie, und warum kommt der Sigi nicht mit?« Und dabei unseren Vater vorwurfsvoll angeschaut. Die Welt, die vorher klein und überschaubar gewesen war, hatte sich innerhalb weniger Wochen zu einem Heißluftballon aufgebläht. Wie verängstigte Kaninchen hockten Anina und ich in dem Korb, hörten das Feuer sprechen, das durch den Streit unserer Eltern angefacht worden war. So hoch loderte es, dass es uns von der Erde hochhob und ins Ungewisse davontrug. Mutters Tränen waren sichtbar, die Spuren der schlaflosen Nächte auch. Sie und Sigi winkten uns zum Abschied. Immer kleiner wurden die beiden, bis sie gänzlich verschwanden. Wenige Sekunden später waren sie nur noch in unserer Erinnerung sichtbar.

Es sollte ein neues Zuhause geben in Deutschland und vorher ein vorübergehendes bei den Großeltern in Brunnen. Das, was wir als Mittelpunkt unserer Welt kennengelernt hatten, unsere Familie und Panama, aber gehörte der Vergangenheit an.

»Eure Mutter kommt nach«, hieß es am Anfang. Später war davon nicht mehr die Rede. »Eure Mutter muss arbeiten. Sie muss die Tiere zählen, sie muss das Projekt zu Ende bringen. Sie hat eine Auszeichnung erhalten, schaut, sie steht in der Zeitung.«

Wir freuten uns. So eine Mutter hatte sonst niemand. Und, ja doch, sie kam ein bisschen »nach«. Jedes Jahr schaute sie für ein paar Wochen vorbei, besuchte uns in den Sommerferien, wenn wir in der Schweiz bei den Großeltern waren. Und bereits im zweiten Jahr blieb Sigi ganz bei uns. Ein Mutter-Kinder-Bewässerungssystem, nannte er Mamas Sommerbesuche. »Sie lässt uns nicht vertrocknen, das ist aber auch alles.«

Wir verstanden nicht oder wollten nicht verstehen. Irgendwann verstanden wir aber doch.

»Sie kommt nicht mehr, nicht wahr?«

»Ich tue alles für euch«, bat uns unser Vater. »Aber verlangt keinen Spagat von mir. Und Brüste lasse ich mir auch keine wachsen.«

Er lachte nicht, blieb bierernst. Zahnspangenreinigung, Vokabeltraining, Verbote erlassen, Entschuldigungen unterschreiben, selbst die Aufklärung war an Vater hängen geblieben. Für Witze blieb da wenig Zeit. Dennoch war er uns eine wunderbare Mutter.

Wir brauchen Mama nicht, sagte ich mir oft vor dem Einschlafen. Trotzdem hätte sie nicht sterben dürfen, das konnte ich ihr nicht verzeihen.

Leiser wurde es nicht im Bus. Unser Expressbus hielt an jeder Kreuzung, neue Gäste stiegen zu. In Panama zu verreisen ist einfach und schwer zugleich. Es gibt nur eine einzige durchgehende Nord-Süd-Verbindung, die Panamericana. Wenn der Busbahnhof nicht um die Ecke liegt, stellt man sich an den Straßenrand, am besten an eine Kreuzung, und winkt herannahenden Bussen und Colectivos zu. Wenn man Glück hat, hält der Fahrer, wenn man ganz großes Glück hat, ist ein Sitzplatz frei. In unserem Fall sorgte der Begleiter durch sein resolutes Eingreifen dafür, dass wir immer näher zusammenrückten und alle einen Platz erhielten. Bald saß Pablo auf meinem Schoß. Gemeinsam schauten wir durch das Fenster. Das nicht sehr sauber war. Nicht weiter schlimm, denn draußen zogen Wolken auf, Wind fuhr durch die Büsche und wirbelte Staub und allerlei Plastikmüll auf. Ich begann, die spanischen Namen all der Dinge aufzusagen, die an uns vorbeizogen. *Fußgängerbrücke, Frau mit Gepäck, kleines Kind, Eselkarren, Hund.* Als der Staub immer dichter wurde und ich kaum noch etwas erkennen konnte, holte ich den Reiseführer hervor und begann zu lesen. So lange, bis Pablo sich langweilte und mich mit Blicken traktierte.

»Was ist?«, wollte ich wissen. »Im Waisenhaus hat sich bestimmt auch nicht ständig einer um dich gekümmert.«

Beschämt starrte er zu Boden. Ich entschuldigte mich zähneknirschend und tauschte den Reiseführer gegen einen Spiralblock aus. Er war unliniert, und ich malte einen Hasen auf die erste Seite, stellte ihm ein Körbchen mit Ostereiern daneben.

»In vierzehn Tagen ist Ostern, vielleicht sind wir dann schon in der Schweiz, bei deinem Uropa. Kennst du den Brauch mit den Ostereiern?«

»Hasen legen keine Eier«, erwiderte er trotzig.

Das war ein kompletter Satz und ein kluger dazu. Ich war so begeistert, dass ich ihn in eine Grundsatzdiskussion über Sinn und Unsinn von Religion und Brauchtum verwickeln wollte, doch es blieb bei dieser einen Aussage. Also malte ich eine Palme, dann den jungen Mann, der am Laptop arbeitete. Pablos Augen hefteten sich auf meine Hand und auf das sich verwandelnde Papier. Und da waren sie wieder: das kindliche Lachen, die Unbeschwertheit und die Neugierde, die er bereits am Vortag gezeigt hatte. Ohne zu fragen, nahm er mir den Stift aus der Hand und schrieb auf, was er erkannte. Er schrieb in Druckbuchstaben: *JUNGE, ELEFANT, PALME* und *COMPUTER*. Jeweils in mehreren Sprachen. *BOY, NIÑO, ELFANT, EL ELEFANTE.*

Ich war platt. Kaum ein geschriebenes Wort durfte als fehlerfrei bezeichnet werden, und dennoch, wieso konnte dieses Vorschulkind schreiben? Ich stellte mich dumm und zeigte auf das Wort *ELFANT*.

»Was für eine Sprache?«, wollte ich wissen.

Das Kind drehte sich zu mir um. Betrachtete mich eingehend. Ein Häufchen Mensch mit hartem Ausdruck. Willst du mich veräppeln, fragten seine Augen. Ich stellte keine Fragen mehr, ließ ihn einfach machen. Nachdem er meine Skizzen beschriftet hatte, begann er selbst zu zeichnen. Eine

Pistole, die Butter auf ein Brot schoss, eine Kinderjacke mit integriertem Rucksack, einen Zollstock mit eingebauter Wasserwaage. Die Details konnte ich nicht alle erkennen, was ihn böse werden ließ und ihn dazu zwang, seine Zeichnungen zu betiteln. Am Ende aber war er sehr zufrieden mit sich und grinste stolz.

»Ich will Erfinder werden.«

Wie wertvolle Perlen fädelte ich seine Fähigkeiten auf eine Schnur und verknotete sorgsam die Enden. Damit nichts verloren ging. Eine Auswertung, nahm ich mir vor, würde sich zu einem späteren Zeitpunkt ergeben.

Kurz bevor unser Bus das tausendste Mal anhielt, erreichten wir die Abzweigung nach Santa Fé. Durch Handzeichen wurde uns mitgeteilt, wir sollten uns und Geld bereithalten.

Kaum waren wir ausgestiegen, hielt schon ein Colectivo, um uns weiterzutransportieren. Trotz der Wolken war es feucht-heiß und alle Wartenden froh, nicht lange an der Straße ausharren zu müssen. Ich aber musste dringend aufs Klo. Nach kurzem Zögern bat ich den Busbegleiter, ein paar Sekunden zu warten, und verzog mich in die Büsche. Die Männer lachten und schauten mir neugierig hinterher, was mich immer weiter ins Abseits trieb. Als ich zurückkam, zerkratzt, staubig und verschwitzt, gab es Ärger mit einem Welpen. Er war hinten beim Gepäck eingepfercht worden, doch irgendwie war ihm die Flucht gelungen. Er sprang vom Wagen und suchte die Freiheit. Dabei kam er dicht an mir vorbei, doch ich war zu langsam. Die anderen auch. Alle, bis auf Pablo. Während der Busbegleiter und der Hundebesitzer dem Hund verdattert, belustigt und verärgert nachschauten, war Pablo bereits losgerannt. Staunend starrte ich ihm entgegen, dann hinterher. Ich kam nicht einmal dazu,

Angst um ihn zu haben, als er die Straße überquerte. Viel zu sehr bewunderte ich das Tempo, mit dem er dem Tier folgte und es jagte. Jagen im wörtlichen Sinne, denn der Welpe duckte sich nach zweihundert Metern erschrocken im Graben und ließ sich einfangen. Stolz kam Pablo mit dem Tier zurück und band ihn hinten, zwischen den Rucksäcken fest. So etwas lernt man nicht in einem Kinderheim, dachte ich, auch nicht bei amerikanischen Adoptiveltern. Und dann fiel mir ein, dass ich nicht mehr bewerten, nur noch sammeln wollte.

»Du rennst nie mehr über die Straße, ohne nach rechts und links zu schauen, haben wir uns verstanden«, zischte ich, als er endlich neben mir stand. Ich schob ihn in den Kleinbus. Ich sprach wie eine Mutter. Ich war streng und übte das Zischen. Pablo hörte mir jedoch nicht zu. Nervös blickte er um sich, als würde er erst jetzt begreifen, dass wir unser Ziel noch nicht erreicht hatten.

»Wohin fahren wir?«, wollte er wissen.

In dem Augenblick schloss die Tür, der Fahrer gab Gas, und der Fahrbegleiter gebot uns, auf der Treppenstufe Platz zu nehmen.

»Nur für ein paar Kilometer«, tröstete er uns.

Natürlich hielt unser Colectivo auch an dieser Strecke immer wieder an, obwohl wir kaum Dörfer oder Gehöfte passierten. Die Menschen tauchten mitten aus dem Buschwerk auf, standen plötzlich an der Straße, und der Fahrer legte eine Vollbremsung ein. Oft fuhr er sogar zurück, um die Einsteigezeit zu verkürzen. Zu dem besonderen Service gehörten auch Postdienste. Es schien ganz selbstverständlich zu sein, dass Pakete beim Fahrer oder Begleiter abgegeben und entgegengenommen wurden.

Gut möglich, dass ich zwischendurch ein paar Minuten einnickte. Alle taten das. Als ich wieder aufwachte, stand die Sonne schräg über den grünen Wipfeln der Kordilleren. Wir fuhren durch abgeholzte Graslandschaften, die nur an den Straßenrändern und in Senken die ursprüngliche grüne Schönheit der Urwälder zeigten. Im Hintergrund aber sah man, dass die Berge dicht bewachsen waren. Genau im richtigen Augenblick stieg ein Mann mit einem schweren Korb zu. Er fuhr nur so lange mit, bis wir ihm seine Tamales, würziger Maisbrei, der in Maisblättern gedünstet wurde, abgekauft hatten. Hügel um Hügel erklommen wir, und obwohl meine Angst wie ein Schatten mit uns reiste, fühlte ich mich mit jedem Kilometer freier und beschwingter. Staubiger allerdings auch, denn die Fenster waren weit geöffnet und die Klimaanlage ausgestellt worden. Der Bus hustete und hatte seine liebe Mühe, die steile Straße zu erklimmen. Die Wuchshöhe der Sträucher nahm zu. Begeistert betrachtete ich die fremdartige Pflanzenwelt. Hauptdarsteller waren zweifellos die stolzen Baumriesen. Nach der steppenartigen Landschaft in der Ebene war der immer dichter werdende Wald ein Genuss für die Augen.

Die Ernüchterung trat ein, als unser Colectivo auf freier Strecke stehen blieb. Der Busbegleiter stieg aus, er kam zurück, er winkte uns heraus.

»Aussteigen, ihr müsst zu Fuß weiter. Lo siento mucho, es tut mir leid.«

»Wie zu Fuß? Wie weit ist es bis Santa Fé?« fragte ich verdattert. Einzelne Häuser klebten an den Berghängen. Ein richtiges Dorf aber war nicht zu sehen.

»Ein paar Minuten Fußmarsch, dann sind Sie da.«

Ich hatte telefonisch ein Zimmer im *El Paradiso* gebucht und den Busbegleiter gebeten, uns an der richtigen Haltestelle herauszulassen. Hatte er nicht lange gezögert, bevor er genickt hatte? Das hier war bestimmt ein Trick. Er wollte uns indirekt dazu zwingen, an der Pension seiner Cousine vorbeizugehen. Doch schließlich stiegen alle Fahrgäste aus, und ich konnte mir ein Bild von dem Grund der Verzögerung machen. Vor uns war ein Stau entstanden, Lastwagen reihte sich an Lastwagen, dazwischen ein weiterer Bus, keine Privatautos. Leute mit Gepäck auf den Schultern überholten uns, Ziegen wurden die Straße hochgetrieben, und zusätzlich hatten sich Zuschauer eingefunden, die das Chaos vom Randstreifen aus kommentierten.

»Was ist los?«, fragte ich Pablo, der sich weigerte, den Bus zu verlassen, bis ich ihn grob an der Hand nahm und hinter mir nach draußen zerrte.

»Was ist denn los?«, fragte ich eine Indiofrau, die ihren Rollkoffer vor uns den Hang hinaufzog.

Sie blieb stehen, schien mein Spanisch jedoch nicht zu verstehen.

Pablo spreizte die Beine, war den Tränen nahe. Stand da wie ein störrisches Kamel. Erneut musste ich ihn ziehen. Auf meine Fragen reagierte er nicht.

»Mir ist das jetzt egal. Wir müssen da hoch, und damit basta.« Ich sprach wie eine genervte Mutter. Und schämte mich. Verschenkte ein Lächeln. Doch Pablo nahm es nicht an. Warf es in hohem Bogen von sich. Trotz des leichten Rucksacks war der Aufstieg zum Dorf schweißtreibend.

»Oben gibt's den besten Batido der Welt«, versuchte ich zu trösten.

Wieder kam keine Erwiderung. Pablo weinte nicht, sah aber gequält aus, als würde er unsere Reise am liebsten rückgängig machen. Kannte er die Gegend? War er deshalb verstört? Seine Wangen hatten sich keksgelb verfärbt.

In einem letzten Aufbäumen war die Sonne zwischen den Wolken hindurchgeschlüpft, trumpfte wie eine späte Siegerin auf. Erhitzte meinen Rücken und mein Gemüt.

»Für die Verfolgung des kleinen Hundes hattest du aber Kraft«, maulte ich. Auch ich durfte schlechte Laune haben. Wir waren in den Bergen angekommen, doch der rußige Dieselgestank schluckte die in Aussicht gestellte gute Luft. Ich konnte mir nicht erklären, wie dieser Stau zustande gekommen war. Was beförderten die Lastwagen? Auf der Karte hatte ich mir die Lage des Dorfes angesehen. Und wusste daher, dass unweit von Santa Fé die Teerstraße endete. Wer von dort aus weiterfahren wollte, musste auf Pick-ups oder Kleinlaster umsteigen. Eine Straßenverbindung zur Karibikküste existierte nicht.

Erneut drängte sich eine Ziegenherde an uns vorbei. Erst jetzt sah ich, dass die Tiere aus einem der Lastwagen getrieben wurden. Auch Hühnerkäfige stapelten sich am Straßenrand. Zu dem Brummen der Motoren und dem aufgeregten Geschnatter der Menschen gesellte sich nun eine Sinfonie aus unterschiedlichsten Tierlauten. Meine Ohrstöpsel, die ich zum Schutz gegen die Radiomusik benutzt hatte, konnten das bunte Treiben abdämpfen, nicht neutralisieren. Im Weitergehen bot sich uns ein immer verrückteres Bild. Wie in einem aufgescheuchten Bienenstock liefen Arbeiter in hochgeschlossenen Arbeitsanzügen zwischen den Lastwagen und den Feldern hin und her, verteilten Kisten und Käfige. Die ersten Bauernhäuser tauchten auf. Daneben die Besitzer. Verwundert dreinblickend wie wir. Während sie mit verschränkten Armen vor ihren Häusern standen, führten Arbeiter Ziegen auf ihre Höfe und pflockten sie in Sichtweite der Straße an. Magere Hühner wurden eingefangen und in die Schuppen verbannt, während dick gemästete

Gänse und Hühner in großer Zahl freigelassen wurden. Es herrschte eine unglaubliche Betriebsamkeit. Der Durchschnittspanamaer bewegt sich langsam und denkt zweimal über den nächsten Schritt nach. Das Klima erfordert ein sparsames Arbeitstempo. An diesem Ort jedoch schienen alle infiziert worden zu sein. Ein Junge fiel mir auf, der Äpfel aus einer der Kisten klaubte, den Stiel mit Draht umwickelte und die so präparierten Äpfel einem Mann weiterreichte, der sie an die kahlen Äste eines Baumes band.

Ich stupste Pablo an. Beide blinzelten wir ungläubig. Mit Sicherheit handelte es sich bei dem Baum um keinen Apfelbaum. Ein paar Schritte weiter wurde gerade die Attrappe einer schwarz-weiß gefleckten Milchkuh mit riesigem Euter zu einer Finca gerollt.

Diesmal blieb Pablo stehen. Den Mund weit aufgerissen. Was dachte, was fühlte er? Kam ihm die Gegend bekannt vor? Hatte Mara mit ihrer Idee recht, dass unser Onkel ihn in dieses Dorf verschleppt hatte? Aber selbst wenn dem so war, bei dem Durcheinander konnte ich mich unmöglich auf meine Beobachtung verlassen. Weder Freude noch Angst und schon gar kein Entsetzen lag auf Pablos Gesicht. Nur die reine Verwunderung.

»Komm, wir gehen weiter. Dies scheint mir das verrückteste Dorf von ganz Panama zu sein.«

Rechts oder geradeaus? Die Straße gabelte sich, an beiden Ecken standen Schilder und Wegweiser, die die Pensionen und Supermärkte des Ortes bewarben. Unsicherheit begann ihre Arbeit zu tun. Ich dachte an Ruud und versuchte mich an den Namen seines Hostals zu erinnern. Es musste das *El Rustico* sein. Ein Hund streifte uns, bog an der Kreuzung nach rechts ab. Ohne zu zögern. Wir folgten ihm. Je näher wir dem Dorfkern kamen, desto voller wurden die

Straßen. Alle Einwohner des Dorfes, egal, in welchem Gesundheitszustand sie sich befanden, waren auf den Beinen. An zahlreichen Gebäuden lehnten Leitern, und allerorts wurde mit Farbe und Pinsel hantiert. Dort, wo Verschönerungsmaßnahmen nicht greifen konnten, bei dicken Rissen in den Wänden und Löchern im Gehweg, stellte man Palmen in Pflanzkübeln auf. Dazu gesellten sich bunte Plastikblumen und Glitzergirlanden. Nun ahnte ich schon, dass ein Fest gefeiert werden sollte. Komisch nur, dass nicht die Bewohner des Dorfes Hand anzulegen schienen, sondern eingeflogene Arbeiter.

Eine halbe Stunde waren wir gelaufen, eine weitere halbe Stunde brauchten wir, um die Pension *Paradiso* zu finden. Sie lag etwas außerhalb auf einem Hügel, von dem man einen wunderbaren Blick auf die umliegenden Berge hatte. Ein auffallend schöner Ort, liebevoll gestaltet, durch wunderbar aufeinander abgestimmte Stauden- und Gehölzgruppen. Aus armdicken gelben Bambusstangen waren sowohl die Zäune als auch die Außenmöbel und Spielgeräte gefertigt worden. Das Haus selbst war ein massives Holzhaus mit echtem Ziegeldach. Hier wollte ich bleiben. Und durfte doch nicht, denn nach nur wenigen Minuten stand fest, dass das ganze Anwesen angemietet worden war. Nicht für heute, aber für morgen, und kein anderer als der Präsident Panamas höchstpersönlich wurde erwartet.

»Es tut mir ja so leid«, seufzte die Besitzerin, und ich glaubte ihr jedes Wort. »Wir sind selbst überrascht worden von dem Besuch. Und wenn Sie mich fragen …« Sie schluckte die letzten Worte hinunter und schaute sich nach allen Richtungen um. Mit dem Finger zeigte sie auf die in Overalls gekleideten Arbeiter, die auch hier ihr Unwesen trieben. »Sie sehen ja selbst. So eine Ehre, aber …«

Ich ahnte, dass sie nichts davon hielt, dass ihr nach Farben sortierter Staudengarten durch künstliche Plastikblumen und Lichterketten »aufgewertet« werden sollte.

»Aber wenn er erst morgen kommt, könnten wir doch heute Nacht hier schlafen.«

Das sei leider ausgeschlossen. Alle Zimmer mussten geräumt werden, aus Sicherheitsgründen, wie sie hinzufügte. Wie uns, so erging es auch anderen Touristen. Ein amerikanisches und ein dänisches Pärchen standen um die Besitzerin herum und versuchten in mehreren Sprachen auf sie einzuwirken.

Sie versprach zu helfen, sie nahm uns in ihr Wohnzimmer mit, sie telefonierte mit mehreren Bekannten. Auch mit dem Betreiber des *El Rustico*.

»Dahin will ich nicht«, sagte ich, als sie mir den Namen des Hostals nannte. »Überallhin, nur nicht dorthin.«

»Guapa, Süße, es gibt nur zweieinhalb Pensionen im Dorf. Das Hotel wird umgebaut.« Sie schaute mich aus strahlenden Augen an, die so hell waren, dass man leicht auf die Idee kommen konnte, hier war einst ein Europäer hängen geblieben. »Ich habe heute Morgen meine Gäste wegschicken müssen, jetzt sind alle anderen Unterkünfte voll.«

Die beiden Pärchen waren bereits mit einer Wegbeschreibung abgezogen. Unsicherheit griff mir erneut über die Schulter. Würden wir die kommende Nacht irgendwo unter freiem Himmel verbringen müssen? Fest entschlossen, diesem Schicksal zu entgehen, nickte ich, drückte gleichzeitig Pablos Hand. Der stand dicht bei mir, ebenso verängstigt wie ich. Es war leider wahr: Ich war nicht nur die Tante, die sich um den ihr anvertrauten Neffen kümmern musste, ich war selbst schutzbedürftig. Vor Erschöpfung schwankend, stellte ich mich auf die gleiche Ebene. Hänsel und Gretel verirrten sich im Wald. Es war so finster und auch so bitterkalt. Sie kamen an ein Häuschen …

Erneut nickte ich, ließ mir den Weg beschreiben und zog Pablo mit. Der Hund, es war ein hellfarbiger Mischling, etwas kleiner als ein Dalmatiner, folgte uns. Vielleicht folgten auch wir ihm. Bald schon war er vor uns, er trug den Kopf hoch. Pablo und ich gingen langsam. Gingen zum ehemaligen Haus unseres Onkels, seines Großvaters.

13

Zurück also ins Zentrum, wo sich einstöckige Gebäude um einen Platz gruppierten, der groß genug war, dass die entladenen Lastwagen vorsichtig wenden konnten. Vorsicht war angesagt, da Kinder auf kaum fahrtüchtigen Fahrrädern die Straßen blockierten. Sie schienen nicht einzusehen, dass sie auch nur einen Schritt zur Seite rollen sollten. Dies hier war ihre Straße, ihr Hauptplatz.

Ich zählte drei Supermärkte. Sie standen wie zänkische Geschwister unmittelbar nebeneinander, versuchten durch grellfarbene Reklametafeln auf sich aufmerksam zu machen. Von außen betrachtet schienen sie recht groß zu sein. Von innen betrachtet auch, wie ich später feststellen sollte. Immer mehr junge Menschen drängten sich ins Freie. Etliche von ihnen trugen Sonntagsstaat. Die Mädchen hellrosa Blusen zu hellblauen Röcken und hochhackiges Schuhwerk, die Jungs Jeans und weiße Hemden. Sie saßen und standen vor den Supermärkten und verhielten sich, wie Jugendliche sich verhalten. Die Mädchen kicherten und alberten herum. Bestimmt fanden sie sich wunderschön, erhofften sich sehnsuchtsvolle Blicke aus dorffremden Augenpaaren.

Gerade waren wir nach rechts eingebogen, gerade hatte ich versucht, mir die richtigen Wörter zurechtzulegen, als sich eine Hand auf meinen Oberarm legte.

»Hallo, du bist also doch gekommen?«

Tolle Feststellung. Ich drehte mich um. Da war er. Groß, rothaarig, breit. Ein auf gut gedüngtem Boden gesprossener Baum. Ein Solitär. Im Gesicht trug er das breiteste Grinsen und auf dem Kopf eine Baskenmütze. Alt, verblichen. Von der gleichen Art, wie sie mein Vater von seinem Bruder zu erben pflegte. Plötzlich war ich mir sicher: Dieser Mensch besaß Dinge, die meiner Familie gehörten.

»Aber du kommst nicht alleine, wie ich sehe.« Nicht die Spur eines Fragezeichens, nicht die leiseste Verwunderung. »Du hättest anrufen sollen, dann hätte ich euch abgeholt.« Ruud lachte wie über einen Witz, ruderte mit den Armen und zeigte auf das bunte Treiben. »Allerdings wäre mir das heute nicht gelungen. Das Dorf, ihr seht es ja selbst, es spielt verrückt.« Sein Deutsch war nicht nur fehlerfrei, er hatte auch die Anglizismen über Bord geworfen, als benötige er sie nicht mehr.

Wie selbstverständlich zog er mir den Rucksack von den Schultern, wie selbstverständlich ging er vor und erwartete, dass wir ihm folgten. An Pablo gewandt, fragte er: »Und du? Cómo te llamas? Verrätst du mir deinen Namen?«

Wir hatten noch keinen Ton gesagt. Das schien ihn nicht zu verwundern.

»Willkommen in Santa Fé. In zwei Tagen ist der Spuk vorbei. Dann sind wir wieder unter uns.«

»Morgen fahren wir zurück.« Nun hatte ich doch etwas gesagt. Wenn ich aber dachte, ihm den Wind aus den Segeln nehmen zu können, dann hatte ich mich geirrt. Er redete eifrig weiter. Erzählte von den überstürzten Vorbereitungen für den Besuch des Präsidenten. Und machte sich über den Eifer der Veranstalter lustig.

Unvermittelt blieb er stehen, wir hatten sein Anwesen erreicht. *El Rustico* stand auf einem rustikal aussehenden Holzschild, das dem Schriftzug nach gut zu einer Hazienda mit herrschaftlichem Wohngebäude hätte passen können. Nur, dass das Haus, das wir von der Straße aus sehen konnten, nichts mit Wohnlichkeit zu tun hatte, sondern in erschreckender Weise dem Winkelbarackenbau des Waisenhauses glich.

Zwar war der Platz davor nicht kahl, sondern grasbewachsen, und eine großblütige Kletterpflanze verzauberte durch hellblaue Blütenkelche die Veranda, doch das allein konnte den trostlosen Eindruck nicht verwischen. Die Dachrinne hing gefährlich schief in den verrosteten Halterungen, und an zahllosen Stellen zeigten sich tiefe Wunden im Mauerwerk. Kleine Krater, als wäre auf das Haus geschossen worden. An einem blütenleeren Blumenkasten flatterte eine Damenunterhose im Wind, einem Fangnetz gleich.

»Kein Wunder, dass hier noch Zimmer frei sind.« Meine Zunge war schnell. Ich war in kämpferischer Stimmung.

»Frei?«, wiederholte Ruud. »Wir sind ausgebucht. Ich habe gerade ein amerikanisches Pärchen bei Freunden untergebracht.«

»Aber dann ...« Ich sah zu Pablo hinunter. Und merkte, dass seine Hände zitterten. Noch auf dem Weg, die Straße hügelan, hatte er sich von mir freigemacht, jetzt stand er verängstigt da, starrte auf den Asphalt zwischen seinen Füßen.

»Was machen wir jetzt?« Der Satz geriet leise, ein Selbstgesprächssatz.

»Kein Thema, für zwei Winzlinge wie euch finde ich schon Platz. Eure Längenmaße sind übersichtlich, zudem besteht die Hoffnung, dass ihr nicht zu anspruchsvoll seid. In meinem Wohnzimmer jedenfalls steht ein Sofa.« Mit diesen Worten ging Ruud weiter, bog nicht zum Hostal ein, sondern pfiff nur kurz und winkte einer jungen Frau zu, die soeben den Kopf aus der Tür herausstreckte. Mit einer lässigen Handbewegung zeigte er auf uns. »Wir haben heute Nacht Gäste«, rief er, legte den Arm auf Pablos Schulter und zog ihn mit sich. »Deinen Namen musst du mir noch verraten. Ich bin Ruud, und das hier ist Check-in.« Er zeigte auf unseren Begleithund, der leichtfüßig und unbeschwert neben uns hertrottete.

Mit gemischten Gefühlen folgte ich der Gruppe. Pablo hatte sich beruhigt, ergriff sogar die Hand des Fremden, als hätte der ihm gerade das Leben gerettet. Es war so eindeutig: Pablo kannte das Haus. Er hatte hier im Dorf gelebt. Ich konnte es nicht fassen.

Ruud führte uns zu einem zweistöckigen Gebäude, das unweit des Hostals in einer Nebenstraße thronte. Es erinnerte an ein verspieltes Mädchen, das gerne bunte Kleider trug, hell- und dunkelrosa in diesem Fall. Zahlreiche violette Bougainvillealocken fielen der Prinzessin über die Schulter. Und zwei winzige, aus Eisen gehäkelte Balkongeländer lugten wie steife Büstenhalter unter der Blütenpracht hervor. An den Füßen allerdings, besser gesagt am Schuhwerk, merkte man, dass es mit dem Reichtum der kleinen Prinzessin nicht weit her war. Verarmter Landadel. Die Bodenfliesen lösten sich im Eingangsbereich, und jede dritte Treppenstufe war ins Erdreich eingesunken. Ein hoher Eisenzaun umgab den verwilderten Garten, zu dem zwei windschiefe Pavillons und ein alter Obstbaumbestand gehörten.

»Das war sicherlich mal ein Schmuckstück.« Ich war überrascht. »War das das Hostal unseres Onkels?«

Ruud drehte sich um. Er sah mich an, dann das Haus.

Seine Augen funkelten. Schließlich ließ er seinen Blick zurückkehren.

»Nein, wie kommst du darauf? Das Haus haben wir angemietet. Ich wollte etwas Abstand haben. Als Pension ist es nicht tauglich.« Er zeigte den Hang hinab, zum *El Rustico*. »Dein Onkel hat das Hostal selbst konzipiert und auch dort gewohnt. Aber ich trenne gerne Arbeit und Privates.« Sein aufmunterndes Lächeln galt Pablo, der eine schwarz-weiß gefleckte Katze entdeckt hatte und ihr zur Haustür folgte.

»Wir sind auch beruflich ...« Meine Bemerkung verfehlte ihr Ziel nicht. Ruuds Reaktion war eindeutig.

»Hab schon verstanden. Ihr fahrt morgen. Und du willst lieber im Garten schlafen. Kannst du haben. Und was ist mit dir, junger Mann?« Ruud hatte mit langen Schritten Pablo und die Katze eingeholt. Nur Check-in war noch bei mir.

»Na, du.« Erwartungsvoll schaute er zu mir auf, dann schielte er durchs Gartentor.

Ich und der Hund sahen zu, wie Ruud die Katze aufhob, rasch und mit nur einer Hand. Während er irgendetwas erzählte, legte er Pablo den Arm auf die Schulter. So wie er es im Dorf bei mir gemacht hatte. Mit einer Selbstverständlichkeit und Unbekümmertheit, die ich unverschämt und beneidenswert zugleich fand. Pablo wehrte sich nicht. Seit er die Katze gesehen hatte, wirkte er fröhlich, und die Müdigkeit schien er wie ein überflüssiges Accessoire abgelegt zu haben.

»Nun komm schon«, Ruud winkte mich heran. »Ich zeige euch trotzdem das Haus. Ihr könnt dann in Ruhe überlegen, wo ihr heute Nacht parkieren wollt.«

Schwungvoll öffnete er die Haustür, trat in den Wohnbereich ein. Zögernd folgte ich. So etwas wie einen Flur schien es nicht zu geben. Mir fiel der Geruch von kaltem Zigarettenrauch auf, und da sah ich es: Ruuds Fingerspitzen glänzten gelb, wie frisch mit Safran oder Kurkuma eingefärbt. Gelb waren auch die Bodenfliesen, die sich über die gesamte Etage ausbreiteten. Das gab dem Wohnbereich, der ohne Trennwand in den Koch- und Essbereich überging, etwas verspielt Heiteres. Die dunklen Möbel jedoch machten diesen Eindruck schnell zunichte. Auch das verblichene Weiß der Wände versuchte dem Dunkel zwinkernd zu widerstehen, doch die Mühe lohnte sich nicht, der Raum wirkte düster, fast unbewohnt. Bewundern konnte man einzig und allein die Kissen, die mit prächtigen Farben und unterschiedlichen Formen dem langweiligen Ambiente Fröhlichkeit einhauchten. Kein einziges Bild hing an der Wand, das fiel mir sofort auf. Wenn Ruud für sich keinen majestätischen Plural benutzte, dann lebte hier noch eine Frau. Einen guten Geschmack schien sie nicht zu haben. Prompt klingelte Ruuds Handy. Er sprach Englisch, er sprach schnell und drehte sich so, dass ich nicht alles verstehen konnte. Mehrmals sah ich ihn ungeduldig nicken. Als er sich wieder uns zuwandte, biss er sich auf die Lippen, wirkte gehetzt.

»Ich muss rüber, die Tische richten. Wenn ihr wollt, könnt ihr gleich mitkommen. Oder hierbleiben, mir egal.« Er hielt kurz die Luft an, wartete. Als keine Erwiderung kam, redete er weiter: »Hier also ist das Sofa, und dahinter findet ihr die Hängematten. Morgens muss man die reinbringen. Man fixiert sie mit einem Querholz an den Schlaufen.« Er zeigte mit einer fahrigen Geste in den Garten. Ich verstand nicht viel, außer dass wir tun und lassen konnten, was wir wollten. Ihm egal.

»Santa Fé ist ein Paradies, in dem alles Füße bekommt, das sollte man wissen. Heute ist besonders viel los. Lasst eure Wertsachen im Haus, wenn ihr rüberkommt oder sonst wohin geht. Und schließt ab. Wir haben kein wirklich gutes Restaurant am Ort, daher kochen wir selbst, aber am Busbahnhof kann man sehr billig essen.«

Er hatte während des Redens nicht mich, sondern den Jungen angeschaut. Jetzt sah er zu mir herüber.

»Kann ich mich auf dich verlassen?«

»Verwechselst du mich mit einem Kind?«

»Schon klar. Du siehst aber verdammt jung aus.«

»Siebzehn«, erwiderte Pablo ungefragt. Er sprach Spanisch, als wolle er unserem Dialog zusätzlich Farbe verleihen.

»Sag ich doch.« Ruud beugte sich tief zu Pablo hinunter, kippte fast zur Seite und musste sich am Tisch festhalten. Was er in Pablos Ohr wisperte, war nicht für mich bestimmt, ich bekam es dennoch mit.

»Deine Schwester mag mich nicht.«

Pablo nickte, dann ließ er sich seine Tasche abnehmen, von der er sich die ganze Zeit nicht hatte trennen wollen. Ruud legte sie aufs Sofa, sprach zu ihr, wie man zu einer Puppe spricht: »Du bleibst schön sitzen und rennst nicht weg.« Dann ergriff er Pablos Hand und führte ihn zur Treppe. »Ich zeig dir, wo die Bettwäsche liegt, dann kannst du deiner Schwester und dir das Bett beziehen. Wir Männer müssen immer die ganze Arbeit machen, das ist ja klar. Aber gräm dich nicht. Das Leben kann auch gemütlich werden. Morgen, du wirst sehen, da habe ich mehr Zeit, da machen wir einen Spaziergang. Und wen wir mitnehmen und wen nicht, das bestimmen ...«

Ich sah den beiden hinterher, dem Frachtschiff und dem winzigen Beiboot. Sie passten nicht zueinander und passten auf wunderbare Art und Weise doch. Obwohl sie nicht von gleicher Bauart waren, schienen sie innerhalb kürzester Zeit eine Verbindung aufgebaut zu haben. Hand in Hand und in aller Seelenruhe segelten sie die steile Treppe hinauf. An der es kein Geländer gab. Die dadurch gefährlich wirkte und die unser Vater bestimmt und sofort mit einem Provisorium versehen hätte. Auch ich konnte es nicht fassen, wie man eine kleine Prinzessin derart herunterwirtschaften konnte. Aber mich fragte ja niemand. Mich nahm auch niemand mit. Und so blieb ich alleine im Wohnzimmer stehen. Ein Mauerblümchen auf der Reservebank.

Ich hätte Pablo zurückpfeifen und mit ihm weggehen können, natürlich. Doch das heillose Durcheinander im Dorf machte wenig Hoffnung, dass wir einen besseren Übernachtungsplatz finden würden. Im Gegenteil, ich musste zugeben, dass wir vermutlich viel Glück gehabt hatten. Allerdings waren wir möglicherweise vergebens nach Santa Fé gekommen. So, wie es im Augenblick aussah, würde ich bei der herrschenden Aufregung, die der Präsidentenbesuch ausgelöst hatte, niemanden finden, der mir vernünftige Antworten auf meine Fragen geben konnte. Von irgendwoher zauberte ich mir Gelassenheit herbei und entschied, alles auf mich zukommen zu lassen. Im Augenblick konnte ich nichts tun. Ich sah mich um, suchte nach meinem Rucksack und fand ihn im Eingangsbereich. Dabei kam ich an der Küche vorbei. Ich öffnete den Kühlschrank, ich zog Schubladen und Schranktüren auf. Und war angenehm überrascht. Erstaunlich, befand ich. Ein komplett eingerichteter Haushalt, der Kühlschrank mit allerlei Gemüse und Obst gut gefüllt. Hier konnte man es aushalten. Dann fiel mir Ruuds asiatische Freundin ein. Ich suchte das Badezimmer auf, um darin nach Bürsten und Kosmetikartikeln Ausschau zu halten, als ich einen Schrei hörte. Spitz, messerscharf. Und ich dachte tatsächlich an ein Messer, das sich in sehr junges und nachgiebiges Fleisch hineinbohrte. So rasch ich konnte, stürzte ich die Treppe hinauf. Ich wusste nicht, wohin. Vor und neben mir Türen. Drei Stück, allesamt geschlossen. Ich entschied mich für die nächstliegende und riss sie auf.

Da lag er. Nicht Pablo, sondern der Große. Bäuchlings, mit angewinkelten Knien, weil der Raum zu klein war und die sie füllende Eisenbahnstrecke zu groß. Pablo stand hinter der Tür, er hielt irgendetwas in der Hand, vielleicht eine Fernbedienung, und sein Gesicht leuchtete wie ein Vollmond, strahlend hell. Unser Gastgeber hatte mich nicht bemerkt, er fingerte an einer Lokomotive herum und erzählte von Transportkisten, die übereinander und ... Ich verstand kein Wort. Pablo jedoch nickte eifrig, kam auf mich zu und ergriff zum ersten Mal freiwillig meine Hand.

Komm und staune, drängten seine Augen. So schau doch. Ist das nicht schön? Diese Berge, Tunnel und Weichen und die Doppelgleise, auf denen sogar ein Gegenverkehr möglich ist, und da, sieh doch hin, die Schranke. Siehst du die Signalleuchten? Wenn es dunkel ist, dann leuchtet hier alles.

»Du leuchtest ja selbst«, unterbrach ich unseren stillen Dialog. »Du strahlst wie einer, der im Lotto gewonnen hat. Wie einer, der an keinem anderen Ort der Welt sein will. Hast du schon mal so eine Eisenbahn gehabt?« Und damit meinte ich natürlich: Dort, wo sie dich gefangen gehalten oder auch lieb gehabt haben und du gar nicht wusstest, dass du nicht glücklich sein durftest.

Sofort biss ich mir auf die Lippen, doch da war es zu spät. Denn kaum hatte ich den Satz zu Ende gesprochen, verdüsterte sich Pablos Gesicht. Aprilwolken zogen auf, gleich würde es gewittern und hageln, und der Schrei, der mit Sicherheit ein Freudenschrei gewesen war, der würde sich als Angstschrei wiederholen. So weit kam es aber nicht, denn Ruud rettete die Situation. Wie ein Seismograf schien er die Erschütterung in der kleinen Kinderseele erfühlt zu haben.

»Dumme Frage«, lachte Ruud. »So fragen Mädchen, die mit Legosteinen Häuser und Puppenzimmer bauen und einem ständig die Fenster klauen. Ich habe drei jüngere Schwestern, ich kann ein Lied davon singen. Aber du hast bestimmt Lokomotiven zusammengesetzt, stimmt's?«

Pablo nickte verunsichert, schaute hinunter, zwischen seine Füße. Wo es nichts zu sehen gab. Nur einen Holzfußboden, blitzblank geputzt. So wie der ganze Raum blitzblank war und in dem sich, außer einem Bücherregal und der Eisenbahnlandschaft, kein einziges Möbel, kein Teppich oder sonst etwas Wohnliches befand. Pablos Neugierde war dann aber doch zu groß. Als Ruud von den Legosteinen zu einem von ihm bestellten Zimmerbrunnen überleitete und dass er darüber nachdachte, einen kleinen Teich anzulegen, ging Pablo vorsichtig in die Knie. Gemeinsam hielten sie nach einem Platz Ausschau, an dem man einen solchen See in die Landschaft integrieren könnte.

»Und wo ist jetzt die Bettwäsche?«, fragte ich. »Und bist du nun Holländer oder Deutscher?«

»Niederländer, wenn schon«, wies er mich zurecht. »Es gibt auch Holländer. Aber das ist eine Volksgruppe. Und im Übrigen bin ich ein Mischling, habe lange in Hamburg gelebt. Warte, wir kommen mit.« Theatralisch stöhnend stand Ruud auf, er klopfte sich die Hosenbeine ab, er schob die Baskenmütze zurecht. »Wir können hier sowieso nichts machen. Fragt mich nicht, warum es keinen Strom gibt. Vielleicht sammeln sie ihn in Flaschen, für den hohen Staatsbesuch.« Er lachte. An Pablo gewandt, wollte er wissen: »Was ist los, Compañero, bleibst du hier?«

Pablo sah auf und nickte. Bäuchlings lag er jetzt vor den Gleisen, so wie Ruud zuvor. Und ich bangte, ob ich ihn je wieder vom Fußboden würde lösen können.

»Das hier ist mein Zimmer.« Ruud öffnete eine Tür. Doch bevor ich auch nur einen kurzen Blick hineinwerfen konnte, wurde der Raum wieder verschlossen. »Und das hier soll ein Büro werden.« Er betrat den Raum. Für zwei Menschen war das Zimmer jedoch zu klein. Ich hörte, wie er einen Schrank öffnete. Mit Bettwäsche auf dem Arm kam er zurück.

»Nicht gebügelt. Aber gewaschen. Decken und Kissen findet ihr unten, und im Bad sind Handtücher«, fügte er hinzu. »Wenn ihr sonst noch etwas braucht, meldet euch.«

»Wie viel?«

»Wie wie viel?«

»Cuánto cuesta un habitacion doble? Wie viel kostet ein Doppelzimmer?«

Es sollte kein Witz sein. Der Nichtwitz kam nicht gut an. Wie ein vom Speer getroffener Krieger fasste Ruud sich ans Herz, kippte mit dem Oberkörper nach vorne und stöhnte auf.

»Du willst mich beleidigen. Wer in meinem Haus schläft, der muss nicht zahlen. Weder in bar noch auf andere Art und Weise.«

»Du bist ein Blödmann. Wir hätten in deinem Hostal auch zahlen müssen. Das ist dein Job, davon lebst du doch.«

»Ja, das stimmt. Also sagen wir besenrein. Nennt man das nicht so?«

»Du willst sagen, wir sollen das Haus besenrein verlassen. Das wird uns, nach nur einer Nacht, nicht schwerfallen.«

»Eben. Und jetzt reden wir nicht mehr darüber. Du sollst wissen, ich freue mich, dass ihr da seid. Eins würde ich aber doch gerne wissen, wer ist dieser kleine schweigsame Mensch?«

»Mein Neffe.«

»Mehr nicht? Ich meine, mehr hast du mir nicht zu erzählen.«

»Nein.«

»Das ist gut. Sehr gut.« Er schaute auf seine Armbanduhr und schlug sich an die Stirn. »Wie klug du bist. Woher weißt du, dass ich keine Zeit für lange Erklärungen habe? Ich werde Ärger bekommen. Also, wie gesagt, im Hostal wird jetzt gekocht. Ansonsten kommt ihr zurecht, nicht wahr.« Erneut sah er mich forschend an, so als warte er eben doch auf mehr. Als keine Erwiderung kam, zuckte er mit den Schultern, drehte sich um und ließ mich stehen.

»Ich muss dich doch noch etwas fragen. Seit wann lebst du in Santa Fé?«

Ruud blieb mitten in der Bewegung stehen, wandte sich wieder um. Seine buschigen Augenbrauen trafen sich über der Nasenwurzel. Er überlegte. Viel zu lange, wie mir schien.

»Warum willst du das wissen?«

»Okay, versuchen wir es anders. Ich suche jemanden, der für meinen Onkel gearbeitet hat. Eine Putzfrau, eine Köchin, einen Gärtner. Oder jemanden, der unserem Onkel nahestand?«

Es war ihm deutlich anzusehen, Ruud war niemand, der gerne über andere sprach. Ein miserabler Informant. Warum interessiert dich das?, fragten seine Augenbrauen. Unruhig guckte er wieder auf seine Uhr. Eile schien angesagt, deshalb fragte er nicht nach, sondern presste zwischen schmalen Lippen hervor: »Dein Onkel war kein unbeschriebenes Blatt,

Erasmo erzählt erstaunliche Geschichten über ihn. Mit ihm kannst du dich unterhalten. Er hat für ihn gearbeitet. Jetzt arbeitet er für mich. Die beiden haben sich gut verstanden, zusammen gesoffen, na ja, so was in der Art. Aber Erasmo wirst du heute nicht mehr nüchtern antreffen. Er ist vorhin mit ein paar Dollar in der Tasche abgezogen. Da fällt mir aber noch jemand ein. Es gab beim Hostal ein Hinterzimmer, da, wo ich jetzt diesen Turm baue. Dein Onkel hat mir seinen Dreck hinterlassen, und noch Wochen später tauchten alle möglichen Leute bei mir auf, wollten etwas abholen oder Schulden eintreiben. Zwei Hosen fanden auch den Weg zu mir, die hatte Doña Emanuela gekürzt. Sie ist die Einzige, die von seinem Weggehen wirklich betroffen schien. Sie weinte.«

»Doña Emanuela«, wiederholte ich. »Jemand aus dem Dorf?«

»Unsere beste und einzige Schneiderin. Falls du sie besuchen willst, sie wohnt in der Calle Esos Ojos, das ist die Parallelstraße zur Hauptstraße, gleich neben der Post. Du kannst ihr Haus nicht verfehlen, es ist tomatenrot.« Ruud zog Luft durch die Zähne ein, eine Geste, die wohl seine Unzufriedenheit ausdrücken sollte. »So, jetzt darfst du mich aber nicht mehr aufhalten.«

Ich hörte, wie er sich von Pablo verabschiedete, und als ich in das Spielzimmer schaute, drückte er ihm einen Kuss auf die Stirn. Ganz selbstverständlich, ganz natürlich.

Was auch immer Pablo an der Eisenbahn fand, die nicht starten konnte, weil immer noch kein Strom da war, er schien mit dem Fußboden verwachsen zu sein und sich von dem wunderbaren Anblick nicht lösen zu können. Mich drängte es jedoch ins Dorf. Ich wollte die Schneiderin aufsuchen, eventuell auch diesen Erasmo, von dem Ruud gesprochen hatte, obwohl mir schon klar war, dass man einem Trunkenbold nicht alles glauben konnte.

»Hast du keinen Hunger? Wollen wir den Hund, ich meine Check-in, nicht suchen gehen? Und Ruud wartet bestimmt auch auf uns. Wenn wir nicht kommen, wird er enttäuscht sein.«

Meine Argumente verpufften.

Ich war verärgert, aber auch aufgewühlt. Ein Teil von mir wollte die Detektivarbeit so rasch wie möglich erledigen, ein anderer Teil erst gar nicht damit beginnen. Zähneknirschend verschob ich unseren Ausflug und begann damit, den Haushalt genauer unter die Lupe zu nehmen. Ich plünderte den Kühl- und Vorratsschrank und stellte erleichtert fest, dass der Ofen über einen Gasanschluss verfügte. Ich musste jedoch Pablo holen, der mir zeigte, wie man mit dem Ding umging. Kaum stand der Topf mit Wasser auf dem Herd und eine Flamme wärmte ihn von unten, war Pablo auch schon wieder verschwunden.

»Es gibt Gemüsepfanne«, rief ich ihm hinterher. »Magst du Zucchinis?«

»Zucchini.«

»Wie bitte?«

Aber da kam nichts mehr, und so musste ich mir seinen Kommentar selbst erklären. Nach einer Weile stand ich wieder am Fuß der Treppe.

»Kochbananen kann ich nicht zubereiten, kommst du kurz runter?«

»Platano«, korrigierte er mich erneut. »Du kannst sie anbraten.«

Meine Güte, er schickte mir einen kompletten Satz die Treppe hinunter. Erfreut nahm ich mir vor, so viel wie möglich über Nahrungsmittel mit ihm zu reden.

»In Ordnung, el comandante«, rief ich hoch und machte mich erneut an die Arbeit. Die keine war, denn Arbeit hört sich nach Zwang an, und ich koche gerne. Wenngleich mir die eigene Küche lieber gewesen wäre. Was sollte ich sagen, wenn Ruud und seine Freundin morgen die Zucchini vermissen würden?

Während der Reis auf niedriger Stufe garte, ging ich nach oben. Pablo lag nun nicht mehr auf dem Boden, sondern saß an die Wand gelehnt, dicht am Fenster, und blätterte in einem Buch. Ich bückte mich, wollte sehen, was er da las. Es war ein Baumatlas. Da er ängstlich aufschaute, als hätte ich ihn bei etwas Verbotenem ertappt, tat ich so, als würde mich sein Tun kein bisschen interessieren, und verließ den Raum. Ruuds Schlafzimmer glich einer Rumpelkammer. Um zum Bett zu gelangen, musste man über einen Wischeimer, einen auf Büchern drapierten Fernseher und etliche Klamottenberge steigen. Seine Freundin scheint schmutzresistent zu sein, stellte ich fest und wollte gerade das Zimmer verlassen, als mein Blick die Wand über dem Bett streifte. Es ist nicht schwer, auf ein an der Wand geheftetes Foto aufmerksam zu werden, wenn ansonsten kein einziges Bild, Kreuz, Kräuterbündel, keine Gardine oder was auch immer aufgehängt war.

Das Foto, ich kannte es gut, zeigte mich und Anina im Alter von vierzehn Jahren, anlässlich unserer Konfirmation. Ich trug ein dunkelblaues Kostüm, meine kleine Schwester ein grünes. Wir sahen wie Schauspielerinnen aus, die zwei ernsthafte Damen mimen wollten. Für diese Kostümierung hatten Anina und ich fast zwei Stunden beim Friseur gesessen. Um Einmaligkeit vorzutäuschen, hatte ich darauf bestanden, dass meine Haare erst gebleicht und dann rot gefärbt wurden. Dieses Bild fehlte natürlich in keinem Familienalbum, da es fleißig an die Verwandtschaft verschickt worden war. Die eingedrehten Flaschenlocken und die ungeschickte Körperhaltung rührten mich. Doch jetzt, in einem fremden Haushalt hängend, fand ich es nur noch peinlich. Ohne nachzudenken, stieg ich über den Wischeimer, umrundete den Fernseher, trat durch Klamottenberge und riss das Foto von der Wand. Farbe blätterte ab, das tat mir leid. Dann rannte ich hinunter und rettete den Reis und unser Abendessen.

Es war sehr rasch dunkel geworden, wie in den Tropen üblich, und für kurze Zeit kehrte der Strom zurück. Ich hörte es am Brummen des Kühlschranks und an dem Jubelschrei, der aus dem Spielzimmer kam.

Ohne Skrupel nutzte ich die Gelegenheit, um mein Handy aufzuladen und in Deutschland anzurufen. Daheim war es früher Nachmittag, Anina nahm ab, wie gewünscht.

»Wo bist du?«, wollte sie wissen. »Ota hat angerufen und gesagt, er kann dich nicht erreichen.«

»Rate mal, warum.«

»Wirklich, du bist gefahren? Finde ich klasse.« Mit zahllosen Worten erklärte sie mir, warum sie meinen Aufenthalt in Santa Fé überaus mutig fand. Und natürlich verlangte sie, wie jedes ausgehungerte Vogeljunge, nach Nahrung. Warum Pablo nun doch mitgekommen sei? »Ota hat's natürlich mitbekommen. Ist ja klar. Wie ich dich beneide, alles dreht sich nur noch um dich und Pablo.«

»Nur um ihn«, versicherte ich ihr. »Und nun halt dich fest. Sitzt du? Ich vermute, dass Pablo in Santa Fé gelebt hat. Stell dir das nur einmal bildlich vor: Hans lässt seinen Enkelsohn entführen, damit er nicht unter die Räder kommt. Die Eltern erfahren nichts davon. Ist das nicht unglaublich? Sein Motiv kann ich trotzdem nicht nachvollziehen. Du etwa?«, fragte ich wispernd.

»Mit wem hast du gesprochen? Hat ihn jemand wiedererkannt?«

»Nein, im Dorf herrscht das totale Tohuwabohu. Aber das Kind weigerte sich, in den Bus einzusteigen, als ihm das Reiseziel klar wurde. Und vor dem Hostal hat er angefangen zu zittern und ... Nein, ich will noch gar nicht darüber reden.«

»Du redest aber gerade von nichts anderem.«

»Okay, aber ich habe ja zugegeben, es könnte reiner Zufall sein. Dennoch, ihr müsst Hans ein paar Fragen stellen.«

»Das ist keine gute Idee. Er liegt im Sterben.«

»Ebendeshalb.«

»Du spinnst.«

»Aber ich brauche immer noch die Adresse von Marisols Schwester.«

»Inzwischen war ich nicht untätig. Ihr Name ist Lucia Octan. Sie arbeitet außerhalb von San José, wo genau, finde ich noch heraus. Ich geb dir die Telefonnummer ihrer Arbeitsstelle. Nur dort ist sie zu erreichen. Hast du das notiert? Und das mit Hans und Pablo halte ich für ausgeschlossen. Du musst dich irren. Schließlich seid ihr gerade erst angekommen. Schau dich um, und ruf mich morgen wieder an. Was soll ich Ota sagen?« Anina legte keine Pause ein, beantwortete sich ihre Frage selbst. »Am besten nichts. Ich denke, du hast dich von dieser Mara verrückt machen lassen. Kann es sein, dass ...«

Die Leitung wurde abrupt unterbrochen. Aus dem ersten Stockwerk erklang ein heiserer Fluch. Nein, nicht einer, sondern mehrere. Erneut hatten wir Stromausfall. Somit konnte ich auch das Internetcafé vergessen. Dennoch hatte ich den

Eindruck, dass dieser Trip trotz mieser Umstände Licht in Pablos Geschichte bringen würde und eine gute Entscheidung war. Ich musste Anina jedoch recht geben, dass ich meine Schlussfolgerungen vorschnell traf. Pablo benahm sich komisch, aber das konnte zahllose Ursachen haben. Hauptsache, er ist aus seiner Lethargie erwacht, tröstete ich mich, das allein war bereits ein Erfolg.

Bevor Pablo und ich uns zum Essen hinsetzten, spielten wir ein Spiel, das Kerzensuchspiel. Alle Schubladen wurden geöffnet, die Schränke durchsucht. Schwierig, wenn man keine Taschenlampe zur Verfügung hat. Also benutzte ich Streichhölzer. Und verbrannte mir mehrmals die Finger. Pablo lachte. Nicht ganz so ausgelassen war die Stimmung, als wir in einem Schrank zwei gut gefüllte Mausefallen fanden. Jetzt war mir auch klar, woher der modrige Geruch kam. Pablo forderte mich auf, sie zu entsorgen. Ich warf sie mitsamt dem Gestell in den Garten. Kurz bevor wir die Kerzen, gut sichtbar auf der Küchenablage, entdeckten, stolperte ich über einen Besen, und Pablo kringelte sich vor Lachen auf dem Boden. Es war klar, worauf das Ganze hinauslief. Ich musste mich zum Idioten machen, Wörter falsch aussprechen, Zucchinis statt Zucchini sagen, ich musste über meine eigenen Beine stolpern und den Clown mimen. Es war so einfach, Kinder glücklich zu machen.

»Jetzt ist aber Schluss, jetzt wird gegessen«, posaunte ich los und klebte drei Stummelkerzen auf einen dunkelblau glasierten Tonteller. Meine versuchte Strenge erzeugte indes einen weiteren Lachanfall, und schließlich stimmte ich mit ein. Mir wurde die Komik unserer Situation bewusst. Tante und Neffe saßen in einem verlassenen Haus, weit oben in den Bergen, speisten von fremden Tellern, tranken aus fremden Bechern. Der Riese war außer Haus, würde aber irgendwann zurückkehren, und dann, dann wären sie ihm auf Gedeih und Verderb ausgeliefert.

»Aber gemütlich ist es doch, irgendwie«, stellte ich fest, drehte meinen Teller ins Kerzenlicht, sog den Duft ein, freute mich und begann zu essen.

»Kannst du auch kochen?« Ich verschluckte mich, so sehr überraschte mich die Frage.

»Das siehst du doch. Das riecht man auch.«

Jetzt schnupperte auch er am Essen, sah lange auf den Teller, zu mir, wieder zurück.

»Du bist jung. Noch keine Mutter.«

»Du meinst, zu jung zum Kochen?«

Pablo nickte. Und mir lag der Bissen immer noch quer im Hals. Das, was wir hier taten, war fast eine Konversation. Meine Aufregung ließ mich weit ausholen.

»Dein Vater hat nie gekocht, weißt du. Und unser Vater auch nicht. Wir mussten das tun, Anina und ich. Als ich damit begann, war ich in deinem Alter. Es gab Spiegeleier, Omelette und Nudeln mit Soße. Später lernten wir Pfannkuchen zu backen und aufwendigere Gerichte zuzubereiten. Nun ja«, legte ich nach, »Anina kocht nicht so oft. Meistens mache ich das.«

Jetzt wäre Pablo an der Reihe gewesen. Er hätte eine Frage stellen können. Das wäre nett gewesen. Aber er wollte nicht nett sein. Wie Ringer beobachteten wir uns. Wer macht den nächsten Schritt? Lange konnte ich dem Stillstand nicht standhalten. Ich preschte vor.

»Unser Vater war immer in der Gärtnerei. Seine Leidenschaft kennt keine Grenzen. Bevor nicht alle Pflanzen versorgt sind, geht er nicht ins Bett. Er rettet jeden Ableger, jeden Samen. Das ist nicht wirtschaftlich. Aber was erzähle ich da. Interessiert dich das überhaupt? Wer hat für dich gekocht?«

Es ist gut, Fragen zu stellen. Mit Fragen lockt man seinen Gegner aus der Reserve. Oft klappt das. Bei Pablo klappte es nicht.

»Hast du auch schon gekocht? So ein bisschen?«

Aufmerksam hörte Pablo zu, während er einen Staudamm aus Reiskörnern baute. Kurze Zeit später stürzte der Staudamm ein. Pablo lachte und lud das Gemüse auf die Trümmer. Ab und zu zuckte sein Mund. Er wollte etwas sagen. Doch jemand hielt seinen Nacken umklammert. Er durfte nichts sagen. Hatte unser Onkel ihm eingetrichtert zu schweigen? Ihm gesagt, niemand dürfe je die Wahrheit erfahren? Erneut grübelte ich über das Wie und Warum. Ein paar Details passten einfach nicht in das Gesamtbild. Wo hatte er Pablo versteckt gehalten, als Marisol und Alejandro sich nach Sigis Tod in Santa Fé aufhielten? Und warum war Pablo mit einer gehörigen Verzögerung nach der Rückkehr unseres Onkels in der Botschaft abgegeben worden? Das ergab keinen Sinn. Schweigend aß ich weiter. Pablo ließ sich Zeit. Reiskorn für Reiskorn pickte er vom Teller. Ein Vogel, der viel zu früh aus dem Nest gefallen war und mit allem haushalten musste. Vor allem mit dem Vertrauen.

Der Reis war angebrannt, das Gemüse aber schmeckte ausgezeichnet, obwohl ich nur mit Salz und Pfeffer gewürzt hatte. Gern hätte ich noch einen Kaffee gekocht, doch dafür fehlte es an allem. Keine Maschine, kein Filter, kein Kaffee. Nur eine Art dunkel verkrustetes Teesieb lag neben der Spüle.

»Ich geh jetzt doch los«, sagte ich, nachdem ich erneut

alle Schränke durchsucht hatte. »Ich brauche einen kleinen Schwarzen und bei der Gelegenheit kann ich die Schneiderin aufsuchen.«

»Nein!« Das Nein laut und fordernd. Ein Befehl.

Ich horchte auf. Da war sie wieder, die Angst. »Dann komm mit!«

Er war auf dem Sprung nach oben ins Spielzimmer, schüttelte den Kopf. Als ich jedoch zur Tür trat, hastete er mir hinterher und stellte sich vor mich. Arme weit ausgebreitet. Sein Gesicht war ernst, die Pupillen, größer als sonst, glänzten wie dunkle Schokolade.

»Wir gehen zusammen«, bot ich ihm erneut an.

Doch da war nichts zu machen. Wie in Panik schüttelte er den Kopf.

»Dann willst du ins Bett.«

Wieder dieses Kopfschütteln, das er so gut beherrschte. Sein Finger deutete zur Treppe.

»Vergiss es! Ich kann dir keine Kerze mit hochgeben. Und ich setz mich auch nicht vor die Bahn und guck dir dabei zu, wie du guckst. Also, schlafen oder rausgehen? Entscheide dich!«

Den Satz hatte ich noch nicht beendet, als Pablos Hände wieder heftig zu zittern begannen. Mir wurde klar, dass eine Grenze der Zumutbarkeit überschritten worden war. Entweder schien es ihm unmöglich, die Eisenbahn zehn Minuten alleine zu lassen, oder die Angst, ins Dorf zurückzukehren, war übermächtig, weil es dort jemanden gab, dem er nicht begegnen wollte. Schweren Herzens beschloss ich, ihn vorläufig von der Angel zu lassen. Pablo ging allein hoch, ich hörte seine Schritte im Spielzimmer, während ich die Küche aufräumte. Als ich ihn holen ging, lag er flach auf dem Boden, starrte auf die kaum sichtbaren Umrisse der Eisenbahn und erzählte sich etwas. Sein Murmeln hörte sofort auf, als ich das Zimmer betrat.

»Hilfst du mir? Das Geschirr muss abgetrocknet werden.«

Gemeinsam beseitigten wir unsere Spuren. Ich brachte den Müll nach draußen, während Pablo den Tisch und die Arbeitsfläche abwischte. Wieder dachte ich, dass ein Kind, dass von reichen amerikanischen Eltern gekauft worden war, nicht mit dieser Selbstverständlichkeit mit anpacken würde, sehr wohl aber, wenn der Entführer sein Großvater war.

Noch vor zehn Uhr fielen wir todmüde aufs Sofa. Da erst wurde mir wieder bewusst, dass ich Basti anrufen wollte. Ich hatte es vergessen.

»Was denkst du?«, fragte plötzlich eine dünne Stimme neben mir.

»Worüber?«

Doch eine Antwort oder zweite Frage schien an diesem aufregenden Tag nicht mehr drin zu sein. Pablo gähnte ausgiebig, dann kuschelte er sich an mich und schlief sofort ein. Ich konnte seinen Gesichtsausdruck nicht deuten. Der Mond war zwar zu ahnen, jedoch nicht schlau genug, um eines der Wohnzimmerfenster zu finden, aber ich konnte das Kind hören, sein gleichmäßiges Pf, Pf. Als ich mich dicht über ihn beugte, konnte ich ihn sogar riechen, er duftete eigenartig, säuerlich und süßlich zugleich. Irgendetwas in mir, eine kleine Stelle oberhalb des ersten Rippenbogens, pulsierte warm.

Trotz der Müdigkeit war an Einschlafen nicht zu denken. Es war zu früh. Aber das war nur einer von mehreren Gründen, dass ich nach einer Weile wieder aufstand, meine Sachen zusammensuchte und mich auf den Weg machte. Eile war geboten. Pablo durfte nicht wach werden. Er durfte nicht merken, dass ich mich davongeschlichen und ihn alleine zurückgelassen hatte.

Sich mitten in der Nacht in einem fremden Dorf zu bewegen, das in absolute natürliche Dunkelheit getunkt worden war, glich einer Herausforderung, der ich mich kaum gewachsen fühlte. Scharrende und knisternde Geräusche brachten mich immer wieder zum Stehen. Mein Herz pochte wild. Ein Miauen oder Fauchen ließ erahnen, dass streunende Katzen sich um Abfälle zankten oder Revierkämpfe austrugen. Dennoch konnte ich mein Herz nicht dazu bewegen, gelassen zu sein. Meine Erlebnisse in der Hauptstadt bewirkten, dass ich einen Schritt vorwärts- und zwei rückwärtsmachte. Nur gut, dass der Mond immer höher stieg und mir den Wegrand anzeigte. Wenigstens das. Der Straßengraben war nun wirklich der letzte Ort, an dem ich mich am frühen Morgen wiederzufinden wünschte.

»Unsere beste und unsere einzige Schneiderin.« Ich entschied mich, nicht auf schnellstem Weg ins Zentrum zu gehen, sondern beim Hostal vorbeizuschauen und mir eine Taschenlampe zu leihen. Leider lag das *El Rustico* im Dornröschenschlaf. Ein Eisengitter verstellte den Zutritt zum Restaurant- und Rezeptionsbereich. Scheiße, fluchte ich, muss der Präsident ausgerechnet morgen hier aufkreuzen und das Dorf in Feierlaune versetzen. Denn wo Ruud, seine Freundin und die übrigen Gäste sich herumtrieben, war nicht schwer zu erraten. Gelächter und Musik klangen vom Dorfmittelpunkt bis zu mir hoch. In dem Durcheinander würde ich die Schneiderin wohl kaum finden. Frustriert gab ich auf und eilte zum Haus und zu Pablo zurück.

Mit klopfendem Herzen horchte ich in die Dunkelheit hinein. Und es dauerte eine Weile, bis ich mich zurechtfand. Da war der Geruch von gedünstetem Gemüse, aber auch von kaltem Rauch. Ein Hund bellte in allernächster Nähe. Meine Hand fuhr über den rauen Polsterbezug. Das Wort *Wärme* gesellte sich zu dem Wort *Wohnzimmer*. Die Begriffskette erweiterte sich durch *rosafarbenes Prinzessinnenhaus*, *Ruud* und *Pablo*. Da erst merkte ich, dass etwas nicht stimmte, der Platz neben mir war leer. Und feucht. Augenblicklich war ich hellwach, drehte mich um, tastete vorsichtig um die Feuchtigkeit herum. Inzwischen war der Mond angetreten, steckte seine Nase durchs Fenster, warf dünne Lichtstreifen auf unser Bett.

Mist. Ich tappte zum Schalter, wollte zusätzlich das Deckenlicht einschalten. Es funktionierte nicht. Gestern hatte ich doch noch eine Taschenlampe gefunden, ich holte sie, ging ins Bad. Stechmücken flogen erschrocken auf, sodass ich rasch die Tür wieder zuzog. War das Kind abgehauen, weil es ins Bett gemacht hatte? Die Eingangstür ließ sich nicht öffnen, war verschlossen worden. Ruud war also nach Hause gekommen. Bevor das Kind verschwunden war oder danach? Es half nichts, ich musste unseren Gastgeber wecken.

In Unterhose und T-Shirt hastete ich nach oben, die Taschenlampe in der Hand. Wo ist das Kind? Ich wollte an die Schlafzimmertür klopfen, als ich ein leises Geräusch hörte. Es kam aus dem Spielzimmer. Tatsächlich, da lag er, zusammengekauert, neben seiner geliebten Bahn.

»Pablo?«, sprach ich ihn an. Doch das Kind schlief tief und fest. Auf das Sofa konnte ich ihn unmöglich legen, selbst wenn ich es geschafft hätte, ihn hochzuheben und hinunterzutragen. Und natürlich war auch seine Hose nass. Ich tappte wieder hinunter, suchte seine Tasche, suchte eine zweite Hose und fand ein Heft. Nicht irgendein Heft, nein, es erinnerte mich verdammt an Sigis Notizhefte. Wie ein rohes Ei legte ich es zur Seite und ging mit der Decke und einer frischen Hose hinauf. Pablo wachte auf, als ich ihm das nasse Zeug auszog, doch er schlief rasch wieder ein. Die Taschenlampe zwischen den Lippen eingeklemmt, rollte ich das Kind in unsere Decke ein. Eine zweite Decke wäre gut gewesen. Gerade dachte ich darüber nach, Ruuds Büro zu durchsuchen, als die Tür aufgestoßen wurde und er im Türrahmen auftauchte. Ruud trug eine dunkle Unterhose. Sehr knapp. Zu knapp.

»Könnt ihr euch nicht wie normale Gäste verhalten?«, fragte er giftig. »Ich habe Kopfweh. Und du hast uns geweckt. Was ist denn los, sollen wir ihn hinuntertragen?«

»Nein«, wehrte ich ab und dachte an das eingenässte Sofa. »Aber eine zweite Decke wäre gut.«

Ruud verschwand und kam kurze Zeit später mit drei Decken zurück, von der eine beim reinen Anfassen schon so kratzte, dass man sie nicht einmal einem Pferd auflegen mochte.

Als ich das Zimmer verließ, war ich nicht mehr müde, vielmehr aufgekratzt. Als hätte Ruud das gleiche Problem, fragte er:

»Noch einen Drink? Was Starkes vielleicht? Well, ich habe einen ausgezeichneten Whiskey da. Wenn du das schon verträgst.«

Ich fand seine Angeberei befremdlich, ich fand seine Frage befremdlich. Nicht weil er sich wieder einen Witz daraus machte, dass ich neben ihm wie ein Kind aussah, sondern weil er seine Freundin alleine ließ.

»Willst du jetzt erzählen?«

Wir saßen uns im Essbereich gegenüber. Ruud hielt ein Bier in der Hand, mir hatte er ein Mixgetränk serviert. Irgendetwas mit Cola und Whiskey und Zitrone. Eine Kerze stand zwischen uns, versuchte Versöhnlichkeit auszustrahlen.

»Was meinst du?«

»Könnte doch sein, dass du etwas loswerden willst. Über dich, über Pablo. Was ihr so macht, was euch nach Panama geführt hat. Was habt ihr für ein Problem?«

Ich überlegte nur eine Sekunde.

»Erzählen will ich eigentlich nichts. Aber du hast recht, ich bin hier, um etwas herauszufinden.«

»Du bist eine Detektivin.«

»Wie bitte?« Dieser Kerl machte mich wahnsinnig. Aber ich war auch neugierig. Wo hatte er vorher gelebt. Und wie kam ein junger Mann auf die Idee, Hotelier zu werden. Da ich jedoch nicht hier war, um mich im Small Talk zu üben, konzentrierte ich mich darauf, die Fragen zu stellen, von denen ich dachte, Mara würde sie stellen.

»Bestimmt hast du unseren Onkel besucht, bevor du das *El Rustico* gekauft hast?«

»Ah, nicht ich stehe im Mittelpunkt deines Interesses, sondern deine Familie. Schon klar. Du hast also keinen Kontakt zu ihm, willst du mir das sagen? Und du weißt nicht, was hier abging.«

»Ist das deine Antwort?«

Ruud stand auf, holte einen Zahnstocher aus einer Schublade und begann, sich die Zähne zu säubern.

»Versteh doch, ich muss überlegen, was ich dir sagen darf, was ich besser verschweige. Meine Antworten könnten deinem Onkel schaden. Du schnüffelst ihm hinterher, du hast einen weiten Weg zurückgelegt, du fragst nicht ihn, obwohl er in Deutschland lebt, sondern mich, das macht mich ...« Ihm schien das rechte Wort nicht einzufallen.

»Begriffsstutzig«, half ich aus. »Und schnüffeln ist bei uns ein Schimpfwort.« Im Grunde aber gefiel mir sein Einwand. Es war nur logisch, dass er meine Motive hinterfragte. Pablos Vergangenheit aber mochte ich nicht preisgeben. »Unser Onkel hat mich nicht sonderlich interessiert. Aber Pablo ist sein Enkel. Und vielleicht hat er eine Weile bei ihm gelebt. Hier, verstehst du? Deshalb sind wir gekommen. Ich will herausfinden, wann das war.«

»Was ist mit seinen Eltern?«

Nicht schon wieder, dachte ich. Ich will die Geschichte nicht jedem erzählen müssen. Unglücklich schüttelte ich den Kopf.

»Pablos Mutter ist möglicherweise bei einem Autounfall umgekommen. Wir wissen es nicht genau. Egal. Ich habe ihn geerbt, und du hast ja selbst gesehen, dass er nicht einfach ist. Übrigens, ich muss dir etwas beichten.« Mein Kopf zeigte Richtung Sofa. Das Leintuch hatte ich abgenommen, ich hatte den Fleck mit warmem Wasser gereinigt, dennoch sah man, dass diese Couch im Augenblick nicht benutzbar war.

»Glaubst du, ich habe keine Augen im Kopf? Shit.« Er warf einen Fluch hoch, fing ihn wieder auf. »Aber keine Sorge, ich mag den kleinen Racker. Ich werde ihn nicht schlagen, obwohl er genau das verdient. Und du natürlich auch, weil du nicht auf ihn aufgepasst hast.«

»Das meinst du nicht ernst?« Mit großen Augen sah ich ihn an. Den Kopf hielt er schräg, ich konnte seinen Gesichtsausdruck nicht deuten. Doch dann hörte ich das grollende Lachen. Hervorgeholt aus einem tiefen Brunnen. Überschwänglich schüttete er es über den Tisch.

»Bei euch scherzt man wohl nicht oft. Also, um diese Nacht nicht bis in alle Ewigkeit auszudehnen: Ich habe deinen Onkel, Pablos Großvater, nicht wirklich kennengelernt. Eine einzige Begegnung gab es in Panama City, mehr nicht. Wir haben den Kaufvertrag unterschrieben, er ist heimgeflogen, und ich bin schnurstracks hierher. Das war im vergangenen Jahr. Alles sollte schnell gehen. Ich habe dir ja schon erzählt, dass er mir seinen ganzen Krempel hinterlassen hat. Übrigens, wie kann es sein, dass Hans dein Onkel, Pablo dein Neffe, aber Pablos Großvater nicht dein Vater ist?«

»Muss eben nicht.«

Das Gespräch drohte im Sand zu verlaufen, ich setzte ein Lächeln auf, versuchte zu retten, was zu retten war.

»Hast du unter den Sachen auch Kinderkleidung oder Spielzeug gefunden?«

Wieder dachte er nach, wieder dauerte es mir zu lange. Eine halbe Bierflasche lang kniff er seine Augen zusammen. Dann nickte er.

Ich wollte keinen zweiten Whiskey, doch Ruud gab nicht auf, goss mein Glas voll. Diesmal pur. Gab selbst zu, dass er zu müde und zu faul war, um aufzustehen und ins Bett zu gehen.

»Deine Masche, um Frauen gefügig zu machen«, witzelte ich und zeigte nach oben.

Er verstand nicht. Und mir war es egal, was er sonst so trieb. Ohne Ankündigung stand ich auf, kippte den Whiskey ins Spülbecken und verabschiedete mich.

Augenblicklich sprang er auf, viel schneller, als ich ihm das zugetraut hätte.

»Bist du verrückt?« Er war jetzt bei mir, griff nach meinem Oberarm. »Die Flasche hat mich vierzig Dollar gekostet. So viel verdient meine Putzfrau im Monat.«

»Dann musst du besser auf dein Geld aufpassen.«

»Wenn wir bei Übergriffen sind, mein Zimmer sollte ich wohl besser abschließen, scheint mir.« Alle Freundlichkeit und Gelassenheit war aus seinem Gesicht verschwunden. Wie ein Boxer trat er mir in den Weg.

»Wo sind die Fotos?«

»Du meinst das Foto. Ein einziges. Es gehört dir nicht.« Mein Einwand klang schwach, doch mir fiel nichts Besseres ein.

»Alles gekauft, alles meins. Und du bist ein Gast. Macht man das so bei euch?«

»Schon gut, es tut mir leid. Aber hör mit diesem *bei euch* auf. Du bist Holländer, ich Deutsche, so groß ist der Unterschied nicht.«

»Niederländer. Und auch nur ein halber. Der Unterschied liegt in der Art. Meine deutsche Mutter hat ihre Nase in alles reingesteckt, zum Beispiel in fremde Zimmer. Meins war besonders von ihrer Neugierde betroffen, aber das war dann doch etwas anderes. Weil ...«

Ruud hatte den Faden verloren, er schimpfte noch ein bisschen vor sich hin, doch schließlich ließ er mich gehen. »War doch nur wegen des kräftigen Rots, deinen roten Locken.«

Ich war schon an der Treppe. Noch ein bisschen hinlegen, dachte ich, Pablo bewachen. Bestimmt steht das Kind morgen wieder früh auf. Im Hochgehen drehte ich mich noch einmal um.

»Das Foto liegt im Müll. Und den Müll habe ich ordentlich entsorgt.«

Das hätte ich nicht sagen sollen. Ich merkte es an seinem

Gesichtsausdruck, der jetzt nicht mehr beleidigt wirkte, sondern ehrlich entsetzt.

»Du hast was?« Und schon war er in der Küche, schon hantierte er mit Kerze und Taschenlampe unter der Spüle und suchte nach dem Müllsack, der nicht mehr da war.

Gemeinsam gingen wir nach draußen. Die Hitze des Tages kroch aus den Mauerritzen und der dunkelroten Erde, umarmte uns. Es war so angenehm, dass ich kurz überlegte, mich nachher in eine der Hängematten schlafen zu legen.

»Schau!«

Uns zeigte sich ein wunderbar klarer Nachthimmel, der Abertausend Sterne zum Leben erweckte. Diese aktiven und toten Sonnen waren so leuchtend hell, dass Ruud die Taschenlampe ausschaltete. Für kurze Zeit herrschte Waffenruhe zwischen uns. Der Wind spielte mit meinem T-Shirt. Und wir schienen uns einig zu sein, dies war ein magischer Augenblick. Durch den Totalausfall der Elektrizität bekamen wir die Welt nackt zu Gesicht, so wie ein Gott oder eine Göttin sie gestaltet haben mochte.

»Dies ist eine ernste Nacht«, sprach Ruud, und ich musste kichern, weil er so salbungsvoll klang, dabei hatte er nur Worte für etwas Unbeschreibliches gesucht. Dann war der gute Moment vorbei, der Wind machte sich erneut wichtig, und Unruhe brach aus.

»Wo hast du ihn hingebracht?«, fragte Ruud.

Seine Stimme vibrierte. Mit »ihn« meinte er den Müll, er meinte aber auch seinen Schatz, sein gesamtes Bargeld, dazu die Goldarmreifen oder -ketten seiner Großmutter oder Urgroßmutter. Wie ich erfahren hatte, waren seine Großeltern, bekennende Kommunisten, während des Zweiten Weltkriegs nach Chile ausgewandert. Sein Vater lebte bis zum dritten Lebensjahr in Chile, später in Costa Rica.

»Bei uns war es umgekehrt. Zuerst Costa Rica. Später Panama«, sagte ich ohne Grund und musste leider alle möglichen Erklärungen abgeben, die ich im Grunde lieber für mich behalten hätte.

Wie auch immer, ein Teil des Familienschmucks befand sich in Ruuds Besitz, um ihn ging es. Er versteckte ihn in einer Plastiktüte innerhalb der Mülltüte. Mehrzahl, er sprach von insgesamt drei Tüten.

»Du musst doch gesehen haben, dass du mehr als eine Plastiktüte herausgenommen hast.«

»Wenn man das so einfach feststellen kann, ist es ein mieses Versteck. Jede Putzfrau würde deinen Schatz finden. Du kannst stolz sein, er war supergut getarnt.« Dieses Argument machte keinen Eindruck auf ihn.

»So ein Quatsch. Ich brauche in meinem Privathaus keine Putzfrau und muss mir deshalb auch keine Gedanken machen. Und meine Freundinnen tun so etwas nicht.«

»Du hast gesagt besenrein«, blaffte ich zurück, doch da hörte er mir schon nicht mehr zu.

Hunde husteten in allernächster Nähe, trocken, wie Busse. Wir näherten uns dem Drahtgeflecht, das sich außerhalb des Grundstücks befand. Es stand auf einem kleinen Podest, um Ratten den Zugang zu erschweren. Für Katzen stellte die Höhe kein Hindernis dar. Wir sahen und hörten sie hantieren, ab und zu ging eine Pfote nach oben, ein Schlag traf einen Kontrahenten. Ruud, nervös wie ein junges Pferd, beschleunigte seine Schritte, lief mir über die Beine. Ich stolperte. Laute Beschimpfungen ausstoßend, verjagte er die Katzen, aber auch einen Hund, der sich im Straßengraben zum Schlafen hingelegt hatte.

»Ruud?«

Er stand im Schatten, fluchte, zerrte an Tüten, hievte sie

von rechts nach links. Dabei, ganz klar, musste er sich nur den oberen Sack schnappen.

»Das ist ein Gemeinschaftsplatz, hier liegt alles Mögliche drauf«, sagte er, als könne er meine Gedanken lesen.

Nun bekam ich doch Angst. Ich musste ja nicht die letzte Müllentsorgerin gewesen sein. Mein Herz schlug bis zum Hals und höher. Was, wenn die Wertsachen entdeckt worden waren? Das Leben war so schon kompliziert genug, Schulden konnte ich mir nicht leisten.

»Um welchen Wert geht es?«

»So viel hast du nicht.«

»Der Sack war blau«, sagte ich kleinlaut.

»Shit«, hörte ich ihn antworten. »Jetzt hilf mir doch endlich.«

Als ich ihn erreicht hatte, zeigte er auf seine Hosentasche, ich griff hinein und holte die Taschenlampe hervor.

»Ist er das?« Er hielt einen Beutel hoch. Er war blau.

»Nein, ich glaube, der war größer.«

»Und der da?«

»Der ist grün.«

»Bist du dir sicher, mit der Farbe? Dunkelblau oder hell?«

Wir einigten uns darauf, die obersten Säcke mitzunehmen.

Die Nacht dehnte sich aus, wurde breit und lang wie ein Fluss, fraß sich in den Morgen. Es war eine Nacht voller Missverständnisse und Umwege, aber das Ganze konnte man auch als amüsant bezeichnen. Das dachte ich, nachdem Ruud seinen Schatz wiederhatte, nachdem er ein zweites Bier in einem Zug geleert hatte, nachdem er mich hochhob und im Kreis drehte.

»Da hast du aber echt Schwein gehabt. Keine Ahnung, was ich mit dir angestellt hätte, wenn ...«

»Lass mich runter.«

»No chance, Strafe muss sein.«

Dann aber hörten wir Schritte. Eine schmale Silhouette tauchte auf dem oberen Treppenabsatz auf und rief nach Ruud.

»Okay«, erwiderte er und stellte mich so plötzlich ab, als hätte er sich die Finger an mir verbrannt.

»Come!«

»Sure.« Seine Stimme klang belegt, er eilte davon, ohne sich von mir und unserem Spiel zu verabschieden. Weg war er, ein Gespenst. Und das Amüsement einzig und allein meiner Einbildung geschuldet.

Wieder stand ich alleine da. Das Heft, das ich in Pablos Tasche gefunden hatte, fiel mir ins Auge, ich nahm es mit nach oben. Die Taschenlampe auch. Dicht an Pablo gedrängt, begann ich zu lesen.

Groß stand die Sonne im Zimmer, drückte fest zu. Nein, das war es nicht allein. Jemand hatte zahlreiche Decken über mir ausgebreitet. Stöhnend schälte ich mich aus dem Deckenberg heraus und stellte fest: Das Nest neben mir war verlassen. Ich beschloss, mir keine Sorgen mehr zu machen. Pablo war ein kluger Bursche, er würde nicht weglaufen. Dennoch stand ich sofort auf. Und erschrak ein zweites Mal. Es war tatsächlich sehr spät. Nach elf Uhr. Wie hatte ich nur so lange schlafen können? Ich wollte mich im Hostal umschauen, ich wollte mit der Schneiderin reden, ich wollte mich in den Supermärkten nach Hans und Marisol erkundigen, und am Nachmittag mussten wir den Bus nehmen. Ich horchte nach draußen. Blasmusik war zu hören. Bestimmt war El Presidente eingetroffen und ich die Einzige, die dieses großartige Spektakel verpasste. Da im Haus keine Stimmen zu vernehmen waren, gab ich mir einen Schubs.

Dann fiel mir aber noch etwas Wichtiges ein. Ich bückte mich, holte das Heft und die Taschenlampe unter meinem Kissen hervor.

Auf Zehenspitzen schlich ich nach unten. Das Wohnzimmer war verwaist. Rasch suchte ich das Bad auf, duschte. Bestimmt gab es einen Trick, an warmes Wasser zu kommen, doch ich kannte ihn nicht. In wenigen Sekunden war ich fertig. Danach zog ich mich an. Kein Nagel, kein Haken half einem dabei, das nasse Handtuch zu deponieren. Und die Anziehsachen musste man auf den Fußboden legen.

Aber es gab auch positive Aspekte. Zufrieden betrachtete ich das Sofa im Wohnzimmer. Der Fleck war über Nacht getrocknet und die Ränder verblasst. Ich warf mehrere Kissen darauf. Dann machte ich mich ans Aufräumen. Erst als ich oben die Decken gefaltet und zusammengelegt hatte, fand ich den Zettel. Geschrieben war er in Pablos Großbuchstabenschrift.

LIEBE TANTE
ZUM FRÜHSTÜCK KOMMEN WIR ZURÜCK

Keine Unterschrift. Ich guckte in den Kühlschrank, alles lag so da, wie ich es am Vorabend zurückgelassen hatte. Vielleicht meinten sie das Hostal. Rasch suchte ich unsere Klamotten zusammen, packte die Taschen, wollte mich auf den Weg machen. Der Schlüssel, verdammt, er war weg. Ich konnte die Haustür nicht abschließen. Wütend über die schlechte Organisation durchsuchte ich alle Schubladen, guckte auch nochmals an der Stelle nach, an der ich den Zettel gefunden hatte, schüttelte alle Decken auf. Nichts, kein Schlüssel. Erneutes Deckenfalten. Ich beschloss, das Risiko einzugehen und die Tür später abzuschließen. Mit

Sicherheit war es eine blöde Idee, sein Geld im Mülleimer zu verstecken, vielleicht aber eine gute Tarnung, die Haustür für Einbrecher offen zu halten.

Es war der pure Zufall. Als ich meine Turnschuhe anziehen wollte, sah ich ihn. Er war nur halb so groß wie mein kleiner Finger, er war durchscheinend. Kaum sichtbar auf einer hellen Sohle. Ein Skorpion. Zunächst machte ich einen Satz rückwärts, dann aber erinnerte ich mich daran, dass ich als Kind bereits gelernt hatte, die Tiere zu orten und unschädlich zu machen. Ich holte also eine Schere und schnitt ihn entzwei.

Hitze baute sich vor mir auf, als ich ins Freie trat. Eine meterhohe Wand. Dabei waren wir in den Bergen. Ich hatte mit einem gemäßigten Klima gerechnet. Erinnerungen an Kindertage. Anina und ich in einer Blechbadewanne, die Mama unter eine riesige Bananenstaude gestellt und mit lauwarmem Wasser gefüllt hatte. Reinpinkeln, Wasser schöpfen, Anina die Haare kämmen, ihre Oberarme und ihren Bauch schrubben. Sigi kam in dieser Erinnerung nicht vor. Ein Ziehen in meinem Bauch ließ mich innehalten. Ich war Mama in Gedanken so nahe wie schon lange nicht mehr.

Das Ziehen wurde stärker, vermischte sich mit der Musik. Deutlich drangen nun die Laute der Blechbläser an meine Ohren, und ein wildes Stimmengemurmel schwappte den Hügel hinauf. Ich konnte nichts sehen, aber ahnen, dass sich im Dorfkern mächtig viel abspielte. Wenn ich Pablo und Ruud im Hostal nicht finde, nahm ich mir vor, mische ich mich unters Volk.

Erneut fiel mir Basti ein und dass ich mich dringend bei ihm melden musste. Kaum war ich durch das Eisentor auf die Straße getreten, stand er neben mir. Check-in. Auch ein kleiner Schwarzweißgefleckter suchte meine Nähe, doch

Check-in vertrieb ihn zähnefletschend. Die hier gehört mir. Ohne Worte wusste er, wohin es ging, er schlug den Weg zum Hostal ein.

»Heute Nacht hätte ich dich gut gebrauchen können. Verdammt, wo warst du?«

Mein Glücksstern sank. Zwar war einer der Tische auf der Terrasse noch voller Frühstücksutensilien, aber ich konnte Ruud oder Pablo nirgends entdecken. Dafür die junge Asiatin. Sie saß mit einem Mann zusammen, der sich nach dem ersten lang gezogenen »Hi« als Amerikaner entpuppte. Die beiden tranken Kaffee. Auf dem Käse saßen Fliegen. Wie sich herausstellte, war die Asiatin nicht jene Asiatin, die ich in Panama City kennengelernt hatte.

»I'm Lee.« Es war die Figur, es waren die glänzend schwarzen Haare, die mich irritiert hatten.

»Weißt du, wo Ruud ist?« Ich hätte gerne jemand anderen gefragt, und tatsächlich ertappte ich mich dabei, wie ich Hilfe suchend den Amerikaner anschaute.

»Ruud ist dort hinten.« Lee wackelte mit dem Kopf. Dann zeigte sie hinters Haus. »Aber bring erst deinen Hund weg.«

Ich erwiderte nichts, nickte nur kurz und führte Check-in zur Straße. Dann kam ich zurück und umrundete das Hostal.

»Ruud?«, rief ich und sah mich um. Ich war es gewohnt, dass die Rückseite der Häuser als Abstellkammern genutzt wurden, doch das, was ich hier zu sehen bekam, ließ mich innehalten. Alte Reifen stapelten sich neben leeren Vogelkäfigen, verdreckte Metallbehälter lagerten neben Bauholz. Eine Schubkarre, löchrig und mit plattem Reifen, lehnte an der Wand. Wind kam auf und brachte Plastikplanen, die längst vergessen hatten, welchen Dienst sie erfüllen sollten, zum Flattern. Selbst das massiv wirkende Metalldach des

Hostals beteiligte sich an dem Auftritt und trommelte gegen die Stützwände. Das alles konnten Altlasten unseres Onkels sein, gut möglich. Unser Vater war auch ein Chaot, eröffnete eine Baustelle nach der anderen, ohne die vorangegangene zu einem glücklichen Ende zu bringen. Meine Kindheit war geprägt von Fehlplanungen, Umbauten und Umzügen. Ruud aber lebte bereits seit einem halben Jahr hier. Er hätte das alles in Ordnung bringen können.

»Ruud?«, wiederholte ich.

Er kam wie ein Fohlen angeschossen. Springend, stolpernd, sich aufrappelnd. Sein Gesicht lachte. Doch es war nicht Ruud, sondern Pablo. Neben dem lachenden Gesicht fielen mir dreckverkrustete Schuhe auf.

»Wo wart ihr?« Und ohne auf Antwort zu warten, schüttete ich die weiteren Fragen über ihn aus: »Und wieso habt ihr mich nicht geweckt? Ich habe mir Sorgen gemacht.«

Er starrte auf die Tasche in meiner Hand. Gestern noch bockte er, als ich ihn ins Dorf dirigierte, jetzt sah er mich an, als wollte er hier nie mehr weg.

»Du weißt doch, dass wir heute zurückfahren.«

So viel Unausgesprochenes. Pablo wollte etwas erwidern, die Wörter hatten sich bis zu den vorderen Schneidezähnen durchgedrückt, doch dann klappte er den Mund wieder zu.

»Und wo ist Ruud?«

Ein Finger zuckte, dann eine Hand. Finger und Hand zeigten auf einen quadratischen Turm. Einen Rohbau, der wie ein gigantischer Kamin am Haus klebte. Das Projekt, von dem Ruud gestern begeistert erzählt hatte.

»Kommst du mit?«

Pablo verneinte. Also tappte ich allein über Holzbohlen und durch knöchelhohes Unkraut. Die Eingangstür war vergittert, das Gitter jedoch an einer Stelle eingerückt worden.

Die rohen Ziegelwände, gut zehn Meter hoch, machten mich neugierig. Drinnen regierte eine staubdurchsetzte Dämmerung. Und ich brauchte eine Weile, um meine Augen mit neuem Licht zu füllen. Ruud hockte auf einer umgedrehten Wein- oder Obstkiste. Ich erkannte ihn an seinem Habitus, an den breiten Schultern, den wirren Locken.

»Du hast Pablo entführt. Habt ihr gefrühstückt? Und das hier ...«, ich drehte mich im Kreis, »... soll was sein?«

»Guten Morgen, erst einmal.« Ruud blieb sitzen. Er war nicht alleine, wie ich gerade feststellte. »Gut geschlafen?« Ohne Pause fuhr er lachend fort: »Während du also wie ein Kind schliefst, musste Pablo für sich selbst entscheiden, was er braucht. Da er sich weigerte, das Restaurant zu betreten, gab es kein Frühstück für den feinen Herrn. Nur ein Stück Butterbrot auf die Hand. Wir waren im Wald, oberhalb von Alto de Piedra. Und das hier ...« Er streckte sich und erklärte mit pathetischer Stimme: »... wird einmal das Beste, was Santa Fé zu bieten haben wird. Eine Hochzeitssuite.«

»Una torre de casamiento«, brummte der Alte, der neben Ruud saß. Der langen Haare wegen hatte ich ihn für eine Frau gehalten. Nun hörte ich, dass es ein Mann sein musste. Meine Augen hatten sich an das Dämmerlicht gewöhnt, nahmen nun jedes Detail wahr. Die nackten Füße des Mannes, schmutzig und ausufernd breit, hatten keine Zehennägel, sondern dunkle Krallen. Obwohl er zusammengekauert in einem Polstermöbel hockte, ahnte ich, dass er groß sein musste. Langbeinig und dünn. Das Gesicht glich einer Feldfrucht, die über den Herbst hinaus liegengeblieben und vergessen worden war.

»Ja, ein Hochzeitsturm«, bestätigte Ruud und klopfte dem Alten auf die Schulter. »Hier unten kommen ein Schlafzimmer und ein Bad hin. Einen Stock höher planen wir eine Küche ein und das Esszimmer. Dann, ganz oben, der Wohnbereich, mit Dachterrasse. Die Liebenden werden in den Himmel schauen, wenn ...« Er schien nach den richtigen Worten zu suchen. Der Alte half aus, griff sich an die Brust und murmelte: »Wenn sie die Geister der ewigen Liebe heraufzubeschwören versuchen.«

»Du hast recht, mein Poetenfreund«, klatschte Ruud dem Alten Beifall. »Mit diesem Turm werden wir Touristen aus aller Welt anlocken. Du und ich, wir werden als Glücksstifter fungieren, und ganz nebenbei werde ich ein reicher Mann werden.« Er zeigte auf mich. «Übrigens, das ist das Mädchen, von dem ich dir erzählt habe. Sie wird Werbung für uns machen. Autoren von Reiseführern sind froh, wenn man ihnen aktuelle Informationen zuträgt.« Ruud winkte mich näher.

»Du könntest sie anschreiben und ihnen von diesem Turm erzählen. Sowieso kommt unser *El Rustico* in der Bewertung zu schlecht weg. Es könnte nicht schaden, wenn sich das ändern würde und ...«

Mitten in den Monolog hinein drängte sich ein kleiner Körper. Drängte sich an mir vorbei und stellte sich mitten in den Raum. Pablo hielt stolz einen winzigen Hundewelpen hoch. Sein Gesicht wurde von einem Lächeln in die Breite gezogen. Licht fiel seitlich durch eine Aussparung in der Mauer, legte sich wie ein Heiligenschein auf seine Haare.

»Hola«, sagte der Alte.

Abrupt ließ Pablo beide Arme sinken. Das Hundebaby entglitt ihm und landete mit der Nase voraus auf dem staubigen Boden. Ein Quietschen, nein, ein Grunzen war zu hören. Pablo achtete nicht darauf, trat zurück, trat rasch hinter mich. Ließ das Hündchen hilflos herumtappen. Ich wollte etwas sagen, doch der Alte war schneller.

»Alejandro?«, fragte er mit krächzender Stimme. Viel schneller, als ich das für möglich gehalten hätte, rappelte der Mann sich aus seinem Stuhl auf, blinzelte in unsere Richtung. »Ist das Alejandro?«

»Nein, Pablo«, korrigierte ich und legte meine Hand auf den Rücken des Kindes. Der Rücken zitterte. Auch der kleine Hund, der jetzt meine Füße erreicht hatte, drückte sich Hilfe suchend an mich. Ich bückte mich und hob ihn auf.

»Wer ist das Kind?«, fragte der Alte auf Spanisch. So schnell schien er nicht aufgeben zu wollen. Es war dunkel, bestimmt sah er nicht mehr gut. Erst als er hartnäckig seine Frage wiederholte, wurde mir bewusst, mit wem er Pablo verwechselte, mit Alejandro, Pablos älterem Bruder.

»Pablo ist Alejandros Bruder. Und wer sind Sie?«

»Erasmo«, stellte Ruud mir den Alten vor. »Er ist ...«

Der Satz wurde jäh unterbrochen, Pablo stimmte ein Lied an. Als wäre er alleine, als würde eine innere Kraft ihn drängen, wurde er lauter und lauter, sodass kein Gespräch mehr möglich war. Verwundert blickten wir ihn an.

Kleiner Papagei
Auf einem leeren Baum
Ohne Früchte
Hast du dich niedergelassen
Allein
Du gurrst
Ich werde dir etwas erzählen
Bruder, mein kleines Brüderchen
In weiter Ferne
In einem anderen Land
Sitz auch ich und gurre
Ich sage

Kleiner Papagei
Bruder, geliebter Bruder
Auf der anderen Seite der Erde
Kämpfe ich in einem Krieg
Und wenn die Welt untergeht
Wird nur geschehen
Was die Alten erzählen.

14

»Das war ein ziemlich hübsches Lied. Komm mal näher, Pablo.« Als wäre nichts Außergewöhnliches vorgefallen, legte Ruud den Arm um den Jungen und nahm den Gesprächsfaden wieder auf. »May I present, te presento, das hier ist mein wichtigster Mitarbeiter.« Dabei zeigte er auf den Alten und sprach nun wieder sein englisch-spanisches Mischmasch.

Ich war zu benommen von Pablos Reaktion, um zuzuhören, einzelne Sätze erreichten mich dennoch.

»Mein Materialhüter.« Ruud bat Erasmo, wieder Platz zu nehmen. Doch der schien aufgewühlt, trat unruhig von einem auf das andere Bein.

»Werden Sie bleiben, Señorita?«, wandte er sich an mich.

Ich konnte nicht antworten. Meine Gedanken hatten sich in einem Spinnennetz verfangen. Dieses Lied von Pablo ... Und woher rührte seine Angst, als er mit falschem Namen angesprochen wurde? Sein Bedürfnis, bei mir und Ruud Schutz zu suchen, zeigte, wie es um ihn stand, doch ich verstand die Zusammenhänge nicht.

»Wie bitte?« Immer noch mit Pablo beschäftigt, betrachtete ich den Alten. Starrte auf die eingerissene Hose, das bauschige Hemd, dem jegliche Farbe zu fehlen schien. Als er sich verbeugte und den Mund zu einem Lächeln verzog, sah ich, dass er mit einem einzigen Schneidezahn zurechtkommen musste. Wäre die weiße Serviette am Ausschnitt des Hemdes nicht gewesen, ich hätte ihn für einen Bettler gehalten. Dass mein Vergleich nicht ganz falsch war, begriff ich, als Ruud erzählte, dass sein bester Mann tags wie nachts im und um den Turm herum lebte.

»Erasmo bewacht die Ziegel, die Rohre, die Fliesen und sieht zu, dass die Arbeiter nicht zu viel Wasser verschwenden.«

»Okay«, unterbrach ich Ruud, sah ihn aber nicht an, sondern fixierte immer noch Erasmo. Mit ihm musste ich in Ruhe reden. Zunächst aber galt es herauszufinden, was mit Pablo los war. Er klammerte sich wie ein Äffchen an seinen männlichen Freund. Ruuds bärige Präsenz schüchterte mich ein. Es war mir unangenehm, so dicht neben ihm in die Knie zu gehen, um meine Hand auf Pablos Oberschenkel zu legen.

»Und jetzt berichtest du mir mal, wo ihr wart«, versuchte ich es mit Leichtigkeit. »Ihr beiden seht ja wie Räuber aus.«

Das Kind blickte zum Erwachsenen hoch. »Erzähl du«, bat Pablo.

»Wir jagen und räubern selten«, stellte Ruud lachend fest. »Lieber beobachten wir. Heute ging das so: Wir haben der Sonne dabei zugeguckt, wie sie aufstand, wir haben den Vögeln dabei zugehört, wie sie sich lautstark Mut machten, und wir haben den Pflanzen gute Tipps gegeben, sich nicht so unverschämt auszubreiten. Dabei sind wir wohl etwas vom Weg abgekommen.«

Darauf gab es nichts zu erwidern, fand ich. Nichts Leichtes, nichts Ernsthaftes. Wortlos stand ich auf und merkte, wie mir schwindlig wurde. Vor mir drehte sich der Raum. Ich musste dringend etwas trinken. Hilfe suchend schaute ich mich um. Der Alte war in seinem Stuhl eingenickt. Glich einem zusammengeklappten Regenschirm, der für heute seine Arbeit erledigt hatte. Feiner Speichel floss ihm aus dem Mundwinkel. Ruud folgte meinem Blick, nahm dem Alten die Serviette ab, wischte ihm übers Kinn, ohne dass dieser aufwachte.

Nach Gelassenheit ringend, beschloss ich, etwas Praktisches zu tun.

»Ich werde mir jetzt etwas zu essen besorgen und dann diese Señora Dingsbums aufsuchen. Wird sie zu Hause sein? Habt ihr den El Presidente schon begrüßt?«

Als wäre ich ein Alien, schauten drei Gesichter zu mir hoch. Auch jenes, das zu einem alten Mann gehörte, von dem ich annahm, er würde schlafen und ganz bestimmt kein Deutsch verstehen.

»Er ist nicht gekommen«, teilte Ruud mir mit.

»Wie, nicht gekommen? Die Musik spielt, und es klingt ...«

»Die Panamericana haben sie blockiert.«

»Wer?« Wieder einmal verstand ich nicht.

»Die Indios«, erklärte Pablo. Ganz aufrecht saß er jetzt da. Sein Körper war immer noch an den von Ruuds geschmiegt, doch er sprach frei und ohne Hemmung, als wäre etwas von ihm abgefallen, jetzt, da es nicht mehr um seine Person ging. »Es ist wegen der Mine«, fügte er erklärend hinzu. Dann schaute er zum ersten Mal den Alten an. »Ich heiße Pablo«, sprach er laut in seine Richtung. Seine Stimme klang blechern. »Alejandro ist mein Zwillingsbruder.«

»Du meinst, dein großer Bruder«, erläuterte ich. Immer noch fühlte ich mich benommen. Auch weil mich die Sicherheit überraschte, mit der das Kind plötzlich auftrat.

»Ja, mein Zwillingsbruder. Eine Leopardin hat uns aufgezogen.«

Auf leeren Magen erfuhr ich, dass Pablo in einer Scheinwelt lebte, für deren Erforschung ein Therapeut Jahre brauchen würde, und dass sich zudem unsere Reisepläne zerschlagen hatten. Allerdings war auch meine Sorge hinfällig, wie ich mein Rechercheprogramm in nur zwei Stunden durchziehen sollte. Angesichts von Pablos letzter Äußerung schien es mir mit einem Mal völlig zweitrangig, von wem und wann er entführt und wieder zurückgegeben worden war. Selbst wenn ich einen Teil seiner Vergangenheit verstehen lernte, vermochte ich ihm unmöglich zu helfen. Angesichts der Tiefe seiner Ängste und Einbildungen konnte ich auf der Stelle kapitulieren. Dabei wirkte er nicht mehr ängstlich, eher verrückt. Als wäre er von einem richtigen an den falschen Ort und wieder zurück gerückt worden. Er, sein Bruder, seine Mutter und Sigi waren in alle Winde zerstoben. Ähnliches war mir und Anina zugestoßen, und dennoch fiel es mir schwer, mich in dieses Kind hineinzuversetzen.

Mit halbem Ohr hörte ich den weiteren Ausführungen von Ruud zu. Keine Busse, keine Taxen, hieß es, die weiter als bis zur Panamericana fuhren. An mehreren Kreuzungen würden lichterloh die Feuer brennen. Querverbindungen können nur mit Allradfahrzeugen passiert werden.

»Die Leute haben in ihren Autos und im Straßengraben übernachtet. Bestimmt zeigen sie die Bilder im Fernsehen, aber die können wir uns leider nicht anschauen.«

Erst jetzt erinnerte ich mich daran, dass der Kühlschrank in Ruuds Haus nicht gebrummt hatte.

»Dann gibt es auch keine Internetverbindung.«

An der Reaktion der Männer merkte ich, dass ich der am schlechtesten informierte Mensch der Welt war.

»Du hast lange geschlafen«, stellte Ruud fest und erzählte, dass übereifrige Holzfäller bei der Vorbereitung des Hubschrauberlandeplatzes Bäume gefällt hätten. Unter den Bäumen seien auch mehrere Strommasten gewesen.

»Schlechte Karten für uns«, fuhr er mit einem schiefen Lächeln fort. »Wir haben jetzt Gäste, die nicht wegkönnen, die aber möglicherweise zahlungsunfähig sind. Auch der einzige Bankautomat ist ausgefallen.«

Das interessierte mich nicht. Ich wollte wissen, wie es jetzt mit mir und Pablo weitergehen sollte. Diesmal drehte sich nicht der Raum, ich drehte mich im Kreis. Schaute mich um, sah den Alten, wie er nach dem beendeten Sekundenschlaf genüsslich an einer Zigarette zog, roch den Rauch, spürte die Kälte der Mauern, die nur deshalb angenehm war, weil draußen eine Sonne lachte. Nachdenklich starrte ich durch eine der Fensteraussparungen in den hellblauen Himmel. Diese Reise drohte immer komplizierter zu werden.

Kurze Zeit später standen Ruud und ich neben einem der vier Tische, die das kleine Restaurant ausmachten. Pablo weigerte sich weiterhin, das Gebäude und die dazugehörige Terrasse zu betreten. In nächster Nähe saß er unter einer Pergola und spielte mit dem Welpen, der jetzt kein Welpe mehr war, sondern ein verkleidetes Etwas. Bekleidet mit einer Windel und einem Jäckchen aus Stoffresten, die ihm um Vorder- und Hinterbeine schlotterten.

»Wem gehört das Tier?«

Ruud sah mich an, als hätte ich ihn gefragt, wem die Sonne gehören würde. »Schon gut. Habe verstanden«, winkte ich ab und schaute weiter dem Treiben meines Neffen zu. Der plapperte ohne Unterlass auf das Tier ein und zeigte dabei erstaunliches Spieltalent. »Wer ins Bett macht, bekommt Windeln angezogen, verstanden. Ich kann auch anders, wenn du dich wieder frei strampelst.«

Ich bat Ruud, ein Frühstück für mich zu bestellen, während ich mich in den Turm stehlen wollte, um mit Erasmo zu reden.

»Warum hast du dich nicht gleich zu ihm gesetzt?«

»Ganz einfach, Pablo soll unser Gespräch nicht mitanhören.«

Noch bevor ich die Baustelle erreichte, kam mir der Alte entgegengeschlurft. Er ging gebeugt, ein lebendes Fragezeichen. Und so benahm er sich auch. Auf jede Frage, die ich stellte: Woher kennen Sie das Kind? Hat bei meinem Onkel ein Kind gelebt, mehrere Jahre vielleicht?, stellte er eine Gegenfrage, ohne meine zu beantworten.

»Werden Sie bleiben, Señorita?«

»Bestimmt nicht. Aber Sie sind schon recht lange hier, nicht wahr. Und haben für Hans Eisen gearbeitet.«

»Für wen arbeiten Sie, Señorita?« Sein Ton war ruhig, melodisch, dennoch kam mir die Fragestellung aggressiv vor, als müsse er sich schützen. Was galt es zu verbergen?

»Wie meinen Sie das? Ich bin die Nichte von Hans Eisen.«

»Und wer bezahlt?«

Ich kapierte nicht, worauf er hinauswollte. Musste aber zugeben, dass ich den Alten vollkommen unterschätzt hatte.

»Wer bezahlt Sie, damit Sie sich um Alejandro kümmern?«, fügte Erasmo hinzu und lächelte über meine sichtbare Verunsicherung.

»Sie meinen Pablo. Niemand zahlt. Den Flug hat natürlich jemand zahlen müssen, mein Großvater.« Da mir der Begriff für Uropa nicht einfiel, konnte ich den Bezug zu Pablo nicht deutlich machen. Ich ärgerte mich, Schweiß trat mir aus allen Poren. Wir standen in der Sonne. »Ich soll ihn nach Deutschland mitnehmen. Kennen Sie seine Mutter, Marisol?«

»Und Sie, kennen Sie seine Mutter?«

Der Mann machte mich wahnsinnig. Hilfe suchend schaute ich mich um. Und entschied, dass es besser wäre, das Gespräch in Anwesenheit von Ruud fortzuführen. Ich war mir nur nicht sicher, ob ich ihn als Zeugen dabeihaben wollte.

»Hören Sie, Erasmo, ich will Pablo helfen. Marisol war die Freundin meines Bruders. Sie hat eine Weile hier gewohnt.«

»Man sollte die Menschen kennen, über die man Informationen einholt.«

»Wie soll ich Sie kennenlernen, wenn mir niemand sagt, wo sie sich aufhält. Pablo redet nicht darüber.«

»Alejandro ist ein guter Junge. Geben Sie ihm Zeit. Wie lange werden Sie bleiben?«

Ohne auf meine Erwiderung zu warten, setzte der Alte sich in Gang. Ging an mir vorbei. Ging, ohne sich zu verabschieden, ohne sich zu erklären. Ein menschliches Fragezeichen.

»Por favor.« Ich schaute auf. Ruuds Freundin bediente uns. Ihre wunderbar schwarzen Haare glänzten wie Ebenholz. Die Augen verlangten keinen Lidstrich, waren von Natur aus dunkel umrandet. Auch ihre Figur war perfekt. Meine weibliche Eitelkeit wollte sich an etwas reiben. Doch da war nichts. Drei Paare tauchten auf, sie nahmen an einem Tisch Platz. Während ich Pablo beobachtete, schwappte ihr übermütiges Lachen laut zu uns herüber.

»Amis«, erläuterte Ruud.

Das Hündchen war abgehauen. Pablo eilte ihm hinterher, brachte es zurück. »Das hier ist dein Zuhause«, betonte er streng. »Und wo das ist, das sage ich dir. Darüber musst du nicht nachdenken.«

Da der Welpe nicht angemessen zu reagieren schien, wiederholte Pablo seine Erläuterungen. Gab schließlich Fragen und Antworten vor. Die Fragen in einem hohen, piepsigen Tonfall. Staunend hörte ich ihm zu:

»Kann ich nicht zu meiner Familie?«

»Nein«, erwiderte Pablo mit tiefer Stimme. »Du bist jetzt groß. Zu groß, um bei der Mutter zu leben.«

Ich schreckte erneut auf. Vor mir wurde ein Teller mit dem fettigsten Omelett und den fettigsten Toastscheiben abgestellt, die ich je zu Gesicht bekommen hatte. Der Geruch nach billigem Sonnenblumenöl war atemberaubend. Dabei hielt ich mich für pflegeleicht. Möglicherweise wollte die schöne Asiatin mich vergiften, weil wir ihr Sofa ruiniert hatten.

»Gracias.«

Ich trank viel und aß wenig. Immer noch war ich mit Pablos verändertem Zustand beschäftigt. Daher ließ ich mich nur widerwillig auf Ruuds Erzählungen ein.

»Es ist nicht das erste Mal, dass die Panamericana blockiert wird. Im Gegenteil, es handelt sich um ein beliebtes Druckmittel.«

Ruuds Freundin nahm am Tisch der Amerikaner Platz. Das war ein deutliches Zeichen, dass sie mich nicht leiden konnte. In ihrem Mundwinkel steckte eine Selbstgedrehte. Auch vor Ruud lag eine Zigarettenschachtel, doch als er zugreifen wollte, traf ihn mein vernichtender Blick, und er ließ grinsend von seinem Vorhaben ab.

»Total einfach zu organisieren und sehr effektiv. Das Land ist lahmgelegt. Willst du wissen, wogegen die Indios protestieren?« Obwohl ich den Kopf schüttelte, fand die Antwort ihren Weg zu mir. »Sie wollen, dass der Präsident persönlich antanzt und ihnen Zusagen wegen einer Mine macht, die seit Jahren das Grundwasser verseucht.«

»Wie soll er kommen, wenn sie an den Kreuzungen Blockaden errichtet haben?«

Wieder dieses Erstaunen und hochgezogene Augenbrauen.

»Wo lebst du denn?« Ruud stand auf, holte sich das zweite Bier. »Martinelli reist mit dem Hubschrauber.«

Ein brummendes Geräusch ertönte über uns, und Ruud folgte meinem Blick.

»Das ist er aber nicht. Das ist die Polizei. Aus Sicherheitsgründen sind alle Reisevorbereitungen eingestellt worden. So hat der Präsident sich das nicht vorgestellt. Er wollte mit ein paar Freunden hier oben feiern. Eine bescheidene Fiesta unter Geschäftsfreunden. Daraus ist nichts geworden. Gut so, vielleicht kümmert er sich endlich mal um die Kümmernisse der Bevölkerung. Sagt man das so?«

»Klingt altmodisch. Du bist altmodisch. Nein, war ein Spaß. Was ist nun mit der Mine?«

»Sie gehört den Kanadiern, und die machen, was sie wollen. Statt die Bodenschätze selbst zu schürfen, lassen unsere Politiker sich von ausländischen Firmen hofieren und an der Nase herumführen. Wusstest du, dass Martinelli und seine Regierung in den letzten zweieinhalb Jahren über dreißigtausend Beamte und Angestellte ausgetauscht haben? Nun sitzen in den Ministerien ihre Vettern, Cousinen und Freunde. Dreißigtausend«, wiederholte Ruud.

»Verstehe. Übrigens hast du von *unseren* Politikern gesprochen. Das erinnert mich an unseren Bruder. Der hat auch immer so getan, als würde er dazugehören. Natürlich kann Engagement richtig sein, aber ihr bleibt Fremde. Und verdammt, ich will zurück nach Panama.«

»Welch ein Gedankensprung. Das hier ist auch Panama. Ein besonders schönes Stück sogar. Nur nette Menschen um dich herum.«

Ich sah von meinem Teller hoch, sah Ruud an. Sein Fuß sprach unter dem Tisch zu mir. Auch seine Stimme hatte sich verändert. Ein merkwürdiger Unterton lag darin. Ich vermisste jegliche Ironie. Forschend erwiderte er meinen Blick. Guckte, als wolle er prüfen, ob ich verstanden hatte.

Ja, doch, antwortete ich mit den Augen. Dennoch ließ er nicht von mir ab. Wer zuerst zwinkert, hat verloren. Eine ganze Weile hielt ich seinem Blick stand, doch schließlich gab ich auf.

»Erasmo ist ein komischer Kauz.« Abrupt erhob ich mich. »Von ihm habe ich keine einzige brauchbare Information erhalten. Ich werde diese Doña Emanuela suchen gehen. Und mir selbst ein Bild von der Verkehrslage machen!«

Ruuds Freundin kam an den Tisch, musterte meinen Teller, trug ihn ab.

»Ich bezahle jetzt, aber ich lasse unsere Sachen hier. Geht das?« Ich zeigte auf unser spärliches Gepäck. »Wenn sich doch eine Mitfahrgelegenheit ergibt, komme ich rasch zurück.«

»Wir kochen gegen fünf Uhr für unsere Gäste.«

»Nein, danke.«

Auch Ruud erhob sich, ergriff jedoch nicht das restliche Geschirr, wie ich erwartet hatte, sondern drängte sich am Tisch vorbei.

»Wenn die Schneiderin nicht zu Hause ist, findest du sie vielleicht vor dem Supermercado, dem chinesischen.«

»Dem chinesischen«, wiederholte ich leise. »In Bocas und auf Bastimentos waren die Geschäfte auch in chinesischer Hand.«

»Und?«, fragte Ruud. Ich antwortete nicht, winkte nur mit der Hand und machte mich auf den Weg.

Unfreundlich und desinteressiert, hatte unser Vater sich beschwert. Stimmt nicht, die Chinesen arbeiten rund um die Uhr, sehr geschäftstüchtig, konterte unsere Mutter. Erinnerungen stiegen hoch, wie Kohlensäurebläschen in einem Sektkelch. Plötzlich hatte ich Lust, dieses Dorf zu entdecken, so wie wir als Kinder Tartuguero und noch später Bastimentos entdeckt und für uns erobert hatten.

»Kommst du?«, fragte ich Pablo. Doch er beachtete mich nicht, war viel zu sehr damit beschäftigt, ein Loch zu graben. Ich sah, wie er die Stoffreste, die dem Welpen als Kleidung gedient hatten, in der lockeren Erde vergrub.

»Du kannst ihn bei uns lassen«, rief Ruud mir hinterher.

Nur noch wenige Schritte trennten mich von der Straße, als mich jemand umrundete. Pablo stellte sich mir in den Weg. Heftig schüttelte er den Kopf.

»Ich gehe kurz ins Dorf, willst du mitkommen?« Er blieb stumm wie ein Stein. »Mensch«, schimpfte ich los, »sag was! Ich weiß doch, dass du reden kannst. Ja oder nein?« Mir ging dieses Wechselbad der Gefühle auf die Nerven.

Ruud tauchte plötzlich neben uns auf. Wie ein Stützpfahl stellte er sich neben Pablo.

»Du solltest ihn nicht verwöhnen. Klare Ansagen sind wichtig.«

»Wasch mischt du disch ein?« Ich war so aufgebracht, dass meine Zunge sich zwischen den Zähnen verfing. Was meinte er mit verwöhnen? Hilflos blickte ich mich um. Aber da war niemand, kein Stier, den ich bei den Hörnern packen konnte. Nur dieses Großmaul.

»Geh einfach und halt an deinem Entschluss fest. Er soll wissen, wer der Chef ist.«

»Du hast ja echt keine Ahnung.«

Ruud legte seinen Arm um Pablo, schaukelte ihn hin und her.

»Komm, wir Männer bleiben hier, damit Lia sich in Ruhe mit Doña Emanuela unterhalten kann.«

Aber das wollte ich jetzt nicht mehr. Deshalb ergriff ich Pablos Hand, drehte meinem Gastgeber den Rücken zu und zog das Kind mit mir fort. Ich war so geladen, dass ich all meine Vorsicht vergaß und Pablo direkt auf sein Geheimnis ansprach.

»Pablo, du hast früher hier gelebt, stimmt das?«

Klar, ich war keine Psychologin. Ich war nicht einmal feinfühlig. Und daher verwunderte es mich auch nicht, dass Pablo sich von meiner Hand losriss und zum Hostal zurückrannte. Direkt in Ruuds weit ausgebreitete Arme hinein.

15

An diesem Tag kam ich weder mit der Befragung noch räumlich weiter. Die Blockade war allumfassend und hatte auch Doña Emanuelas Pläne durcheinandergebracht. Ihr Sohn teilte mir mit, dass sie sich auf dem Rückweg von Panama City befand. Ein Schwesternbesuch. Sie hatte im Bus übernachten müssen.

»Dann kommt sie also morgen?«

Er lächelte nur. Ein großer Mann mit schiefen Zähnen. So etwas könne man nicht vorhersagen, versuchten seine Mundwinkel wohl zu erklären. Endlich verstand ich. Das Dorf, nein, das ganze Land, befand sich im Ausnahmezustand.

Meine Pläne zerstoben. Und erneut musste ich mich in Geduld üben. Ich rief im Waisenhaus an und erklärte unsere Situation. Ich rief Dr. Schmid Rodrigues an und hinterließ eine Nachricht. Der Akku meines Handys entleerte sich rasch. Der Strom blieb weg. Ruud fluchte und schenkte den Straßenhunden kiloweise halb aufgetautes Fleisch.

»Ohne Generator kann man in einem solchen Land kein Restaurant betreiben«, teilte ich ihm mit.

Er nannte mich eine Klugscheißerin.

»Wo kann ich telefonieren?«

»Da kommt nur die Post infrage, sie verfügt über einen Generator. Vielleicht hast du Glück.«

Also machte ich mich auf den Weg, um Marisols Schwester anzurufen. Irgendetwas musste ich tun. Pablo wollte mich begleiten. Doch das hielt ich für keine gute Idee. Ich schlich mich davon, als er mit dem Welpen spielte.

»Buenos dias«, meldete ich mich, nannte meinen Namen und verlangte nach Lucia. Sie musste direkt neben dem Telefon gestanden haben. Oder das Telefon neben ihr. Mein Spanisch brach in Stücke, als sie zum dritten Mal nachfragte, wer ich sei, und ich zum dritten Mal zu einer Erklärung ansetzte. Mir war nicht klar, ob es an der Verbindung lag oder an ihr.

»Ein Anruf aus Alemaña?«

»Nein«, erwiderte ich, »ich bin in Panama. Ich habe Pablo aus dem Waisenhaus abgeholt. Den Sohn meines Bruders.« Und dann stellte ich all die Fragen, die ich mir auf einem Zettel notiert hatte. Doch auch diese musste ich jeweils zwei- oder dreimal wiederholen, als wäre mein Spanisch eine Katastrophe oder ihre Ohren verstopft. Woran es lag, war mir schleierhaft. Denn auf die Frage: »Ist Marisol tot?«, folgte erst einmal eine ewig lange Schweigeminute. Danach das Nachfragen, die Wiederholung, ein erneutes Nachhaken. Ich erzählte also vom Totenschein und von den Zweifeln daran.

»Wann haben Sie Marisol zuletzt gesehen? Und wo hat sie zuletzt gelebt?«

Am anderen Ende der Leitung wurden Achseln gezuckt, so stellte ich mir das vor. Ich hatte Lucia auf dem falschen Fuß erwischt. Sie wisse doch auch nur, was dieser Anwalt ihr erzählt habe, sagte sie schließlich.

»Haben Sie von Marisols Tod durch den Anwalt erfahren?«

»Sie meinen Rodrigues?«

»Ja.«

»Nein.«

»Wie dann?«

Jeden Satz musste man ihr sprichwörtlich aus der Nase ziehen. Nein, sie habe Marisol nicht identifiziert. Ja, obwohl es in San José passiert sei. Ein schrecklicher Unfall. Alle verbrannt.

»Wer hat sie denn identifiziert? Ist auch Alejandro dabei gewesen, ist auch er umgekommen?«

»Nein!« Ein lautes Ausrufezeichen traf mein Ohr, als wäre es absurd, so etwas zu denken.

»Und wo ist er?«

»Nun, wo soll er sein, bei uns. Aqui«, kam die kleinlaute Antwort.

»Dann haben Sie jetzt vier Kinder zu versorgen?«

»Ja, nein.«

Ein schwieriges Gespräch hangelte sich von Missverständnis zu Missverständnis weiter. Ich war ratlos. Im Hintergrund wurde ein Motorengeräusch lauter. Jemand hatte einen Staubsauger oder den Mixer auf volle Leistung gebracht. Lucias Stimme flatterte. Aber ich wollte nicht auflegen. Etwas stimmte nicht. Hatte Dr. Schmid Rodrigues ihr gedroht? Hatte er ihr untersagt, offen über Marisol zu sprechen? Und die Arme wusste nun nicht mehr genau, wem sie was erzählen durfte?

»Mit mir können Sie offen reden«, drängte ich. Schließlich stand ich auf der richtigen Seite, war nicht von der Polizei, auch nicht von der gegnerischen Partei. Sie musste mich nicht belügen.

»Ich bin ehrlich«, wehrte sie sich. Und ich kam mir wie in einem schlechten Krimi vor. Wir einigten uns darauf, dass ich sie zu einem günstigeren Zeitpunkt anrufen würde.

»Wann?«, fragte ich.

»Weiß nicht.«

»Abends?«

»Das geht nicht.« Sie fügte nicht hinzu, warum nicht.

Mist, stellte ich für mich klar und drückte ein kurzes »Hasta luego«, bis bald, durch die Leitung.

Der Sohn der Schneiderin behielt recht. Statt der geplanten nächtlichen Sperrung der Straße wurde die Panamericana auch am Folgetag blockiert. Nach einer unruhigen zweiten Nacht in Ruuds Haus stand ich erneut vor dem rot gestrichenen Haus der Schneiderin. Der hochgeschossene Sohn bückte sich unter dem Türrahmen. In seiner Hand klapperte ein Schlüssel.

»Ich hole meine Mutter unten ab. Sie ist zu Fuß gelaufen. Sie ist vollkommen erschöpft.«

»Können Sie Pablo und mich mitnehmen?«

»Was wollen Sie dort? Sie kommen nicht durch. Rechts nicht, links nicht.«

»Wir müssen weg. Wir haben kein Hotelzimmer. Das Geld geht mir aus. Hier gibt es nicht einmal Strom.«

»Was wollt ihr unten?«, fragte Ruud, als ich unsere Sachen packte. »Ihr kommt nicht durch. Rechts nicht, links nicht.« Er musste unser Gespräch belauscht haben. Wörtlich wiederholte er die Schneidersohnworte. Also wiederholte auch ich mich.

»Wir müssen weg. Wir haben kein Hotelzimmer. Das Geld geht mir aus. Hier gibt es nicht einmal Strom.«

»Du bist nicht wegen des Stroms hergekommen. Auch nicht wegen mir. Willst du mir nicht endlich sagen, was mit Pablo los ist?«

»Das hat keinen Sinn.«

Also fuhren Pablo und ich runter zur Panamericana. Ich wollte nicht glauben, dass es keine Verbindung zur Hauptstadt geben sollte. Selbst als wir tatsächlich vor brennenden Barrikaden standen, gab ich nicht auf, sondern bedrängte den Schneidersohn.

»Bevor wir fahren, muss ich mit ihr reden. Wo ist Ihre Mutter? Haben Sie nicht gesagt, Sie wollten sie abholen? Pablo und ich müssen los.«

»Meine Mutter ist seit dem frühen Morgen zu Fuß unterwegs. Wollen Sie das dem Kind wirklich zumuten? An jeder Kreuzung brennen die Reifen. Ich habe gerade mit ihr telefoniert. Es dauert nicht mehr lange.«

Nach einer Stunde Wartezeit verabschiedete ich mich vom Schneidersohn und überredete den heulenden Pablo zu einem Fußmarsch. Wir liefen an wartenden Autos, Lastwagen und Bussen vorbei, Richtung Süden. Zusammen mit anderen Unglücklichen und Verrückten, die wie ich an ein Wunder glaubten.

»Wo wollt ihr hin?«, fragte uns ein Lastwagenfahrer. Er zog ein Bündel frischer Bananenblätter hinter sich her.

Sofort schöpfte ich Hoffnung. »In die Hauptstadt«, erwiderte ich.

Doch er lachte mich nur aus, übergab seinem Kollegen das Bündel, der es auf die Lastwagenfläche hochzog. Ich sah Mangos und Avocados, die in der Sonne braun zu werden begannen. Die Abdeckung kam zu spät. Schweiß hatte sich in meinem BH gesammelt, ich suchte nach einem Taschentuch, fand keins. Pablo sagte keinen Ton, starrte mich nur finster an.

»Was ist?«, zischte ich, nahm meinen Rucksack wieder auf und ging weiter. Indios waren gerade dabei, neue Holzstämme über die Straße zu ziehen. Die Feuer brannten entgegen den Erzählungen nicht lichterloh, es sollte wohl kein Schaden entstehen. Weil das Holz aber frisch war, stieg beißender Rauch auf. Wir hielten uns die Nase zu, kletterten in den Graben und nahmen einen kleinen Umweg in Kauf. Neben der Straße hockten Eltern mit ihren Kindern. Dreck und Plastiktüten überall.

Nach zwei oder drei Kilometern und sechs umrundeten Feuerstellen gab ich auf. Wir drehten um und kehrten zur Kreuzung zurück. Ich, mit lang gezogenem Gesicht, Pablo strahlend. Der Sohn der Schneiderin wartete. Auf seine Mutter. Auf uns.

»Ich habe auf euch gewartet. War ja klar, dass ihr nicht weit kommt. Habt ihr meine Mutter gesehen?«

»Wie denn, bei dem Durcheinander?«

Wir nahmen im Wagen Platz. Dann, nach einer kleinen Ewigkeit, stiegen wir wieder aus. Pablo und ich hockten uns unter einen mageren Baum am Wegesrand. Leute kamen vorbei und fragten, ob wir ihnen Wasser verkaufen könnten. Wir ließen sie aus unserer Flasche trinken. Eine Frau mit einem Baby auf dem Arm sah aus, als würde sie demnächst umfallen. Ich bot ihr an, im Wagen mitzufahren. Doch sie schüttelte ihre dunkle Mähne. Das Kind weinte. Mutter und Kind nahmen ihre Wanderung wieder auf. Mein Zorn auf die Blockade loderte wieder auf.

»Ist der Zirkus mit diesen Straßensperren wirklich nötig?«, wollte ich wissen.

»Necesario?«, wiederholte mein Fahrer und drückte seine Zigarette sorgfältig zwischen den Fingern aus, dann nochmals mit der Schuhspitze. »Was ist schon nötig? Die einen protestieren gegen den Wind, die anderen wegen maroder Stromleitungen. Diesmal ist es das Wasser. Verstehen, ja, verstehen kann man das schon. Aber es ist zu einfach. Jeder protestiert gegen irgendetwas, und niemand mehr hat Lust zuzuhören. Wir haben diese Proteste satt. Doch ...« Er machte eine vielsagende Pause, schob seine Mütze aus der Stirn und kam dicht an mich heran, Lavendelseife, dachte ich, gemischt mit kaltem Rauch. »Diesmal hat der Präsident einen beschissenen Fehler gemacht. Bis achtzehn Uhr machen wir die Straße dicht, haben die Indios am ersten Streiktag verkündet. Verhandelt mit uns, dann fließt der Verkehr wieder. Und was tut der Kerl? Er verhandelt nicht, schickt stattdessen, zehn Minuten bevor die Straße wieder geöffnet werden soll, sein Militär, mit Baggern und Wasserwerfern. Und jetzt ist die Luft verpestet. Die Verhandlungen sind eingestellt worden. So läuft das bei uns. Einer dümmer als der andere. Woher kommen Sie?«

»Unser Vater ist Deutscher, unsere Mutter Schweizerin.«

»Oh, die Schweiz. Ein Paradies für Betrüger. Und bringt nicht alle Welt ihr Geld, das sie nicht versteuert haben möchte, dorthin? Da würde ich auch gerne leben.«

»Das ist ein Geschäftsmodell«, versuchte ich mein zweites Heimatland in Schutz zu nehmen. »Sie haben sonst nichts.«

»Ach, Diebstahl nennt man jetzt ein Geschäftsmodell?«

»Und was ist mit Panama? Genau das Gleiche.«

»Richtig, nur dass hier nicht nach unten weitergegeben wird. Der Gewinn bleibt oben hängen.«

Damit endete unser Gespräch.

Über eine Stunde später kam die Schneiderin angehechelt. Eine kleine Person mit lockigem Kurzhaarschnitt. Ihre üppige Weiblichkeit war in ein hellblaues Kostüm gezwängt, dem man die lange Reise deutlich ansah. Sie zog einen Rollkoffer hinter sich her. Auch er verbraucht, rollte nicht mehr, sondern hüpfte wie eine Krähe. Steine waren zwischen den Rollen hängen geblieben und hatten das Gummi abgeschliffen. Doña Emanuela schimpfte ununterbrochen. Ihr Sohn schimpfte ununterbrochen. Die beiden kamen mir wie ein altes Ehepaar vor. Bereits im Vorfeld hatten sie sich per Handy im Gebrauch von Schimpfwörtern zu überbieten versucht. Und das taten sie auch jetzt, als sie sich gegenüberstanden. Plötzlich aber kehrte Ruhe ein. Die gute Frau war vor mir stehen geblieben. Doch nicht ich hatte ihr Interesse geweckt, sondern das Kind, das sich hinter meinem Rücken versteckt hielt.

»Da ist ja mein Chiquillo, mein Kleiner!«, rief Doña Emanuela und klatschte begeistert in die Hände, umrundete mich und zog den verängstigten Pablo hervor. »Mein Schatz, mein Süßer, mein Augenstern.«

Mit offenem Mund beobachtete ich die Szene. Mir war warm, ich wollte endlich von der Straßenkreuzung weggebracht werden, doch ich blieb geduldig stehen, ahnte ich doch, dass jetzt der entscheidende Moment gekommen war. Pablo war erkannt worden. Weil ich davon überzeugt war, dass ich mit meinem Verdacht richtig lag, brauchte ich eine Weile, bis die folgenden Worte meinen Verstand erreichten.

»Wo ist denn deine Mama, Alejandro?«

Die Fahrt zurück verlief nicht schweigend. Doch nur eine Person redete. Die Schneiderin. In meinem Hals hatte sich ein Kloß gebildet, der keine Worte hindurchließ. Pablo, nein, Alejandro war zu einem Geist geworden.

Wie ein fast vollendetes Puzzlebild lag die Wahrheit vor mir. Ein verschwundenes Kind, ein toter Ziehvater, Marisol, die im Besitz eines Kinderreisepasses war. Immer weitere Einzelheiten des Dramas fügten sich zusammen. Alejandro konnte sehr wohl im Besitz eines Tagebuches und neuerer Familienfotos sein.

Ich hätte es viel früher merken müssen. Schließlich hatte Erasmo ihn als Erster erkannt. War ich denn taub gewesen? Der Junge, der wie ein Häufchen Elend neben mir im Auto saß und sich an seiner schmalen Tasche festhielt, dieser Junge war nicht mein Neffe. Es war Marisols Erstgeborener. Das Kind, das länger mit Sigi zusammengelebt hatte als sein eigener Sohn. Er war in Santa Fé gewesen, ein paar Wochen nur, aber lange genug, um von zwei Leuten wiedererkannt zu werden. Dass er Santa Fé nicht mehr verlassen wollte, war allerdings ein Widerspruch, und deshalb unterbrach ich den Monolog der Schneiderin.

»Sie kennen Marisol gut?«

»Cómo no, natürlich? Die arme Seele. Zwei Männer sind ihr abhandengekommen. Und nur ein Kind ist ihr geblieben. Aber sie kann noch viele haben. Die beiden passten gut zusammen.«

»Welche beiden?«

»Nun, Ihr Onkel und Marisol. Sie hätte bei ihm bleiben sollen. Er hätte für sie gesorgt. Er ist alt, aber noch gut in Schuss.«

Ich wusste nicht genau, wie sie das meinte, und etwas in mir weigerte sich nachzuhaken. Schließlich war Marisol die Lebensgefährtin meines Bruders gewesen, sie war die Mutter von Pablo und Alejandro.

Mein Blick glitt hinüber. Wie sollte ich das Kind nennen? In meinem Kopf schwirrte alles durcheinander. Die Fenster waren weit geöffnet, der Motor surrte. Hundertzehn oder mehr Pferdestärken zogen uns den Berg hinauf. Dennoch hatte ich den Eindruck, zu wenig Luft zu bekommen. Pablo schwieg immer noch. Eingeklemmt saß er zwischen uns auf der Rückbank. Doña Emanuela hatte sich unbedingt neben ihn setzen wollen. Immerzu berührte und herzte sie ihn. Ihr schien überhaupt nicht klar zu sein, wie es um ihn stand. Wie sollte sie auch ahnen, dass nicht Wiedersehensfreude und Glückseligkeit ihn ermatteten, sondern die schiere Panik.

Da, wo mein Herz hätte sein müssen, spürte ich einen harten Gegenstand, einen Stein vielleicht. Dabei war mein Herz nicht versteinert. Im Gegenteil. Zu keiner Sekunde hatte ich mich dem Jungen näher gefühlt. Wenn er wirklich Alejandro war, und daran zweifelte ich nicht, dann hatte seine Mutter ihn verlassen. Nicht ganz so krass, aber ähnlich war es Anina und mir ergangen.

»Señor Ehrlicher ...« Doña Emanuela konnte das *Ch* nicht aussprechen, zischte, sodass die Fensterscheibe neben mir nass wurde, »... der Onkel hat wenig gearbeitet und viel getrunken, aber Geld war immer da. Er war ein guter Mann. Wie soll ich sagen, freigiebig.«

»Nun musste er aber doch aufgeben und alles verkaufen.« In mein Seufzen schlich sich Erleichterung. Unser Onkel war rehabilitiert. Er hatte kein Kind entführt. Aber auch eine schlimme Niederlage wurde mir bewusst, Pablos Verschwinden blieb nach wie vor ungeklärt.

»Der Tiere wegen. Er hatte zu viele Pferde, auch zu viele Liebschaften. Das war sein Problem. Er hätte nicht immer *Ja* sagen sollen.«

Ohne Vorankündigung verschloss sich das kleine Gesicht mit einem Trauervorhang, die Frau fing an zu weinen. Ihr Sohn drehte sich zu uns um, funkelte seine Mutter böse an. Sein Spanisch veränderte sich, die Flüche wurden derber. Schließlich wurde der Sohn wieder leiser, suchte im Rückspiegel meine Augen.

»Die Mütter haben ihm die Töchter gebracht, als Putzfrauen. Ha. Danach liefen im Dorf blond gelockte Kinder herum. Hör auf, Mama, ihm nachzutrauern.«

Den Rest der Fahrt verbrachten wir schweigend. Dabei schien jeder in seinem eigenen Schweigen vergraben zu sein. Ich legte meinen Arm um den Jungen, zog ihn zu mir heran. Vorsichtig schaute er auf. Seine Augen schimmerten feucht. Dunkle Wimpern klebten wie geklöppelte Spitzen an den Lidern. Wie schön er war, ein richtiger Prinz.

»Ruud wird sich freuen, uns wiederzusehen«, sagte Pablo, der eigentlich Alejandro hieß.

»Wie soll ich dich nennen?«

»Pablo«, betonte er, schien wieder Mut gefasst zu haben.

»Pablo, wir können nicht zu ihm zurück. Er nimmt kein Geld an. Wir müssen uns etwas anderes überlegen.«

»Wir könnten doch für ihn arbeiten.«

16

Als wir ausstiegen, stand er bereits da, als hätte er auf uns gewartet. Check-in wedelte freudig mit dem Schwanz, blieb aber an Ort und Stelle, bis wir ihn erreichten. Doña Emanuela und ihr Sohn fuhren erst weiter, nachdem wir versprachen, sie bald zu besuchen. Ich hatte sie nach einer Pension gefragt, und der Sohn telefonierte noch während der Fahrt mit der Besitzerin des *Paradiso*. Doch alle Zimmer waren nach wie vor reserviert, obwohl weder der Präsident noch seine Freunde aufgetaucht waren.

Ungern wollte ich wieder bei Ruud und seiner Freundin unterkriechen, doch ich sah ein, dass es wenig Sinn hatte, lange zu suchen. Außerdem ahnte ich, dass ich dem Kind an meiner Seite nicht noch mehr Veränderungen zumuten durfte. In einer ruhigen Minute musste ich ihn mir vorknöpfen und mit ihm reden. Es würde kein schönes Gespräch werden.

»Vamos! Gehen wir!«, forderte ich Check-in auf und klatschte in die Hände. Mit dem Klatschen wollte ich auch Pablo aufmuntern und mir selbst Mut machen. Tief durchatmen, sagte ich mir vor, sah zum Himmel auf und spürte, wie meine Mundwinkel nach oben wanderten. Wie die rote Mütze eines Riesen stand die Sonne halbrund über dem El Tute, begleitete uns hangaufwärts. Hartnäckig kämpften die

Schatten um ein Bleiberecht. Die Landschaft um uns herum sah atemberaubend schön aus, und ich bezwang meine Zweifel.

Verdreckt und müde standen wir erneut vor Ruuds Tür. Diesmal zuckte der Junge nicht zurück, als wir die Terrasse des Hostals betraten, ging sogar voran, als hätte er nichts mehr zu verlieren.

»Hola.«

Ruud schien nicht überrascht, auch nicht besonders erfreut. Hektisch lief er hin und her, schleppte Stühle. Gesprächsfetzen fegten über die Terrasse, es war unglaublich laut. Männer- und Frauenschweiß vermischte sich mit dem erdigen Geruch des Gartens. Nicht nur zahlreiche Übernachtungsgäste saßen um die Tische herum, sondern auch zwei Freunde von Ruud waren von einer Wanderung aus den Bergen zurückgekehrt. Er stellte mir die beiden vor.

»Mats, ein Freund aus Rotterdam, Flo, ein Freund aus Dänemark.« Er nahm das Kind ins Visier. »Hey, Pablo, du kommst spät. Ich brauche deine Hilfe. Hier hast du Geld, vielleicht gibt's im Supermarkt noch Bier. So viel du tragen kannst. Würdest du das für mich tun?«

»Wie viel verdiene ich?« Pablo grinste. »So viel wie für ein Bett?«

Auch Ruud grinste. »Gut, dass ihr wieder da seid.«

Als ich darauf bestand, für die Übernachtung zu bezahlen, sagte er: »Du kannst doch kochen. Lee ist weg. Du wirst das übernehmen.«

»Wie weg? Die Panamericana ist blockiert, das haben wir gerade feststellen müssen.«

»Schon klar.«

Mehr sagte er nicht. Schlechte Laune umgab ihn wie ein unangenehmer Geruch. Nach kurzem Zögern schien ihm aber noch etwas einzufallen. Vorsichtig griff Ruud in seine Hosentasche, zog einen Schlüsselbund hervor. Verziert war er mit einem roten Herzanhänger. Wie ein wertvolles Schmuckstück reichte er ihn mir. Die Szene kam mir bekannt vor. Was würde Ota zu den Neuigkeiten sagen?

»Heb ihn gut auf. Es sind nicht viele Schlüssel zu meinem Privathaus in Umlauf. Der große ist fürs Hostal.«

Muss ich einen Wisch unterschreiben?, wollte ich fragen, doch ich verkniff mir rechtzeitig jede Äußerung.

Die Welt übte sich im Kopfstand. Pablo und ich hatten plötzlich eine Anstellung. Und meine Gefühle waren mehr als zwiespältig. Auf der einen Seite freute ich mich, etwas zu tun zu haben, andererseits brauchte ich Ruhe, um über die neue Situation mit Pablo nachdenken zu können. Wem durfte ich die Neuigkeit erzählen? Darüber hinaus konnte ich mir beim besten Willen nicht vorstellen, dass Ruud und ich miteinander klarkommen würden. Ich fand ihn nicht nur ein bisschen, sondern furchtbar überheblich. Warum kochte er nicht selbst?

»Ich ziehe mich kurz um.«

»Musst du nicht, wer kocht, wird schmutzig.«

»So ein Blödsinn.« Doch ich wollte nicht streiten. »Wobei soll ich dir helfen?«

Er schaute mich lange an. Wog mich, wie man ein teures Stück Rinderfilet wiegt, bevor man es kauft.

»Habe ich etwas von Helfen gesagt? Ich dachte, du weißt, dass ich zwei linke Hände habe.« Er kreuzte die Hände vor der Brust, als wolle er einen Vampir abwehren. »Du musst das also ganz alleine hinkriegen. Was Einfaches. So eine Gemüsequiche oder Risotto. Wir reichen Brot dazu. Es sind ja nur ...«, er blickte sich um, zählte, »... es sind nur vier Tische.«

»Mehr gibt's wohl auch nicht.«

Er ließ mich nicht weiterreden. »Pablo hat mich gestern von deinem Risotto probieren lassen. War nicht schlecht. Es ist alles da, was du brauchst. Dort hinten.« Er zeigte mit der rechten Schulter Richtung Küche. Ich wusste nicht, ob ich lachen oder weinen sollte. Doch dann traf mich eine Hand, Pablo knuffte mich in die Seite, lächelte mir unsicher zu.

»Dir ist jede Ablenkung recht, stimmt's.«

Er nickte. Und ich tat es ihm gleich.

»Also los, dann geh schon, geh einkaufen. Wir bleiben.«

»So viel ich tragen kann«, hörte ich ihn summen, und weg war er.

Ruud wollte sich wieder zu seinen Freunden setzen, doch ich zog ihn hoch, schob ihn in die Küche.

»Du zeigst mir erst alles.«

»Jesus, du bist eine Giftschlange.«

»Ich arbeite nicht gern alleine.«

»Logisch.«

»Das hast du schon einmal gesagt. Wo ist sie hin?«

»Wer?«

»Ist sie im Haus? Wir, Pablo und ich, können dort nicht übernachten, wenn ihr Stress habt. Vielleicht ist es ja, weil ...«

Wieder traf mich sein Forscherblick. Ein Blick, dem man ausweichen musste, wollte man nicht verschluckt werden.

»Wir haben uns nicht gestritten.« Ruuds Stimme war erregt, strafte ihn Lügen. »Sie lebt jetzt mit diesem Amerikaner zusammen. Nichts ist an dem Kerl dran, absolut nichts. Aber sie fand ihn schon immer toll.«

»So schnell geht das?«

»Es geht schon lange.«

Ich wusste nicht, ob er das Verhältnis zwischen den beiden oder zwischen sich und Lee meinte.

»Wo sind die Pfannen? Und warum wackelt der Wasserhahn, kannst du den nicht festdrehen?«

»Also, heute nicht.«

»Aber das Kochgeschirr musst du abwaschen.«

Eigentlich konnte mir das Ganze, damit meinte ich Ruuds Privatleben, aber auch den Zustand des Hostals, herzlich egal sein. Pablo und ich hatten ein Dach über dem Kopf. Morgen oder übermorgen, so hoffte ich, würde der Streik beendet sein. Wir würden zurückfahren. Und musste ich mir nicht über ganz andere Dinge den Kopf zerbrechen?

Wie würde es mit Pablo weitergehen? Was sollte ich Ota sagen? Das Ziehkind seines Enkels würde er nicht bei sich aufnehmen und unterstützen, oder doch? Manchmal war er unglaublich großzügig, dann wieder bestand er darauf, Geld nur gegen Leistung aufzuwiegen. Was hatte Marisol sich nur dabei gedacht? Dachte sie, niemand würde die Verwechslung bemerken? Gerne hätte ich unseren Vater angerufen. Er würde ruhig bleiben, er würde mir sagen, was als Nächstes zu tun war. Gedanken kamen und gingen. Ich zerschnitt sie, würzte sie, warf sie in heißes Öl. Es zischte. Während meine Finger Tomaten, Auberginen, Zwiebeln und Paprika in Würfel teilten, war ich noch unruhig, doch nach und nach richtete ich mich in einer selbst auferlegten Gelassenheit ein. Die Arbeit tat mir gut. Ein fertiges Produkt stand am Ende des Tuns, etwas, auf das man stolz sein konnte. Pablo kam zurück, ich schickte ihn in den Garten. Erst gestern hatte ich ihm die Namen der Küchenkräuter genannt. Als hätte ich geahnt, dass er dieses Wissen brauchen würde. Er lernte schnell. Und es war eine Freude, ihm jetzt zuzuschauen, mit welcher Gewissenhaftigkeit er das Petersilienkraut, den Dill, den Koriander klein schnitt. Den ganzen Abend wich er nicht von meiner Seite. Als wäre er eine Spinne und ich sein Opfer, hatte er einen Seidenfaden nach mir ausgeworfen. Ebenso sorgfältig, wie er in der Küche arbeitete, spann er mich ein. Mir wurde eng, aber auch angenehm warm zumute.

»Da fehlt noch Farbe«, sagte ich.

»Rot«, antwortete Pablo, rannte los und holte ein Sträußchen Kapuzinerkresse. Die Blütenkelche leuchteten orangefarben, hatten aber einen roten Lidstrich in der Blütenmitte.

»Wo wachsen die?«, fragte ich überrascht.

»Essbar«, berichtete er stolz. »Tio Hans hat sie mir gezeigt.«

»Tio Hans«, wiederholte ich gedehnt, wie jemand, dessen Verstand sehr langsam arbeitete.

»Du hast mit ihm gekocht?« Es fiel mir schwer, die entstandene Gesprächspause zu füllen.

Vor uns stand das dampfende, mit Parmesan bestreute und mit orangefarbenen Kapuzinerblüten dekorierte Reisgericht. Ruud kam, nahm uns die Teller ab. Auch Pablo wollte helfen, doch ich hielt ihn zurück.

»Und deine Mama hat auch hier gearbeitet, so wie ich? Bist du deshalb auf die Idee gekommen, ich könne unseren Aufenthalt abarbeiten?«

Er sah mich an, als wäre er ein junger Feldhase und ich ein Jäger. Starrte dorthin, wo das Gewehr hing, zu meiner Schulter. Ist der Jäger satt oder hungrig?, schien das Kind zu überlegen. Sorgfältig wog er verschiedene Antworten gegeneinander ab.

»Ich würde Tio Hans gerne wiedersehen«, sagte Pablo schließlich.

Das war eine Bitte. Viel mehr als das, ein Appell an meine Mitmenschlichkeit. Schieß mich nicht tot!

»Hans ist sehr krank. Es kann sein, dass er nicht mehr lange lebt.« Meine Stimme war nur noch ein Flüstern.

Vorsichtig erzählte ich, was ich erfahren hatte, dann stellte ich ein paar harmlose Fragen. Wo er zuletzt gelebt habe, wollte ich wissen, wo seine Mutter jetzt sei, was er über seinen Bruder sagen könne? Und ob er mal mit seiner Tante telefonieren möchte?

Seine Antworten waren kurz und widerborstig, wie von jemandem, der verlernt hatte, lange Sätze zu bilden.

»Ich bin jetzt mein Bruder und ich. In einem.«

»Hat deine Mutter dich zur Botschaft gebracht?«

Ich merkte sofort, dass das die falsche Frage gewesen war. Das Kind verschloss sich wie eine Auster, ließ sich auch mit dem stärksten Werkzeug nicht mehr öffnen.

Erst später, als Ruud ihn sich vorknöpfte und lange nachdem die letzten Gäste gegangen waren, fing er wieder an zu reden. Über Dinge, die weit entfernt waren von seiner eigenen Lebenswirklichkeit. Gemeinsam zählten Ruud und Pablo die Sterne am Himmel, schossen Forschungsraketen ins Weltall, beschrieben sich die aberwitzigsten Formen von Aliens.

»Und was sagen wir, wenn sie kommen?«

»Hola, sagen wir. Que tal? Wie geht's?«

»Und wenn sie uns nicht verstehen?«, hakte Pablo nach.

»Dann zeichnen wir. Zeichnen ist immer gut.« Begeistert schlug Ruud sich auf die Schenkel. »Und unseren Gesang werden sie lieben.«

An diesem Abend fiel ich müde und zufrieden ins Bett. Das Essen war gut angekommen, wenngleich ich für die Zubereitung viel zu lange gebraucht hatte. Das musste besser werden. Begeistert plante ich bereits den nächsten Tag. Ich liebte Suppen, bestimmt war es möglich, irgendwo ein Huhn aufzutreiben. Pablo schlief bereits, lag zu einer Schnecke zusammengerollt auf dem Sofa. Verdammt wenig Platz für mich. Vorsichtig entfaltete ich ihn, schob ihn Richtung Lehne. Und ohne dass ich das wollte, sammelte sich Zärtlichkeit in meinen Fingerspitzen. Zögernd gab ich ihr nach, streichelte Locken, als könne ich sie und die Wahrheit glätten. Unsere Beziehung galt es glattzustreichen. Obwohl sie jeglicher verwandtschaftlicher Verflechtung enthoben worden war, fühlte ich, dass das Schicksal mich nach diesem aufregenden Tag umso fester an dieses Menschenkind band. Je später der Abend geworden war, desto mehr hatte Pablo geredet. Die Lügen schienen sich in seinem Inneren zu einem Staudamm aufgetürmt zu haben. Nun, nachdem der am schwersten wiegende Lügenquader herausgeschlagen worden war, ergossen sich ganze Satzfluten ins Tal. Marisol oder sonst jemand hatte den Jungen in die Haut seines kleinen Bruders gesteckt, eine Haut, die ihn von Anfang an eingeschnürt hatte. Pablo war ein kluges und wissbegieriges Kind.

Ich zählte nach, kam auf ein Alter von sieben Jahren. Welch eine Irrsinnsidee, ihn als Fünfeinhalbjährigen verkaufen zu wollen. War Marisol auf die Idee gekommen? Hatte sie jemand gedrängt? Oder war sie tot, und ihre Verwandten hatten das Kind dazu überredet? Lange schlich der Schlaf um mich herum, kam mir nahe, entfernte sich wieder.

Naheliegende, aber auch absonderliche Gedanken trieben ihr Unwesen. Drängten sich vor, ließen sich nicht verscheuchen.

Zwei Frauen, in nur einer Woche. Ruud trieb es so schlimm, dass man nicht einmal auf die Idee kam, ihn sich näher anzugucken.

Leg dich zu mir, flehte ich den Schlaf an. Ich bin erledigt. Müde wie ein Hund. Am Ende meiner Kraft. Doch erst als Ruud heimkehrte und nach oben polterte, kehrte Ruhe in mein Gehirn ein. Er hat sich nicht die Zähne geputzt, murmelte ich im Stillen, dann schlief ich endlich ein.

Am Morgen erwachte ich mit dem Bild eines Schachbretts vor Augen. Ich wusste nicht mehr, welche Figur ich im Traum dargestellt und welchen Platz ich auf dem Schachbrett eingenommen hatte, aber meine Aufgabe war mir auch nach dem Erwachen sofort klar, und sie spiegelte sich im realen Leben auf bizarre Art wieder. Ich musste das Kind, ihn Pablo zu nennen fiel mir am frühen Morgen schwer, beschützen und ihn verteidigen. Wenn ich »geschlagen« wurde, geriet er in Gefahr. Wenn ich verschoben und abgedrängt wurde, ebenso. Vom Schachspiel hatte ich nur sehr wenig Ahnung, vom Leben aber schon. Ich war jung, und doch hatte ich früh gelernt, Verantwortung zu übernehmen. Für mich, für Anina, für Sigi. Selbst um unseren Vater musste ich mich kümmern. Da Anina hypochondrisches Rheuma bekam, wenn sie das Wort Gartenarbeit hörte, hatte ich in der Gärtnerei mithelfen müssen. Da sie nach einer Scharlacherkrankung nicht mehr gut riechen und schmecken konnte, musste ich kochen. Einzig um Sigi war sie ebenso besorgt gewesen wie ich. Er war ihr Liebling, die Nummer eins. Obwohl so viel älter als wir, behandelte sie ihn wie ein Kind, räumte sein Zimmer auf, trug ihm alles hinterher. Als er seine erste Freundin mitbrachte, bekam sie einen Wutanfall.

Ich muss Anina informieren, nahm ich mir vor. Sie macht sich sonst Hoffnungen, Pablo könne das Vakuum ausfüllen, das Sigi hinterlassen hat. Ebenso schnell wie der Gedanke aufgetaucht war, verwarf ich ihn. Unmöglich. Ich konnte ihr unmöglich erzählen, was ich gestern erfahren hatte.

Meine Hand suchte und fand einen kleinen Körper. Pablo hatte sich aufgedeckt. Das Laken darunter war trocken. Ich betrachtete den schmalen Mund, zwei Wellenlinien, durch die gleichmäßig der Atem pfiff. Es war noch früh, und doch zauberte die Sonne jede Menge Wärme in den abgedunkelten Raum. Pablo, der Frühaufsteher, hatte verschlafen. War das ein gutes Zeichen? Er schien jetzt entspannter zu sein als zu dem Zeitpunkt, da die Verwechslung ihn beschützt hatte. Das fragile Lügengerüst hatte ihm nicht nur die Sprache, sondern auch seine Lebensfreude geraubt.

Um ihn nicht zu wecken, schob ich mich an den Rand des Sofas. Dann erst stellte ich die Beine nacheinander auf die kühlen Fliesen. Ein Teppich wäre an dieser Stelle nett, entschied ich für mich. Auf Zehenspitzen schlich ich zu meinem Rucksack, holte mein Notizheft und einen Stift. Dann setzte ich mich an den Esstisch und begann all die Dinge aufzuschreiben, die mir durch den Kopf geisterten. Ich musste mit Pablo sprechen. Aber ich musste die richtigen Fragen stellen. Und vorsichtig und feinfühlig vorgehen.

Wir hatten gerade Platz genommen, Pablo wollte in eine Brotscheibe beißen, da drängte es aus mir heraus.

»Du musst mir sagen, wo deine Mutter ist. Marisol«, fügte ich hinzu, als könnte er mehr als eine Mutter haben. »Ich muss heute erneut im Waisenhaus anrufen und Bescheid sagen, dass wir immer noch festsitzen. Keine Sorge, ich werde nicht sagen, wer du wirklich bist. Aber es ist wichtig, dass wir jetzt keinen Fehler machen. Es wäre für mich sehr wichtig, wenn ich vorher mit deiner Mama telefonieren könnte. Das verstehst du doch.«

Pablo schüttelte den Kopf.

»Wann hast du sie zuletzt gesehen?«

Keine Antwort, nicht einmal der Anschein eines Wimpernschlags traf mich.

Ich nickte, als hätte ich nichts anderes erwartet. »Kannst du mir nicht einen kleinen Tipp geben, was sie vorhatte? Sie muss weggegangen sein. Da hat sie doch irgendetwas gesagt.«

»Ich soll niemandem die Wahrheit sagen.«

»Aber mir, mir kannst du sie sagen.«

In dem Augenblick hörten wir Schritte. Ruud kam die Treppe herunter. Ein Strahlen erhellte sein Gesicht, als er uns sah. Wirr standen seine Haare in alle Richtungen ab. Er trug das Hemd offen. Dichter Flaum bedeckte seine Brust, sogar den lässig herausgestreckten Bauch. Weiter unten blitzte eine dunkle Unterhose hervor. Es war sein Haus. Er konnte herumlaufen, wie er wollte, er konnte ins Wohnzimmer hereinplatzen, wann er wollte, dennoch schickte ich einen tadelnden Blick in seine Richtung. Er riss die Augen auf, blieb stehen, drehte sich um und ging wieder nach oben.

»Ruud!«, rief Pablo ihm hinterher. Mit einem Ausrufezeichen und einem Bittebitte in der Stimme. Ganz klar, der Junge hatte kein Interesse, mit mir allein zu frühstücken.

»Er muss sich anziehen«, sagte ich streng, griff nach dem schmalen Kinn und drehte das Kindergesicht von der Treppe weg und zu mir her. Der Ventilator brummte über uns. Ich versuchte das Gespräch wiederaufzunehmen. Es gelang mir nicht. Zu unsicher war ich, wie ich die Geschichte anpacken sollte.

»Sag mir bitte, wo deine Mutter ist.« Vor mir stand eine schmale Birke, die sich nach dem Licht streckte. Der Stamm zeigte Einkerbungen, und einzelne Äste waren abgebrochen worden. Mir lag sehr daran, keine weiteren Verletzungen zu verursachen. Gerade biegen konnte ich den Baum nicht, vielleicht gelang mir jedoch ein vorsichtiger Transport. Das hoffte ich und ahnte gleichzeitig, dass mein Wesen zu spröde und zu unbeherrscht war für solch eine schwierige Aufgabe. »Sonst kann ich dir nicht helfen.«

Erst sehr viel später begriff ich, dass ein Ventilator nicht ohne Strom funktioniert. Auch ein Kühlschrank nicht, aus dem ich die gekühlte Butter geholt hatte. Ich bekam an jenem Tag nicht alles mit. Im selben Augenblick, in dem das Geräusch mich frustrierte, hätte ich mich freuen können. So viele verpasste Momente. Auch über Ruuds Strahlen hätte ich glücklich sein können. Es war ein Geschenk, das ich zurückgewiesen hatte.

»Hör mir zu, Pablo. Was ist das für eine Sache mit dem Pass? Der gehört deinem kleinen Bruder. Ich muss, wenn ich dir helfen soll, alles wissen. Ich muss verstehen, begreifst du?« Sein Nicken fiel klein aus, so als wäre er sich nicht sicher, ob Widerspruch nicht doch besser sei.

»Dann erzähl mir alles. Erzähl mir, wie es war, als du mit deiner Mama hier bei Hans gelebt hast. Du hast dich damals schon in die Eisenbahn verliebt, nicht wahr? Und wohin seid ihr danach gegangen? Wo habt ihr gelebt? Wieder in Las Lajas? Ich muss wissen, ob Marisol an jenen Ort zurückgekehrt ist, und wie es dazu kam, dass sie dich in der Hauptstadt ...«, meine Zunge stolperte, »... allein gelassen hat.«

»Mein Bruder und ich sind von einer Jaguarfrau aufgezogen worden«, begann Pablo, doch als ich mit Wucht auf die Tischplatte schlug, verstummte er. Aus wässrigen Augen blickte er mich an, schluckte mehrmals, wie um Platz für die passenden Worte zu finden. Längst war die Milch kalt geworden. Das Brot lag unberührt auf seinem Teller. Ohne dass wir einen Schritt vorangekommen wären. Pablos Geschichte glich einem kraftstrotzenden Keimling, der hartnäckig die Ritzen meiner Welt durchdrang. Seine Probleme drohten uns auseinanderzureißen. Ich musste auf der Hut sein, denn es gab Ziele, die ich nicht aus den Augen verlieren durfte. Auch die Zeit, die ich hier verbrachte, spielte eine Rolle. Ich wollte vor dem Sommer nach Deutschland zurückkehren. So, wie es aussah, musste ich neben dem Praktikum auch noch arbeiten gehen. Ota hatte mir seine finanzielle Unterstützung zugesagt, aber nur, wenn ich alles richtig machte. Bereits meine Fahrt nach Santa Fé entsprach nicht seinen Wünschen.

Unendlich langsam erhob sich Pablo, ging zu seiner Tasche, holte ein Heft hervor.

»Was ist das?«, wollte ich wissen und schielte um die Ecke. Dabei ahnte ich es längst. Es war ein einfaches Schulheft, liniert. Eines von Sigis Tagebüchern.

»Lesen!«, forderte er mich auf. Als ich mich weigerte, begann er, den Text auswendig vorzutragen. Zunächst stockend, dann immer fließender. Eine Verwandlung ging mit ihm vor. Wie einen guten Freund holte er unseren Bruder, den er liebevoll Papi nannte, an den Tisch.

»Ein einzelnes Individuum macht keinen Sinn«, hörte ich Sigi mit bitterem Ernst sagen, »weder in einer dicht besiedelten Stadt noch in einem abgelegenen Landstrich. Ich kann nicht allein existieren. Und dennoch treibt es mich immer wieder fort von denen, die ich liebe.«

Ich konnte es nicht glauben, nahm Pablo das Heft aus der Hand. Erstaunlich, mit welcher Sicherheit er den schweren Text vortrug. Jemand musste ihn ihm mehrmals vorgelesen haben.

»Jetzt du!«, forderte das Kind erneut.

Und ich las: »›Immer bin ich auf der Suche nach einem neuen Schwarm, als würde ich nach einer noch nicht entdeckten Zugehörigkeit Ausschau halten.‹«

Eine Weile später kam Ruud wieder, gewaschen, gekämmt und einigermaßen angezogen. Er schien zu spüren, dass da ein Toter lebendig geworden war. Ohne ein Wort zu sagen, ließ er sich zwischen uns nieder.

»Ich weiß, dass ich Marisol und Alejandro gefährde, aber ich kann nicht anders, ich muss die Wahrheit über Pablo herausfinden. Alle Spuren führen in die Staaten«, las ich vor.

Der Junge sah auf. Seine Augen glitzerten feucht, doch er weinte nicht. Mir war klar, dass er um seinen Bruder und seinen Ziehvater trauerte. Verflucht viel Arbeit für eine kleine Kinderseele. Hilfe suchend schaute Pablo von mir zu Ruud. Entriss mir schließlich die Aufzeichnungen und warf das Heft weit von sich, sodass es wie ein Vogel mit lahmen Flügeln knapp über dem Boden dahinsegelte. Neben der Küchenzeile blieb es liegen. Im Zimmer wurde es still, stiller, am stillsten. Wie in einer Gruft. Doch nur kurz, dann kam wieder Bewegung in unser Leben. Pablo, über seinen Wutausbruch erschrocken, holte das Heft, glättete es, legte es neben sich. Wie um sich abzulenken, starrte er in seine Milchtasse. Obwohl ich die Meinung unseres Bruders kannte, war ich betroffen, spürte erneut die Dramatik, die hinter den Worten lag und die das Leben seiner und meiner Familie verändert hatte.

»Meine Mutter wollte das nicht«, holte die Kinderstimme mich in die Wirklichkeit zurück.

»Was?«, half ich nach.

»Sie wollte nicht, dass Papi sich in Gefahr bringt.«

»Sich und euch?«

»Alle hat er in Gefahr gebracht. Das hat unsere Mutter gesagt.« Pablo schluckte. Und ich tat es auch. Er hatte *unsere Mutter* gesagt. So wie ich mich mit Anina verbunden fühlte, so schien auch er sich mit seinem kleinen Bruder verbunden zu fühlen. Sprach er deshalb von seinem Zwillingsbruder?

»Sie war wütend. Dann hat sie ihm verziehen. Dann war sie wieder wütend. Später war sie nicht mehr wütend und auch nicht mehr traurig. Denn kurz nachdem mein Bruder wegging ...«, erneut krampfte sich etwas in Pablo zusammen, ich hörte es an seiner Stimme, sah einen Kloß durch seine Kehle rutschen, »... kam Jesus in unsere Familie. Und Jesus, so sagt unsere Mutter, nimmt jeden Kummer auf seine Schultern. So wie er das Kreuz getragen hat.« Pablo hielt kurz inne, sah auf, wie um unsere Reaktion zu testen. Aber ich traute mich kaum zu atmen, und Ruud schien es ähnlich zu ergehen.

»Sie liebt Jesus sehr«, fügte Pablo hinzu. »Tio Hans ging nie in die Kirche. Er hat Mama ausgelacht. Und wenn ich sie begleiten musste, hat er mich auch ausgelacht.«

»Tio Hans?«, unterbrach ihn Ruud und sah mich dabei an. »Verbirgt sich dahinter Hans Eisen, von dem ich das Hostal gekauft habe?«

Statt einer Antwort legte ich den Finger auf die Lippen, gebot ihm abzuwarten.

»Hans hat gelacht, wenn es nicht lustig war. Und er hat um meinen Papi geweint. Er wollte, dass wir bei ihm bleiben. Er hat gesagt, dass ich die Eisenbahn haben kann.« Pablos Stimme wurde immer leiser, schmolz zu einem Flüsterton. »Das hat er vergessen, so wie unsere Mutter vergessen hat, dass sie nie mehr nach Nicaragua zurückwollte.«

»Sie ist in Nicaragua?« Jetzt musste ich ihn unterbrechen. »Weißt du, wo?«

Doch die Frage hätte ich mir sparen können. Pablo blickte auf, wischte sich mit dem Handrücken über die Augen und schaute mich an, als wäre er soeben aus einem Albtraum erwacht. Erschöpft lehnte er sich vor. Ich schaffte es nicht, den Arm um ihn zu legen. Dabei kannte ich mich mit verletzten Kindern aus. War selbst eins.

»Wie wär's mit einem ordentlichen Omelett?«, rettete Ruud die Situation. Polternd stand er auf. Dabei fiel das Heft mit Sigis Aufzeichnungen vom Tisch. Er hob es auf und nahm es mit in die Küche. Was hatte er vor?

»Du kannst nicht kochen.« Warf ich ihm hinterher.

»Aber ich assistiere gerne. Wie sieht's mit dir aus, junger Mann?« Er winkte Pablo zu, der es allerdings nicht mitbekam, weil seine Nase die Tischkante berührte.

»He, Pablo, ich rede mit dir. Komm, schlag mir meine Eier auf.« Ruud lachte laut heraus, lange bevor ich seinen Ausrutscher begriff.

»Bei wem bist du?«, hakte Anina nach. Ich wiederholte meinen Lagebericht. Umging natürlich die Wahrheit, um Pablo zu schützen. Ich hätte besser alles andere auch für mich behalten sollen. Wie eine Viper hörte ich sie züngeln.

»Wie kannst du bei einem Fremden schlafen, hast du keine Angst? Ich dachte, du seist in einem ganz normalen Hotel. Er könnte dich ausrauben. Er könnte sonst was mit dir tun. Wie alt ist er? Und woher dieser Name?«

»Deutschholländer«, antwortete ich knapp. »Er besteht darauf, als Niederländer bezeichnet zu werden. Älter als ich. Aber keine Sorge, er sieht gut aus und hat eine Freundin. Ich habe also nichts von ihm zu befürchten. Außerdem ist das Kind ja bei mir.«

»Das ist freilich ein Superargument. Hat er kleine Ohren?

Die mit den kleinsten Ohren und einer großen Nase sind besonders gefährlich.« Anina lachte über ihren Witz. Ich lachte nicht.

»Hast du mir schon gesagt, wie alt er ist?«

»Nein, habe ich nicht, weil ich es nicht weiß. Fast ein Grufti.«

»Basti ist auch ein Grufti.«

»Er ist nur sieben Jahre älter als ich.«

»Eben. Und was für einen Beruf hat der Kerl?«

Ich zuckte mit den Schultern. Aber das konnte meine kleine Schwester natürlich nicht sehen.

»Du, telefonieren ist teuer. Ich wollte nur, dass Papa und du euch keine Sorgen macht.«

»Dein Anruf hat mich nicht gerade beruhigt«, seufzte Anina. »Was ist jetzt mit Pablo? Hast du mit jemandem gesprochen, hat ihn jemand erkannt?«

»Nein, ich habe mich wohl geirrt.«

»Mensch, bin ich erleichtert. Was wirst du jetzt machen?«

Ich melde mich wieder, sobald wir in der Hauptstadt sind, wollte ich noch sagen. Und ich glaube, er hat keinen Beruf. Braucht er ja auch nicht, als Hotelier. Er ist eine Art Hippie, musst du wissen, der nur dann arbeitet, wenn die Lust bei ihm vorbeischaut. Die vorbereiteten Sätze blieben auf meinen Lippen liegen. Die Verbindung war wieder einmal unterbrochen worden.

Erst am Abend, nachdem alles Mögliche und Unmögliche getan und nicht getan worden war und Pablo bereits schlief, kam Ruud auf das morgendliche Gespräch zurück. Da ich nicht sicher sein konnte, ob Lee nicht doch zurückkam, war ich in den Garten ausgewandert. Feuchtigkeit kroch vom Boden hoch, kitzelte an den Fußsohlen. Die Dämmerung war längst vorbei, und der Abend trug ein mit Goldpailletten besetztes Nachtkleid. Ausgestreckt lag ich in einer Hängematte und unterhielt mich in Gedanken mit unserem Vater. Wieder überraschte mich dieser grob geschnitzte Bär. Es war erstaunlich, wie lautlos er sich anschleichen konnte, und es war ebenso erstaunlich, wie viel er wusste, obwohl ihm nur wenige Informationen zur Verfügung standen.

»Pablo ist also nicht mehr dein Neffe«, begann er. »Habe ich das richtig verstanden? Sein richtiger Name ist Alejandro, er hat mit dir nichts zu tun, du könntest morgen abreisen und ihn einfach zurücklassen?«

»Was willst du?«

»Sorry, ich wollte nur freundlich sein. Eigentlich bin ich immer freundlich. Vielleicht brauchst du jemanden zum Reden.«

»Wenn dem so ist, komme ich auf dein Angebot zurück. Du bist nicht zufällig neugierig?«

Sein Gesicht konnte ich nicht sehen, lediglich zwei Reihen weißer Zähne blitzten auf, ich hörte ihn knurren.

»Natürlich bin ich das. Finde ich auch ganz normal. Ich mag ihn.«

»Das habe ich gesehen.«

»Und wie sieht es mit dir aus?«

»Ich mag ihn auch.«

»Das meine ich nicht. Du hast doch hoffentlich nichts dagegen, wenn ich dich auch etwas mag. Sag Ja, dann kann ich dich um einen Gefallen bitten.«

»Ruud, sei so gut, wir bleiben nicht lange.« Verlegenheit tippte mich an, ließ mich husten. Ich schwang die Beine aus der Hängematte, setzte mich kerzengerade hin. Das reichte nicht, er kam mir immer noch riesig vor. Dennoch fühlte ich mich im Sitzen weniger verletzlich. »Was ist das für eine Bitte?«

»Sie ist kurz, sie ist gut. Für mich, für dich, für Pablo, der ein wirklich lecker Junge ist. Also, bleib noch ein bisschen mit ihm hier. Der kleine Kerl macht gerade eine schlimme Zeit durch. Kannst du dir das nicht vorstellen?«

»Und was ist mit mir?«

»Das stimmt, du bist selbst noch ein Kind. Ich werde mich wohl um euch beide kümmern müssen.«

»Sehr witzig. Ruud, du bist ein großer Kerl, und deine Bitten sind nicht klein oder kurz, sondern anmaßend. Du mischst dich in Dinge ein, die du nicht überblicken kannst. Und …«, ich hob die Hand. »Lass mich zu Ende reden. Auch deine Selbstüberschätzung finde ich bewundernswert, aber ich kann ganz gut auf mich selbst aufpassen. Ich werde Pablo nach Panama-City bringen und dort eine Entscheidung treffen. Du hast mich gestört, ich habe gerade mit meinem Vater ein Zwiegespräch geführt.«

»Darf ich zuhören?«

»Herrgott!« Meine Stimme zischte. Eine Zikade hielt mich für einen Kollegen, freute sich und antwortete mit ambitioniertem Gesang.

»Du schickst mich weg?«

Als ich nicht antwortete, erklang ein dumpfes Grollen, das ein Fluch, aber auch ein gebrummtes »Gute Nacht« gewesen sein mochte. Ruud verschwand, wie er gekommen war, auf bärigen Tatzen.

17

Da ich früh zu Bett gegangen war, wachte ich mit den ersten Sonnenstrahlen auf. Das Licht traf mich als gebündelter Strahl, um sich dann sternenförmig auf dem Fliesenboden zu verteilen. Ich lag allein auf dem Sofa. Pablo und Ruud waren bereits aufgestanden. Ich hörte sie im Garten reden. Eigentlich redete nur einer, Pablo.

Das Fenster im Badezimmer war angelehnt, ich öffnete es und sah hinaus. Keine Ahnung, warum ich mich nicht meldete. Hallo, guten Morgen, ihr beiden. Wie habt ihr geschlafen? Nichts von alledem. Vielleicht lag es am Ernst, der in Pablos Stimme mitschwang, oder an der ungewohnten Ernsthaftigkeit, mit der Ruud zuhörte. Weder fragte noch erwiderte er etwas. Aufrecht saßen die beiden auf umgedrehten Obstkisten, ihre Körper berührten sich nicht, und trotzdem konnte man sehen, dass sie sich sehr nahe waren.

»Unsere Mutter«, erzählte Pablo gerade, »war nicht wie sonst. Wir sind ganz früh aufgestanden, aber zum Waschen war keine Zeit. Sie bückte sich und machte mir die Schuhe zu, erst einen, dann den anderen. Ich wollte das nicht. – Que? Was?, fragte Mutter, es ist gut, dass du klein bist, es ist sehr gut, wenn du dir helfen lässt. Ihr Gesicht sah runder aus als sonst, bestimmt hatte sie geweint. Sie war ganz leise und machte kein Geräusch. Vielleicht wollte sie niemanden wecken.

Sie legte ihre Hand auf meinen Bauch und sagte: Nie mehr Hunger. Aber du musst noch etwas durchhalten. Und du musst machen, was ich dir sage. Wenn du einen Fehler machst, wenn wir einen Fehler machen, ist alles so wie früher.

Ich hab sie nicht verstanden. Wann früher?, hab ich gefragt und an die gute Zeit mit Papi gedacht, er war lustig, und wir haben Buchstaben in den Sand gepinkelt. Er hat geschummelt und sich auf die Zehenspitzen gestellt.

Wann früher?, wollte ich wissen.

Schlimmer als in Costa Rica wird es uns in Nicaragua ergehen, sagte unsere Mutter.

Da wusste ich, dass sie an die wirklich schlechte Zeit dachte.

Ich wollte, dass wir nie mehr Hunger und Angst haben müssen. Aber am liebsten wollte ich Papi haben und dass er noch da ist.

In den Straßen war es ganz still. Kein Radio, kein Vogel. Nur ein paar Hühner hockten im Kakaostrauch. Mutter trug ihre Tasche, und sie trug meine Tasche. Sie ging nicht direkt zur Bushaltestelle, sie bog an der Calle de Estrella links ab, zur Kirche zum heiligen Christophorus. In der Kirche war sie wie immer, ich durfte die Tür aufschieben. Sie ist schwer, ganz aus Holz. Mutter machte mit Weihwasser das Kreuzzeichen bei uns beiden. Dann gingen wir Kerzen kaufen und in die Kapelle an der Seite, die mit der Muttergottes. Das ist Mutters Platz, wo sie immer betet.

Ich konnte Mutter nicht hören, aber ich wusste, was sie betet:

Dios te salve, María,
llena eres de gracia;
el Señor es contigo ...

Gegrüßet seist du, Maria, voll der Gnade,
der Herr ist mit dir ...

Plötzlich sagte sie: Wir müssen. Komm!

Auf der Straße betete sie die ganze Zeit weiter. Dios te salve, María, llena eres de gracia.

Wo fahren wir hin, Mama? Warum redest du nicht mit mir?, fragte ich immer und immer. Mutter aber wollte nichts sagen. Erzählst du mir die Geschichte vom Jaguar? Mutter schüttelte den Kopf. Dann von Ipiak und Sua? Nein, keine Geschichte, Mutter redete nicht. Aber dann sang sie doch das Lied vom Papagei.

Kleiner Papagei
Bruder, geliebter Bruder
Auf der anderen Seite der Erde
Kämpfe ich in einem Krieg
Und wenn die Welt untergeht,
Wird nur geschehen
Was die Alten erzählen.

Wir fuhren mit verschiedenen Bussen, und einmal nahm uns sogar ein Lastwagenfahrer mit, als der Bus liegen blieb und der Ersatzbus nicht kam.

Ich will zurück, hab ich gesagt. Da wurde unsere Mutter böse. Warum redest du Deutsch mit mir?, wollte sie wissen, und als ich sie fragte, ob sie mir die Geschichte erzählt, wie die Götter die Steine gespalten haben, um die Menschen zu erschaffen, schimpfte sie mit mir: Es gibt keine Götter. Es gibt nur den einen Gott.

Es wurde zuerst dunkel, dann hell.

Da sind wir. Komm!, sagte Mutter. Wir waren in der Hauptstadt angekommen.

Mit unseren Sachen sprangen wir vom Lastwagen runter. Mutter war ganz müde und strich sich immer über den Bauch. Wir haben ja nichts gegessen.

Der Fahrer wollte Geld. Und sie schrien sich an. Der Fahrer wollte ganze fünf Dollar, und Mutter sagte ihm, er ist ein Witwenmörder. Sie war böse auf den Mann, und als er schon weg war, hat sie gesagt: Der Teufel hält nicht still.

Wann fahren wir wieder nach Hause?, hab ich gefragt.

Da sagte sie: Es gibt kein Zuhause mehr, mein Junge.

Mutter zog mich hinter sich her, und vor einem Haus blieb sie stehen. Unter der Bluse holte sie Geldscheine hervor und gab sie einem Mann. In unserem Zimmer stellte sie die Schuhe ordentlich neben das Bett, sie legte sich hin, sie stöhnte, drückte mich und schlief sofort ein.

Am nächsten Tag gingen wir zum Friseur, dann zum Einkaufen. Wir mussten in viele Geschäfte, bis Mutter das hatte, was sie wollte. Neue Schuhe gab es nicht, aber eine hellgraue Hose und ein neues weißes Hemd für mich. Das Geld hat sie im rechten Schuh versteckt.

Als wir in unserem Zimmer zurück waren, sagte sie, dass ich jetzt einen neuen Namen habe und fünf Jahre alt bin. Dann fragte sie mich: Wie alt bist du, wie heißt du? Und wer ist dein Vater, wer deine Mutter?

Du bist unsere Mutter, hab ich gesagt. Ja, sagte sie, das ist wahr. Und das darfst du nie vergessen. Aber ab heute bist du ein anderer Junge. Ich tue das alles für dich. Weil ich dich liebe. Darum musst du lügen. Gott wird uns dafür bestrafen. Aber vielleicht ist Gottes Strafe nicht so schlimm wie die Strafe, die wir schon bekommen haben, ohne zu sündigen. Und jetzt zähl die sieben Todsünden auf. Ich hatte keine Lust, aber sie wollte das, also sagte ich: Stolz, Habgier, Neid, Zorn, Unkeuschheit, Maßlosigkeit, Faulheit.

Und dann wollte sie wissen: Wie sieht deine Mutter aus?

Ich weiß es nicht, sagte ich, und sie war endlich zufrieden.

Gut, mein Sohn. Du erinnerst dich an nichts. Wenn sie fragen, wenn sie wie Polizisten fragen, dann wirst du nichts sagen, verstanden?

So wie du, Mama?, habe ich gesagt, und Mutter hat genickt. Und sogar gelächelt. Dann lächelte sie nicht mehr. Sie packte alles zusammen, und wir sind raus auf die Straße, setzten uns irgendwohin und warteten.

Die Nacht in Panama-City ist hell und bunt. Wir liefen durch Straßen, die immer voller wurden, immer mehr Menschen und stinkender schwarzer Rauch. Alles war so laut. Am Museo Panama Viejo gingen wir vorbei. Ich war einmal mit Papi dort. Um den Parque Recreativo mussten wir herum, weil er geschlossen war. Zum Ortsteil Marbella ist es nicht weit, hat Mutter gesagt, es war aber doch weit. Als wir in der Calle 53 waren, ging sie endlich langsamer.

Du nimmst diesen deutschen Kinderreisepass, sagte sie, mehr brauchst du nicht, du gehst durch die Tür, die ich dir zeige, du suchst einen Pförtner, du fragst nach der Deutschen Botschaft, du zeigst den Pass, du lässt dir den Weg zeigen.

Braucht Pablo den Pass nicht mehr?, wollte ich wissen.

Nein, sagte Mutter, wenn ich ihn gefunden habe, bekommt er einen neuen.

Ich hielt ihren Rock fest. Ich hatte alles verstanden, aber ich glaubte nicht, dass Mutter mich allein lässt, ich dachte, das ist eine Mutprobe.

Du bist mein Großer, still jetzt!, sagte sie und blieb vor einem großen Haus stehen. Es war aus Glas und sah wie ein Lampion aus, in allen Fenstern brannte Licht. Plötzlich ließ sie mich los. Sie bekreuzigte sich, holte ihre Kette mit dem Jesusanhänger unter der Bluse raus und küsste den Anhänger. Hier ist es, sagte sie.

World Trade Center, las ich laut vor. Ich werde mich verlaufen, Mama. Es ist viel zu groß.

Mach dir keine Sorgen, sie werden anrufen, und du wirst abgeholt werden. Wie heißt du, mein Sohn?

Nein, Mama, ich will nicht, bitte geh nicht weg.

Gott ist bei dir, hat sie gesagt und mich gedrückt. Und dann war sie weg.«

Pablo legte eine Pause ein, wandte sich Ruud zu. Erst als er sich sicher zu sein schien, dass dieser ihm weiter zuhörte, fuhr er fort: »Ich denke immer an die Geschichte mit dem Jaguar, der eine Frau in den Wald lockt und sie frisst. Kennst du die Geschichte? Die Jungen, die im Bauch der Frau waren, hat die Jaguarfrau zu sich genommen. Viele Jahre später merkten sie, dass sie Menschen sind. Und ein Tukan erzählte ihnen, dass der Jaguarmann ihre Mutter gefressen hat. Da haben die Zwillinge den Jaguar getötet und sich auf den Weg gemacht, um ihren richtigen Vater zu suchen. Aber warum muss ich mich auf den Weg machen ohne unsere Mutter?«

18

Zwei Tage später machte Präsident Martinelli den Indios Zugeständnisse. Eine Überwachung der kanadischen Betreiberfirma war vereinbart worden und die Panamericana wieder passierbar.

Doch Pablo und ich fuhren nicht in die Hauptstadt zurück, auch sonst nirgendwohin. Die Leiterin des Waisenhauses hatte sich bereits vor Tagen bei Otas Anwalt beschwert, das Kind müsse unverzüglich zurückgebracht werden, doch der hatte sie beruhigen können. Nichtsdestotrotz drängten er und Ota mich zur Rückkehr.

»Mach mir keine Dummheiten, mein Kind«, sprach der Großvater am Telefon. »Konnte ich mich doch immer auf dich verlassen. Du bist vernünftig und gescheit. Denk an deine Zukunft.«

»Ich erhole mich von der Großstadt. Und Pablo geht es gut hier. Viel besser als im Waisenhaus.«

»Bei mir wird es ihm noch besser gehen. Also keine Fisimatenten, wenn's recht ist. Sobald Dr. Schmid Rodrigues die Geburtsurkunde des Kindes hat, kommst du zurück, verstanden. Er besucht erneut diese Frau, Pablos Tante in Costa Rica, bei ihr sollen Marisols Sachen lagern. Natürlich sucht er auch den Arzt auf, der den Totenschein ausgestellt hat. Es kann also nicht mehr lange dauern, bis wir wissen, was damit los ist. Am besten, du kaufst dir schon ein Busticket.«

Doch wir blieben. Als hätten wir einen Urlaub gebucht oder Urlaub verdient. Aber das stimmte nur teilweise, denn ich arbeitete hart. So hart, als müsste ich irgendjemandem etwas beweisen oder als müsste ich etwas gutmachen. Mit meiner Art ging ich Ruud gehörig auf die Nerven, weil ich ihm ständig Dinge zeigte, die es zu reparieren oder anzuschaffen galt. Täglich sprach ich ihn auf den wackelnden Wasserhahn in der Küche, das klappernde Wellblechdach im Gästebereich, die bröckelnde Mauer neben der Terrasse an.

»Und im Restaurant fehlt eine Garderobe.«

»Wird schon«, winkte er ab und floh in den Garten. Doch auch dorthin folgte ich ihm.

»Du hast doch Zeit, warum pflanzt du nicht ein paar Bananenstauden, einen Papayabaum, zwei kleine Zitronenbäumchen? Hühner sind auch gut. Eier und frisches Obst zum Frühstück.« Aus dem Stegreif stellte ich ihm eine Verbesserungsliste zusammen. »Eine Wäscheleine für die Gäste, Waschschüsseln, je zwei Stühle in die Zimmer, ein oder zwei Leselampen, und die Duschköpfe müssen ausgetauscht werden. Sonst kommen nur diejenigen zu dir, die im *Paradiso* kein Zimmer mehr bekommen.« Mein Leben stand kopf, sollte auch seins ein bisschen aufregend werden.

Natürlich folgte Ruud meinen Ratschlägen nicht. Er stand früh auf, sehr früh, verschwand für mehrere Stunden, kam dreckig und müde zurück. Um sein Hostal kümmerte er sich kaum, überließ die Putzarbeit einem Ehepaar. Mir das Kochen. Auch sein Hochzeitsturm würde für hundert Jahre eine Baustelle bleiben.

»Wo warst du?«

»Im Wald«, informierte er mich knapp.

»In was für einem Wald?«

»Im Rainbow Forrest.«

»Und was ist das?«

»Ein amerikanisches Professorenpaar hat vor zehn Jahren Land gekauft. Jetzt wächst dort Regenwald. Ich arbeite für sie. Wir siedeln einheimische Bäume an.«

Ruud wartete ab. Offensichtlich traute er mir nicht zu, dass mich sein Tun interessierte. Schließlich nannte er mir eine Hektarzahl. Wiederholte sie mehrmals. Zählte Pflanzennamen auf, während seine Stimme zu singen begann. Die Augen strahlten. Er hatte recht, ich versuchte die Details sofort zu vergessen. Warum begeisterten sich alle Menschen in meiner Nähe für das Exotische? Für Dinge, die wenig bis gar nichts mit ihrem bisherigen Leben zu tun haben. Unsere Mutter für Reptilien und Vögel, unser Bruder für die Entwicklungsarbeit, dieser Mann für den tropischen Regenwald.

»Deshalb bist du hier in die Gegend gekommen?«

»Nein. Eigentlich wollte ich nur faul sein. Aber für alles gibt es einen Auslöser. Und jetzt erzähl mir von Pablo.«

»Und wozu brauchst du das Hostal?«

»Um Touristinnen kennenzulernen.«

Er lachte nicht. Als auch ich keine Regung zeigte, wischte er seine Antwort mit einer ungeduldigen Bewegung vom Tisch.

»Eigentlich war das Lees und Anuns Idee. Aber jetzt klär mich bitte über deine komplizierten Familienverhältnisse auf.«

Wie ein Wächter stand er vor mir. Wie ein Wächter verlangte er nach einem Passierschein. Ihr dürft bleiben, besagte sein fordernder Ton, wenn ich ein paar Informationen bekomme. Ich wich ihm aus, versuchte ihn auszutricksen und hinzuhalten. Aber er ließ nicht locker.

»Wer von ihnen kam zuerst auf die Idee, sich in Zentralamerika niederzulassen?«

»Unser Großvater wollte Geld anlegen. Er hatte von Costa Rica gehört und unsere Mutter gefragt, ob sie sich nicht umschauen könne. Er wollte gutes, fettes Land für Kühe kaufen. Es war ein Fehler, unsere Mutter zu schicken. In einer engen Lancha verliebte sie sich in Hans. Das Boot befand sich auf dem Weg nach Tartuguero. Sie kehrten beide nicht mehr heim.«

»Und warum zog dein Onkel hierher, nach Santa Fé?«

»Weil sie sich weder mit dem Kind noch mit der Trennung viel Zeit gelassen haben. Hans wollte sich etwas Eigenes aufbauen. In Tartuguero klappte das nicht. Dass er Costa Rica den Rücken kehrte, hängt vermutlich mit seiner Leidenschaft für die Pferdezucht zusammen und den niedrigeren Landpreisen in Panama. Später sind wir ja auch nach Panama gezogen. Allerdings eher der Reptilien wegen.«

»Und seinen Sohn ließ er zurück.«

»Sigi hat bei uns und zeitweise bei ihm gelebt. Im Sommer in der Schweiz. Unsere Familie hat kein Sitzfleisch.«

»Das habe ich gemerkt.« Eine Pause entstand. Er ließ mich nicht aus den Augen. »Und deine Eltern, wie kamen die zusammen?«

Der Wind zauste an der Palme des Nachbarn. Ich drehte mich um. »Das willst du nicht wirklich wissen.«

»Doch.«

»Sigi sollte seine Großeltern in Bad Bergzabern kennenlernen. Endlich. Unsere Mutter fuhr mit ihm hin. Und verliebte sich in unseren Vater. Der Hans aufs Haar glich. Ein

Witz. Oma Lena hat das nicht verkraftet. Nun verschwand auch ihr zweiter Sohn in die Ferne. Mutter nahm ihn mit, wie man ein neues Kleidungsstück einpackt. Zu dem Zeitpunkt hatte Mama noch ihre Forschungsstelle in Tartuguero. Einem verwunschenen Ort, an dem man nicht Auto fährt, sondern den halben Tag in einem Boot verbringt.«

»Ich kenne Tartuguero.«

»Unser Vater aber ist ein Erdmensch. Er ist dort nie wirklich angekommen. Als Mama ein Angebot in Bocas del Toro, Panama, bekam, gingen wir mit. Doch erneut war Papas Leben von Wasser umgeben und die Beziehung unserer Eltern nicht mehr zu retten. Vater kehrte mit uns nach Deutschland zurück. Und obwohl Ota ihn anflehte, sich in der Schweiz niederzulassen, er würde alle Kosten übernehmen, ging er doch zurück nach Bad Bergzabern und pachtete eine Gärtnerei.«

»Stimmt es, dass deine Mutter verunglückt ist? Dein Onkel hat so etwas erwähnt. Es tut mir sehr leid.«

»Das sagt sich leicht. Du kanntest sie nicht.«

»Was willst du damit sagen?«

»Nichts.«

Ruud schien nicht begriffen zu haben, dass ich nicht reden wollte, und stellte immer neue Fragen. Versuchte sich mit Informationen einzudecken, als hätte er kein eigenes Leben.

»Wie kommst du zu diesem Bruder, ein Robin Hood der Armen und Unterdrückten? Er muss sehr frustriert gewesen sein.«

Ich versuchte ihn zu unterbrechen, hielt ihm vor, dass auch er fortgezogen war und man sich das Auswandern gut überlegen sollte. Doch Ruud ließ sich nicht beirren.

»Wirklich schade, dass er einen so hohen Preis hat zahlen

müssen. Was glaubst du, ist der kleine Pablo wirklich entführt worden, oder ist er gestorben?«

Ich war erschüttert.

»Warum antwortest du nicht?«

»Du weißt bereits viel zu viel über uns.«

»Ich versuche Pablos Geschichte zu verstehen. Zuvor muss ich die Motive deines Bruders und deines Großvaters verstehen. Hat dein Großvater das einfach so akzeptiert, dass der Kronprinz sich in Nicaragua und Panama für die Armen aufreibt?«

»Was willst du?«

»Du hast gesagt, dass er ihm monatlich Geld geschickt hat.«

»Sicher bin ich mir nicht.«

»Aber dass dein Großvater scharf auf einen männlichen Erben ist, das hast du nicht erfunden.«

»Ich erfinde überhaupt nichts.« Meine Aussprache war feucht geworden. Der Kerl regte mich auf.

»Was wird er tun, dein Großvater, wenn du ihm erzählst, dass Pablo nicht sein Urenkel ist? Wird er dich sofort zurückpfeifen? Wird er das Kind fallen lassen wie eine heiße Kartoffel?«

Ich zuckte mit den Schultern, sah zur Seite.

Meine Zurückhaltung führte bei Ruud zu immer hartnäckigerem Bohren, bis hin zu explosionsartigen Gefühlsausbrüchen. Am nächsten Tag standen wir uns in der Küche des Hostals gegenüber, als er wieder damit anfing. Gerade hatte ich ihm gezeigt, wie man einer Tomate die Haut abzieht, als er mir das Messer aus der Hand riss und es in hohem Bogen in die Spüle warf. Mit der Faust schlug er auf das Tomatenfleisch ein, sodass roter Saft nach allen Seiten spritzte.

»Da hast du dein Tomatenpüree. Was ist los mit dir? Du traust mir nicht. Einem Fremden, deinem einzigen Freund, Tausende von Kilometer von deiner Heimat entfernt. Mit wem soll ich mich verbünden, wem soll ich deine Geheimnisse anvertrauen? Warum kannst du mir nicht klipp und klar erklären, wie es kommt, dass Pablos Bruder, also der echte, verschwunden bleibt? Und was für eine Rolle dein Großvater in der Geschichte spielt?«

»Gar keine, nicht die geringste.«

Es war ihm ernst. Mir auch. Kampflustig sahen wir uns an, standen uns gegenüber, in einem Raum, der so klein war, dass es darin selbst einem Liebespaar eng werden konnte.

»Erzählst du mir, wie der kleine, der echte, Pablo verschwand?«

»Später«, versuchte ich auszuweichen.

»Später ist jetzt. Ich lasse dich in Ruhe, wenn ich alles über unseren Pablo weiß. Um ihn geht es mir. Nicht um Tratsch und Klatsch. Um ihn müssen wir uns kümmern.«

»Wir«, wiederholte ich und sah ihn von unten an. Gerne wäre ich auf einen Stuhl gestiegen. Was mir an Größe fehlte, musste ich durch eine laute Stimme ausgleichen.

»Wieso wir?«

»Natürlich wir.« Er grinste. »Sind wir nicht wie eine Familie, Mutter, Vater, Kind? Stehen wir nicht hier zusammen in der Küche?«

»Wir arbeiten. Und wenn du mich weiter aufhältst, wird das heute nichts mehr. Wann kommt Flo zurück?« Flo war der Däne, der seit Tagen im Hostal herumlungerte. Ein alter Freund von Ruud. Ich zweifelte daran, dass er auch nur einen Cent für Essen, Übernachtung und alles Weitere bezahlte. Ich hatte ihn gebeten, ein schönes Holzbrett mit Haken zu versehen, weil ich wusste, dass er Schreiner war. Seit diesem

Gespräch ging der Kerl mir aus dem Weg. Ruud war ein miserabler Geschäftsmann. Ich an seiner Stelle ... Er ließ mich den Gedanken nicht zu Ende denken.

»Immerzu stiehlst du dich aus dem Gespräch.«

Ruud legte seine Hand um meinen Oberarm. Die Hand war groß. Ich spürte wie sich Daumen und Mittelfinger suchten. Der Geruch von kaltem Tabakqualm und passierten Tomaten war jetzt allgegenwärtig.

»Du sollst sie erst schälen, dann würfeln. Keinesfalls mit der Faust zertrümmern.«

Nicht grob, aber entschieden schob ich seine Hand weg, wischte mir mit einer Serviette die Tomatenreste vom Arm.

»Und du nimmst das alles zu wichtig. Wir kennen uns erst seit ein paar Tagen. Selbst Pablo beginne ich erst jetzt kennenzulernen. Okay, ich muss entscheiden, wie es mit ihm weitergeht, aber dabei kannst du mir nicht helfen. Weil ich dir nicht alles sagen kann. Das würde zu lange dauern, das ...«

»Du meinst, wir würden zwischendurch verhungern.«

»Genau.«

»Dann kochen wir jetzt fertig. Dann servieren wir. Dann setzen wir uns in Ruhe hin. Dann erzählst du. Ich habe heute Nacht nichts vor.«

»Du vergisst Flo.«

»Flo schicken wir ins Bett. Der kann ...«

»Apropos Bett«, unterbrach ich ihn erneut. »Heute ist die Nummer fünf frei geworden. Ich finde, Pablo und ich sollten hierherziehen.« Ich zeigte nach rechts, wo die Gästezimmer lagen.

»Shit, ich bin ausgezählt und muss auf die Reservebank. Du lässt mich nicht mitspielen. Habe ich mir das nur eingebildet, dass wir richtig dicke Freunde sind?«

Ruuds Mundwinkel rutschten nach unten, und ich überlegte, ob ich ihn einfach rausschicken sollte. Allein konnte ich schneller arbeiten. Er war eine Nervensäge. Auch ein guter Schauspieler. Seine Betroffenheit rührte mich. Kugelrunde Augen schauten mich unter einem wirren Pony an. Die nach unten zeigende Sichelform seines Mundes behielt er störrisch bei.

»Sei nicht kindisch. Vielleicht will deine Freundin zurückkommen. Dann wäre es besser, Pablo und ich wären nicht im Haus. Und das Sofa ist nun wirklich nicht superbequem.«

»Okay. Du kriegst dein Bett.«

Damit war das Thema erst einmal vertagt, denn bald danach kamen Flo und Pablo herein, und beide klagten über nagenden Hunger. Sekunden später war Ruud verschwunden, und ich stand wie gewünscht alleine in der Küche. Jede Menge Bierflaschen wurden geöffnet, und eine von Ruuds Lieblings-CDs beschallte uns mit Seemannsliedern. Entrüstet rief ich Ruud hinterher, dass mir für den geplanten Nachtisch die Zeit fehle und er gefälligst Eis einkaufen und auch daran denken solle, das bestellte Brot abzuholen.

»He, wir sind nicht verheiratet«, konterte er. »Und ich bin auch nicht dein Boy. Ich bin dein Chef.«

»Dein Chef, dein Chef«, wiederholte Pablo lachend und tänzelte um mich herum. Tänzelte und lachte so lange, bis ich meine schlechte Laune vergaß und mich mit seiner Schadenfreude einverstanden erklärte.

Aus unserem Gespräch wurde nichts, denn Flo hatte Kummer und ließ sich nicht zu Bett schicken. Außerdem war am späten Nachmittag ein junger Inder eingetroffen, der sich als äußerst trinkfest herausstellte und gut zu den beiden passte. Mir war das recht. Ruud hatte, wie versprochen, ein Zimmer für mich und Pablo hergerichtet. Es war sein Schlafzimmer. Zuerst weigerte ich mich, das Geschenk, wie Ruud sich ausdrückte, anzunehmen. Doch dann gingen wir gemeinsam alle anderen Möglichkeiten durch, und ich entschied, dass ich mir das verdient hatte. An ein Wiederauftauchen von Lee schien Ruud nicht zu glauben.

»Abgeschrieben.«

Seine Bemerkung beruhigte mich nicht. Sie klang grob. Steuerprüfer und Buchhalter reden so, erklärte ich ihm.

Wie ein Steuerprüfer benahm sich auch unser Vater. Anina musste ihn angespitzt haben.

»Erzähl mir was über diesen Ruud Peter. Wer ist das?«, forderte er am Telefon.

»Der Nachfolger.« Er wusste, dass ein Niederländer die Pension gekauft hatte, er wusste, dass ich für ihn kochte. Doch ich musste ihm alles noch einmal erzählen.

»Und ihr seid den ganzen Tag zusammen?«

Die Frage hätte von Anina stammen können. Ich wich aus, erzählte von den zahlreichen Aufgaben, die ich übernehmen musste, und beschrieb Santa Fé.

»Es ist winzig, aber hier gibt es alles, was man braucht. Kein Kino natürlich, kein Theater, aber die Menschen sind superfreundlich, alle scheinen sich zu kennen. Und ständig wird man gegrüßt. Selbst die Straßenhunde und die Hühner begrüßen mich.«

»Ich kenne Santa Fé.«

»Es ist wie im Paradies.« Spät merkte ich, dass ich Ruuds Worte benutzte.

»Erzähl mir von Pablo«, forderte unser Vater. »Wie geht es ihm? Wie verkraftet er die Warterei.«

»Er ist ein geduldiger Kerl, wie alle Einheimischen. Wenn sie etwas gewohnt sind, dann das Warten.« Ich erzählte noch dies und jenes, froh, dass Papa Ruud vergessen zu haben schien. »Ein total liebes Kind, neugierig und wissbegierig. Er wird euch gefallen. Heute hat er mich gefragt, warum Stubenfliegen immer um die Lampen herumfliegen. Ich konnte ihm keine Antwort geben. Und so geht mir das andauernd. Er interessiert sich für Planetensysteme, kennt mehr Sternenbilder als ich, weiß den Unterschied zwischen einem Kometen und einem Asteroiden, und er zitiert Passagen aus der Bibel. Sigi muss verrückt gewesen sein.«

»Wieso Sigi?« Mein Vater stoppte meine Aufzählung. »Der Kleine war doch viel zu jung, um durch ihn geprägt worden zu sein.«

»Ja, das stimmt«, stotterte ich. Und hoffte, dass unser Vater meinen Versprecher als Denkfehler akzeptierte. Aber er war hellhörig geworden.

»In welcher Sprache unterhaltet ihr euch?«

»Spanisch, das habe ich dir schon erzählt.«

»Stimmt. Will er immer noch nicht mit mir sprechen? Ich bin immerhin der Bruder seines Großvaters.«

»Nein. Er ist sehr zurückhaltend.«

»Und neugierig und wissbegierig.«

»Wenn er sich sicher fühlt«, stellte ich klar und versuchte mit ein paar Phrasen, zum Gesprächsende überzuleiten. Es klappte nicht.

»Dein Ota hat seinen Anwalt nach Costa Rica geschickt.«

»Ich weiß.«

»Er will, dass ihr beiden nach Panama zurückkehrt.«

»Das hier ist auch Panama. Ein besonders schönes Stück. Und der Anwalt ist ein Lahmarsch.«

Noch während ich das sagte, wurde mir bewusst, dass ich

und Pablo davon profitierten. Wir wären sonst nie nach Santa Fé gekommen und hätten nicht lange bleiben dürfen.

»Er tut alles, was er kann, sagt dein Großvater.«

»Bestimmt.«

Unser Gespräch drohte zu versanden.

»Dann mach's gut, meine Süße.« Mein Vater klang unzufrieden. Daher schenkte ich ihm noch ein: »Ich hab dich lieb.«

Kein Wort zum Thema Geld, kein Wort dazu, dass mir die Zeit davonlief. Wenn ich in drei Wochen nicht zurückflog, konnte ich das mit dem Praktikum vergessen. Dass ich die Abschlussfeier verpasst hatte, war nicht schlimm. Aber ein Praktikum galt als Voraussetzung für die Studienzulassung.

Um zehn Uhr brachte ich das Kind ins Bett. Falsch, ich versuchte es um neun, schaffte es gegen zehn. Immer öfters ertappte ich mich dabei, wie ich unsere Mutter nachahmte.

»Ich zähle bis drei, wenn du dann nicht abgetaucht bist, werde ich böse. Eins, zwei ...«

»In eine Wiese kann man nicht eintauchen«, stellte Pablo fest. Kuschelte sich dann aber doch in die mit leuchtend grüner Bettwäsche bezogene Decke.

Auch ein Besen hatte den Weg in Ruuds Zimmer gefunden, und die Bücher waren zu ordentlichen Türmen an die Wand gelehnt worden. Der Fernseher stand auf einem Regalbrett. Ich war sehr zufrieden. Pablo hingegen wollte unbedingt wissen, wo Ruud jetzt schlief.

»Es gibt doch nur noch ein Zimmer, das weißt du.«

»Dort?«, fragte er bekümmert. »Ich will es sehen.«

»Du schläfst schon.«

»Nein, tu ich nicht.«

»Aber danach, danach schläfst du sofort ein. Ich muss noch mal rüber ins Restaurant. Check-in wird dich bewachen. Ruud meinte, wir dürfen ihn in den Garten lassen.« Mit dem ernsten Tonfall war auch mein Gesicht streng geworden. Ich merkte es daran, dass Pablo mich auslachte.

»Ich habe keine Angst«, behauptete er breit grinsend. »Aber ich muss immer wissen, wo du bist. Und jetzt muss ich wissen, wo Ruud schläft.«

Wie Diebe, auf Zehenspitzen, näherten wir uns Ruuds neuer Schlafstätte. Es war ein wirklich winziges Zimmerchen, gerade groß genug für eine Matratze und einen Schrank.

»Oje.« Kinderhände legten sich vor einen Kindermund, der sich zwischen Lachen und Weinen nicht entscheiden konnte.

»Ich weiß«, lenkte ich ein, »das ist nicht mehr als ein hölzerner Schlafsack. Er wird ersticken. Aber daran ist er ganz alleine schuld, denn er wollte die Eisenbahn nicht wegräumen.«

»Nein, Liana!« Eine kleine Hand klammerte sich erschrocken an mein Bein. Zum ersten Mal hatte er mich namentlich angesprochen.

»Ich hab nur Spaß gemacht.« Sanft schüttelte ich das Kind. »Ruud kommt doch immer so spät heim. Es ist dunkel, und es ist ihm egal, wo er sich ausstreckt. Und natürlich würde er dir nie die Eisenbahn wegnehmen. Du spielst so gern damit.«

»Das muss ich nicht.«

Die Reaktion überraschte mich. Seit das Dorf wieder Strom hatte, verkroch Pablo sich gerne im Haus. Ruud hatte die Eisenbahnzeit limitieren müssen.

»Komm jetzt, ab ins Bett. Ich zähle bis drei, wenn du dann nicht drinliegst, werde ich böse. Ehrlich. Eins, zwei ...«

Nachdem Pablo mir hoch und heilig versprochen hatte, nicht mehr aufzustehen, spielten wir noch zwei Partien Canasta. Danach kehrte ich ins Restaurant zurück, um an Ruuds Rechner meine E-Mails abzuholen.

Während ich hinter dem Tresen stand und Bastis Nachricht am PC las, kam Wind auf, hob das Blechdach an und ließ es rhythmisch herunterfallen.

»Scheiße«, fluchte ich, nachdem ich jeden Satz zweimal hatte lesen müssen. Vielleicht fluchte ich auch, weil Basti wissen wollte, warum ich mich nur noch unregelmäßig meldete, am Stromausfall könne es schließlich nicht mehr liegen.

Wann kommst du zurück? Liebst du mich noch?

»Wann reparierst du endlich das Dach?« Meine Frage prallte gegen die Fensterfront, kam unbeantwortet zurück. Auf der Terrasse wurde geredet und gelacht. Das hatte aber nichts mit meinem Einwand zu tun. Ich hörte Gläserklirren, das von noch stärkerem Gelächter abgelöst wurde.

»Ich will das Glück nicht jagen«, hörte ich Ruud sagen. »Es wird zu mir kommen, ich weiß es. So zu werden wie diejenigen, die vor uns da waren, ist fantasielos. Wir treten die Spuren nur weiter aus, wenn wir ihnen folgen. Beuten die Natur aus, vergiften die Luft, lassen die Armen arm sein, nehmen, was wir kriegen können, und denken, wir hätten es verdient.«

»Hast du doch.«

»Nichts haben wir verdient«, widersprach Ruud. »Alles ist geschenkt, auch die Qual, die Trauer, der Ort, an dem du lebst, deine Religion.«

»So what?«, fragte der Inder streng. Es wurde ihm eindeutig zu tiefsinnig. Schwankend stand er auf. Ließ den Zimmerschlüssel um seinen Finger kreisen, wollte gehen.

»Glücklich sein«, antwortete Ruud.

»Also doch Beruf, Frau und Kind?«, schlug der Inder vor, faltete die Hände vor dem Gesicht, verbeugte sich und verabschiedete sich mit einem *Namasté*.

Ich hatte zugehört und dabei an unseren Vater gedacht. Das Glück, hörte ich ihn sagen, ist ein schlechter Gastgeber. Es nennt keine Uhrzeit, lässt einen warten, schenkt nicht nach.

Doch muss man sich wirklich dem Schicksal fügen, abwarten und alles auf sich zukommen lassen? Basti, ich musste ihm ehrlich antworten.

Nein, ich liebe dich nicht mehr. Es tut mir leid.

Ohne weitere Erklärung drückte ich auf Senden. Meine Gefühle lagen auf dem Grund irgendeines Sees und bildeten dort eine Sedimentschicht, eine Zutage-Förderung erschien mir zu aufwendig.

19

Von Heimweh konnte keine Rede mehr sein. Jemand hatte die Zugbrücke zu meiner Familienburg hochgezogen. Warum ich anfangs so rasch wie möglich zurückkehren wollte, wusste ich nicht mehr. Anina, Papa, Basti, Studium, alles war weit weg und wie durch Watte von mir getrennt, nicht unwichtig, aber gut getarnt.

Seit meiner letzten E-Mail kein Wort mehr von Basti. Und seitdem Großvater klar war, dass ich mir und Pablo lediglich ein paar Urlaubstage gönnte, und er wusste, dass das Problem der Ausreise nicht in meiner Hand lag, ließ er mich in Ruhe. Nur unser Vater fragte zum wiederholten Mal, was denn los sei, und natürlich Anina. Aber die beiden ließ ich ebenso abblitzen wie Basti. Ich weiß nicht genau, was es war, aber ich fühlte mich zum ersten Mal in meinem Leben frei und wirklich unabhängig. Dieser Zustand begann mir zu gefallen. Zwar war ich nicht freiwillig nach Santa Fé gekommen, doch ich blieb freiwillig. Und begann mich in dem kleinen Dorf wohlzufühlen. Möglicherweise, weil Pablo sich wohlfühlte. Aber auch, weil ich eine Arbeit hatte, die mir Spaß machte und jede Menge Anerkennung einbrachte. Die panamaische Küche war in meinen Augen zu einfach gestrickt. Das lag vielleicht an falschen Vorbildern, oder auch an mangelnder Kreativität. Am Angebot jedenfalls konnte es nicht liegen. Es gab frische Früchte und allerlei Gemüsesorten im Überfluss. Kein Frühstück ohne Papaya, Melone, Guaven oder Ananas. Es war einfach traumhaft. In der heimischen Küche wurden auch zahlreiche Gemüsesorten verwendet, nicht aber in den Restaurants. Ich überlegte mir Alternativen zu Fleischrezepten, schrieb Rezepte um. Die Marktfrauen stießen Entzückungsschreie aus, wenn sie mich und Pablo kommen sahen. In unserem Restaurant kam jetzt die ganze Vielfalt der Region auf den Tisch: Auberginen, Tomaten, Paprika, Süßkartoffeln, Yams, Kochbananen. Zunächst kaufte ich zögerlich ein, griff zu den mir bekannten Sorten, nach wenigen Tagen bereits beflügelte mich der Erfolg, und ich wurde mutiger. Es galt kleine Rückschläge einzustecken, aber im Großen und Ganzen war ich mit mir zufrieden. Es gelangen mir wunderbare Gerichte: Fisch mit Mango. Fleischspieße mit Zitronencreme, Auberginen-Sardellen-Auflauf. Wenngleich das Hostal nach wie vor keine gute Bewertung verdiente, so hatte sich innerhalb einer Woche herumgesprochen, dass man bei uns sehr gut essen konnte. Abends waren alle Tische besetzt. Und das lag nicht nur an der fehlenden Konkurrenz.

Tatsächlich dachte ich in der Kategorie *unsere Tische.* Nicht laut und schon gar nicht Ruud gegenüber. Aber Tatsache war, dass ich Angst davor zu haben begann, seine Freundin oder eine andere Frau könne auftauchen und dieses *Unser* zerstören.

Nur Erasmo war mit meinen Experimenten unzufrieden. »Für mich bitte Gallo pinto. Nur Bohnen und Reis«, pflegte er Tag für Tag in seinem unverwechselbaren Kauderwelsch aus Spanisch und Deutsch zu wiederholen. Deutsch hatte er von unserem Onkel gelernt, für den er von Anbeginn an gearbeitet hatte. Das war wohl der Grund, warum

Ruud ihm Asyl gewährte. Er hatte ihn mit dem Haus »mitgekauft«.

»Ich kann für dich nicht extra kochen. Dazu fehlt mir die Zeit«, versuchte ich den Alten umzustimmen.

»Dann werde ich mit dem Herrn sprechen, ob er mir beisteht. Es soll in Indien Menschen geben, die von Luft leben.«

»Erasmo«, rief ich ihm hinterher. »Red keinen Unsinn. Und stell deine Schuhe weg.« Ich wollte den Wasserschlauch anschließen, um die Pflanzen vor der Terrasse zu gießen. Und immer lagen dort Erasmos Schuhe zum Trocknen. Zwei Paar besaß er, ein Paar Badeschlappen, ein Paar Lederschuhe.

Schlurfend kam der Alte aus seinem Versteck unter der Außentreppe, sagte nichts, bückte sich, zog die Schuhe einen Meter zur Seite, ging wieder zurück. Den Rücken hielt er gebeugt. Er tat mir leid. Nie bewegte er sich weiter als bis zum Supermarkt. Seine Wäsche wusch er in einem Mörtelkübel, sein Essen nahm er unter der Treppe auf einer Matte ein. Wo und ob er sich überhaupt wusch, blieb sein Geheimnis. Nie sah man ihn zur Toilette gehen. Er war absolut anspruchslos. Auf seine Bohnen aber wollte er nicht verzichten.

»Erasmo, ich habe dich nach Marisol gefragt, kannst du mir jetzt, nachdem du mich besser kennst, verraten, wo sie sein könnte? Pablo hat sich ein einziges Mal verplappert. Könnte sie in Nicaragua sein? Hat sie je davon gesprochen zurückzukehren?«

»Hans Eisen ist ein guter Mann. Hast du ihn gefragt? Er hat immer eine Meinung.«

»Du offenbar nicht. Warum weichst du aus? Unser Onkel ist krank. Deshalb musst du mir antworten. Kannst du dir vorstellen, dass Marisol ihr Kind zurücklässt?«

»Für mich bitte nur Bohnen und Reis. Danke, Muchacha.« Mit dieser Absage machte der Alte sich aus dem Staub.

Reifen quietschten, Ruuds altersschwacher Jeep fuhr auf den Parkplatz. Ich traute meinen Augen nicht. Pablo saß auf Ruuds Schoß, lenkte das Fahrzeug. Und natürlich strahlte der Junge, als er ausstieg. War über sich hinausgewachsen, konnte den Boden nicht mehr erreichen, sondern schwebte geradewegs auf mich zu.

»Liana, wir waren ...«

»Ihr spinnt wohl. Was ist, wenn die Polizei euch erwischt? Du hast keine Papiere. Sie können dich jederzeit in ein Heim stecken. Habt ihr beiden nichts weiter im Sinn, als die Aufmerksamkeit auf euch zu lenken?«

Schneller, als ich bis drei zählen konnte, war Ruud bei uns. Baute sich als Schutzschild zwischen Pablo und mir auf. Seine Augen feuerten ein wahres Warnfeuer ab. Dann entriss er mir den Schlauch, und ich spürte bereits das kalte Wasser durch meine Kleidung sickern, doch nein, er drehte sich um, hielt Pablo fest und spritzte ihn von oben bis unten ab.

»Wie recht du hast, Liana«, schnaufte Ruud. »Dieses Kind war aber viel zu dreckig, um auf meiner Rückbank Platz zu nehmen. Nie hätten wir es gewagt, etwas zu tun, was den Polizeivorschriften widerspricht. So aber handelten wir in Notwehr. Jetzt ist er wieder sauber.«

Ruuds Stimme war ernst geblieben, und Pablo hatte die Situation anfangs nicht einschätzen können, jetzt aber lachte er, schüttelte die nassen Locken, griff nach dem Schlauch und duschte nun seinerseits Ruud ab.

»Bestimmt habe ich dich dreckig gemacht, mit meinem Dreck.«

»Wo wart ihr?«, versuchte ich meine Härte wieder gutzumachen.

»Mal hier, mal dort«, antwortete Ruud, reichte mir den Schlauch, schnappte sich Pablo und schleppte ihn wie eine Puppe ins Restaurant.

Macht mir drinnen nicht alles nass, konnte ich mir gerade noch verkneifen.

Es waren nur die Finger, es waren nur die Fingerspitzen, die mich berührten. Und natürlich seine Augen, wenn er lächelte. Das Gefühlskaleidoskop, das sich dann in mir drehte, war unglaublich. Wenn er mich auf seine ganz besondere Ruudart anschaute, wenn er mich streifte, stachen winzige Pfeile durch meine Haut. Mitten während des Tischdeckens, wenn ein schneller Rhythmus ihn begeisterte, konnte es vorkommen, dass Ruud alles stehen und liegen ließ, nach meiner Hand griff, meine Taille umfasste und sich und mich tanzend über den Terrassenboden wirbelte. Einfach so. Weil er es wollte. Weil er sich lebendig fühlte. Und sich nichts dabei dachte. Nerven in weit entfernten Körperteilen wurden gereizt, ich stand unter Strom. Wurde zu einem Frosch, der zu Forschungszwecken auf dem Tisch eines Physikstudenten festgetackert worden war. Nicht ich, sondern er bewegte mich. Gerne hätte ich ihn gefragt: Experimentierst du mit mir? Aber natürlich fragte ich nicht. Bestimmt ahnte er nicht einmal, was in mir vorging, denn ich zeigte ihm die kalte Schulter. Egal, was er antworten würde, ich hätte ihm nicht geglaubt. Er war so anders. Ich stellte mir eine Emulsion vor, wir würden nie richtig verbunden sein. Und es war nicht meine Aufgabe, mich zu ändern. Gleichzeitig machte mir das Zusammenleben mit ihm klar, dass Glauben, Wissen und Gefühle getrennt voneinander existieren konnten.

Die Nachmittage verbrachten wir zumeist alleine. Pablo und ich. Immer wieder versuchte ich, ihn über seine Vergangenheit auszufragen. Vergeblich. Sobald er merkte, worauf meine Fragen hinausliefen, verschloss er sich. Er selbst aber war zum Fragesteller geworden. Warum, wieso, weshalb. Er konnte wunderbar allein spielen, er konnte einen aber auch stundenlang löchern.

»Wieso gibt es Umweltverschmutzung?« Ich blieb ihm eine Antwort schuldig.

Eines Tages kam auch die Frage, vor der ich mich gefürchtet hatte.

»Wie lange noch?« Pablo war ein kluger Kopf. Ich sprach nicht mehr oft vom Großvater und der Schweiz.

»Keine Ahnung.«

Ein Nachbarshuhn hatte sich in Ruuds Garten verirrt. Wir versuchten es einzufangen. Es saß auf einem niedrigen Metalltischchen, starrte uns aus senfgelben Augen an. Bestimmt wollte Pablo noch mehr wissen. Was die Papiere machten, was seine Tante gesagt hatte.

Er beschränkte sich jedoch auf diese eine Frage: »Wie lange bleiben wir noch hier?«

Er wiederholte sie am nächsten Tag. Als uns ein anderes Huhn aus senfgelben Augen anstarrte.

»Pepe soll seinen Hühnern endlich die Flügel stutzen«, schimpfte ich. »Auch dieses wird wieder alles vollscheißen.« Diesmal hockte das Tier unerreichbar weit oben, auf den Sparren des Verandavordachs.

»Wann weißt du die Antwort?« Ich merkte, wie er auf der Frage kaute. Wie man auf einem Kaugummi kaut.

Kinder brauchen Sicherheit, ging es mir durch den Kopf. Wie soll er mir vertrauen, wenn ich ihn nicht in meine Pläne einbeziehe? Tatsache aber war, dass ich selbst nicht wusste, was zu tun war. Ich starrte Pablo an. Bald würde der Geschmack nachlassen. Er würde mir seine Angst vor die Beine spucken. Er würde wieder das Bett einnässen. Ich war ihm eine Antwort schuldig.

»Ich telefoniere fast täglich mit Dr. Schmid Rodrigues«, begann ich. »Er sagt uns Bescheid, wenn es Neuigkeiten gibt. Auch die Leute von der Botschaft können uns jederzeit erreichen. Wie ich dir bereits gesagt habe, wir verpassen nichts. Denn deine Ausreisegenehmigung lässt auf sich warten, und die Geburtsurkunde fehlt auch noch.« Meine Stimme geriet ins Stocken. »Im Gegensatz zu uns glaubt Otas Anwalt, dass deine Mutter nicht mehr lebt. Und noch denken alle, dass du Pablo bist.«

Mit großem Ernst unterbrach er mich. »Ich bin Pablo, und ich weiß nicht, wo sie ist.«

»Schon gut! Ich verstehe, dass du deine Mutter schützen willst. Das tut auch deine Tante Lucia. Vielleicht hat sie es gut gemeint, als sie behauptete, du wärst bei ihr. Aber was soll ich davon halten? Vermutlich weiß sie, wo deine Mutter sich aufhält. Vermutlich glaubt sie, wir würden deiner Mutter Vorwürfe machen«, erklärte ich. »Dabei will ich nur mit ihr sprechen, verstehst du? Halt, nicht wegrennen.« Hart fasste ich ihn am Arm, zog ihn zurück. »Du hast mich etwas gefragt. Jetzt musst du mir auch zuhören. Es ist furchtbar, ich weiß. Am liebsten würde ich all diese Probleme vergessen und begraben. Was ich meine, du machst dir jetzt bestimmt viele Gedanken. Das nutzt nur leider nichts, denn die Dinge befinden sich so lange in der Schwebe, bis wir wissen, wo deine Mutter ist.«

Pablo sagte keinen Ton mehr, war erstarrt, mehr als das, verkapselte sich, wurde winzig, ein Samen, der sich darauf vorzubereiten schien, eine unendlich lange Dürreperiode überleben zu müssen. Sein Anblick verunsicherte mich, ich verlor für kurze Zeit den Faden.

»Glaubst du nicht auch, dass deine Mutter uns weiterhelfen könnte?«

Wie dumm ich war. Ich sah einen schmalen Ufersteifen, an den ich ihn und mich retten wollte, doch statt die Dinge aktiv in Angriff zu nehmen, klammerte ich mich an das Kind, überforderte es.

»Auch deine Tante Lucia muss endlich die Wahrheit sagen.«

Wieder falsch. Als keine Erwiderung kam, nicht die kleinste, wurde mir meine unprofessionelle Vorgehensweise mehr als bewusst. Du darfst ihm nicht die Macht über deine Entscheidungen überlassen, hörte ich Ruud aus dem Off sagen.

»Sollen wir zum Fluss?« Vorsichtig stieß ich Pablo an. »Das Huhn muss sich selbst helfen.«

»Nein. Du kannst alleine gehen. Ich passe auf das Huhn auf.«

Furcht und mangelndes Vertrauen umhüllten das Kind, ließen kein Licht zu ihm durch.

Noch am Nachmittag, während ich Maß nahm für neue Moskitonetze, beobachtete ich Pablo. Seit einigen Tagen hatte er eine Freundin, Clara, die kleine Tochter von José und Maria, die für die Reinigung der Zimmer zuständig waren. Wer die Rolle des Chefs einnahm, war nicht schwer zu erraten.

»Weiber dürfen das nicht«, hörte ich den Jungen gerade sagen. Er zerrte an einem Seil, nahm es an sich, band es dem Hundewelpen um den Bauch und verkündete: »So macht man das.«

Als ich ihn das zweite Mal hörte, wie er das Wort »Weiber« verwendete, legte ich den Zollstock zur Seite und angelte mir den Jungen.

»Ich will das nicht.«

»Was?«

»Dass du so mit Clara redest.«

»Sie ist doch nur ein Mädchen.«

Ich schaute Clara an, die über mein Eingreifen sehr erstaunt zu sein schien. Fehlte nur noch, dass sie Pablo in Schutz nahm. Das tat sie nicht, aber als ich den Jungen dazu zwang, sich bei ihr und bei mir zu entschuldigen, war ihr das sichtbar peinlich. Ich wusste, dass ihre Mutter ihr kein Vorbild war. Maria ließ sich von ihrem Mann herumkommandieren, obwohl beide gleichwertig angestellt waren. Und mehr als einmal war es vorgekommen, dass sie die Arbeit alleine erledigen musste, weil José seinen Rausch noch nicht ausgeschlafen hatte.

An diesem Tag kam ich nicht mehr an Pablo heran. Wie so oft rettete jedoch Ruud den Abend, indem er den Jungen wie selbstverständlich ins Restaurantgeschehen einbezog.

»Los, du Faulpelz, bring den Hund weg, wasch dir die Hände. Die Spülmaschine ruft seit einer halben Stunde nach dir.«

Alle mussten anpacken, damit die Gäste zufrieden waren, das war auch Pablo klar. Die Arbeit wuchs zu einem Aufgabenberg, der nur mit vereinten Kräften abgetragen werden konnte.

Als sie erledigt war, waren auch wir erledigt. Ich für meinen Teil war auch zufrieden. Auf der Terrasse saßen die letzten Gäste. Ich wollte noch einen Nachtspaziergang machen, stolz darauf, dass meine alte Furchtlosigkeit zurückgekehrt war. Doch Pablo und Ruud hielten mich zurück.

»Zu gefährlich.«

»Quatsch, ich habe keine Angst.«

»Doch, du hast Angst«, lachte Pablo mich an. Es war sein erstes Lachen seit den beiden schwierigen Gesprächen. Er wusste, dass er den Angstsatz, wenngleich nicht wörtlich, so doch im übertragenen Sinne, von mir gestohlen hatte.

»Und was bietet ihr?«

»Unterhaltung«, versprach Ruud.

Ich ließ mich überreden, und wir nahmen an unserem Tisch Platz. Aber Ruud konnte sein Versprechen nicht halten. Statt mich zu unterhalten, verfluchte er laut die Hektik des Restaurantbetriebs.

»Nie hatten wir viele Gäste und waren doch immer glücklich. Dieses neue Leben aber ist ein Hundeleben. Lia, du bist mein Untergang. Schau mich an, ich verliere an Gewicht, und demnächst wird Haarausfall hinzukommen.« Theatralisch griff er sich in die Mähne. »Meine Freunde kommen auch nicht mehr vorbei, weil ... weil es bei uns jetzt so ...«, er suchte nach einem passenden Wort, »... so streng zugeht.«

»Liana«, korrigierte ich. »Und deine Freunde sind übrigens jeden Abend da. Sie verdrücken sich nur, sobald ich sie auffordere, mir zu helfen.«

»Das sage ich doch. Du bringst alles durcheinander. Wozu der Fleiß? Jesus hat meines Wissens auch nicht gearbeitet. Er hat ein bisschen gepredigt und ist durch die Lande gezogen. Menschen sind von Natur aus faul.«

»Also sitzt du in deinem Wald nur rum«, lachte ich ihn aus. »Wenn du stattdessen kochen lernen würdest ...«

»Shit, so dramatisch. Meine Kochkunst würde den Untergang dieses Betriebes dann doch zu sehr beschleunigen. So weit soll es nicht kommen. Wir werden noch jemanden einstellen. Und ab sofort schließen wir die Bude für einen Tag.

Wozu die Gier? Geld ist was für Angsthasen.« Wie auf der Suche nach einem Verbündeten blinzelte er zu Pablo hinüber, der selbstvergessen in seinem Erdbeereis rührte. »Ab sofort gehört der Montag den Faulpelzen.«

»Schon vergessen, dass du neue Fenster kaufen wolltest? Natürlich brauchst du Geld«, begann ich, merkte aber schnell, dass ich mich lächerlich machte. »Okay, es ist deine Bruchbude.«

»Ich mache mit«, unterstützte Pablo sein Vorbild, hob die Rechte, und die beiden klatschten sich wie erfolgreiche Volleyballspieler ab. Dabei war ich die Erfolgreiche, verdammt noch mal.

»Was ist los?« Ruud musterte mich unter seinem dichten Pony. »Madame fühlt sich unpässlich, möchte sich mit den Männern hier am Tisch nicht solidarisieren? Komm schon, am Montag zeige ich dir meinen Wald.«

»Interessiert mich nicht. Ich bin mehr so der Bergsteigertyp, können wir nicht irgendwohin laufen, irgendwohin, wo einem schwindlig wird.«

»Schwindel will sie haben, hast du das gehört, Junior. Das kann sie haben.« Und schon war Ruud bei mir, schon umschlangen mich seine Bärenarme, rissen mich hoch, schleppten mich zur Terrassenmitte. Ich wurde herumgewirbelt.

Pablo schrie erschrocken auf, schien den Spaß nicht zu verstehen. »Nicht«, bat er, »nicht so.«

Augenblicklich ließ Ruud mich los, wir stolperten, und ich knallte gegen einen Verandapfosten. Der Ausbruch endete mit einer Beule, die meine Stirn verschönerte, wie Ruud mir mehrmals versicherte, und einem übereilten Aufbruch.

»Entschuldigen Sie vielmals, wir machen die Kiste zu«, sagte Ruud zu den letzten Gästen. »Wenn Sie noch sitzen bleiben wollen, kein Problem, aber nehmen Sie bitte die

Kissen mit in Ihr Zimmer.« Ruud stand auf und räumte die nicht mehr benötigten Stuhlauflagen ins Innere. Dann schob er das Eisengitter vor die Eingangstür. »Los, Pablo, hilf mir, wir gehen heim.«

»Ich wollte dir aber noch etwas zeigen.« Der Junge wies zum Tisch, der neben der Theke stand. In seiner freien Zeit, wenn er nicht einen Hund, Clara, einen Gast oder sonst wen bedrängte, saß er dort und arbeitete. Neben Schere, Zirkel und Buntstiften brauchte er Kataloge und Zeitschriften, aus denen er Bilder herausriss und Zahlenkolonnen abschrieb, um sie nach einem eigenen System neu zusammenzufügen. Ich hätte schwören können, dass er Sigi glich. Vielleicht musste man nur lange genug mit jemandem zusammenleben, um ihm ähnlich zu werden.

Ruud warf einen Blick auf den Tisch, schüttelte bedauernd den Kopf. »Ich habe unsere Puppe verletzt, lass sie uns reparieren, bevor sie ganz kaputtgeht. Morgen schaue ich mir dein Heft an, okay. Oder noch besser, du nimmst es mit. Wir können es dann zusammen anschauen.«

Ein einzelnes Blatt fiel heraus. Darauf sah man einen Hund. Fabelwesen zierten sein Fell. Ein fliegender Fisch, ein auf Krücken gelehnter Teufel. Aber auch eine riesige Briefmarke. Ein Hund, der mit der Post verschickt werden sollte. Ich hob das Blatt auf, drehte es bewundernd hin und her. Doch Ruuds Stimme drängte:

»Los jetzt, bestimmt erlaubt die angeschlagene Prinzessin, dass du heute bei mir schläfst.«

Vielleicht war es die Beule, vielleicht war es die Zuneigung, mit der Ruud verschwenderisch um sich warf, als wäre sie eine nachwachsende Pflanze, in dieser Nacht konnte ich jedenfalls nicht einschlafen. Als hätte ich hohes Fieber, wälzte ich mich hin und her. Ich stand auf, riss das Fenster auf. Erhob mich fluchend und verschloss es wieder, als die Stechmücken kamen. Ich ging ins Bad und duschte. Ich legte mich nass ins Bett. Es half nichts. Schließlich kam ich auf die Idee, mir ein Glas Wein einzuschenken. Sündhaft teuren, den ich mir bei meiner Lieblingschinesin gekauft hatte. Er schmeckte scheußlich. Zudem machte mich der Wein nicht müde. Unruhig schlich ich also weiter durchs Haus, duschte ein zweites Mal und aß ein Stück Weißbrot, das trocken war und nach Sägespänen schmeckte. Schließlich fand ich mich, keine Ahnung, wie ich dorthin kam, in Ruuds Kammer wieder. Nur durch ein winziges Fenster ließ die Außenwelt Licht hinein, doch es reichte, um meine Eifersucht zu entfachen. Gehörte Pablo nicht mir, jedenfalls mehr zu mir als zu Ruud?

Ihre Gesichter, weich vom Schlaf und gezeichnet von einer satten Zufriedenheit, lagen dicht nebeneinander. Die Kinderbeine konnte ich nicht sehen, sie wurden von einem Laken verdeckt. Aber ich ahnte, dass der Knabenkörper dort endete, wo Ruuds Hintern begann. Es war dieser Hintern, weiß und nur zur Hälfte bedeckt, der mich magisch anzog. Ich ging nicht rückwärts wieder heraus, wie es angebracht gewesen wäre, ich stand da und staunte über so viel Natürlichkeit.

Meine Nase zuckte. Im Raum roch es intensiv nach Mann und nach etwas, was ich nicht bestimmen konnte. Ich schaute mich um. Entdeckte aber nur das aufgeschlagene Heft, das Pablo Ruud hatte zeigen wollen. Lange Kolonnen fielen mir ins Auge. Lesen konnte ich den Inhalt nicht, aber ich wusste, dass Pablo Pflanzennamen aus einem Bestimmungsbuch abgeschrieben und daneben Wuchshöhe, Blüte- und Fruchtzeiten aufgelistet hatte. Seine kindliche Begeisterungsfähigkeit, aber auch sein Bedürfnis, neues Wissen zu ordnen, füllte ihn ganz aus.

So unmittelbar, dass ich beinahe das Gleichgewicht verlor, griff eine Hand nach mir. Ruud, den Arm lässig um Pablo gelegt, hielt meinen Knöchel umklammert. Ohne die Augen zu öffnen, sah er in meine Richtung. Sein Mund lächelte.

»Wer will mein Gold stehlen?«

»Schon vergessen, das versteckst du im Mülleimer.«

»Nicht alles.«

»Lass los. Bitte«, fügte ich hinzu.

»Die Matratze ist nicht breit, aber du bist herzlich eingeladen.«

»Man muss nicht jede Lücke füllen.«

Er ließ mich los. »Warum musst du immer so erwachsen tun?«

Scheiße, er hatte recht. Ich war nicht ich selbst, wenn ich mit ihm sprach. Oder ich war ich und noch jemand ganz anderer. Wütend auf meinen unbedachten Spruch, drehte ich mich um. Nach kurzem Zögern aber, nachdem ich bereits einen Schritt Richtung Tür getan hatte, überlegte ich es mir anders. Die Tür war verschlossen. Ein Wink des Schicksals, ganz klar. Ich sollte heute Nacht in dieser Kammer bleiben. Bei Pablo und Ruud. So wollte es Gott. Oder der Teufel. Oder beide.

Vorsichtig schob ich Pablo näher an Ruud heran. Vorsichtig zog er das Kind. Nachdem ich ein Plätzchen gefunden hatte, legte Ruud seinen Arm wie selbstverständlich wieder um Pablo. Ruud hatte lange Arme. Wikingerarme, zum Rudern gemacht. Sie reichten bis zu meiner Körpermitte.

»Pst.«

Pablo ruckte zwischen uns, schlief aber sofort wieder ein. Er trennte und verband uns. Beides war wahr. Der Schlaf kam in dieser Nacht nicht mehr zu mir. Da war diese Hand und dieses Kind, und ich spürte, dass mich innerlich etwas zerriss. Altes kämpfte gegen Neues. Ich hatte keine Ahnung, was ich als Nächstes tun sollte. Ruuds Frage hallte in mir nach.

»Hast du dich auch schon gefragt, ob wir nicht zusammenpassen würden?«, hatte er am Vorabend wissen wollen. Und vergeblich auf eine Antwort gewartet. Was ihn zu einer wenig netten Bemerkung veranlasst hatte.

»Aber nicht doch, du bist ja ein Planet, der seine Umlaufbahn nicht verlassen kann. Wie konnte ich das nur vergessen.«

Erst mit dem frühen Ruf eines Tukans kam die Entspannung, zog mich in den Schlaf wie in einen tiefen Brunnen.

Am Tag gingen Ruud und ich uns aus dem Weg. Das war, wenn man zwei Häuser und einen Wald bewohnte, nicht schwer. Die Nähe der vergangenen Nacht verunsicherte mich. Dabei sagte ich mir immer wieder: Es ist nichts passiert. Erst spät, am Nachmittag, kam Ruud ins Hostal. Er sah müde und ausgelaugt aus. Ich fragte nicht. Er erklärte mir nichts. Als wir zusammen die Tische abräumten, kam der Anruf.

»Ein Mann«, sagte Ruud streng, als hätte ich oder der Anrufer die Grenze des guten Geschmacks überschritten.

Basti verlangte eine Erklärung. »So etwas kann man nicht wissen«, behauptete er. »Wie kannst du wissen, dass du mich nicht mehr liebst?«

Er hatte recht, ich konnte es nicht wissen. Aber ich konnte es fühlen. In mir war keine Sehnsucht.

Ruud wischte die Tische auf der Terrasse ab. Dann tat er so, als würde er Maß nehmen für ein Garderobenbrett. Ich verzog mich mit dem Telefon in die Küche, wisperte.

»Was soll ich sagen? Es tut mir leid.«

Gerne hätte ich aufgelegt. Es ging nicht. Ich musste mir alles anhören. Dass wir gemeinsame Pläne hatten, dass die Zukunft vor uns lag, dass er auf mich nicht verzichten wollte, dass er mich immer noch liebte, wenngleich ich mich erschreckend schnell, erschreckend merkwürdig verändert hätte.

»Diese Reise war ein Fehler. Du bist zu jung. Komm zurück. So etwas macht man nicht.«

»Was?«

»Alles hinschmeißen. Wir haben so viel zusammen erlebt, wir haben etwas aufgebaut.«

»Was denn?«

Doch er antwortete nicht, verfing sich in einem Monolog, der in großen Schleifen durch die Landschaft seiner Gefühle mäandrierte und sich durch Wiederholungen in die Länge zog. Warum ich unsere Beziehung mit Füßen treten würde, ob alles umsonst gewesen sei, ob ich vergessen hätte, wie wir zusammen …? Und damit meinte er wohl, ob ich kein Mitgefühl hätte. Doch, das hatte ich. Nicht seine Argumente, sein Kummer ließen mich zweifeln. Natürlich waren da Erinnerungen, natürlich hatten wir gegenseitiges Vertrauen aufgebaut. Es war dumm von mir, das mit einer einzigen Handbewegung vom Tisch zu fegen. Einen verlässlicheren Mann würde ich wohl nie mehr finden.

»Aber …«, begann ich und wusste nicht weiter. »Vielleicht sollten wir in Ruhe darüber sprechen, wenn ich zurück bin.«

»Ich werde kommen. Sobald ich einen günstigen Flug ergattere.«

»Wie meinst du das? Du hast Prüfungen«, stotterte ich und merkte, wie Unbehagen mit kalter Hand nach mir griff.

»Ich warte nicht, bis du zurückkommst. Vielleicht kommst du ja gar nicht mehr. Du steckst da im Hochland und tust nichts. Ich mache mir Sorgen. Was gibt es dort? Warum kümmerst du dich nicht um die Papiere?«

»Weil ich nichts erreichen kann. Das habe ich dir doch geschrieben. Und ich will nicht, dass du kommst. Basti, hörst du mich? Schreib deine Prüfungen. Bis zu den Semesterferien bin ich bestimmt zurück.«

»Welche Semesterferien meinst du? Hast du den Überblick verloren?«

20

Die Tage begannen sich ähnlich zu sehen. Glichen Mehrlingen, die sich darüber freuten, einen zu verwirren. Schon morgens vertrieb die Sonne alle Kühle, wühlte sich in die Erde, durchdrang die letzten Ritzen. Ich stand inzwischen sehr viel früher auf, kurz bevor Ruud das Haus verließ. Während er mit dem Jeep zum Einkaufen fuhr oder sich im Wald herumtrieb, arbeitete ich im Garten, erntete, was zu ernten war, und goss die Blumenbeete. Wenn Pablo rechtzeitig ins Bett gegangen war, half er mir. Es war jetzt unser Garten, es waren unsere Kräuter, aber meine Rosen.

»Kann ich ein paar Rosen abschneiden, als Deko?«, fragte Ruud eines Tages. Und merkte nicht, wie ich ihn irritiert anschaute. Erst als ich nickte, holte er die Schere und ging hinaus.

Zur Mittagszeit war es dann so warm, dass man es nur unter dem Dach einer Pergola oder im Inneren des Hauses aushalten konnte. Sowieso pflegten alle, die es sich leisten konnten, eine lange Siesta einzulegen. Dann erstarb das Leben im Dorf. War man aus irgendeinem Grund am frühen Nachmittag unterwegs, erwischte es einen. Pünktlich um vierzehn Uhr warf die Erdgöttin ihre Leinen aus, zog Wolken heran, nein, trieb sie wie eine Schafherde zusammen. Es krachte, es blitzte, und ein halbstündiger Regen sorgte für Abkühlung.

»Normalerweise ist es hier nie so heiß«, versicherte mir Ruud. »Erst seit du bei uns bist.«

»Danke.«

»Gern geschehen.«

Nur kurz schaute die Sonne sich das Vierzehnuhrspektakel an, dann verjagte sie die vorwitzigen Wolken, nahm wieder am Himmel Platz. Doch jetzt regierte sie mit sanfter Hand. Es war nicht mehr so drückend heiß. Das war die schönste Zeit, die Zeit, in der Pablo und ich gemeinsam etwas unternahmen. Wir gingen mit dicken Lastwagenreifen zum Fluss, um uns von Stromschnelle zu Stromschnelle treiben zu lassen, oder wir suchten einen der zahllosen Wasserfälle auf, um uns unter das kühle Nass zu stellen. Nach Schlangen und anderen Tieren hielten wir auch Ausschau, sahen aber selten etwas Interessantes.

»Du bist wie deine Großmutter«, sagte ich zu Pablo, »keine drei Schritte konnte man mit ihr zurücklegen, ohne dass sie einen Stein aufhob oder ein Blatt umdrehte.« Immer wieder vergaß ich, dass Pablo nicht mein Neffe war. In den Augenblicken, wenn es mir aber bewusst war, zog sich mein Herz eng zusammen. Um dieses Gefühl zu überbrücken, löcherte ich Pablo mit Fragen.

»Was hat unser Bruder von zu Hause erzählt, von Deutschland und der Schweiz, meine ich? Hast du von ihm die Tagebücher und die Bilder bekommen?«

Pablo sprach nicht oft von Sigi. Seine Mutter erwähnte er nie. Aber in manchen Augenblicken rutschte auch ihm eine unbedachte Äußerung heraus.

»Papi ist mit mir in den Wald gegangen. So wie Ruud jetzt. Er nimmt mich mit und zeigt mir alles. Ich kenne jetzt viele Pflanzen. Mahagonibaum, Gummibaum, Feigenbaum. Das sind Baumarten. Von den Sträuchern kenne ich den Kaffeestrauch und den Kakaostrauch. Die Namen der Blütenpflanzen sind am schwersten, weil es so viele gibt. Bestimmt über tausend Orchideen.«

»Du übertreibst. Es mögen hundert sein. Mehr nicht.«

Er plusterte sich beleidigt auf, führte ein paar Beispiele an.

»Stopp. Mich interessieren nur Nutzpflanzen. Pflanzen, die man in der Küche verwenden kann, das weißt du doch.«

Nach dem Schwimmen packten wir unsere Siebensachen zusammen. Weit und breit war keine Menschenseele zu sehen. Nur ein Esel stand angepflockt unter einem ausladenden Baum. Wozu, warum konnte ich mir nicht denken. Ab und zu rief er nach uns.

»Espera, amigo, estoy viviendo, ich komme zu dir, mein Freund«, antwortete Pablo.

»Nichts da«, bremste ich, »wir müssen zurück.« Gekocht hatte ich bereits. Die Nachspeise aber musste noch zubereitet werden.

»Hätte Ruud einen Kakaobaum gepflanzt, könnten wir unsere eigene Schokolade herstellen.«

»Das ist ein Strauch, kein Baum«, verbesserte mich Pablo.

»Egal.«

»Die wachsen in Ruuds Wald«, trumpfte Pablo auf.

»Was macht Ruud so im Wald?«

»Er guckt. Und ab und zu reißt er ganze Bäume heraus. Ich durfte auf dem Bagger mitfahren.«

»Er hat einen Bagger da oben?«

»Zwei. Die Arbeiter sind sehr nett. Immer darf ich aufsteigen. Aber nicht immer mitfahren. Nur als wir diesen, keine Ahnung, wie das heißt, es war so ein breiter Streifen, als sie den gesäubert haben, da war ich dabei. Der sollte ohne Pflanzen sein.«

»Eine Feuerschneise?«, half ich aus.

»Vielleicht.«

»Ruud sollte sich besser um sein Hostal kümmern, finde ich. Statt die Arbeit aufzuheben, steigt er darüber. Es gibt so viel zu tun. Die einfachsten Dinge bringt er nicht in Ordnung.«

»Ruud ist in Ordnung«, antwortete Pablo ausweichend und drehte mir einen sehr geraden Rücken zu. Ohne ein weiteres Wort ergriff er seine Tasche und ging vor. Die steile Straße zum Dorf hinauf. Er zeigte mir die kalte Schulter. An Ruud durfte niemand Kritik üben.

Bald schon erreichten wir die Behausungen der Indios. Sie lagen außerhalb des Dorfes, und Strom und Wasser waren hier seltene Gäste.

»Zugezogene«, hatte die Besitzerin des chinesischen Supermarktes mir erklärt, »Indianer und Mischlinge, die sich illegal niedergelassen haben.«

Meine Neugierde fachten solche Bemerkungen erst recht an. Fasziniert betrachtete ich die Holzhütten mit den Blechdächern, die wie schief aufgesetzte Mützen herunterzurutschen drohten. Dicht an dicht duckten sich die Hütten hinter dem Straßengraben. Kinder und Hunde, die einen mit nackten Füßen, die anderen mit räudigem Fell, kamen uns entgegen. Doch sie beachteten uns nicht, rannten neben einem großen Jungen her, der einen Hahn eingefangen hatte und ihn nun wie eine Tasche unter dem Arm spazieren trug. Im Graben vermischten sich Schmutz- und Regenwasser zu einem dünnen Rinnsal. An manchen Stellen wurde das Wasser durch liegen gebliebenen Plastikmüll, alte Reifen und Äste gestaut. Dorthin warfen sie den verdatterten Vogel, der aufgebracht krähte. Es war ein junges Tier. Das Gelächter, das ihn verhöhnte, so hoffte ich, würde ihn stark machen.

»Te quiero, ich liebe dich«, schrien ihm die Kinder zu, »te quiero mucho.« Die Hunde fielen bellend in das Gejohle mit ein. Pablo und ich schauten uns ratlos an. Erwachsene waren auch zu sehen, doch sie hockten weit oben, auf ausrangierten Stühlen, schienen mit irgendetwas beschäftigt zu sein, das für Außenstehende nicht sichtbar war. Geduldig warteten die Hütten auf einen neuen Farbanstrich, die Fenster wollten ausgebessert werden.

»Verschönerung muss nicht zwangsläufig mit einem Wunder gleichgesetzt werden«, murmelte ich vor mich hin.

»Was meinst du?«, wollte Pablo wissen.

»Nichts. Diese Menschen tun mir leid.«

»Wer?« Er verstand mich nicht. Seine Augen hatten sich längst an das Elend gewöhnt. Doch das war es nicht allein. »Meinst du Claras Familie?«

»Die wohnen doch nicht hier«, protestierte ich.

Pablo wusste es besser. In dem Viertel, das ich nur den Allerärmsten und Ausgegrenzten zugestanden hatte, wohnten auch Maria und José, die Angestellten von Ruud. Beschämt musste ich feststellen, dass ich keine Ahnung hatte, unter welchen Bedingungen sie lebten.

»Sollen wir sie besuchen?«

»Nein!«

»So spät ist es noch nicht.«

Pablo nahm mich an die Hand, führte mich wie eine Blinde. Die ich nicht war. Und doch war, denn ich hatte mich bestimmten Menschen und ihrem Schicksal gegenüber blind gestellt. Hatte nicht hinter die Kulissen schauen wollen. Obwohl Maria und José eine Anstellung hatten, die sie mit einem regelmäßigen Einkommen versorgte, kamen sie kaum über die Runden. Das war mir klar geworden, als Maria eines Tages ihre Ausgaben für Nahrungsmittel, Strom,

Wasser und Kleidung aufzählte. Dennoch hatte ich nicht vermutet, dass sie unter solchen Bedingungen lebten.

Auf einem wackligen Bohlenbrett überquerten Pablo und ich den mit Abfall gefüllten Graben, der geduldig die Abwässer der kleinen Siedlung aufnahm. An Holzhütten vorbei führte das Kind mich einen Lehmpfad entlang, auf eines der wenigen Ziegelgebäude zu. Wie Hautreste löste sich der Putz großflächig von den Wänden. Glasfenster suchte ich vergebens, die Aussparungen im Mauerwerk konnten nur durch Holzläden verschlossen werden.

»Ich will nicht«, gab ich meinem Zögern erneut Ausdruck. Doch Pablo hatte bereits die Eingangstür erreicht und winkte mich heran. Zögernd trat ich näher. Ein Verandapfosten war eingesunken, hatte einzelne Platten des Wellblechdaches auseinandergedrückt. Notdürftig war der entstandene Zwischenraum durch eine schwarze Plastikplane abgedichtet worden. Ein Schaukelstuhl stand vor der Eingangstür. Er bewegte sich und lieferte den Hinweis dafür, dass hier gerade jemand aufgestanden war. Ich traute mich nicht über die Schwelle. Wir kamen unangemeldet. Sicherlich war es Maria unangenehm. Doch noch bevor ich einen Rückzieher machen konnte, hörte ich Claras helle Stimme. Sie rief nach ihrer Mutter. Besuch, rief sie, und dann kam eine Bezeichnung, die »los gringos« bedeuten konnte. Die Ausländer.

Maria trat heraus. Wie immer trug sie Jeans und ein kurzärmliges Top. Diesmal war es besonders knapp, ließ den Blick auf drei Speckrollen zu, die sich über ihrem Hosenbund wölbten. Busen und Bauch gingen ineinander über, und erstaunt betrachtete ich das, was sie darauf abgelegt hatte. Maria hielt ein Baby in ihren Armen, wiegte es sanft hin und her.

»Deins?«

»Claro, sicher doch.«

Ich hatte keine Ahnung. Nun erfuhr ich, dass sie vier Kinder hatte. Einen Jungen, der bereits arbeitete, dazu drei Mädchen. Anita, zehn Jahre alt, Clara, die in Pablos Alter war, und das Baby. Das Kind wurde »la nena«, die Kleine, genannt. Mit einem stolzen Lächeln schob Maria die Mütze zurück und hielt mir ihre Jüngste zur Begutachtung hin. Die Augen waren geschlossen, der Mund leicht geöffnet, ein wunderschönes, perfektes Kind.

»Qué linda, wie hübsch.« Ich traute mich nicht, meine Begeisterung deutlicher zu zeigen.

Prompt erhob Clara sich auf die Zehenspitzen, zerrte am Arm des Babys und stellte klar, dass sie einst ebenso klein und hübsch gewesen war.

»Ja doch, meine Königin.« Maria lächelte, griff in ihren BH, holte einen Geldschein hervor und forderte Pablo und Clara auf, süßes Brot kaufen zu gehen. Ich protestierte. Es half nichts.

»Du musst reinkommen. Ich mache uns einen Kaffee. Welche Ehre.« Lippen öffneten sich, machten den Weg frei für das breiteste Lächeln der Welt. »Das Haus hat uns José gebaut. Meine Mutter wohnt bei uns, also sind wir zu sechst, das ist ein bisschen eng, aber tagsüber sind ja doch alle draußen, und nachts schlafen wir. José kommt immer seltener.«

»Warum?«

Während ich den Kopf einzog, um durch die niedrige Tür zu treten, erzählte sie, dass ihr Mann seit zwei Jahren mit einer anderen Frau zusammenlebe.

»Er hat sich verliebt. Was soll man machen? Mit der anderen hat er inzwischen auch ein Kind.« Maria lächelte immer noch. Jetzt entschuldigend.

»Und von wem ist dein Baby?«

»Von ihm natürlich. Alle Kinder sind von ihm. Na ja, die Mädchen auf jeden Fall. Ab und zu kommt er vorbei. Er repariert mir auch das ein oder andere.« Und wer von euch bekommt das Geld, das Ruud euch wöchentlich bezahlt?, wollte ich fragen, doch ich hielt den Mund.

»Nimm Platz. Por favor!« Sie zeigte auf einen von drei Stühlen. Mein Stuhl war viel zu niedrig für den selbst gezimmerten Holztisch. Rasch wurden die Schulutensilien weggeräumt, landeten auf einem Bett, das in der Ecke stand. Der Raum war winzig, bot keinen Platz für einen Schrank. Die Kleider hingen an einer Wäscheleine, T-Shirts und Handtücher lagen gefaltet auf einem Regalbrett. Im Nebenraum entdeckte ich weitere Betten. Sie standen dicht an dicht.

»Nimm doch Platz!«, wurde ich erneut aufgefordert. Ich setzte mich jedoch nicht, sondern folgte Maria in die Küche, ein schmaler Anbau, der neben einem offenen Holzherd und dem Kühlschrank keine weiteren Möbel beherbergte. Immerhin hatten sie Strom. Die Küchengeräte lagen auf einem Eisengitter, das praktischerweise direkt über dem Herd montiert worden war. Abgespült und gewaschen wurde draußen im Hof. Während Maria Kaffee aufsetzte, nahm ich ihr das Baby ab und ging hinaus. Mit großen Augen betrachtete ich das Durcheinander aus brauchbaren und unbrauchbaren Plastikkanistern, die sich in einer Art Wohngemeinschaft das überstehende Dach mit Metalleimern, Besen und Gummistiefeln teilten.

Eine Henne und ihre Küken pickten im Laub einer lila blühenden Bougainvillea. Es waren keine Essensreste zu sehen. Vermutlich füllten sie ihre Mägen mit Erde und kleinen Steinen. Plötzlich erklang Radiomusik. Clara und Pablo waren zurückgekehrt und tanzten wie Derwische durch die enge Küche.

»Passt bitte auf!«, rief ich erschrocken. Maria ließ sich nicht aus der Ruhe bringen, sie deckte den Tisch, stellte sogar ein Glas mit einem Hibiskuszweig in die Mitte. Das Trinkglas, das als Vase diente, kam mir bekannt vor, es stammte aus Ruuds Restaurant. Die Kinder waren laut, doch das Baby in meinem Arm schlief seelenruhig weiter. Wir saßen beisammen und teilten uns das süße Brot. Alle lächelten. Nur mich sprang das Mitleid wie eine Grippe an. Mir wurde abwechselnd kalt und heiß. Mit einer Serviette fächelte ich mir Luft zu. In dem Raum war es stickig, und kein noch so forscher Windhauch fand den Weg durch die schmale Eingangstür. Diese Familie lebte von der Hand in den Mund. Wie sollte mir da ihr Brot schmecken?

Mehrmals wurde ich aufgefordert zuzugreifen, mehrmals betonte ich, dass ich vollkommen satt sei. Auch vom Kaffee nippte ich nur. Er war stark und süß.

»Ich will Kindermilch«, krähte Clara plötzlich, stellte sich neben die Mutter, rollte das eng anliegende T-Shirt nach oben und schnappte sich eine freigelegte Brust. Zufrieden begann sie zu trinken. Maria lächelte geduldig und winkte Pablo heran. Und tatsächlich, ohne zu zögern, schmiegte der Junge sich an Claras Mutter, nahm die zweite Brustwarze in den Mund und nuckelte daran. Er, der körperliche Nähe nur schlecht ertragen konnte, schloss genießerisch die Augen. Genoss die Zuwendung und körperliche Wärme. Seine rechte Hand lag auf Marias Bauch, während die linke ihren Rücken umfasste.

»Früher habe ich als ›Nodriza‹ gearbeitet. Manchmal habe ich bis zu sechs weitere Babys gestillt.«

»Und wo ist deine älteste Tochter?«, fragte ich, um irgendetwas zu fragen.

Ich bekam keine Antwort. Die drei hatten mich vergessen. Nur das Baby, aufgewacht durch die eingetretene Stille, sah aus runden Augen zu mir auf. Und strahlte, als hätte es etwas sehr Schönes entdeckt.

Kaum hatten wir die Hauptstraße erreicht, als die Nacht über uns hereinbrach. Fast ohne Übergang verabschiedete sich das Licht. Davor aber kamen die Moskitos und stachen. So schnell konnte man nicht rennen, so schnell konnte man nicht fluchen, wie sie sich festsaugten.

»Verdammte Viecher.«

»Normalerweise stechen sie um diese Jahreszeit nicht«, versicherte mir Ruud, als wir jammernd beim Hostal ankamen. »Erst seit ihr bei uns seid.«

»Danke.«

»Gern geschehen.« Mit seinen Bärentatzen wollte er nach mir greifen, wollte mich schütteln oder was auch immer, doch ich wich ihm aus, und das Lächeln verschwand aus seinem Gesicht.

»Ich will, dass du Maria mehr Geld gibst. Hast du gesehen, in welchen Verhältnissen sie lebt?«, wechselte ich das Thema.

»Was du nicht sagst.« Ruuds Augen schienen sich nicht entscheiden zu können. Sollten sie lachen oder beleidigt schauen? »Maria verdient ihr Geld. Angemessen, würde ich sagen. Wenn sie es ihrem Mann gibt, der es vertrinkt oder sonst wie durchbringt, dann kann ich ihr nicht helfen.«

»So einfach machst du es dir?«, fauchte ich.

»Nein, so einfach nicht. Aber sie kann immerhin ihre Mädchen zur Schule schicken. Ich finde, das ist ganz großartig. Wenigstens in dem Punkt setzt sie sich ihrem Mann gegenüber durch. Bevor er seinen Anteil bekommt, kauft sie einen Sack Reis, einen Sack Bohnen und lässt die Schuluniformen ausbessern.«

»Du könntest ihn entlassen. Ganz offiziell. Dann müsste sie ihm nichts abgeben.«

»Das würde am Geldfluss überhaupt nichts ändern, außer dass Maria immer die ganze Arbeit machen müsste. Sie liebt ihren Mann. Egal, was er tut oder nicht tut.«

Zahlreiche Einwände wollten von mir ausgesprochen werden. Doch Ruud stellte sich stur. »Lass dir Zeit«, verkündete er lächelnd. »Du wirst nach und nach herausfinden, dass ich nur ein bescheidener Ausbeuter bin.«

Am nächsten Sonntag machte Ruud seine Drohung wahr. Er packte den Jeep für einen Ausflug. Und er hatte nicht nur den Ostermontag, sondern auch den Dienstag darauf das Restaurant für geschlossen erklärt.

»Aber keine Sorge, die Menschen in Santa Fé und Umgebung werden nicht verhungern. Maria wird in ihrem Haus kochen und alles hierherschleppen. Das wird ihr ein paar Dollar extra einbringen. Und das ist bestimmt in deinem Sinne.«

Staunend sah ich zu, wie er immer weitere Kisten, Decken und sogar ein Zelt heranschleppte.

»Wozu der Aufwand. Wir könnten früh am Morgen los. Dann müssen wir nicht übernachten und sparen uns einen Haufen Gepäck.«

»Willst du einem alten Pfadfinder das Herz brechen?« Er war nicht stehen geblieben. Ich sprach zu seiner Rückansicht.

»Du warst Pfadfinder?«

»Nicht wirklich, aber ich wäre zu gern einer gewesen.«

»Womit deine Wünsche geklärt sind. Was ist mit meinen?«

»Du wolltest hoch hinaus. Dieser Wunsch soll dir erfüllt werden. Du wirst erholt zurückkommen.«

»Gerade das bezweifle ich.«

»Zweifel, so viel du willst. Pablo und ich sind zweifelsfrei, ich meine, ohne Zweifel. Alles wird gut. Ist das da dein Rucksack?« Er packte ihn mit spitzen Fingern. »Sehr klein für eine deutsche Dame. Kein Rouge, keine Sandalen, keinen Föhn eingesteckt?« Er konnte herzhaft über seinen eigenen Witz lachen. Es war erstaunlich, zu jeder Tageszeit schien er über einen reichen Vorrat an kindlicher Freude zu verfügen. Ich kannte keinen Menschen, dessen Mundwinkel ständig nach oben gezogen waren, selbst wenn er versuchte, ernst zu bleiben.

»Pass auf, du legst dich in die Hängematte, Pablo und ich erledigen die Arbeit. Wie immer.«

»Die Hängematten sollen doch mit«, protestierte Pablo und rannte zum Sitzbereich, um sie abzuhängen.

»Komm, sag es mir, warum diese Beharrlichkeit mit dem Zelt?« Ich brachte Ruud zum Stehen, indem ich mich breitbeinig vor ihm aufbaute.

»Weil du nicht mehr in mein Zimmer kommst.«

»Pablo schläft nicht mehr dort.«

»Ach, wegen ihm bist du gekommen? Das ist schade. Wir hätten jetzt mehr Platz, wenn du mich besuchen würdest.«

»Will ich nicht. Und du weißt auch, warum.«

»Es ist wegen dieses Bastian.«

»Erfasst. Zudem bin ich auf der Durchreise.«

»Wer bestimmt das außer dir?« Er versuchte nicht mehr, an mir vorbeizukommen, sondern ging leicht in die Hocke und sah mich eindringlich an. »Worüber reden wir hier, Lia? Was willst du wissen. Dass Zelten Spaß macht, weißt du. Dass Pablo sich vor Freude überschlägt, kannst du sehen. Woher also diese Stacheln? Wen willst du damit erschrecken?«

»Ich will, dass Klarheit zwischen uns herrscht.«

»Klarheit. Wieder so ein Wort, an das ich mich werde gewöhnen müssen, wenn ...« Er sprach den Satz nicht zu Ende, blinzelte. Du hältst mich auf, du bist ein Spielverderber, sagte sein Blinzeln. »Können wir das nicht in dem kleinen Zelt besprechen oder am Lagerfeuer?«

»Diesmal weichst du mir aus«, konterte ich. »Ich will mein Leben nicht dem Schicksal überlassen.«

»Dem Schicksal?« Er verschluckte sich. Ob vor Lachen oder Betroffenheit, war mir nicht klar. Doch schließlich griff er nach mir, packte meine Schultern, begann mich zu schütteln, als wolle er Obst ernten. »Du planst, du denkst, du grübelst, du konstruierst. Wann willst du endlich anfangen zu leben?« Immer noch schüttelte er mich, schüttelte mich nach jedem Verb, bis alle Vorwürfe aufgefädelt waren. Allerdings lachte er dabei, und deshalb wurde mein Körper weich, gab seinen Bewegungen nach.

»Im Herbst«, antwortete ich und holte tief Luft. »Im Herbst fängt mein neues Leben an.«

»Und bis dahin willst du was tun?«

Ich blieb ihm eine Antwort schuldig, so wie er mir eine Antwort schuldig geblieben war. Was hatte er vor?

Es kam, wie es kommen musste. Das Zelt war da, die Stangen jedoch fehlten. Wir durchsuchten den Jeep. Stellten alles auf den Kopf. Die Zeltstangen waren nicht zu finden.

»Mit Kind und Kegel.« Sagte Pablo plötzlich neben mir. »Das hat Ruud behauptet. Wir fahren mit Kind und Kegel. Auch die Kegel haben wir nicht eingepackt.«

»Scheibenkleister«, antwortete ich. »Was ist mit den Hängematten?«

Zwei Menschen verweigerten mir eine Antwort. Uns

blieb nichts weiter übrig, als die Plane, die ursprünglich für den Boden gedacht war, zwischen vier Bäumen aufzuspannen und unsere Isomatten und Schlafsäcke darunter zu entfalten. Eine kleine Anhöhe lag vor uns, dort hätten wir das Zelt aufgeschlagen, wenn es uns möglich gewesen wäre. So aber mussten wir in eine Bodensenke ausweichen. Nur hier standen die Bäume dicht genug beisammen.

»Risiko«, kommentierte ich die Platzwahl und brachte meinen Rucksack vorsichtshalber in den Wagen. Es regnete nicht. Noch nicht, doch der Himmel färbte sich im Westen intensiv rot, und in geringer Entfernung hörten wir das Rumpeln des Wettergottes, der sich uns kichernd näherte.

Pablo schien verunsichert. Zweifelnd schaute er durch das Blätterdach, prüfte unsere Chancen. »Und wenn es losgeht?«, wollte er wissen.

Neben ihm stand Check-in. Er war uns durchs Dorf gefolgt, und nachdem er auch außerhalb der Dorfgrenze die Verfolgung nicht aufgegeben hatte, brachte Ruud den Wagen zum Stehen und ließ ihn einsteigen. Seinen Schwanz, dünn und biegsam wie eine Haselnussrute, hatte der Hund nach dem ersten Grollen zwischen den Hinterbeinen eingeklemmt. Dort befand er sich immer noch.

»Halb so schlimm«, änderte ich meine Meinung. »Im Notfall setzen wir uns in den Jeep.«

Ruud und ich sahen uns an. Mir wurde klar, dass ich mich mit ihm verbrüdern und Pablo zuliebe die Unerschrockene mimen musste.

»Well, ist der Ort, an den ich euch geführt habe, nicht wunderschön? Echt romantisch«, schlug Ruud vor.

»Abgelegen. Bestimmt fühlen Giftschlangen sich hier wohl. Und was ist mit Leoparden?«

Ohne Hoffnung betrachtete ich Check-in. Sein eingezogener Schwanz machte mir wenig Mut. Hoch oben, über einem weit ausladenden Tal, lag das kleine Plateau, von dem aus wir morgen aufsteigen sollten. So weit das Auge reichte, erstreckte sich dichter Urwald. Einen Weg hatte Ruud mir bereits gezeigt, doch seinen Verlauf konnte man nicht einmal erahnen. Viel zu verfilzt zeigte sich die Vegetation. Aus drei Etagen bestand so ein Wald, mannshoher Strauchbewuchs am Boden, dann wechselten sich Baumfarne und Kletterpflanzen ab, die ihrerseits von Baumriesen überschattet wurden.

»Das Dach des Jeeps«, begann Pablo erneut, »hast du es repariert?«

Ruud nickte, begann mit den Vorbereitungen fürs Abendessen. Eine aufregende Nacht stand uns bevor. Allerdings stellte Ruud sich beim Feuermachen sehr geschickt an, und die gegrillten Maiskolben schmeckten köstlich. Wie Honig zerfloss die Butter darauf, und wir schmatzten laut.

»Wer als Erster in der Falle ist, muss morgen keine Brötchen holen«, lockte Ruud und sprang auf. Es war spät geworden, und am nächsten Tag wollten wir so früh wie möglich los. Doch keiner von uns mochte ihm folgen. Zu ungewiss war das Wetter. Ich fürchtete, dass es losregnen könne, wenn ich den Himmel nur eine Sekunde aus den Augen ließ.

»Was ist los mit dir, Pablo, vorhin wärst du fast im Stehen eingeschlafen?«

Der Junge nickte, erhob sich jedoch nicht, rutschte sogar näher an mich heran. Was ungewohnt war, sodass ich ihn übermütig kniff. Wodurch der Baumstamm, auf dem wir saßen, ins Schlingern geriet. Der kleine Kerl verlor das Gleichgewicht, kippte in meine Richtung, und wir landeten rücklings ins Gras. Blieben liegen, lachend und zappelnd wie hilflose Käfer.

»Ach, ich soll euch also abschleppen, wollt ihr das?« Ruud kam näher, er packte Pablo um den Bauch, trug ihn zu den Isomatten und steckte ihn in einen Schlafsack. »Zähneputzen entfällt. Es ist ja dunkel, und der liebe Gott sieht nachts nicht besonders gut, habe ich mir sagen lassen. Check-in, wo bist du?«

»Ihr sollt auch kommen«, verlangte Pablo.

»En seguida, sofort. Wir kuscheln nur noch ein bisschen.« Ruud warf den Satz lässig über die Schulter, legte seinen Arm um meine Taille. Sanft und dennoch besitzergreifend zog er mich zu sich heran. »Man kann das nicht oft genug tun.«

Das war Ruud. Ich glaubte ihm jedes Wort. Für ihn war alles einfach, easy, wie er sagen würde. Nichts sprach dagegen, dass wir hier saßen, ins Feuer schauten und uns spürten. Doch in mir stauten sich die Bedenken wie Baumstämme zu einem Wehr auf. Es war vernünftiger, schlafen zu gehen, Pablo könnte eifersüchtig werden, ich könnte meine Pläne nicht nur ein bisschen, sondern ganz und gar aus den Augen verlieren.

»Erzähl mir von deinen Plänen«, forderte Ruud unvermittelt.

»Also gut. Was willst du wissen?« Ich rutschte ein Stück von ihm ab, sah ihn prüfend an.

»Well, du planst doch immerzu. Lass mich daran teilhaben.«

»Du machst dich über mich lustig.«

»Keineswegs. Und habe ich nicht ein Recht darauf zu erfahren, wie lange ihr mir noch auf der Tasche liegen wollt?«

»Witzbold. Du könntest mal mein Taschengeld erhöhen, finde ich. Aber im Ernst, Ruud, so wie die Dinge im Augenblick stehen, werde ich Pablo in die Schweiz zu unserem

Großvater bringen, ein Praktikum machen und im Herbst mit dem Studium beginnen. Sind das genügend Pläne? Hast du keine eigenen? Du wirst doch nicht immer hierbleiben wollen, in deinem Touristenorbit.«

»Du lenkst geschickt ab. Und unterstellst einem unglaubliche Dinge.« Ruud winkte ab, eine Handbewegung, die alles und nichts bedeuten konnte. Ohne Vorwarnung stand er auf, legte Holz nach. Es wurde rasch warm. Aber da, wo seine Hand gelegen hatte, fühlte ich mich jetzt nackt und ungeschützt. Ängstlich horchte ich in die Nacht, suchte nach Geräuschen, doch da war nichts, was mich beunruhigen musste. In den Baumkronen rieben Blätter gegeneinander, übten eine kleine Melodie ein. Auch das Feuer mischte sich ein, gab den Rhythmus vor. Ansonsten war es erstaunlich still. Selbst aus Pablos Ecke war kein Ton zu hören. Er und Check-in waren eingeschlafen.

»Die Verwendung von Millimeterpapier, um das Leben zu planen, ist nicht meine Sache«, stellte Ruud klar und setzte sich wieder hin, legte den Arm jedoch nicht mehr um meine Taille, auch sonst nirgends hin, wo ich ihn spüren konnte. »Aber zurück zu dir. Du wirst unseren Pablo also an den Großvater verkaufen. Denkst du, das ist eine gute Idee?«

»Hast du eine bessere?«

»Was ist mit deinem Vater? Von deinem Onkel weiß ich, dass er schwer krank ist, aber kann dein Vater nicht einspringen?«

»Mein Vater wird sich gegen Großvater nicht durchsetzen können, das konnte er noch nie.«

»Shit.«

Nun kam doch wieder sein Arm, er legte sich exakt auf die Stelle, die er vorher eingenommen hatte. Quer über meinen Rücken. Weil der Arm lang war, fand Ruuds Hand meinen Bauch. Verharrte dort. Drückte ein bisschen zu. Ich hielt die Luft an. Zog den Bauch ein. Vor uns das Knistern des Feuers. Über uns ein sanft flüsternder Wind. Und von hinten kam eine dünne Stimme herübergeweht.

»Wann kommt ihr endlich?«

In dieser Nacht blieb der Regen aus. Auch das Kuscheln. Und dennoch wurde es eine der intensivsten Nächte, an die ich mich erinnern kann.

Bereits im Schlafsack vergraben, versuchte Ruud noch dieses oder jenes Körperteil von mir zu berühren und dieses und jenes aufmunternde Wort an mich zu richten, doch ich stellte mich schlafend, ließ zu, dass die Müdigkeit nach mir griff und mich entführte. Ich schlief ein und träumte von einem rothaarigen Zottelbären mit feingliedrigen, zärtlich suchenden Händen.

Aber kaum war der Traum bei mir, kaum befand ich mich in einem freudig erregten Zustand, weckte mich ein lauter Trommelschlag, dann noch einer.

Donner, dachte ich zunächst, duckte mich tiefer in den Schlafsack, doch der Lärm ließ nicht nach, kam beängstigend rasch näher. Ich rappelte mich erschrocken auf. Was ich zu sehen bekam, verschlug mir den Atem. Über mir, in der unteren Etage der Laubbäume brannten achtzehn Lampions in unterschiedlichen Farben. Violett, rot, blau, gelb. Für diejenigen, die nicht zählen können, war zusätzlich ein gelbes Herz aus Pappe ausgeschnitten, mit einer Eins und einer Acht bemalt, und zwischen die Lampions aufgehängt worden.

»Zum Glück viel Geburtstag«, sangen und kicherten ein kleiner und ein großer Junge. Sie standen breitbeinig vor und über mir. Pablo hielt eine Torte mit brennenden Kerzen in der Hand. Wo mochten die beiden sie wohl versteckt gehalten haben?

Doch statt vor Rührung dahinzuschmelzen, fand ich noch etwas Gift, das verteilt werden wollte.

»Die Zeltstangen wurden also absichtlich vergessen, für die große Inszenierung?«

Pablo riss die Augen ungläubig auf. Ruud verschloss seine. Wieder kam mir der Begriff *Spielverderber* in den Sinn. Ihm wohl auch.

»Entschuldigt.« Rasch vertrieb ich meine schlechte Laune und krabbelte aus dem Schlafsack. Dabei wäre ich fast auf ein Geschenk getreten, das neben mir im Gras auf mich gewartet hatte.

Noch bevor ich es aufmachte, ging ich zu den beiden, nahm Pablo die Torte aus der Hand, stellte sie behutsam ab, umarmte ihn. Sein schmaler Körper schmiegte sich nicht an meinen, aber er ließ zu, dass ich ihn länger als eine Sekunde drückte. Dann kam Ruud an die Reihe, und in meiner Erinnerung kam dann lange nichts mehr, denn nun wurde ich gehalten, wurde gedrückt und sogar angehoben, sodass ich jegliche Bodenhaftung verlor. Achtung, Stacheln!, wollte ich rufen. Doch das war nicht nötig, Ruud drückte sie mit seiner Zuneigung nieder.

»Viel Glück wünschen wir dir. Und jetzt darfst du wieder schlafen gehen.«

Abrupt ließ er mich hinunter, ließ mich jedoch nicht los, sondern hielt mich immer noch fest, umklammerte meine Oberarme, als befürchte er, ich könne umfallen.

»Es sei denn, du willst unbedingt tanzen. Oder über das Feuer springen.«

Danach wurde es ein bisschen feierlich und auch ein bisschen laut. Ruud stellte das Radio an. Pablo und ich protestierten, denk an die Batterie, doch er wollte es wichtig haben, er war ausgelassen, als hätte er selbst Geburtstag.

»Achtzehn«, betonte er immer wieder, »ich kann nicht glauben, dass du diesen Tag nicht ernst nimmst. Du bist erwachsen geworden und wolltest dieses Glück mit niemandem teilen.«

Das Fünfbuchstabenwort *Glück* wurde in dieser Nacht zu Ruuds wichtigster Vokabel. Er sprach es wie eine Zauberformel aus, leise, beschwörend.

»Was bedeutet Glück für dich, und wann bist du glücklich?«, wollte er wissen. »Erzähl, was macht dich glücklich?«

Ich wusste es nicht. Dabei hatte ich mir diese Fragen selbst oft gestellt. Ruud fragte Pablo, doch der schwieg. Vielleicht sah sich das Kind einem Berg gegenüberstehen, der so gewaltig war, dass es ihn nie würde erklimmen können. Im Gegensatz zu ihm hatte ich es einfach. Dennoch kaute ich auf dem Glücksbegriff herum, speichelte ihn ein, ohne dass er weich und bekömmlicher wurde. Vaters Worte kamen mir in den Sinn:

»Euer Leben«, hatte er Anina und mir nach Mamas Tod erklärt, »ist wie ein Haus. Ihr könnt es nicht beliebig vergrößern, aber ihr könnt es umbauen und renovieren und verschönern. Guckt, dass nicht zu viele Zimmer mit den Möbeln aus der Vergangenheit zugestellt sind.«

Ich liebte diesen Vergleich. Vater hatte damit ein Bild für uns gezeichnet, in dem wir aktiv tätig werden konnten.

»Was ist mit dir?«, warf ich die Frage an Ruud zurück. »Was verstehst du unter Glück?«

Wie aus der Pistole geschossen kam die Antwort: »Ich will groß ausholen und gleichzeitig nah bei mir sein. Das große Ganze ist mir wichtig und mein klitzekleines Leben. Wenn ich beides vereinbaren kann, bin ich glücklich.«

»Und was ist mit großen Taten? Warum strebst du nicht nach Erfolg?«

»Weil sogenannte große Taten, wie du sie nennst, immer einen Pferdefuß haben. Ich bin reichlich zufrieden, wenn mein Leben das der anderen nicht allzu negativ beeinflusst.«

Mir lag eine Erwiderung auf der Zunge, ich schluckte sie hinunter. Es war an der Zeit, sich um die Geschenke zu kümmern. Ich wollte mit Pablo tanzen, und ich würde ein Stück Torte probieren. Die schien allerdings zu Dekorationszwecken hergestellt worden zu sein, ihr war von einem eifrigen Konditor so viel Zucker zugesetzt worden, dass sie weitere zwanzig Jahre als Geschenk herhalten konnte.

»Grün wie die Hoffnung«, kommentierte ich das äußere Erscheinungsbild.

»Und süß wie die Liebe«, lästerte Ruud und forderte von mir einen Tanz.

Es war das kleinste Geburtstagsfest, das bislang für mich ausgerichtet worden war, es war mein schönster Geburtstag. Aus dem Radio erklang die Stimme von Iglesias senior oder Iglesias junior. Zum Umfallen kitschig und total passend. Wie übermütige Schwäne drehten Ruud und ich uns im Kreis. Auch Pablo kam hinzu, und wir tanzten zu dritt um das erloschene Feuer. Dann aber, als ich das blütenweiße Sommerkleid aus der Verpackung zog, schossen mir Tränen in die Augen.

»Die Müdigkeit«, erklärte ich und wich den Blicken der beiden aus.

»Es gibt ein Foto, da hast du ein ähnliches Kleid an«, erklärte Ruud. »Ich meine, du und deine Schwester. Und ich habe dies hier zufällig in einem Laden gesehen. Es tut mir leid.«

Ich konnte nichts erwidern. Sorgfältig faltete ich das Kleid zusammen, küsste meine Männer auf die Wangen, bedankte mich erneut, dann zog ich mich in meinen Schlafsack zurück. Das Kleid drückte ich an mich. Wir waren erst fünf, weinte es in mir, es war, bevor wir von Mama weggeschickt wurden. So etwas konnte man unmöglich laut sagen.

Der Ausflug geriet schief, denn wie nicht anders zu erwarten war, standen wir viel später auf als geplant. Die Sonne hatte die busenrunden Bergkuppen längst überschritten und begrüßte uns mit hochrotem, erhitztem Gesicht. Es dauerte über eine Stunde, bis wir unsere Klamotten ausgeklopft, zusammengerollt und im Wagen verstaut hatten. Es dauerte eine weitere halbe Stunde, bis die Männer ihre Mützen unter dem ausgeklopften, zusammengerollten und verstauten Gepäck wieder herausgefischt hatten. Pablo setzte eine Baskenmütze auf, Ruud eine mit Schild. Endlich waren sie marschbereit. Frühstück würde es oben beim Wasserfall geben.

»Können wir endlich?«

Selbst nachdem wir in den dicht gewobenen Wald eingetaucht waren, bekamen wir die Kraft des Sonnensterns zu spüren. Stöhnend erklommen wir Höhenmeter um Höhenmeter. Zunächst sahen wir keine Tiere, konnten sie jedoch hören. Bestimmt waren einige auch in der Nacht aktiv gewesen. Das hatte ich nicht mitbekommen. Jetzt raschelte und ziepte es über und neben uns.

»Was ist das? Und das?«, sprach Pablo meine Fragen laut aus. Knackte es weit oben in den Baumkronen, konnten es sowohl Vögel, Echsen als auch Affen sein. Vor den Geräuschen in Bodennähe hatte ich mehr Respekt. Doch sobald wir stehen blieben und uns umschauten, verstummten die Geräusche wie durch Geisterhand.

»Ist das eine Würgefeige?« Pablo war ganz aus dem Häuschen. Nicht nur jeder Tierspur wollte er nachgehen, sondern auch jeden Baum bestimmt haben. Dreihundert Baumarten waren in Panama heimisch, das hatte Ruud mir gestern erklärt. Im Vergleich zu nur knapp fünfzig Baumarten im gemäßigten Europa war das eine gigantisch hohe Zahl. Ich hatte mir immer eingebildet, dass ich mit meinen Kenntnissen punkten konnte, doch das bezog sich auf die Arten, die ich aus der Gärtnerei unseres Vaters kannte. In Panama musste ich mich mit meinem Wissen hinter Pablo einreihen.

»Ja, eine Würgefeige, Ficus, und das da ist eine Ölpalme. Hallo, die Bananen kannst du nicht essen. Hände weg!« Mit nur einem Schritt hatte Ruud Pablo erreicht.

»Was ist eine Würgefeige?«, unterbrach ich die beiden und dachte, es sei relativ normal, etwas nicht zu wissen. Kann ja vorkommen. Die beiden aber sahen mich mit hochgezogenen Augenbrauen an, schauten gen Himmel, als säße dort jede Menge Gott, den man um Nachsicht mit einem so dummen Wesen wie mir bitten musste. Sei ihr nicht gram, seufzten sie wohl. Da hatte ich schon genug. Die Antwort interessierte mich nicht mehr.

»Würgefeigen wachsen zunächst als Epiphyt auf dem Wirtsbaum und können schließlich durch Luftwurzeln so mächtig werden, dass sie den ursprünglichen Baum erwürgen und seinen Platz besetzen. Schau dir dieses Geflecht an. So etwas dauert natürlich Jahrzehnte.«

»Sein Inneres ist hohl«, fügte Pablo hinzu, »weil ja vorher der andere Baum dort stand.« Obwohl ich nicht zuhörte, nickte ich. Und obwohl ich nicht zuhörte, stellte ich Zwischenfragen.

»In welchem Reiseführer stehen solche schlauen Sachen?«

»Mach du dich nur über uns lustig. Die wichtigsten Arten sollte jeder kennen, der sich hier herumtreibt«, konterte Ruud und sprach jetzt endgültig wie ein Lehrer zu seinen Schülern. »Entgegen der Behauptung, dass man sich vor den Wildtieren Zentralamerikas in Acht nehmen soll, gilt immer noch, dass sehr viel mehr Touristen durch die unbedachte Berührung von Giftpflanzen zu Schaden kommen.«

Sofort ließ ich das mehrfarbige Blatt fallen, das Pablo mir im Weitergehen in die Hand gedrückt hatte.

»Mist, warum sagst du das erst jetzt?«

»Weil du erwachsen bist.«

Lachend wischte ich mir die Hand an der Hose ab, blickte von dem kleinen Mann an meiner Seite zu dem großen Mann, der nicht nachkam, weil er von jedem Strauch, von jeder Blüte, von jeder Luftwurzel Fotos schießen musste.

»Dann werde ich jetzt zur Bestimmerin. Können wir bitte ein bisschen schneller gehen?«

Kaum ausgesprochen wurden wir jedoch erneut gebremst. Ein Gürteltier, dessen Namen ich erst erfuhr, als es längst wieder im dichten Blätterwald untergetaucht war, kreuzte unseren Weg. Verdutzt schaute es zu uns herüber, befand uns für ungenießbar und rannte auf kurzen Beinen davon. Es sollte unser einziges Säugetier bleiben. Check-in vertrieb das scheue Wild.

Gut eine Stunde später hatten wir den Bergkamm erobert. Doch immer noch verstellte uns dichtes Grün die Sicht. Der Nebelwald zeichnete sich durch eine so hohe Luftfeuchtigkeit aus, dass es den Pflanzen egal zu sein schien, ob sie am Boden wuchsen oder im Blätterdach hausten.

Ruud holte ein kleines Handtuch aus seinem Rucksack, wischte sich den Schweiß von der Stirn und reichte es an mich weiter. Er lächelte, wie nur Männer lächeln können, als ich mein T-Shirt anhob und meinen Bauch trocken rieb.

»Das ist höllisch hier«, war mein Kommentar. »Und leider null Aussicht. In der Schweiz ...«

»Geduld, Prinzessin«, ermahnte er mich.

Und tatsächlich erreichten wir wenig später eine felsige Anhöhe, auf der die Vegetation nur noch sporadisch Halt fand. Zusätzlich sorgte ein Bachlauf für eine Schneise. Riesige Steinblöcke wurden sichtbar, auf sie hielten wir zu.

»Passt auf, wohin ihr tretet«, mahnte Ruud, überholte uns und klopfte den Weg mit einem Stock ab, um Schlangen rechtzeitig auf unser Kommen aufmerksam zu machen. Ein Weg war kaum zu erkennen, die roten Wandermarkierungen lange nicht erneuert worden. Auf jeden Schritt achtend, folgten wir dem Bachlauf, der sich oft in mehrere Rinnsale teilte. Wir bekamen nasse Füße, erreichten aber endlich den Fuß des Wasserfalls, der sich in einem kleinen Becken aufstaute. Und dort, nur vier- oder fünfhundert Meter über unserem Schlafplatz, erwartete uns der im Reiseführer beschriebene atemberaubende Ausblick. Wolkenschleier hatten sich an den gegenüberliegenden Bergkuppen verfangen, ihr helles Weiß flutete die Täler hinab. Inmitten des dichten Grüns bildeten sie einen wunderbaren Kontrast. Und direkt über uns breiteten Truthahngeier ihre Schwingen aus.

»Truthahngeier«, sagte Ruud ungefragt.

»Ist mir bekannt.«

»Warst du schon oft hier?«, wollte Pablo wissen.

»Der Aufstieg gehört zu meiner morgendlichen Joggingstrecke.«

»Eine typische Ruudantwort«, stellte ich klar. »Nicht zu toppen.«

Kurz vor Calobre beschloss Ruuds Jeep zu streiken. Trotz zahlreicher Helfer, die herbeieilten, um uns mit guten Ratschlägen zu unterstützen, dauerte es mehr als drei Stunden, bevor wir weiterfahren konnten.

Die Wartezeit überbrückten wir im und vor dem Dorfladen. Alter Schweiß vermischte sich mit neuem. Ich gab es auf, ihn wegzuwischen. Nebeneinander, mit genau dem Abstand, der benötigt wird, damit man sich nicht berührt, saßen Pablo und ich auf umgedrehten Getränkekisten, die ein freundlicher Mensch unter dem Vordach des Minisupermarktes aufgestellt hatte. Wir saßen nicht allein. Kinder, Jugendliche und Alte leisteten uns Gesellschaft. Keine Frauen und Männer im arbeitsfähigen Alter. Mir kam es vor, als wäre die Dorfbevölkerung aus ihren Häusern geflohen, um vor dem Supermarkt den Abend zu begrüßen. Sie warteten auf irgendwas, sie warteten auf irgendjemanden. Ein Italiener, der in dem Ort Wurzeln geschlagen hatte, kam vorbei. Er kaufte eine Ananas, er setzte sich zu uns, er schlug der Ananas die stachelige Mütze ab, er schälte die Frucht, er schnitt jedem, der ihm dabei interessiert zuschaute, eine Scheibe ab. Auch ein Kolibri kam, doch nicht der süße Duft der Ananas hatte das winzige Vogeltier angelockt, sondern ein rot blühender Hibiskusstrauch in unserer Nähe. Die Ananas schmeckte wunderbar. Bald musste der Italiener eine neue kaufen gehen. Auch die zweite teilte er großzügig, und das Warten verwandelte sich durch die aufkommende Partylaune in eine lebhafte Freizeitbeschäftigung. Wir redeten über Früchte und ihren Wohlgeschmack und dass ihre Vielfalt allein schon ausreichte, um sich in Zentralamerika niederzulassen.

»Deshalb bist du hier hängen geblieben?«

»Nein, die Liebe ist noch ein viel stärkeres Band.«

Ich war froh, dass Ruud gerade nicht in der Nähe war.

Als der Wagen dann endlich wieder lief, wollten weder Pablo noch ich wieder einsteigen. Einzig und allein die erhoffte Abkühlung lockte uns.

Ich schälte die Tomaten für die Soße, als Ruud in der Küche auftauchte. Wieder ein Anruf. Wieder verdrehte er die Augen. Seit unserer Rückkehr umgab er sich mit schlechter Laune. Ich wusste nicht, woran es lag.

»Mir war nicht klar, dass ich so viele Freunde habe«, lachte ich ihn an. Kurz danach war das Lachen aus meinem Gesicht verschwunden.

»Was ist?«, fragte Ruud, der neben dem Tresen stehen geblieben war.

Es war keiner meiner Freunde. Und niemand wollte mir zum Geburtstag gratulieren.

»Ich bin's. Ihr Vater konnte Sie nicht erreichen. Ich möchte Ihnen mein herzliches Beileid aussprechen.« Dr. Schmid Rodrigues teilte mir mit, dass unser Onkel in der vergangenen Nacht verstorben war. »Und außerdem habe ich herausgefunden, wo Frau Morales sich aufhält.«

Es wäre mir lieb gewesen, ich hätte die beiden Nachrichten mit mehreren Tagen Abstand erhalten. Hans' Tod war sicherlich eine schlechte Nachricht, dennoch überwog die Freude über Marisols Auftauchen.

»Sie lebt also. Bei ihrer Familie?«

»Ja, sie ist in ihrer Heimatstadt. Ich habe mit ihrem Vater gesprochen. Sie ist bereit, eine Verzichtserklärung zu unterschreiben. Sie will das Kind nicht. Das ist gut. Endlich geht es voran.«

Das Telefonat dauerte nicht lange.

»Dieser Scheißkerl von Anwalt, der ...«

Ich fand den Mann mehr als widerlich, ich fand ihn eklig. Doch nachdem ich Ruud alles erzählt hatte, stellte er klar, dass nicht der Anwalt das Problem war.

»Dieser Advokat mag fischig sein, aber er arbeitet für deinen Großvater, schon vergessen? Der Fisch stinkt immer vom Kopf her. Du scheinst mir auf dem Enkeltochterauge vollkommen blind zu sein. Was ist los mit dir? Warum kannst du dich nicht von ihm freistrampeln?«

»Du weißt nicht, was war. Er und Oma haben uns aufgefangen, nachdem unsere Mutter uns weggeschickt hat.«

»Vielleicht war es nicht so, wie du denkst oder wie dein Großvater es darstellt.«

»Wie meinst du das?« Seine Einmischung ging mir auf die Nerven. Er hatte haufenweise eigene Probleme. Täglich ratterte der Betonmischer. Täglich bewegten zwei Arbeiter Ziegeln von rechts nach links. Ohne dass sich das Äußere oder Innere des Hochzeitsturms veränderte. Bereits mehrmals hatte ich Ruud darauf angesprochen, dass er eingreifen müsse. Dass weder Erasmo noch die Arbeiter wirklich arbeiteten.

»Deine Mutter hat euch nicht freiwillig hergegeben.«

»Ach ja. Und woher weißt du das?«

Leicht hätte ich aufstehen und das Gespräch beenden können. Ich tat es nicht. Die Luft um uns herum war klar wie nach einem Gewitter. Scharf zeichneten sich Ruuds Konturen gegenüber dem Weiß der Hauswand ab. Ich betrachtete ihn, als würde ich ihn zum ersten Mal sehen. Mit dem Zoom holte ich sein Gesicht zu mir heran, belichtete die Kanten seiner Wangenknochen, die etwas zu kurz geratene Nase, die Wimpern, die rötlich blond mit den Locken um Aufmerksamkeit wetteiferten. Verstand ich wirklich nicht? Da interessierte sich jemand für mich. Und vermutlich sollten die Erkenntnisse nicht der Feldforschung dienen. Jedes Foto wäre bei dem Licht aufs Herrlichste belichtet worden. Aber ich drückte nicht auf den Auslöser, wollte diesen Mann nicht in meinem Kopf oder Herzen bewahren.

Als wären keine Zweifel spürbar, fuhr ich fort: »Du mischst dich ganz schön in mein Leben ein, weißt du das.«

»Wie hart du bist. Ich glaube, ich sollte dir etwas zeigen.« Ruud stand auf, ging in einen Nebenraum und kam mit einem Schuhkarton zurück, aus dem er ein Papier herausfischte.

Es war ein Brief.

»Der ist von deinem Großvater, vermute ich.«

Neugierig guckte ich in den Karton und entdeckte Fotos, die meiner Familie gehörten und die Ruud bislang unterschlagen hatte. Hans musste tatsächlich einen Großteil seiner Habe zurückgelassen haben. Der Brief stammte aus dem Jahr 2000, dem Jahr, in dem Anina und ich Zentralamerika verlassen mussten. Er war an unseren Onkel gerichtet. Bereits die Anrede legte sich mir wie ein Stein aufs Gemüt.

Brunnen, 13.II.2000

An den Vater meines Enkelsohnes,

ich möchte mich vorstellen. Bin ich ein alter Mann und habe nicht mehr viel zu erwarten vom Leben. Aber zum Narren lasse ich mich nicht machen. Dass Du den Siegfried nicht freigibst, werde ich so nicht hinnehmen. Ich habe meiner Tochter bereits vor der Geburt des Kindes nahegelegt, sich wieder in der Schweiz anzusiedeln. Auch Deutschland wäre mir recht gewesen. Ich hätte Euch unterstützt. Sie hat nicht auf mich gehört. Ob Du sie beeinflusst hast oder nicht, steht jetzt nicht zur Debatte. Eure Beziehung jedenfalls war von kurzer Dauer. Darüber habe ich mich sehr gefreut. Genutzt hat es nichts, denn Gloria kam nicht zurück.

Nun hat sie auch ihre zweite feste Beziehung in den Graben gefahren, aber das wundert freilich niemanden. Hat sie doch Deinen Zwilling geheiratet. Welch absurde Idee. Da hätte sie gleich bei dir bleiben können. Aber vielleicht hat es auch sein Gutes, denn Zwillinge sind schließlich nicht hundertprozentig gleich und mit dem Ludwig kann man von Angesicht zu Angesicht verhandeln. Endlich kommen die Mädchen zurück und werden hier eine gute Ausbildung erhalten.

Warum Du allerdings den Sigi nicht mitkommen lässt, das geht mir nicht in den Kopf. Bei uns würde es ihm an nichts fehlen. Mein Geld hast Du angenommen, jetzt ruhst Du Dich darauf aus. Dabei weißt Du doch, mir geht es immer um das Familien-, nicht das Einzelwohl.

Wieso tust Du den Kindern so etwas an? Du trennst sie mutwillig.

Traust Du mir nicht, ist es das?

Mein Zorn über Dein Verhalten war verdunstet – doch nach Deiner wiederholten Weigerung, den Sigi nach Deutschland ziehen zu lassen, muss ich sagen, Du kannst mir getrost den Buckel herunterrutschen. Von unserer Seite gibt es keinen Franken mehr.

Die Zeit kompostiert nicht alle Verbrecher. Ich habe Dir einmal verziehen, und ich muss meiner Tochter ständig verzeihen. Damit ist mein Vorrat an Vergebungen aufgebraucht. Ich schreibe hier meine Gefühle und Ängste nieder, damit Du sie auswendig lernen kannst. Damit Du später, wenn ich das Gras nur noch von unten betrachte, Deinem Kind erklären kannst, woran es lag, dass Du unsere Familie auseinandergerissen hast.

Ich werde nur noch kurze Zeit auf dem Leben zu kauen haben. Bedenke, ich bin schwer krank. Die paar Jahre, die mir noch verbleiben, werde ich nach meiner Fasson kauen, langsam, wie trocken Brot, damit es lange reicht. Mein Herz wirst Du nicht zum Hospiz machen, ab jetzt werde ich nicht mehr mit Dir in Kontakt treten.

Oder hast Du mir noch etwas zu sagen? Gibst Du den Sigi frei? Schickst Du ihn mir oder wenigstens zum Ludwig nach Deutschland. Vielleicht überlege ich mir das mit dem Kredit noch einmal.

Dein ehemaliger Schwiegervater

Jetzt kamen die Tränen, verschleierten meinen Blick. Ich war ein hoffnungsloser Fall. Verlegen schnäuzte ich mich, während mein Kopf sich unseren Ota vorstellte, wie er auf der Gartenbank saß und die ersten Sonnenstrahlen des Frühlings genoss. In seiner ruppigen, aber stets humorvollen Art würde er vorbeikommende Nachbarn grüßen. Sie würden stehen bleiben, lachen, sich unterhalten lassen. Anina und ich hatten zwei Väter. Einen jungen, einen alten. Einen für den Alltag und einen Sommerferienvater. Den Sommerferienvater nannten wir Ota und witzelten darüber, dass in Brunnen immer Sommer war. Selbst in der Winterzeit. Brunnen beherbergte unser ganz persönliches Paradies. Dieses besondere Gefühl, geliebt zu werden, bedingungslos, das verbanden wir stets mit dem Ota. Bei ihm waren wir kleine Heidis, heiß ersehnt und in den Himmel emporgelobt. Die Erwartungen waren hoch, aber wir erfüllten sie gerne.

Das Gelesene wollte ich nicht wahrhaben. Mein geliebter Alter. Plötzlich wurde mir bewusst, dass ich zum ersten Mal *mein* gedacht hatte. Anina misstraute dem Ota, ließ sich seit jeher nicht so rasch ködern und einfangen wie ich. Ich habe wohl zahllose Diskussionen verdrängt, in denen ich ihn in Schutz nehmen musste.

War er wirklich todkrank gewesen, oder hatte er schlichtweg gelogen? Fest stand, er hatte unsere Übersiedlung und Trennung von der Mutter eingefädelt. Der Wunsch, uns in seiner Nähe zu haben, war nicht verwerflich, die Methoden schon. Er hatte Vater und Hans Geld gegeben, damit diese sich eine selbstständige Existenz aufbauen konnten. Irgendwie war mir das schon immer klar gewesen. Ganz sicher aber hatte ich keine Ahnung davon, in welchem Ton seine »Geschenke« überreicht und welche Bedingungen daran geknüpft worden waren. Auch unsere Mutter, auch Sigi bekamen jahre-, nein, jahrzehntelang Unterstützung. Der Preis war hoch gewesen, Mama hatte auf uns verzichten müssen.

»Warum hat sie nicht gekämpft? Sie hätte ablehnen können. Stattdessen hat sie uns verkauft.«

Ich hatte wohl laut geredet. Ruud, der den Briefinhalt kannte, schwieg. Er nahm mir das Papier aus der Hand und reichte mir ein Glas, das mit einer rosa Flüssigkeit gefüllt war. Es schmeckte ekelhaft süß. Etwas Hochprozentiges wäre mir lieber gewesen. Mit zusammengezogenen Augenbrauen sah er sich meine Trauer an, ließ mich alleine nach Antworten suchen.

»Ich habe die Nase voll von diesen Geschichten«, wetterte ich los. »Alles, was ich will, ist eine normale Familie. Ist das zu viel verlangt? Und wieso zeigst du mir das erst jetzt? Wer hat dir erlaubt, diese Briefe zu lesen? Du wusstest die ganze Zeit davon.«

»Bei uns zu Hause gibt es einen schönen Spruch: Aufstehen, Krone gerade rücken, weiterschreiten!«

An diesem Abend erklangen keine Ahs und Ohs im Restaurant. Die gefüllten Paprika waren angebrannt und mussten durch ein schnelles Nudelgericht ersetzt werden.

Wie ich ins Bett kam, weiß ich nicht mehr, aber es war mein Bett, und ich lag darin mit Pablo. Der mich beschützte. Und der mir das Alibi lieferte für mein wiederholtes *Nein* Ruud gegenüber.

Diese Geschichte mit Mama und Ota. Nein, dieser ganze Geschichtenhaufen. Mit Mama, mit Großvater, Marisol, Pablo und mit Ruud. Ich war in mindestens drei Geschichten hineingeraten, und wenn ich nicht untergehen wollte, dann musste ich jetzt endlich schwimmen lernen. Ich musste eine Entscheidung fällen und Ruud um Unterstützung bitten. Beides würde mir schwerfallen. Würde Ruud mitspielen, wenn ich allein nach Nicaragua flog, ohne Pablo? Sein Pass befand sich immer noch in der Botschaft, ich konnte ihn also nicht mitnehmen. Noch wusste ich nicht, ob ich die Adresse von Marisols Familie in Granada herausfinden würde, aber wenn, dann würde ich hinfahren. Großvater jedenfalls sollte den Jungen nicht bekommen.

21

»Guten Morgen.« Wir trafen uns auf der Treppe, als er dabei war, nach oben zu gehen. Ruud war fertig angezogen. Er lächelte nicht. Mein Herz sank irgendwohin, an eine Stelle, die so tief lag, dass ich das Organ kaum noch schlagen fühlen konnte.

»Du bist schon fertig.« Es war keine Frage.

»Hm«, schob er zwischen den Zähnen hervor.

»Was ist los? Du hast schlechte Laune.«

»Kein bisschen.«

Ich war an ihm vorbei, als ich stehen blieb, mich umdrehte und ihm hinterherstarrte. »Können wir reden?«

»Wir bekommen Besuch.«

Ruud sprach schnell, und ich zuckte zusammen, als hätte er mich geohrfeigt. Aus dem Radio erklang Musik, der Kaffee war fertig, wie jeden Morgen, aber sonst stimmte nichts. Seinen Teller hatte Ruud nicht weggeräumt, das Brot lag unverpackt auf dem Tisch. Für mich stand in dem Augenblick fest, dass ich einen Freund verloren hatte. Mehr als das, wir würden niemals heiraten, wir würden keine Kinder zusammen großziehen, uns über keine rothaarigen Bälger ärgern, denen ständig die Nase lief. Ich weiß nicht, was mit mir los war. Tränen suchten sich erneut einen Weg, wollten sich nicht vertreiben lassen.

So fand er mich, aufgelöst. Über trockenes Brot gebeugt.

»Sei nicht böse, ich habe es wirklich eilig. Heute kommt die Delegation. Ich bin spät dran. Wir fahren hoch zum Wald.«

»Welche Delegation?«, fragte ich hilflos und griff zu einem Küchentuch, um mir die Nase zu putzen. In dem Augenblick kam Pablo herunter. Er strahlte, wie er immer strahlte, wenn er es schaffte, rechtzeitig aufzustehen.

»Hast du nicht in den Kalender geschaut? Wir haben darüber gesprochen. Joana kommt und ein paar ihrer Freunde. Amerikanische Geldgeber. Sie werden dir gefallen. Ich führe sie herum, am frühen Abend essen sie bei uns. Und wenn du es wirklich wissen willst. Ich rauche seit einer Woche nicht mehr, und du hast nichts gemerkt. Überhaupt nichts. Ich bin wirklich sauer.«

Wie er da stand, die Hände in die Seiten gestemmt, das Hemd hochgeknöpft, die Haare bereits unter einer Mütze versteckt, konnte ich nicht anders. Ich ging auf ihn zu, es waren ja nur drei Schritte, ich schlang meine Arme durch seine Armschlaufen, fädelte mich ein, verwob mich mit ihm, lehnte meinen Kopf gegen seine Brust. In meiner Fantasie verschmolzen wir wie Kette und Schuss zu einem stabilen Gewebe.

»Ich muss mit dir reden«, wiederholte ich.

Mein Blick glitt an Ruuds Körpermitte vorbei, dorthin, wo Pablo stand und auf seinen Auftritt wartete. Doch heute Morgen blieb Ruud mir vorbehalten. Ich hielt ihn umklammert, als wolle ich ihn nie mehr loslassen.

»Wir müssen entscheiden, wie es weitergeht.«

Er lachte mich aus. Oder an. »Das kann ich dir mit drei Wörtern sagen. Die du nicht hören willst«, sagte er ganz langsam, als wäre ich begriffsstutzig. »Aber jetzt muss ich diese Delegation abholen.«

Heißer Wüstenwind kam auf, riss mich von dem Wikingermann los, trocknete meine Tränen, trieb mir ein kräftiges Rot auf die Wangen.

»Du sollst überhaupt keine Delegation abholen. Ich brauche dich.«

»Prinzessin hin oder her, ich werde jetzt da rausgehen und die Leute bei uns willkommen heißen. Sie haben ein Recht darauf, zu erfahren, was wir mit ihrem Geld machen. Sie haben gespendet, um sich gut zu fühlen. Und das dürfen sie auch. Übrigens: Nächste Woche kommt die Schulklasse. Steht ebenfalls im Kalender. Du hast dich nie für meine Arbeit interessiert, nicht wahr. Aber ich bin richtig stolz darauf.« Er sah an mir vorbei zur Treppe. »Und du, Niño, bist du reisebereit? Ich fahre jetzt los. Frühstück gibt's heute Mittag.«

Mein Kopf bastelte an einer Entschuldigung, doch Ruud unterbrach mich. »Sag nichts. Wir besprechen alles heute Abend.«

Bereits im Wagen sitzend, wandte er sich mir zu, schien zu zögern. Schwungvoll stieg er wieder aus, kam zurück. Seine Hand griff um meine Taille. Und blieb ein gutes Stück darunter liegen. Zum ersten Mal küsste er mich auf den Mund. Es war eine selbstverständliche Geste. Von außen betrachtet glichen wir einem altmodischen Ehepaar. Nach der morgendlichen Auseinandersetzung besiegelte dieser Kuss die Zusammengehörigkeit und läutete die Versöhnung ein. Der Mann brachte das Kind in den Kindergarten, dann fuhr er zur Arbeit, während die Frau zunächst den Haushalt erledigte, um sich anschließend, voller Elan, ihrer Teilzeitbeschäftigung im nahe gelegenen Restaurant zu widmen. Den ganzen Vormittag über summte ich vor mich hin, obwohl schwerwiegende Entscheidungen anstanden.

Es geschah am frühen Nachmittag. Mindestens zwanzig Zwergpapageien hatten sich zu einem Ausflug verabredet. Nun saßen sie auf dem Vordach des Restaurants und diskutierten lautstark darüber, wohin sie fliegen und welche Abenteuer sie in Angriff nehmen sollten. Wolken kleideten den Himmel in grau weiße Tücher. Die Debatte nahm an Lautstärke zu, und die Vogelschnäbel kamen nicht zur Ruhe. Ich hatte Ruuds Kamera geholt und mich breitbeinig auf der Straße positioniert. Auf dem braunen Dach kamen die Grünlinge nur bedingt zur Geltung, dennoch schlug ich zu, drückte ein ums andere Mal auf den Auslöser. Da hörte ich jemanden meinen Namen rufen. Unten an der Straße winkte mir ein Kerl zu, den ich zunächst nicht erkannte. Dann erkannte ich ihn doch. Es war Franck, der Kanadier aus dem Hostal in Panama City. Fehlt nur noch, dass Basti sich auf den Weg gemacht hat, ging es mir durch den Kopf.

Wir saßen auf der Terrasse, Franck hielt sich an einer Bierflasche fest, während er eine Lobeshymne auf die Hauptstadt sang. Nicht zu vergleichen mit diesem kleinen Kaff, provozierte er.

Eine halbe Stunde später brauste ein Taxi heran. Die Gäste, vor allem die amerikanischen, waren oft zu faul, um auch nur hundert Meter zu Fuß zurückzulegen. Und einige leisteten sich sogar ein Taxi, das sie aus der Hauptstadt bis vor unsere Tür chauffierte. Lange blieben sie nie. Zwei, drei Tage, dann zog es die meisten weiter. Panama hatte exotische Strände zu bieten, das Hochland war für viele nur einen kleinen Abstecher wert. Ich dachte mir nichts dabei, als ein Surfbrett vom Dach gehievt wurde. Amerikaner reisten mit eigenem Brett. Doch es war kein Amerikaner, der ausstieg, auch keine Amerikanerin. Ein groß gewachsener Deutscher schälte sich von der Rückbank, wo er zusammengeklappt mehrere Stunden verbracht zu haben schien. Er wirkte verknittert und war unangemessen warm angezogen. Zum Abschied reichte Basti dem Fahrer förmlich die Hand. Bezahlt hatte er in großen Scheinen. Woher stammte das Geld? Basti wurde von seinen Eltern extrem kurzgehalten. Sie waren zum Umfallen geizig. Und sein Erspartes griff er nie an. Steckte etwa der Ota hinter diesem Besuch? Sollte Basti mich aus Santa Fé weglocken? An einen mit Palmen besetzten Sandstrand? Ich beschloss, darüber erst gar nicht nachzudenken, begrüßte meinen Exliebhaber, stellte ihn meinem Möchtegernliebhaber vor.

»Das ist Franck. Und du, an welchem Strand willst du surfen?« Ich zeigte auf das Surfbrett, das halb auf der Straße, halb im Blumenbeet lag. »Seit wann treibst du Sport?«, hakte ich nach, während ich fieberhaft darüber nachdachte, ob und wie ich es anstellen sollte, dieses Männerüberraschungspaket auf einen Streich und ohne großen Aufwand zu entsorgen.

Es wurde nicht schön. Ganz und gar nicht. Auch nachdem ich mich in die Küche zurückgezogen und jedem der Männer verboten hatte, sich mir zu nähern. Auch nicht, nachdem Franck nach sieben oder acht oder neun Bieren in einer Hängematte einschlief und friedlich vor sich hin schnarchte. Auch nicht, nachdem die amerikanische Delegation mein Fischrisotto in den höchsten Tönen gelobt hatte und sich verabschiedete. Denn Basti war noch da und Ruud. Und ich saß dazwischen. Und wenngleich man als kleines Mädchen davon träumt, dass man irgendwann einmal mehr als nur einen Verehrer hat und es spaßig wäre, wenn die beiden um einen buhlen, so kann man, wenn es tatsächlich einmal zu solch einem Treffen von Rivalen kommt, keine Sekunde genießen. Denn für mich stand fest: Der eine, und das war eindeutig Basti, hatte kein Anrecht auf mich und kein Recht, hier zu sein. Er war so fehl am Platz wie sein Surfbrett im Vorgarten.

»Schaff endlich dein Scheißbrett aus den Rosen«, wütete ich gegen Mitternacht.

Das gezierte Rumgedruckse, das Anschleichen, Sich-Zurückziehen, das erneute Vorstoßen und gleichzeitig Sich-im-Hinterhalt-verschanzen hatte mich über alle Maßen angestrengt. Ich wollte keinen Small Talk mehr führen. Ich wollte Basti und Franck nicht erklären müssen, warum ich und Pablo in Ruuds Haus lebten. Stattdessen wünschte ich mir, ihnen klipp und klar sagen zu können, sie sollten verduften. Schert euch zum Teufel, ich will euch nicht sehen, ihr stört. Ich weiß sowieso nicht, wo mir der Kopf steht, und mein Herz hat irgendjemand gestohlen oder verschoben oder verlegt, auf jeden Fall kann ich es nicht mehr finden.

Und dann war da Ruud, den ich nicht aus den Augen lassen konnte. Etwas war mit uns geschehen, etwas, was sich anfühlte, als wäre es wichtig. Auch er suchte meinen Blick, suchte nach Antworten, die ich weder leise und schon gar nicht laut geben konnte.

Hilf mir!, funkte ich zu ihm hinüber, und dabei verliebte ich mich in diesen Kurzsatz, der bedeutete, was ich eine Schwäche eingestehen konnte. Ich musste diese verfahrene Situation nicht allein meistern. Und er war sofort bereit, mir zu helfen.

»Pack mal mit an«, sagte Ruud, stand auf und forderte Basti mit einer lockeren Handbewegung auf, mit ihm das Brett anzuheben. Das war das Signal, dass dieser Tag sich dem Ende zuneigte und wir uns verteilen sollten.

Basti durfte auf meine Bitte hin in Ruuds Haus übernachten, auf dem Sofa im Wohnzimmer. Das würde ihn davon überzeugen, dass zwischen mir und Ruud nichts lief. Und morgen, so stellte ich mir vor, würde ich ihn überreden können, an den Pazifik oder an den Atlantik oder wo immer er sein Brett ins Meer werfen wollte, zu reisen.

Daraus wurde nichts, denn natürlich gab es dann doch noch ein Drama. Nachts näherten sich Schritte, Basti drang ins Schlafzimmer ein, er suchte meine Nähe, wie er es später nannte, und dabei wachte Ruud auf, der, wie er später sagte, wie ein Stein geschlafen habe.

»Musst du dich wie ein Idiot benehmen?«, warf er Basti an den Kopf. »Dein Getrampel weckt Tote.«

»Dich geht das doch überhaupt nichts an«, wehrte Basti ab.

Bei dem Geschrei wurde Pablo wach, der verwirrt von einem Erwachsenen zum anderen guckte und schließlich zu weinen anfing.

»Nicht«, jammerte er, und man wusste nicht, was er meinte, ob er sich um mich oder die Männer oder seine eigene Haut sorgte.

Basti wollte seine Sachen packen, er hatte begriffen, dass er in etwas hineingeraten war, was zwar keinen Namen hatte, aber wie eine Familie funktionierte, eine Einheit, die ihn ausschloss.

»Kommst du mit? Mit Pablo natürlich«, fragte er, und als ich den Kopf schüttelte, schulterte er den Rucksack und drohte damit, das Haus sofort zu verlassen.

»Wo willst du hin?« Wir überredeten ihn zu bleiben. Und tatsächlich wartete er den nächsten Morgen ab. Er verabschiedete sich, wie er mich begrüßt hatte, etwas förmlich und steif, als würden wir uns von irgendeinem studentischen Seminar kennen. Sein Surfbrett ließ er im Garten zurück.

Franck war nicht einfach loszuwerden. Als die Amerikaner am nächsten Morgen auf Pick-ups kletterten, um ins Hinterland zu fahren, stellte ich mich neben sie.

»Ich will mit«, rief ich und meinte es ernst. Zum ersten Mal interessierte ich mich wirklich für Ruuds Arbeit.

»Eins nach dem anderen«, tröstete mich Ruud. Und damit war wohl auch unser geplantes Gespräch gemeint.

An diesem Morgen gab es keinen Kuss, weder einen selbstverständlichen noch sonst einen, denn Franck saß auf der Terrasse und wartete auf mich. Eine Nachricht allerdings flüsterte Ruud mir ins Ohr. Tief beugte er sich hinunter, schob eine Haarsträhne zur Seite.

»Heute Abend hast du einen Wunsch frei. Bei mir gibt es Gerichte, die nicht auf der Speisekarte stehen.«

Das war bestimmt keine leere Drohung. Ich dachte an seine Freundinnen. Ich dachte an die Laute, die ich unfreiwillig im Hostal in Panama City mitangehört hatte. Ruud erinnerte seiner Statur nach an einen vollgefressenen Kater, dennoch traute ich ihm jede Menge zu. Bestimmt war er nie lange allein gewesen. Ihm fehlte eine Frau. Das mit der Liebe nahm ich ihm nicht ab. Dennoch glühten meine Ohren noch eine Weile, selbst nachdem der Jeep längst außer Sichtweite war.

Ich konnte nicht anders, ich vertröstete Franck, ging in die Küche und kühlte mein Gesicht unter dem Wasserhahn. Dann kehrte ich auf die Terrasse zurück.

»Wann kommst du nach Panama City zurück?«, fragte Franck lahm. Er sah mitgenommen aus. Stechmücken hatten sich nachts an ihm gütlich getan. »Darfst du den Kleinen überhaupt hierhaben? Wem gehört er denn nun?«

»Mach dir mal keinen Kopf. Ich komme, wenn ich kommen muss.«

Franck gab frustriert auf und fuhr mit dem Mittagsbus in die Hauptstadt zurück.

22

Ich wollte mit dem Anruf warten, bis ich mit Ruud gesprochen hatte, doch der Ota war schneller.

»Hostal El Rustico, Liana Eisen«, meldete ich mich.

Am anderen Ende der Leitung erklang ein brummiges Großvaterhallo.

»Bevor ich dir nachträglich zum Geburtstag gratuliere, muss ich dir Folgendes zur Mitteilung machen.«

Wenn er so anfing, drohte Gefahr. Automatisch zog ich den Hals ein, verwandelte mich in eine Schildkröte.

»Dein Geschenk kannst du als gefährdet betrachten. Du weißt, wovon ich spreche. Von Anina habe ich erfahren, dass du Marisols Familie in Nicaragua aufsuchen willst.«

Erschrocken starrte ich das Telefon an, als wäre es ein Verräter.

»Was hast du vor?«, fuhr unser Ota fort.

»Ich wollte die Adresse wissen, mehr nicht.«

»Und ich verbiete dir, so zu werden wie deine Mutter.«

Der alte Luchs. Wie gut er mich kannte. Wie gut er meine Wunden zu lokalisieren vermochte. Nicht wie ein Arzt, eher wie ein Metzger stach er zu. Er traf voll ins Schwarze. Doch ich war ihm nicht mehr hilflos ausgeliefert.

»Marisol muss aus freien Stücken auf ihren Sohn verzichten. Ich will nicht, dass du sie erpresst.« In meinem Mund hatte sich jede Menge Spucke gesammelt. Ich stotterte vor Aufregung. »Sag ehrlich, hast du etwas mit der Fälschung des Totenscheins zu tun? Oder dein Anwalt? Setzt ihr Marisol unter Druck?«

Die zu erwartende Reaktion blieb nicht aus.

»Das also traust du einem alten Kämpfer wie mir zu? Bist du noch bei Trost? Ich sage dir jetzt Folgendes, und ich erwarte, dass du es morgen auch noch weißt: Bezahlt wird bei Lieferung, mein Kind. So steht es im Vertrag. Du hast einen Auftrag zu erledigen. Und damit ist nicht gemeint, dass du die Welt retten sollst. Ich habe langsam genug davon, dass alle meine Kinder ihre Nasen in Dinge stecken, die sie nichts angehen. Überlass mir die Denkarbeit.«

So hatte er noch nie mit mir geredet. Ich schwieg. Schwieg lange.

»Mein Engel, schau.« Großvater nahm sich zurück, versuchte es auf die sanfte Tour. »Es wird keine Probleme geben. Marisol wird unterschreiben, dass sie ihren Sohn freigibt, und du wirst ihn mir bringen. Und nochmals ...«, jetzt floss seine Stimme weich wie Honig, »... ich bewundere deinen Mut, aber misch dich nicht in Dinge ein, die Erwachsene entscheiden sollten.« Eine weitere Pause folgte, in der er heftig ein- und ausatmete. »Und im Übrigen hat Marisol höchstselbst den Totenschein in Auftrag gegeben. Der Arzt wurde von ihr bezahlt, ganz ohne mein Zutun. Das nehme ich ihr nicht übel, nur leider hat sie sich dabei reichlich dumm angestellt.«

Stille legte sich erneut über unser Gespräch, wie eine schwere Decke. Mein Kopf versuchte das Gehörte zu verdauen und einzuordnen. Doch alle Schubladen, die ich aufzog, waren bereits vollgestopft.

»Wirst du mir den Jungen bringen?«, unterbrach der Alte

meine Gedanken. Und als ich schwieg: »Den Wagen kannst du ansonsten vergessen.«

Der Teufel schien ihn zu reiten. Kein Argument war ihm zu schade, um mich in die Knie zu zwingen. Unterstützung während der Studienzeit, ja oder nein, ich solle mir das gut überlegen. Entblößt stand er vor mir, nur der Telefonhörer schützte ihn. Es war erbärmlich.

»Nicht um mich geht es«, kämpfte er weiter, »es geht um Pablo. Und deinem Vater wird es auch recht sein, wenn du spurst, verstehst du?«

»Nein, Ota.«

Ohne Umschweife beendete ich das Gespräch.

Obwohl Ruud inzwischen ungeduldig auf mich wartete, rief ich unseren Vater an.

»Sag, sind wir vom Großvater abhängig?«, fiel ich mit der Tür ins Haus. Doch er hatte meine Frage gar nicht gehört. Schluchzend erzählte er von Hans' letzten Stunden.

»Wir waren uns doch recht ähnlich. Immer haben wir uns in dieselben Frauen verliebt. Und beide haben wir draußen gearbeitet, immer. Ich verstehe nicht, wie er so krank werden konnte.«

Der Alkohol, wollte ich sagen, doch ich hielt mich zurück. Wartete auf eine Pause. Mein Plan, nach Nicaragua zu fahren, hatte Papa bereits erreicht. Er begann mir einen Vortrag zu halten, da konnte ich meinen Mund nicht mehr halten, ich spuckte die Wahrheit über Pablos Identität aus. Wie nicht anders zu erwarten, fiel unser Vater aus allen Wolken.

»Meine Güte, seit wann weißt du das?«

»Egal, Papa, Tatsache ist, Marisol hat auf den Jungen verzichtet. Ob freiwillig oder nicht, kann allerdings nur sie mir sagen. Ich muss zu ihr.«

Große Diskussion und große Worte folgten. Warum, wieso, muss das sein? Ich will das nicht!, ereiferte sich unser Vater. »Bitte bring dich nicht unnötig in Gefahr.«

Ich war mir nicht sicher, ob das Argument vorgeschoben war. Schließlich ahnte ich, dass Ota auch ihn unter Druck setzte.

»Papa, ich bin kein Kind mehr. Und was soll gefährlich daran sein, nach Nicaragua zu fliegen. Es kostet, das stimmt, und der Ota wird mich nicht mehr unterstützen.«

»Wie es scheint, hast du dich bereits entschieden.« Unser Vater lachte ein hilfloses kleines Lachen, das wie das Glucksen einer verstopften Gießkanne klang. Eine ganze Weile noch versuchte er mich umzustimmen, doch schließlich wechselte er das Thema. »Wenn Pablo nicht Pablo ist, dann muss ich dir jetzt etwas sagen. Obwohl es noch nicht spruchreif ist.«

Ich wartete.

»Es geht um die Testamentseröffnung.«

»Du bist jetzt wieder beim Hans.«

»Dein Großvater hat uns vor ein paar Jahren ein Darlehen gegeben.«

»Also doch.«

»Na ja, ich kann ihm das Geld im Augenblick nicht zurückzahlen. Aber vielleicht kriegen wir ja Geld aus dem Nachlass, das wäre gut. Mich interessiert das Testament aber auch aus einem anderen Grund.«

»Sag's schon.«

»Hans und ich, wir haben darüber geredet, aber relevant ist ja nur, was notariell festgelegt wurde. Und das kann ich nicht wissen.«

»Aber du vermutest etwas.«

»Richtig, Hans wollte uns sein Haus in Deutschland vermachen. Und Marisol und Alejandro als gleichberechtigte Erben einsetzen, was den Rest betrifft.«

»Es gibt also noch richtig was zu erben?«

»Natürlich.«

»Ich dachte, Hans sei pleite gewesen.«

»Nicht wirklich.«

Vor mir drehte sich die Welt. Ich starrte auf eine Wand, die ständig die Farbe wechselte. Das brachte tatsächlich alle bisherigen Fakten ins Wanken.

»Wie viel?«, fragte ich kleinlaut.

»Bitte?«

»Über wie viel Geld redest du? Könnten Marisol und ihr Sohn davon leben?«

»Ja, das könnten sie. Verstehst du, Marisol hätte gar keinen Grund mehr, ihr Kind nach Europa zu schicken. Ich meine, wenn Geldnot der Grund war, dass sie ihm den falschen Pass gegeben hat.«

»Und warum sie sich für tot erklären lassen wollte«, vollendete ich den Satz. »Das klingt verdammt gut, Papa. Und jetzt sind wir doch erst recht einer Meinung, Marisol darf diese Verzichtserklärung nicht unterschreiben. Natürlich muss außer uns niemand die Wahrheit über Pablo wissen. Wenn Hans' Testament anders als erhofft ausfällt, dann bleibt seine Identität unser Geheimnis. Versprichst du mir das?«

Bevor er antworten konnte, fiel mir noch etwas ein: »Ist es nicht so, dass der Notar das Testament erst dann eröffnen kann, wenn die im Testament Bedachten gefunden und angeschrieben wurden?«

Papa musste mir recht geben. Das machte die Sache einfacher. Marisol würde freiwillig ihr Versteckspiel aufgeben.

»Und was ist mit dir, Papa? Hast du Angst, dich gegen den Großvater zur Wehr zu setzen?«

Es knisterte in der Leitung. Vielleicht hüstelte unser Vater. Seine Antwort kam stockend »Na ja, wir müssen vorsichtig sein. Er kann uns ruinieren.«

»Nein, das glaube ich nicht. Aber wie auch immer, Papa, wir dürfen das Kind nicht opfern.«

Noch im gleichen Augenblick stieß mir mein großspuriger Spruch sauer auf. Erinnerte er mich doch daran, dass auch ich mich bis vor zwei Tagen vor dem Großvaterwort geduckt hatte. Vielleicht sind Fehler aber auch dafür da, dass man aus ihnen lernt, machte ich mir Mut.

»Und bitte sprich mit Anina. Sie weiß, dass der Ota uns wie Jonglierbälle benutzt. Sie soll ihm gegenüber den Schnabel halten.«

Im Augenblick stand Ruud mir näher als jeder andere Mensch, meine Schwester und unseren Vater mit eingeschlossen. Ich brauchte ihn. Wie man einen Fremden braucht, dem man während einer langen Nacht sein halbes Leben erzählt. Damit er von außen draufschauen möge. Damit er einem die Fallstricke, Abkürzungen und Sackgassen aufzeigt. Zugeben konnte ich das nicht, benutzte daher für die Einleitung unseres Gesprächs eine Umleitung.

«Die Leute waren zufrieden?«

»Yes. Wir werden das Projekt weiterführen und sogar neues Land dazukaufen.« Er erzählte noch dies und jenes, während wir abschlossen und den Weg zum Prinzessinnenhaus hochgingen. Ich war froh, dass ich an diesem Tag nicht kochen musste. Von neuen Kaffeesorten als Unterpflanzung war die Rede und der Gründung einer Genossenschaft.

»Die Bauern dürfen in den ersten Jahren das Grundstück bewirtschaften. Bis die Bäume zu viel Schatten spenden und das Regenwasser nicht mehr für eine Bodennutzung ausreicht. Sie fühlen sich verantwortlich für den Wald, auch später, und die besten Arbeiter kann ich unter ihnen rekrutieren.«

Wir waren auf den Stufen vor dem Haus stehen geblieben. Über uns hing ein runder Mond, der so hell war, dass er die Außenleuchte ersetzte.

»Aber jetzt erzählst du mir, wie die Dinge stehen. Was sagt dein Großvater? Kommt Marisol hierher, oder fliegt dieser Anwalt zu ihr? Wir können auch gern im Bett weiterreden, ich bin zwar todmüde, aber ...«

Nun war sie doch da, seine Ironie. Unschlagbar, nicht totzukriegen.

»Das würde dir so passen. Komm, setz dich neben mich.« Ich deutete auf die Treppe und nahm Platz. »Also, wo soll ich anfangen? Du weißt, dass Dr. Schmid Rodrigues Kontakt zu Marisol aufgenommen hat. Der Totenschein war falsch, und er behauptet, sie selbst habe das veranlasst. Das passt natürlich zu Pablos Geschichte. Offensichtlich kann man in diesen Ländern alles kaufen.«

»Nur keine dauerhafte Aufenthaltsgenehmigung«, unterbrach mich Ruud. »Urteile nicht zu hart. Möglicherweise hat sie ihren Job verloren und musste Panama verlassen. Auch in Costa Rica sind die Nicaraguaner nicht willkommen.«

»Wie dem auch sei, ich habe eine Adresse in Granada. Und auch die Telefonnummer ihrer Familie. Weil Marisol nicht da war, habe ich mit einer älteren Frau gesprochen, ich nehme an, mit ihrer Mutter. Sei mir nicht böse, aber ich habe mich angemeldet und darum gebeten, nichts zu unterschreiben, nicht, bevor ich komme. Ich weiß«, abwehrend hob ich die Hände, »wir hatten ja keine freie Minute, und ich konnte nicht mit dir reden. Es musste alles schnell gehen.«

»Du hast mich noch nie um Erlaubnis gefragt«, brummte Ruud.

»Es ist wegen Pablo, ich kann nur fahren, wenn du auf ihn aufpasst.«

Ruuds Lachen glich einem Erdbeben. Längst saß er neben mir, hielt meine Hand. Strich mit der anderen immer wieder über meine Finger.

»Ich bin der nette Onkel aus der Nachbarschaft, bin ich das? Der Babysitter, ohne eigene Wünsche.«

»Jetzt sei nicht kindisch, ich muss dir noch etwas sagen. Hör zu, es ist wichtig. Von meinem Vater habe ich erfahren, dass Marisol und Alejandro mit hoher Wahrscheinlichkeit von Hans als Erben eingesetzt wurden, sodass sich die finanzielle Lage der beiden total geändert hat. Verstehst du? Egal, ob eine neue Beziehung oder ob Geldsorgen Marisol dazu getrieben haben, sich von unserem Pablo zu trennen, sie muss ihre Entscheidung überdenken. Was meinst du, warum gibt man sein Kind weg?«

Ruud rang nach Worten. Seine Augen suchten meinen Blick, doch ich wich ihm aus.

»Gott, bin ich froh, dass ich unabhängig bin. Mein Vater hat das auch versucht, mich mit Geld zu ködern. Doch wie schnell wird man zur Marionette, wird gespielt, statt selbst zu agieren.«

»Was hat das jetzt mit Marisol zu tun?«

»Nichts, ich bin ja nur froh, dass du deinem Großvater endlich die Stirn bietest. Und nein, ich habe keine Ahnung, warum Marisol sich von ihrem Kind getrennt hat, aber sie mag triftige Gründe gehabt haben.« Erneut verfinsterte sich

Ruuds Miene, er rückte von mir ab. »Liana, hörst du, das sind fantastische Neuigkeiten, die du hier präsentierst. Es wäre klasse, wenn Pablo sich nicht mehr verstellen müsste, wenn er unter seinem richtigen Namen eingeschult werden und mit seiner Mutter zusammenleben könnte. Echt, ganz großes Kino, aber was wird dann aus unserer kleinen Familie?«

Als wären die Geister der Vergangenheit lebendig geworden, unterbrach uns das Klingeln des Telefons. Franck war dabei, mir ein Päckchen mit den Sachen zu packen, die ich im Hostal in Panama City zurückgelassen hatte. Es war ein Fehler gewesen, ans Telefon zu gehen.

Als ich zurückkehrte, saß Ruud nicht mehr auf der Treppe. Eine der Hängematten bewegte sich. Ich betrat den Pavillon auf Zehenspitzen. Der Mond erreichte sein Gesicht nicht und doch glaubte ich, jede Linie von Ruuds Zügen sehen zu können. Selbst sein Lächeln flog mir entgegen. Ich bückte mich, küsste ihn leicht auf die Lippen. Er wurde nicht wach. Also küsste ich ihn noch einmal. Nahm seinen Geruch wahr, der unverwechselbar war und an Erde und Bier erinnerte.

»Liebst du mich?«, fragte ich leise. »Und wenn ja, wie lange?«

Von drinnen holte ich eine Decke und legte sie über einen Teil seines Körpers. Egal, wie lang ich sie zog, sie war immer zu kurz. Seine Lippen waren jetzt leicht geöffnet. Er atmete gleichmäßig.

Zwei Tage später war alles eingefädelt. Sowohl der Flug nach Managua als auch die Weiterfahrt nach Granada standen fest. Und ich hatte nochmals mit Marisols Familie telefoniert.

»Wo ist Marisol? Kann ich mit ihr reden?«

»Sie kann jetzt nicht ans Telefon«, hieß es. Keine Erklärung, kein Angebot fand den Weg durch die Telefonleitung, nur ein zaghaftes Lächeln.

Ich nannte den Tag meiner Ankunft. »Die Uhrzeit weiß ich noch nicht.«

»Wir werden warten.«

Pablo hatte erstaunlich ruhig, um nicht zu sagen gelassen, reagiert, als ich ihm von der Reise erzählte. In seinem Inneren aber, das spürte ich, brodelte es gewaltig.

»Ruud bleibt wirklich hier?«

»Natürlich, das haben wir doch besprochen. Er fährt mich nur zum Flughafen. Dann kommt er sofort zurück und passt auf dich auf.«

»Warum kann ich nicht mit?«

»Weil du keinen Ausweis hast. Weil ich nicht möchte, dass etwas passiert, wenn sie dich kontrollieren.«

»Aber du hast gesagt, die Deutsche Botschaft weiß Bescheid.«

»Trotzdem. Erasmo und Maria sind da. Und in ein paar Tagen bin auch ich zurück.«

»Wann fährst du?« Pablo hatte seine Arme um meinen Hals gelegt, hielt mich fest.

»Früh. Willst du deiner Mama ein Bild malen? Und etwas dazu schreiben?«

Er ging nicht einmal auf die Fragen ein, sprang stattdessen auf, rannte runter ins Badezimmer und putzte sich übertrieben eifrig die Zähne. Übertrieben fröhlich hüpfte er unter seine Bettdecke. Die auch meine war.

»Erzähl mir ein Märchen«, forderte er. Bestimmt sah man es mir an der Nasenspitze an, dass ich ihm jeden Wunsch erfüllen würde.

»Ich kenne keine indianischen Märchen, das ist dein Metier.«

»Ein deutsches.«

»Das Märchen vom Rotkäppchen?«

»Gibt es darin eine böse Mutter?«

»Nein. Aber einen bösen Wolf.«

»Das ist gut. Mach ihn ganz böse.«

Als ich fertig erzählt hatte, forderte er einen Kuss von mir. »Ruud gibt mir immer einen Kuss.«

»Ich bin eben etwas anders. Und bislang wolltest du das nicht.«

»Magst du ihn?«

»Ruud? Das weißt du doch. Ich mag ihn sehr gern.«

»Trotzdem bleibst du nicht hier.«

»Ich fahre nur kurz weg. Wenn ich deine Mutter finde, wenn ich mit ihr gesprochen habe, komme ich sofort zurück.«

»Das meine ich nicht.«

»Was meinst du dann?«

»Du hast deinem Freund gesagt, dass du bald wieder in Deutschland bist.«

»Das soll ich gesagt haben? Keine Ahnung. Und Basti war mein Freund. Jetzt sind wir nur noch ...«, ich musste lachen, »befreundet.«

»Wann fährst du?«

»Ganz früh«, wiederholte ich.

Etwas wollte ausgesprochen werden. Von seiner Seite, von meiner Seite. Doch als hätten wir uns verabredet, schwiegen wir. Aufmunternd lächelnd stand ich auf und löschte das Licht.

23

Wir verließen Santa Fé im Regen. Zahllose Fingerspitzen trommelten auf Ruuds Wagendach. Ich konnte mich nicht daran erinnern, dass es am frühen Morgen je geregnet hätte.

»Ich will nicht«, hatte ich ihm in der vergangenen Nacht erklärt. Zum wiederholten Mal. Mein Nein schien ihn zu erstaunen.

Eine Ruudpuppe saß neben mir, die sich in guter Laune versuchte. Mit überhöhter Geschwindigkeit tauchten wir in den Schlund der Weltstadt Panama ein. Ruud brachte mich dorthin, wo ich vor knapp sieben Wochen angekommen war, zum internationalen Flughafen. Ich hatte nur ein paar Tage bleiben wollen. Um meinen verschwundenen und wiedergefundenen Neffen kennenzulernen und um ihn in die Schweiz zu begleiten. Stattdessen übte sich mein Leben in Akrobatik, stand kopf, schlug Saltos.

Direkt vor der Abflughalle hielt Ruud. Und obwohl er seinen Wagen nicht abschloss, erhob ein Taxifahrer seine Stimme.

»Hier kannst du nicht stehen bleiben, du Mistkerl.«

»Und ob ich kann.«

»Ruud, sei doch vernünftig«, forderte ich ihn auf.

»Well, du bist vernünftig. Ich nicht. Bei dir tönt vieles vernünftig.« Satzsplitter. Er warf sie wie Dartpfeile. Diesmal wollte er mich treffen. Ruuds Blick machte mich nervös. »Warum fragst du nicht dein Herz? Was sagt dein Körper, jetzt, in diesem Augenblick?«

»Fensterplatz«, sagte ich. Meine Stimme klang gereizt. Angst guckte mir über die Schulter, erinnerte mich daran, dass ich keine Ahnung hatte, was mich in Nicaragua erwartete.

»Gute Reise«, wünschte mir die Angestellte auf Englisch.

Ich nickte und zog Ruud zur Seite.

»Pass auf dich auf«, ermahnte er mich, als wäre mein Kopf durchsichtig oder die Angst phosphoreszierend.

»Ich passe auf mich auf, und du passt auf Pablo auf. Gib ihm einen dicken, dicken Kuss von mir«, fügte ich hinzu, während wir zielstrebig den Kontrollbereich ansteuerten.

»Weißt du, was der Kleine sich gewünscht hat?« Ich plapperte. »Mais, der in vier Farben leuchtet. Gold, weiß, rot und schwarz.«

Ruud schüttelte den Kopf, wollte mir meinen Rucksack nicht geben.

»Nur einen Kuss? Warum so geizig?«

Abrupt blieb er stehen, ergriff meine Hand. Es war die linke. Und er legte sie sich auf die Stirn. Erst sanft, dann kraftvoll, ließ er seinen Kopf in diese, meine Hand, hineinfallen, drückte, schob. Schließlich, als wir beide lachen mussten, atmete er tief aus. Kraftvoll. Licht spaltete sein Gesicht. Wir standen unter einem Dachauge aus Glas, und sein rechtes Ohr bildete einen Trichter, der sich mit Sonnenstrahlen füllte. Ruud hatte die hübschesten, perfektesten Ohren. Sie waren viel zu klein für einen Dickschädel.

Meine Zunge sehnte sich danach, dieses Ohr zu berühren. Auch meine Vorderzähne wollten. In den letzten Tagen hatte er sich einen Bart wachsen lassen. In kräftigem Rostrot standen Stoppeln dicht an dicht. Jetzt sah er endgültig wie ein Wikinger aus.

»Ich werde dich jetzt küssen.«

»Okay«, erwiderte er, »ich will mich nicht beklagen. Aber morgen, was ist morgen? Wie soll ich leben ohne dein Lachen? Wie soll ich arbeiten?«

Amüsiert schaute ich zu ihm auf, bekam von dem uns umfließenden Menschenverkehr kaum etwas mit. Hörte nur das laute Schlachtgeheul, das Spanisch sprechende Mütter ausstoßen, wenn sie nach ihren Kindern rufen.

»Ich lache nicht oft«, lachte ich. »Und du arbeitest nicht oft.«

»Aber wenn, dann ist das eine Revolution.«

»Du wirst tapfer sein.«

»Und du? Wirst du wiederkommen?«

Ich konnte nicht glauben, dass er sich jetzt so kindisch benahm. Seine ungewohnt piepsige Stimme rührte mich. Unsicherheit blitzte in dunkelgrünen Augen auf. Er, der Starke, der Alleskönner, machte sich Sorgen. Immer noch war ich mir über seine Gefühle nicht im Klaren. Er hatte so viele Freunde, auch zahlreiche Freundinnen. Tat er nur so besorgt?

Wir hatten den Sicherheitsbereich erreicht, mussten uns trennen. Eine nicht mehr junge Frau mit streng nach hinten gekämmten Haaren hielt den Reisenden graue Plastikwannen entgegen. Vor den Fließbändern hatte sich eine Menschentraube gebildet. Im Wegdrehen erhaschte ich einen letzten Blick auf das Schwarz unter Ruuds Fingernägeln. Es sind diese Hände, machte ich mir klar, die ich am meisten liebe. Sie sind wie Schaufeln, groß, zupackend. Sie haben mich in der neuen Welt aufgefangen. In einer Welt, die ich nur wenig kannte und widerwillig betrat. Wie ein Fahrschüler mit Versagensängsten.

»Ich liebe dich«, flüsterte ich in Ruuds Richtung, doch er hatte sich bereits abgewandt. Rasch verließ ich die Warteschlange und rannte ihm hinterher. Ruud drehte sich um. Sein Gesicht erschien mir unerreichbar weit oben. Wenn ich ihn küssen wollte, musste ich auf einen Hocker steigen. Aber umschlingen konnte ich ihn. Ich tat es. Als wäre er ein Felsen und ich am Ertrinken.

»Du und ich ...«, stotterte ich.

Wir hielten uns. Eine kleine Ewigkeit. Bis uns Flüche trafen, von rechts und links. Murrend umrundeten uns die anderen Passagiere. Mir wurde bewusst, dass ich das Wort *uns* neu entdeckte. Es schmeckte verlockend. Als mein Flug aufgerufen wurde, weinte ich. Sanft, nur mit einem Finger, wischte Ruud mir über die Wange. Seine Lippen berührten mich. Vorsichtig. Als wäre einer von uns aus Glas. Der andere ein Glasschneider.

»Señora Liana Eisen.« Mein Name, mit hartem spanischem Akzent ausgesprochen.

»Ich muss.«

Diesmal blieb er stehen und winkte. Winkte, bis ich durch die Abfertigung trat, mich umdrehte und zum Gate rannte.

24

Nicaragua trug Schwarz. Mein erster Eindruck war der von dunkel gekleideten Militärs. Mehrzahl. Männer mit schwarzen Sicherheitswesten und pilzförmigen Schutzhelmen dominierten die Flure des Flughafens. Die Uniformen bewirkten, dass auch mickrige Männer männlich aussahen. Die Körper wurden sowohl in die Breite als auch in die Länge gezogen und durch klobige Stiefel beschwert, sodass sie Standfestigkeit vortäuschten. Ihr Anblick schmeckte wie mit Zucker gesüßtes Gift. Die Scheu vor diesen Uniformierten kam mir dumm vor. Sie dienen der Sicherheit, sie stehen auf der richtigen Seite, sprach ich mir Mut zu. Und dennoch wollte ich ihnen aus dem Weg gehen. Nie waren sie allein anzutreffen, traten stets zu zweit oder zu dritt auf. Sie bewegten sich gemächlich wie Schildkröten und zeigten diesen blasierten, gelangweilten Blick, der einen dazu zwang, den Kopf und damit die Augen zu senken.

Ich richtete mich nach den Schildern mit dem Zeichen für City. An jeder Wegkreuzung standen die Schwarzen. Ich hingegen war allein. Niemand ging mit mir im Gleichschritt.

»Bin ich hier richtig?«, fragte ich einen Angestellten. »Ich will mit dem Bus in die Innenstadt.«

»Todo derecho, geradeaus«, hieß es.

Diese Weisung: *Todo derecho, geradeaus,* begleitete mich

bis Managua und durch die ganze Stadt, die ich wie einen fremden Kosmos wahrnahm. Einen Kosmos, der es in seiner Betriebsamkeit locker mit Panama City aufnehmen konnte. Egal, wen ich fragte, egal, wonach ich fragte, immer schickte man mich lächelnd: geradeaus. Als sei es die einzige Möglichkeit, dem Chaos zu entkommen.

Natürlich verließ ich den Flughafenbus zu früh, natürlich musste ich mich an stinkenden Überland- und Stadtbussen bis zum richtigen Busbahnhof durchfragen, natürlich bot man mir unterwegs Gras und Schlimmeres an. Und obwohl ich so wenig wie möglich hören und sehen wollte, sah ich sie doch. Die müden Frauen mit vier oder fünf Kindern im Schlepptau, die Jugendlichen mit ihren Schnüffeltüten und die Straßenkinder, die auf dem Boden hockten und sofort aufsprangen, wenn sie mich entdeckten. Ich gab ihnen nichts, ich wollte ihr Elend nicht anerkennen.

»Fahr, so schnell wie möglich, weiter nach Granada«, hatte Ruud mir geraten. »Managua ist ein Moloch, aber Granada ist schön, meines Wissens, die älteste Stadt auf dem zentral- und südamerikanischen Kontinent.«

»Ich werde nicht viel davon mitbekommen«, hatte ich abgewehrt und sollte recht behalten.

Aus dem Internet hatte ich mir eine Übersicht ausgedruckt und den Platz angekreuzt, an dem die Busse aus der Hauptstadt haltmachten. Bis zum Haus der Familie Morales war es eine halbe Stunde Fußmarsch. Ich musste Geld sparen, die Zeiten, in denen ich wie selbstverständlich ein Taxi benutzte, waren vorbei.

Granada war tatsächlich eine hübsche Kleinstadt, und zum ersten Mal spürte ich in mir das Verlangen, eine ganz normale Touristin zu sein. Mit Ruud an meiner Seite hätte ich diesen Ort gerne näher kennengelernt.

Um den Hauptplatz herum gruppierten sich Prachtbauten, die davon zeugten, dass Granada und Managua sich in der Rolle als Hauptstadt mehrmals abgewechselt hatten. Ich ließ sie links liegen. Gelesen hatte ich nicht viel über das Land, es lag Jahre zurück, dass Anina und ich uns für die Herkunft Marisols interessierten. Woran ich mich erinnerte: Man musste schon durch die Hauseingänge treten, um die schönen Innenhöfe zu entdecken, die der ganze Stolz ihrer Besitzer waren. Marisols Familie aber lebte in einem schmalen Haus, das auf der Ausfallstraße Richtung Nandaime lag. Ein breiter Graben trennte die Straße von der Häuserzeile. Morsche Holzstege führten darüber, und ich zögerte lange, bevor ich einen der Stege benutzte. Dieser Graben und das, was darin schwamm oder nicht mehr schwamm, weil zahllose Plastiktüten das Abwasser stauten, schien mir ein Vorbote des Elends zu sein, das mich im Hause Morales erwartete. Meine Schritte wurden kürzer, mein Herz schnürte sich ein. Ich hielt mir die Nase zu und atmete flach.

Doch dann kam alles ganz anders. Ich klopfte an eine blau gestrichene Tür, und eine nicht mehr ganz junge Frau öffnete und bat mich ins Innere. Sie trug ein helles Kleid, bodenlang, mit zahlreichen Rüschen bestückt, und wirkte darin wie die Figur aus einem altmodischen Theaterstück. Auf ihrer rechten Schulter lag ein unglaublich dicker Zopf, ein schwarz glänzendes Reptil. Sowohl das Aussehen der Frau als auch der sparsam, aber nett eingerichtete Vorraum erstaunten mich.

»Herzlich willkommen, ich bin Maria Sola, Marisols Tante. Venga, so treten Sie doch ein.«

Einen Innenhof gab es nicht, nur einen schmalen Flur, in dem unglaublich viele Stühle standen. Es war dunkel, meine Augen mussten sich erst an das Dämmerlicht gewöhnen, doch dann sah ich sie: Auf jedem Stuhl saß ein Kind oder ein Erwachsener, sie saßen mucksmäuschenstill. Spätestens jetzt kam ich mir wie die Besucherin in einem Wachsfigurenkabinett vor. Ein Mann erhob sich, er war alt, ein strenger Geruch ging von ihm aus. Immer noch sprach niemand. Im Gegensatz zu der Frau war der Mann schlampig gekleidet, er trug eine Hose, die früher einmal beige gewesen sein mochte, jetzt zierten sie zahlreiche Flecken, auch sein Unterhemd war bekleckert. Als er den Mund öffnete, blitzten nur noch wenige Zähne auf.

»Mein Name ist Morales, Angel Morales, Sie wollen zu unserer Tochter.« Und er wies auf einen Vorhang im hinteren Bereich des Flurs. Der Vorhang war aus dunklem Stoff, fiel glänzend bis auf den Boden. Ich wusste nicht, was ich tun sollte. Warum kam Marisol nicht zu mir? Kam ich zu spät, war Dr. Schmid Rodrigues schon da gewesen?

»Soll ich dort hinein?«

»Ja, wir haben alles vorbereitet. Meine Schwester hat Wasser für Sie hingestellt. Bleiben Sie zum Essen?«

Erst jetzt fiel mir auf, dass ich furchtbar hungrig war, seit gestern Abend hatte ich nichts gegessen, doch ich schüttelte den Kopf. Mein Blick glitt zurück, ich konnte Frau Sola nicht mehr entdecken, vielleicht war sie mit der Wand verschmolzen. Unsicher nickte ich den anderen Anwesenden zu, dann ging ich los.

Die Wahrheit ist ein Insekt. Man denkt, es gibt so viele davon, auf eine Wahrheit mehr oder weniger kommt es nicht an, man kann sie getrost ignorieren. Und wenn das nicht geht, weil sie einen belästigt, dann muss man sie zerquetschen. Aber diese Wahrheit war von anderer Art, sie traf mich unvorbereitet, ich war ihr ausgeliefert.

In dem winzigen Raum, der sich hinter dem Vorhang verbarg, standen ein Bett und eine Kommode und darauf ein Madonnenbildnis neben einem gut gefüllten Aschenbecher. Ein Fenster gab es nicht. Aber eine Lampe, die geizig Licht spendete. Im Bett thronte eine blasse Puppe auf einem Kissenberg. Ich erkannte sie nicht. Diese Frau hatte mit den Aufnahmen, die Sigi uns geschickt hatte, nichts gemein. Ich sah es, und ich roch es, in diesem dem Flur abgerungenen Winkel lebte die Frau mit dem Tod zusammen. Der Tod schien ihr näherzustehen als das Leben. Auf mein *Hola* antworte sie mit einer kleinen Kopfbewegung. Ich konnte sehen, dass selbst das sie anstrengte. Kaum sichtbar streckte sich mir eine Hand aus dem Deckenberg entgegen. Ich ergriff sie. Die Hand war eiskalt. Ein Zopf rutschte unter der Decke hervor, er war ebenso dick wie der der Tante, aber die Krankheit musste weiße Fäden hineingewoben haben.

Marisol hatte ich mir als feingliedrig, zart und dennoch robust vorgestellt. Ein Vögelchen, hatte Sigi geschrieben. Sie traut sich nichts zu. Doch ich glaubte es besser zu wissen; wer in einem dieser Länder lebt, wird stark, dachte ich. Wer sich mit unserem Bruder einlässt, hat keine Angst vor dem nächsten Tag.

Nun stand ich aber dem Schatten dieser Frau gegenüber, und ich wusste nichts zu sagen. Alle Fragen, die ich in meinem Kopf gesammelt und fein säuberlich ausgearbeitet hatte, waren unwichtig geworden. Auch die Hauptfrage: Warum gibt eine Frau ihr Kind weg, musste nicht mehr gestellt werden. Die harte Antwort lag vor mir, auf zahllosen Kissen, die Antwort roch schlecht und sie murmelte ein Gebet.

»Hast du einen Arzt?«

Ich fragte später: Was hast du, wie kann ich dir helfen? Und ich erklärte, warum ich mit ihr sprechen musste.

»Das Kind?«, hauchte Marisol, und dunkle Augen schauten flehend zu mir auf.

»Alejandro geht es gut. Wir nennen ihn Pablo, denn außer mir und meinem Vater weiß niemand, wer er wirklich ist. Mein Großvater ist immer noch wild entschlossen, ihn in die Schweiz zu holen. Aber das wäre nicht gut für den Jungen. Und für dich auch nicht. Bist du deshalb krank geworden?«

Sie konnte den Kopf nicht schütteln, doch ihr Mund zuckte, die Lippen formten ein *No*. Ich glaubte ihr nicht.

»Was ist mit dir? War Dr. Schmid Rodrigues hier?«

Wieder verneinte sie. Ihre Finger zeigten zum Vorhang, den ich einen Spaltweit hatte offen stehen lassen. »Mi padre, mein Vater.«

»Soll ich ihn holen?«

Also ging ich zurück, um nach dem alten Mann zu suchen. Immer noch saßen die Kinder und Erwachsenen im Flur, sie redeten nicht miteinander, ihre Hände ruhten. In ihren Gesichtern konnte ich keine Neugierde erkennen, aber sie wirkten angespannt, als hinge von meinem Besuch sehr viel ab.

»Wessen Kinder sind das?«, fragte ich und schenkte jedem ein zaghaftes Lächeln. Auf eine Antwort freilich wartete ich vergebens. Erst später sollte ich erfahren, dass alle sieben Geschwister von Marisol im Ausland lebten. Einige hatten ihre Kinder im Elternhaus zurückgelassen, einige später vorbeigebracht.

»Können Sie bitte mit reinkommen?«, bat ich den Vater. Doch der schüttelte den Kopf, schickte seine Schwester vor.

»Marisol scheint es schlecht zu gehen«, begann ich. »Und ich verstehe sie nicht.«

»Es geht ihr schon viel besser.«

»Was ist denn passiert?«, fragte ich erneut, als wir uns in dem engen Raum drängten.

»Wo soll ich anfangen?«, begann Frau Sola und sah dabei Marisol an, als wäre sie jederzeit bereit, auf dem Absatz kehrtzumachen. Ich spürte, dass ich in eine besondere Familie hineingeraten war, die sich deutlich von den Familien unterschied, die ich in Panama und Costa Rica kennengelernt hatte. Es waren nicht viele gewesen, doch die waren laut und geschwätzig gewesen, hatten nur wenig Zurückhaltung gezeigt.

»Kann ich das mit Pablo erzählen?«

Marisol lächelte, ihr Nicken war nur angedeutet.

»Also dann«, fuhr die Tante fort. »Bereits vor einigen Monaten hat meine Nichte von einer Organisation erfahren, dass es vielleicht Hoffnung gibt. Wie soll ich es ausdrücken, also es gibt Daten von Kindern, die in Zentralamerika verschwunden sind. Und diese Daten wurden mit adoptierten Kindern in den Vereinigten Staaten verglichen. Ich weiß nicht mehr, wo, aber es könnte sein, dass Pablo noch lebt und ...« Mitten im Satz stockte Marisols Tante, beugte sich zu ihrer Nichte herunter. Geheimnisse wurden ausgetauscht, von denen ich ausgeschlossen werden sollte.

»Wie heißt die Organisation?«, wollte ich wissen.

Frau Sola beugte sich erneut zu ihrer Nichte herunter.

»Nuestros niños«, flüsterte Marisol.

»Sie verstehen doch sicherlich«, wandte ihre Tante sich wieder an mich. »Marisol hat kein Geld, um einen Anwalt zu bezahlen. Sie wollte über Mexiko einreisen und nach unserem kleinen Pablo suchen. Ihren Alejandro hätte sie bei uns lassen können, aber sie wollte nicht.« Als hätte jemand einen Schalter umgelegt, wurde die Stimme der Frau laut, sie richtete sich auf, sah sich vorwurfsvoll um, als müsse irgendwo der Feind lauern, schließlich blickte sie starr auf Marisol hinab. »Sie hat mir nichts von diesem Plan erzählt. Nur ihr Vater und ihre Schwestern waren eingeweiht. Alejandro soll nach Europa geschickt werden. Das halte ich für keine gute Idee. Und das wissen auch alle hier. Aber Marisol glaubt mir nicht. Sie will es so. Und ihr Vater will es auch. So ein Theater. Wäre Marisol nicht krank geworden, ich hätte überhaupt nichts erfahren.«

Immer noch starrte sie erbost auf ihre Nichte. Und ich konnte spüren, wie aufgebracht sie war. Reglos stand ich zwischen den beiden und wusste nicht, was ich denken und wie ich mich verhalten sollte. Die Fülle der Ereignisse, die mich in den letzten Wochen überrollt hatte, lag bleischwer über mir. Wie ein Lawinenopfer hoffte ich auf Hilfe von außen. Alles in allem waren das gute Neuigkeiten, sehr gute sogar, nur verstand ich nicht, warum Marisol keinen Kontakt mit uns aufgenommen hatte. Ota hätte ihr doch helfen können. Welche Angst mochte sie dazu verleitet haben, uns zu übergehen. Es erschien mir jedoch sinnlos, sie danach zu fragen, ich musste warten, bis Marisol wieder gesund war.

»Und welche Krankheit hat Marisol?«, unterbrach ich die Stille.

Unterwegs, bereits in Mexiko, kurz vor der Grenze zu den Staaten, sei ihre Nichte krank geworden, erzählte mir Frau Sola. Sie sei völlig entkräftet zurückgekehrt, aber erst hier sei das Dengue-Fieber diagnostiziert worden.

»Und wie wird sie behandelt?«

»Vor drei Wochen wurden die Symptome heftiger.« Die Tante beschrieb mir die Einzelheiten, ich wich erschrocken zurück.

»Wo war sie denn die ganze Zeit? Ende Dezember muss sie das Kind nach Panama City gebracht haben.«

Ich bekam zuckende Schultern zu sehen und ein gemurmeltes: »Es ist nicht einfach für Illegale, man wird an den Grenzen festgehalten. Und dann die Krankheit ...«

»Aber es muss doch eine Behandlungsmöglichkeit geben.«

Wir standen immer noch neben Marisols Bett, sie hielt die Augen geschlossen, doch ich war mir sicher, dass sie jedes Wort mithörte.

»Nein, der Arzt sagt, dass sie von alleine gesund werden muss. Meine Nichte ist stark, sie wird es schaffen. Wir beten jeden Tag für sie.«

Aus einer Stunde am Bett der Kranken wurden zwei, und danach blieb ich zum Essen. Für die Nächte jedoch suchte ich mir ein Zimmer. Marisols Tante versicherte mir, dass ich bei ihnen schlafen könne, aber es gab nicht nur keinen Platz, es gab auch wenig atembare Luft in dem Haus. Alle Fenster waren, der Hitze wegen, verschlossen und verbarrikadiert. Eine Ansteckungsgefahr, das erfuhr ich allerdings erst im Nachhinein, bestand nicht.

Sooft ich zu Besuch kam, ich hielt es nicht lange aus. Wenn ich nicht bei der Familie Morales Sola ausharrte, saß ich im Internetcafé und informierte mich über die Symptome nach einer Infektion. Es gab harmlose Varianten des Dengue-Fiebers, die nach einer Woche und mehr mit einer Spontanheilung endeten, im schlimmsten Fall aber konnte die Erkrankung einen Schock auslösen, der zum Tode führte. Eine Therapie gab es tatsächlich nicht. Ärzte griffen zu fiebersenkenden und schmerzlindernden Mitteln, aber damit erschöpften sich ihre Möglichkeiten. Gefährlich waren acetylenhaltige Präparate, las ich, Aspirin zum Beispiel. Ich fragte nach, und tatsächlich, bei Marisol war es wohl zu einer Fehlbehandlung gekommen, die inneren Blutungen waren nicht erkannt worden, und die zugeführten Schmerzmittel hatten ihren Zustand verschlimmert.

Wann genau das gewesen war, konnte mir niemand aus der Familie sagen, auch Marisol nicht. Sie war selten bei Bewusstsein, weil entweder ein Fieberschub oder die allgemeine Entkräftung sie lahmlegte. Sie schlief fast ständig. Und das bedeutete, dass sie zu wenig Flüssigkeit und Nahrung zu sich nahm. Es gab nur wenige Augenblicke, in denen sie mehr als ein paar Worte sagte. Anfangs konnte ich nicht verstehen, weshalb sie nicht in ein Krankenhaus gebracht werden wollte, doch im Laufe mehrerer Gespräche fand ich heraus, dass die Patienten isoliert und wohl auch sich selbst überlassen wurden. Nicaragua, ein Entwicklungsland, von Kriegen und Naturkatastrophen gebeutelt, konnte mit dem Nachbarland Costa Rica nicht Schritt halten, das wusste ich, aber dass die Versorgung hier noch schlimmer war als in Panama, war mir nicht klar gewesen.

»Die Krankheit ist nicht ansteckend, hat uns ein Freund versichert. Und wir wollen nicht, dass sie da irgendwo allein und vergessen liegt und stirbt. Außerdem fürchtet sie sich vor Ärzten, wie Sie sich denken können.«

»Soll sie lieber hier sterben?«, warf ich ein. »Alejandro braucht seine Mutter. Deshalb muss Marisol in eine Klinik.« Und ich fügte hinzu: »Sie braucht Infusionen, hier vertrocknet sie.«

Schließlich konnte ich die Familie davon überzeugen, dass es eine Alternative zur staatlichen Klinik gab und Ruud die Kosten übernehmen würde.

»Quién es Ruud, wer ist das?«, wollte der Vater wissen.

»Mi novio, mein Verlobter«, log ich.

Ein Krankenwagen kam und brachte Marisol und mich nach Managua in eine Privatklinik.

»Sie dürfen dem Anwalt Marisols Aufenthaltsort nicht nennen«, versuchte ich sowohl der Tante als auch dem Vater einzuschärfen, aber Herr Morales sah mich verständnislos an.

»Natürlich werde ich Sie anrufen und Ihnen erzählen, wie es Marisol geht. Aber Sie dürfen niemandem sagen, wo sie ist.«

Worte, die der Wind hörte und mitnahm. Für Dr. Schmid Rodrigues wird es ein Leichtes sein, zu Marisol durchzudringen und sie umzustimmen. Also musste ich bei ihr bleiben, machte ich mir klar. Nicht zum ersten Mal war ich wütend auf unseren Ota, der mir diese Rolle aufgebürdet hatte. Auch dieser Einsatz ging auf seine Kappe.

Zu Hause, und damit war Santa Fé gemeint, rief ich jeden Tag an. Es gab schließlich viel Neues zu erzählen. Ruud versprach mir, sich ebenfalls über die Organisation, die Pablo gefunden zu haben glaubte, zu informieren. Seine Stimme zu hören tat einfach gut.

»Und wann kommst du?«

»Sobald wie möglich.«

»Wie lange wird dieses *Sobald* denn dauern?«

»Auch heute kann ich dir diese Frage nicht beantworten, so wenig wie gestern, so wenig wie vorgestern.« Es machte Spaß, ihn aufzuziehen. Seine Stimme klang ehrlich besorgt, aber ich wusste, dass das, was Marisol durchmachte, zehnmal schlimmer war als die Trennung, unter der wir litten.

»Es geht Marisol schon viel besser, ich hoffe, dass die Gefahr eines Schocks gebannt ist. Gibst du mir Pablo?«

»Er will nicht ans Telefon, unser kleiner Hosenscheißer.«

»Ist er bei dir?« Erschrocken starrte ich das Telefon an, setzte dazu an, Ruud als taktlos zu beschimpfen.

»Aber nein, wo denkst du hin. Wenn es am Abend klingelt, rennt er aus dem Haus. Nachher aber schleicht er um mich herum. Jetzt erzähl schon, was sagen die Ärzte, wann kann sie entlassen werden?« Und wie geht's dann weiter?, hörte ich ihn denken.

Beide umschifften wir das Thema, zu leicht konnte unser Boot an dieser windumpeitschten Klippe zerschellen. Stattdessen fragte er mich weiter aus, wollte wissen, wo ich in Managua essen ging, wollte die genaue Route beschrieben haben, die ich zwischen Hotel und Krankenhaus zurücklegte.

»Managua hat nichts mit Panama City und auch nichts mit Granada zu tun. Die Armut zwingt die Menschen in die Kriminalität. Natürlich nicht alle, aber etliche eben doch. Und wenn ich mir so vorstelle, wie du da herumläufst, mit deinen schönen Haaren und deinem ...«

»In Panama wird man auch überfallen«, unterbrach ich ihn.

»Hier passe ich auf dich auf.«

Natürlich wollte ich ihm glauben. Aber in meinem Kopf wucherte immer wieder der Zweifel, ließ sich durch kein Unkrautvernichtungsmittel eindämmen. Er liebt mich, er liebt mich nicht, vielleicht doch. Gerade jetzt konnte ich nicht zulassen, dass ich mich in seinem Spinnennetz verfing. Dabei wusste ich es längst: Ich wollte so lange wie möglich mit ihm zusammenbleiben.

»... gibt Neuigkeiten von deinem Vater. Willst du sie hören?« Ich musste geträumt haben, denn der Satzanfang fehlte mir. »Der Nachlassverwalter deines Onkels hat ihn angeschrieben. Er wollte Marisols Adresse haben, und das bedeutet ...«

»Das bedeutet«, unterbrach ich ihn, » ... dass unser Vater recht haben könnte. Es gibt etwas zu vererben. Es ist schlimm, wenn man aus dem Tod eines Verwandten Profit schlagen will, nicht wahr?«

»Nicht, wenn man es für andere tut. Na ja, schlimm ist es trotzdem.« Ruud lachte.

»Weiß unser Großvater davon? Egal«, antwortete ich mir selbst. »Ich kann mir vorstellen, dass diese Nachricht Marisol helfen wird, auf die Beine zu kommen. Und vielleicht lässt unser Ota sie dann in Ruhe. Wenn alles gut läuft, hat sie sein Angebot nicht mehr nötig.«

»Also kannst du sie gleich mitbringen. Pablo wird Augen machen.«

»Du träumst. So lange kann ich unmöglich hierbleiben. Das Hotel ist teuer. Ich hoffe nur, dass Marisol bald entlassen wird, sonst haben wir uns einen Haufen Schulden aufgeladen.«

»Wir?«, hakte Ruud nach.

»Ja, wir. Den Rückflug muss ich auch noch bezahlen. Ich komme zurück, wenn ihr Gesundheitszustand stabil ist. Managua ist wirklich kein Traumort. Schade, dass ich von Granada so wenig mitbekommen habe. Dort findet gerade ein Literaturfestival statt. Giaconda Belli ist da und sogar Ernesto Cardenal. Auch die Stadt Leon soll toll sein, aber das hebe ich mir für ein anderes Mal auf.«

»Welches andere Mal?« Eine Pause legte sich über unser Gespräch. »Wenn du mich besuchst oder wenn du unseren Pablo besuchst?« Und dann kam sie doch, die Frage: »Was wird denn nun aus uns?«

Am Tag ihrer Entlassung aus dem Krankenhaus konnte ich zum ersten Mal mit Marisol reden, ohne dass sie vor Furcht oder Erschöpfung die Augen schloss. Wir trafen uns im Krankenhausflur, sie war angezogen und hielt ihre Umhängetasche mit beiden Händen fest an die Brust gepresst. Bereits an der Art, wie sie mir entgegenkam, merkte ich, dass sie sich verändert hatte. Immer noch schlich sie mehr, als dass sie ging, doch den Kopf hielt sie erhoben und wich meinem Blick nicht mehr aus.

»Marisol, wie schön, du bist schon fertig.« Ich legte meine Hand auf ihren Arm, ließ sie aber nur kurz dort liegen. Die Frau unseres Bruders sah müde und zerbrechlich aus. Ihre Gesichtshaut war widernatürlich blass für eine Indiofrau, doch immerhin, ein Lächeln verschönerte ihre Züge. Und ich begann zu ahnen, was meinen Bruder an dieser kleinen Person fasziniert haben mochte. Viel zu weit erschien mir die Jeans, die sie trug, ihre bunt bestickte Bluse aus grob gewebter Baumwolle aber glänzte frisch gebügelt und ließ sie jung aussehen. Wären die Silberfäden in ihrem Haar nicht gewesen, man hätte sie für ein junges Mädchen halten können.

»Du kannst das Krankenhaus nicht leiden, nicht wahr.« Ihre Stimme war ein Flüstern. Sie redete, wie sie lief, sehr langsam und überlegt.

»Die Ärzte hier haben dich gesund gemacht, mehr erwarte ich nicht.« Verstohlen schaute ich mich um und erkannte, dass die Wasserflecken, die überschüssiges Blumenwasser neben der einzigen Topfpflanze hinterlassen hatten, immer noch nicht weggewischt worden waren.

»Können wir gleich gehen, oder musst du noch zum Arzt?«

Sofort verfärbten sich Marisols Wangen, die Verlegenheit hatte ihr mit rotem Strich Kreise aufgemalt.

»Ja, wir müssen noch einmal hin.« Ihre Finger deuteten das Symbol für »Das kostet« an. »Es tut mir ja so leid. Wie sollen wir das bezahlen?«

»Darüber musst du dir keine Sorgen machen. Komm, wir gehen zum Arzt, und danach werde ich dir die guten Nachrichten präsentieren.« Ich deutete ein Tablett an, doch sie verstand nicht. Wir lebten in getrennten Welten.

Nach der Begleichung der Rechnung wollte ich nicht sofort zu Marisols Elternhaus aufbrechen. Also bat ich sie, mir in einen kleinen Hof zu folgen, der zum Krankenhaus gehörte. Ein nicht besonders einladender Ort, der mir für eine teure Privatklinik reichlich ungepflegt erschien. Marisol jedoch störte sich nicht im Geringsten daran. Die drückende Mittagshitze ließ etwas nach, als wir uns im Schatten eines hochgeschossenen Gummibaums niederließen. Und alles war besser als die stickige Luft, die uns im Inneren des Vaterhauses erwarten würde.

»Schön hier.«

»Ja«, log ich. »Lass uns noch einmal in Ruhe über alles reden. Du wirst Besuch vom Anwalt meines Großvaters bekommen. Und er wird dich unter Druck setzen und dir alles Mögliche versprechen. Aber du solltest dich auf keine Versprechungen einlassen, denn du hast Zeit. Du und deine Familie müsst nichts übereilen. Für Alejandro wird gesorgt, und vielleicht regeln sich die Dinge auf ganz andere Weise.«

Ich berichtete ihr so exakt wie möglich von der nahenden Testamentseröffnung und den Chancen, die sich daraus für sie ergaben. Ich wollte die Hoffnung aber nicht zu hoch hängen.

»Und wenn das nicht klappt, dann finden wir immer noch eine andere Lösung.«

»Es tut mir ja so leid«, wurde zu einer von Marisols Standardantworten, doch nachdem ich sie ein paarmal böse angefunkelt hatte, wurden ihre Antworten ausführlicher.

»Es ist nicht so, dass ich nichts mehr mit eurer Familie zu tun haben wollte, doch …« – sie zögerte – »es gab so viele Verluste. Wie soll ich sagen, ich dachte, vielleicht liegt es an mir. Schau nicht so. Ich bin nicht abergläubisch. Bestimmt nicht. Unser Gott verteilt das Glück und das Unglück, und alles, was er tut, ist richtig. Ich kann es nicht verstehen, und das soll so sein. Unser Pablo ist verschwunden, und Sigi ist gestorben. In vielen Gebeten wollte ich herausfinden, warum das so war, aber dann begriff ich, dass man nicht verstehen kann. Man muss etwas tun. Ich will mein Kind finden. Gott will, dass ich ihn suche. Er ist mir weggenommen worden, und ich allein kann ihn finden. Verstehst du?«

Ich traute mich nicht, *Nein* zu sagen, doch ich dachte es. Inzwischen hatten sowohl Ruud als auch ich im Internet recherchiert, daher wussten oder ahnten wir, dass die Organisation »Nuestros niños« mit amerikanischen Anwälten zusammenarbeitete. Es gab keinen Grund, im Alleingang die Dinge klären zu wollen.

»Wolltest du Pablo entführen?«

Diese Frage hatte ich ihr bereits vor Tagen gestellt und keine Antwort erhalten. Auch heute sah Marisol lange durch mich hindurch. Dann holte sie Luft, wie vor einem anstrengenden Lauf.

»Ich verlasse mich ganz auf mein Gefühl. Ich kann fremden Menschen nur schwer vertrauen, nimm mir das bitte nicht übel. Anwälte wollen natürlich Geld verdienen. Sie haben nichts unternommen, um Pablos Verschwinden aufzuklären, sie haben Sigis Mörder nicht gefunden.«

»Das ist auch nicht die Aufgabe von Anwälten«, warf ich ein. »Du hast aber recht, dass man grundsätzlich vorsichtig sein muss. Und diese Organisation gibt es erst seit einem Jahr. Sie haben vielleicht noch nicht viel Erfahrung damit, wie man die Kinder wieder zurückbekommt, aber ich glaube dennoch, dass ein Kollektiv immer stärker ist als eine Einzelperson. Du kannst Pablo nicht allein nach Nicaragua zurückbringen, selbst wenn du ihn findest. Wie soll das gehen? Lass dir wenigstens von uns helfen, ich meine von Ruud und mir. Außerdem wartet in Santa Fé Alejandro auf dich. Wir haben ihm gesagt, dass es dir gut geht und du heute entlassen wirst.«

Marisols Kopf drehte sich nach links, sie schaute über meine Schulter, und ihr Gesicht verschloss sich. Deshalb drehte auch ich mich um. Der Mann stand mit dem Rücken zur Sonne, er war groß und einigermaßen gut gekleidet, ich erkannte ihn.

Otas Anwalt kam auf uns zu, er tat es langsam und mit Bedacht, wie um uns nicht zu stören. Er nickte mehrmals und sah freundlich aus. In der Hand hielt er einen vielfarbigen Blumenstrauß, aus dem das Blattgrün lang herausragte. Ein Freund der Familie, der sich nach dem Gesundheitszustand von Marisol erkundigen wollte. Ich war fast erleichtert, ihn zu sehen. Noch war ich da und konnte Marisol den Rücken stärken.

»Endlich«, sagte ich, »ich dachte schon, Sie hätten den Fall abgegeben.«

25

Ich schlug den Weg zum *El Rustico* ein. Menschen blieben stehen und grüßten mich. Erasmo kam angehumpelt. Er war in einen Eisennagel getreten, erzählte er, und hatte sich eine Blutvergiftung zugezogen. Trotzdem strahlte er mich an. Vor lauter Verlegenheit stotterte er und fuhr mir mit der Hand den Arm hinauf und hinunter. Er hatte mich noch nie zuvor berührt. Erst jetzt wurde mir bewusst, dass er jeden Körperkontakt mied. Selbst Pablo habe ich ihn noch nie umarmen sehen. Stolz zeigte er mir die Blumen. Er hatte sie gegossen. Und er schien froh zu sein, mich wiederzusehen.

»Es war gar nicht so lange.«

»Doch! Und es gab nur schlechtes Essen. Essen, das man nicht einmal einem einfachen Straßenhund geben sollte.«

»Bohnen und Reis?«

»Nur Reis, fettig und angebrannt.«

»Wo ist der Wagen?«

»Sie sind weggefahren. Señor Ruud hat nicht gesagt, dass Sie kommen.«

»Ich wollte die beiden überraschen.«

»Tja, das Leben ist eine große Überraschung. La vida es una gran sorpresa.«

Natürlich war ich enttäuscht. Mehr als das. Mein Magen krampfte sich zusammen, so stark sehnte ich mich nach den beiden. Aber ich war auch froh, dass ich noch etwas Zeit für mich hatte. Ich wollte ankommen. Ich wollte die richtigen Worte für Ruud und unser Zukunftshaus finden. Und doch konnte ich mich auf nichts konzentrieren. Aus dem Gedankenknäuel in meinem Kopf schauten einfach zu viele lose Fäden heraus. Sollte ich den Ota anrufen und ihm die ganze Wahrheit sagen? Ja, nein. Seine Forderungen Alejandro gegenüber würden sich sofort erledigen. Auf der anderen Seite hatte ich mit Marisol vereinbart, dass ich Alejandro die Chance auf eine Erbschaft nicht verbaue. Falls der kleine Pablo nicht gefunden würde und falls unser Onkel nicht viel zu vererben hätte, könnte Alejandro im Namen seines Bruders immer noch von unserem Ota profitieren.

Ruf ihn trotzdem an, flüsterte eine innere Stimme mir zu, doch ich schüttelte den Kopf und floh in die Küche. Es schien mir ewig lange her zu sein, dass ich kochen durfte. In der Küche freilich traf mich der Schlag. Ruud hatte ein Schlachtfeld hinterlassen, hier konnte man unmöglich kochen. Nicht, bevor man nicht gründlich aufgeräumt und geputzt hatte. Erasmo, der nie das Haupthaus betrat, klopfte zaghaft an. Seine Gestalt wirkte noch gebeugter als sonst. Ein Regenschirm, alt, kaputt. Doch mit dem schönsten Lächeln der Welt bot er mir seine Hilfe an.

Es war bereits später Nachmittag, als der Jeep zu hören war. Ich wusste nicht, wie schön sich das Geräusch eines herannahenden Wagens anhören kann. Mein Herz schlug in einem ganz neuen Rhythmus. Erasmo war feinfühlig genug, um in Deckung zu gehen. Er hatte sich in den Turm zurückgezogen. Jetzt kam es darauf an. Ich wollte Ruud in die Augen sehen. Ich wollte eine ganz bestimmte Botschaft darin lesen. Dann, das spürte ich, würde ich bleiben.

Kies spritzte auf. Hinter den Scheiben, dreckig, zählte ich drei Personen. Wieder saß Pablo vorne auf Ruuds Schoß und lenkte. Der Wagen kam schlingernd zum Stehen. Die rückwärtige Tür wurde aufgestoßen. Aus dem Auto stieg eine Frau. Es war Lee. Oder Anun.

Der Rhythmus meines Herzens veränderte sich erneut. Wurde langsamer, dann wieder schneller. Pablo kam auf mich zugeschossen. Wie ein Pfeil bohrte er sich in meinen Bauch. Ich hob ihn ein Stück an und drehte ihn lachend im Kreis. Er war leicht. Ein Karussellkind. Noch während er plappernd erzählte, was sie in den letzten Stunden getan, gesehen und gefunden hatten, blickte ich auf. Ruud stand im Hintergrund. Er traute sich nicht näher zu kommen. Lee oder Anun war verschwunden, einer Fata Morgana gleich. Wir waren jetzt zu dritt. Wie gewünscht. Ich dachte zwei Namen.

Von Ruud hatte ich einen Spruch erwartet: Hey, unsere Prinzessin ist gesund und lecker zurückgekehrt. Oder: Hast du uns etwas mitgebracht? Doch er schwieg. Und ich strich über Pablos Haare. Hörte ihm zu. Und erfuhr:

Amerikanische Schüler waren angereist, sie aßen irgendwo, und er wollte und wünschte sich, dass wir auch hingingen. Bittebitte. Wir könnten uns das leisten. Ruud und er hätten gut gearbeitet. Ich nickte und strich weiter über schwarze Locken. Die sich jedem Glättungsversuch widersetzten. Ich dachte an Marisols Zopf, in den sich vorzeitig Silberfäden verirrt hatten.

»So, und jetzt machst du mal ein bisschen Platz.« Ruuds Stimme schob sich zwischen uns. Dann griff eine Hand nach meiner Schulter. Pablo schaute verwundert auf. Er wurde zur Seite gehoben, und ich konnte sehen, wie er sich auf die Unterlippe biss. Seine Gesichtsfarbe veränderte sich. Doch er hörte nicht auf zu plappern.

»Wir reden später weiter«, unterbrach ihn Ruud.

Das war eigentlich nicht seine Art. Und ich schaute erstaunt in sehr hungrige Augen. Was war zwischen ihm und Lee oder Anun?

Weil ich Klarheit brauchte, trat ich einen Schritt zurück und startete den Angriff.

»Du hast Besuch?«

»Keine Sorge. Die Schüler schlafen zwar bei uns, aber sie werden nicht hier essen. Du bist ja gerade erst angekommen.«

»Die meine ich nicht.«

In seinen Augen blitzte es. Ein Funkenregen. »Wow, du bist eifersüchtig. Es geht nicht um meine amerikanischen Gäste. Schön. Ich freue mich sehr.« Eine zweite Hand legte sich um meinen Rücken. Ruud zog mich zu sich heran. Legte seinen Mund an meine Wange. Frischer Tabakgeruch kitzelte meine Nase. Er war rückfällig geworden. Ich stand. Und dachte, dass jetzt eine Erklärung komme. Doch Ruud war keiner, der sich verteidigte. Er war. So wie er war. Ein Fels, ein Klotz, für die Ewigkeit gebaut. Schau, schien er zu denken. Hier bin ich. Ganz nah. Ich und du. Siehst du irgendwo noch eine andere? Verwirrt atmete ich seinen Geruch ein.

»Ich habe dich unglaublich vermisst«, flüsterte er mir ins Ohr, mit weichem, fließendem Atem, der kitzelte. Aber natürlich lachte ich nicht. »Und ich hatte echt Angst um dich, das kannst du mir glauben.«

Der Druck seiner Arme verstärkte sich. Meine Nase wurde gegen seine Brust gedrückt. Jetzt konnte ich nichts mehr sehen. Dafür intensiv riechen und spüren. Wikingerarme umschlossen mich. Hielten mich gefangen.

»Wir müssen uns um Pablo kümmern«, sagte ich und krabbelte aus der Höhle heraus. »Und das mit ihr musst du mir auch noch erklären.«

»Kein Thema, Anun ist hier, um sich ihren Anteil am Hostal auszahlen zu lassen. Sie will heute zurückfahren.«

Als hätte sie nur darauf gewartet, dass ihr Name fällt, tauchte Anun wieder auf. Ich verzog mich, als hätte ich den Teufel höchstpersönlich erblickt. Ruud rief mir etwas hinterher. Ich wollte es nicht hören.

Später dachte ich, dass ich ein Feigling gewesen war. Eine dumme Kuh, eine Idiotin. Alle möglichen und unmöglichen Schimpfwörter schienen mir nur dazu erfunden worden zu sein, um auf mich angewendet zu werden. Eifersucht war die letzte aller Eigenschaften, die ich mir freiwillig aufhalsen wollte.

Als Anun tatsächlich weggefahren war, entschuldigte ich mich bei Ruud. Es gab so viel, was wir klarstellen und besprechen mussten. Doch der Nachmittag ging in den Abend über, und wir kamen einfach nicht dazu, uns zurückzuziehen. Da war die amerikanische Schulklasse, da war Pablo. Und ständig rief jemand an. Franck und Anina und mein Vater. Alle wollten wissen, wie es mir ging. Nur unser Großvater meldete sich nicht. Und ging auch nicht ans Telefon.

Gegen Abend schließlich rief Dr. Schmid Rodrigues an. In Managua hatte ich klargestellt, dass ich nicht mehr mit ihm reden wollte. Aber er bestand darauf, mir alles noch einmal zu erklären.

»Sie können Pablo nicht einmal übergangsweise länger behalten, Fräulein Eisen.«

»Schon klar. Wollen Sie die Polizei vorbeischicken? Am besten, wir kommunizieren nur noch über den Großvater.«

Er ignorierte meinen Einwand. »Auch ich kann hartnäckig sein. Und ich bleibe so lange in Managua, bis Ihre Schwägerin mich empfängt. Das kann nicht mehr lange dauern. Und was Sie und Pablo betrifft, ich habe zwei Zimmer in Panama

City für Sie reservieren lassen. In einer Woche. Bis dahin werde ich die Unterlagen beisammen haben, inklusive der Unterschrift. Unser Ziel hat sich nicht geändert. Wir wollen das Kind immer noch ausfliegen.«

Er sagte tatsachlich ausfliegen, als würde es sich um ein seltenes Tier handeln, das in einen europäischen Zoo verfrachtet werden sollte. Und vielleicht war der Vergleich gar nicht so schlecht.

»Ich schicke Ihnen die Daten per Mail zu. Sind Sie noch dran? Warum sagen Sie nichts? Sie müssen doch irgendetwas denken. Kann ich mit Pablo sprechen? Wenn Sie nicht kommen, war alles umsonst. Sie können das Kind nicht verstecken. Das sollte Ihnen klar sein. Pablos nicaraguanischer Großvater hat mir ausdrücklich versichert, dass es seinem innigsten Wunsch entspricht, das Kind in Europa aufwachsen zu sehen. Pablo wird eine gute Ausbildung erhalten. Sie betrügen das Kind um seine Chancen. Und wer weiß, wozu die Behörden imstande sind. Pablo muss rasch ausreisen, bevor die Familienbehörde es sich anders überlegt.«

»Ja, ich werde nach Panama kommen, aber nur, um den Behörden meine Version der Dinge darzulegen. Pablo wird so lange hierbleiben, bis seine Mutter ihn abholen kann.«

»Und wer soll so lange auf ihn aufpassen?«

»Ich werde das tun. Richten Sie das meinem Großvater aus. Er geht ja leider nicht ans Telefon.«

»Er hatte einen Schwächeanfall und muss sich schonen.«

Ich war besorgt. Aber nur ein bisschen.

Endlich, es war bereits spät am Abend, fanden Ruud und ich die nötige Ruhe, um miteinander zu reden. Wir saßen wieder auf der Außentreppe vor dem Prinzessinnenhaus. Es war ein schöner Platz, an einem wunderbaren Ort. Ruud ermahnte Pablo, nicht so hoch zu klettern, dann wandte er sich wieder mir zu. Aus seinen braunen Augen schaute er mich erwartungsvoll an.

»Was grinst du so?«

»Ich lächle.«

»Dann lächle ich jetzt auch.«

»Fang an. Man kann lächeln und erzählen«, schlug er vor.

»Was willst du wissen?«

»Ob du dich entschieden hast?«

Vorsichtig legte ich mir Wort für Wort zurecht, verwarf ganze Sätze, weil sie mir nicht passend erschienen. Auf der gesamten Heimfahrt hatte ich mich nur eins gefragt: Können wir zusammen leben? Ist das gegenseitige Vertrauen groß genug? Und kann der Junge bei uns bleiben, bis Marisol ihn holt? Wie lange wird Marisol brauchen, um gesund zu werden? Ein paar Wochen vielleicht. Und wie geht es dann weiter? Wird sie auf meinen Ratschlag hören und einen Schritt nach dem anderen tun? Zuerst Alejandro holen, dann mit dem Testamentsvollstrecker in Deutschland Kontakt aufnehmen und sich erst danach um den kleinen Pablo kümmern? Sie war so wenig einsichtig. Tausend Fragen und Unsicherheiten. Wie soll man darauf ein Haus gründen?

Eine Hand legte sich auf meine. Die Hand war groß. Ruud beugte sich zu mir herüber und schubste mich mit der Nase an, als hätte er erraten, dass mein Gehirn auf eine Sandbank aufgelaufen war.

Nein, beschloss ich, unsere Beziehung musste von Pablo unabhängig funktionieren. Er durfte nicht das Bindeglied sein. Er würde uns demnächst verlassen, was war dann? Und was war, wenn ich in einem Jahr nach Deutschland zurückkehrte, um mein Studium zu beginnen? Würde unsere Liebe stark genug sein? Oder würde Ruud mich sogar begleiten? Mir wurde schlecht angesichts all dieser ungeklärten Details. Erneut schubste Ruud mich an.

»Los!«, machte er mir Mut.

»Pablo wollte weder wissen, was ich in Nicaragua gesehen und erlebt, noch, mit wem ich gesprochen habe«, begann ich zögernd. »Ist das nicht merkwürdig?«

»Das Wichtigste für ihn ist, dass es seiner Mutter gut geht. Und dass sie ihn holen wird. Aber sein Vertrauen ist nicht mehr bedingungslos. Oder sagt man grenzenlos? Schließlich hat sie ihn verlassen.«

»Hat er dich nach dem Grund gefragt?«

»Er traut sich nicht. Vielleicht ahnt er, dass die Wahrheit eine Schlange ist. Reicht die Suche nach seinem Bruder als Argument aus, um ihn, den Älteren, vor der Botschaftstür abzugeben?« Zweifelnd schaute Ruud mich an, die Augen hatte er zusammengekniffen, als fürchte er das Licht.

»Unsere Mutter hatte weniger Gründe. Meinst du, es wird Marisol schwerfallen, Pablos Liebe wiederzugewinnen?«

»Ja, gib's ihnen, den Müttern dieser Welt.« Ruud lachte mich aus. »Vergiss nicht, Pablo ist nicht verwöhnt. Er hat schon viele Verluste erlitten, und in seinem Lebensumfeld ist er nicht der Einzige, der mit einer tief sitzenden Verunsicherung klarkommen muss. Bevor er etwas Falsches fragt oder sagt, schweigt er. Seine Mutter ist dem Tod von der Schippe gesprungen, das ist viel. Jetzt wartet er ab.«

»Trotzdem komisch. Ein einziges Mal hat er heute mitten im Spiel innegehalten und zu mir hochgeschaut. Als wollte er mich prüfen.«

»Er will Sicherheit. Und im Augenblick verbindet er diese Sicherheit mit uns, denke ich. Wann muss ich das Paradies verlassen?, wird er denken.« Ruud holte tief Luft. »Tja, wie lange wirst du bleiben?«

Ruud hatte seine Hände von mir gelöst, griff zur Bierflasche. Nahm einen kräftigen Schluck. Dann reichte er sie an mich weiter.

»Das kann ich unmöglich hier und heute entscheiden. Es ist so, dass ich an meine Ausbildung denken muss.«

»Ja, das musst du.« Ruud entriss mir die Bierflasche, stellte sie heftig ab. Weißer Schaum trat aus, färbte die Außentreppe vor seinem Haus dunkelbraun. Ernst schaute er mich an, fast schon wütend, doch dann lachte er wieder sein bekanntes Ruudlachen, und mir war klar: Er wollte nicht weiter als bis zum übernächsten Tag planen. Jetzt waren wir zusammen. Inzwischen kannte ich ihn gut genug, um hinter seine Stirn blicken zu können.

»Aber ich muss planen. Ich bin nicht wie du. Ich war immer die Klassenbeste, ich kann jetzt nicht ...«, stellte ich klar, dabei dachte ich in dem Augenblick genau das Gegenteil. Ruud hatte den Ort gefunden, an dem er leben wollte. Pablo und ich hatten Ruud gefunden. Ich sollte kapitulieren. Unsicher schaute ich in dunkle Augen, die mich unentwegt anlächelten. Mach es dir nicht so schwer, grinste Ruud und ließ mich nicht zu Ende denken. Mit schräg gestelltem Kopf wandte er sich mir zu, küsste mich auf den Mund.

»Geht es hier nicht um uns?« Mit ewig langen Armen umschlang er mich. Küsste mich erneut. Seine Lippen waren fordernd, und etwas in mir begann zu fließen. Wogen, die stärker waren als mein Verstand, brachten mich aus dem Gleichgewicht. Dennoch blinzelte ich in die Welt hinaus, zeigte auf Pablo, der mit Check-in spielte. Die beiden balgten im Garten. Und ich bat Ruud, zurückhaltender zu sein. Doch Ruud lachte mich erneut aus.

»Du wirst also bleiben, du schickst deinem Großvater einen spanischen Gruß?«

»Was soll das sein?«

»In der Hölle soll der Alte schmoren. Du bist stark und kannst für dich selbst sorgen.«

»Wie denn, wenn du mich nicht ordentlich bezahlst?«

»Morgen oder übermorgen bekommst du einen Vertrag und eine Lohnerhöhung. Dein Gehalt wird dich reich und mich arm machen.«

»Mañana, das sagen hier alle.«

In der folgenden Nacht kam Ruud in unser Zimmer. Es war sein Haus, sein Zimmer, sein Doppelbett. Unmöglich, ihm den Zutritt zu verwehren. Ich wurde wach, als er Pablo bereits auf den Armen hinaustrug. Das Flurlicht umrahmte die beiden, schnitt sie zum Scherenschnitt aus. In der Tür verharrte Ruud, drehte sich zu mir um. Wie um mein Einverständnis einzuholen. Seine Augen schickten eine Frage zu mir. Darf ich mit leeren Händen zurückkommen?

Ich antwortete ebenso stumm. Sein Anblick reichte aus, um in mir ein Feuer zu entfachen. Bis auf eine knappe Unterhose war er nackt. Die seit Wochen unterdrückte Sehnsucht legte Scheit um Scheit nach, und meine Fantasie sorgte für die nötige Luftzufuhr. Als er zurückkehrte, züngelten die Flammen lichterloh und verbrannten lästige Gedanken. In der Hand hielt Ruud eine Zellophanpackung, von der ich annahm, dass sie ein Kondom enthielt. Er war gut vorbereitet. Und ich hellwach.

»Ich bin Jungfrau«, sagte ich aus einer Laune heraus. Keine Ahnung, warum ich ihn auf die Probe stellte. Er bestand sie nicht. Sein Gesicht, von Natur aus lang, wurde noch eine Spur länger. Ungläubig schaute er mich an.

»Dann hole ich mal ein großes Handtuch.«

Erst als mein Lachen ihn überholte, verstand er.

»Das stimmt nicht, nicht wahr. Jesus, warum machst du das?« Seine Stimme klang empört.

Und ich befürchtete, dass ich alles gründlich verpatzt hatte. Stocksteif war er stehen geblieben, ratlos und verunsichert. Aus irgendeinem Grund wollte ich es ihm schwer machen, kam ihm nicht zu Hilfe. Gespannt wartete ich darauf, wie er, der Profi, aus dieser Situation wieder herausfand. Er brauchte eine kleine Ewigkeit. In der keiner von uns etwas sagte und kein Atemzug zu hören war. Aber ich bewegte mich. Beim Aufsetzen verrutschte das Laken. Und da passierte es. Er starrte auf mein T-Shirt, das ihm gehörte. Er grummelte wie ein wütender Bär. Nahm Anlauf und warf sich ohne Vorwarnung auf mich.

»Alles mir«, wütete er über mir. Und seine Stimme klang so tief und ernst, als wolle er mir nicht nur das Kleidungsstück, sondern mein Leben entreißen. Auf den Knien hockend, zerrte er an dem Shirt, versuchte, es mir über den Kopf zu zerren. Während ich lachte und das T-Shirt wieder nach unten zog. Von einer harmonischen Zusammenarbeit waren wir weit entfernt. Aus dem Zerren wurde ein Balgen und Kichern, und schließlich gesellte sich ein ohrenbetäubendes Bersten hinzu. Das nicht von uns stammte. Holz splitterte. Es knackte und krachte in meinen Ohren. Und wir landeten unsanft auf dem Boden. Das Bettgestell war unter uns zusammengebrochen.

Nur wenige Sekunden später öffnete sich die Schlafzimmertür. Pablo trat zögernd näher. Vielleicht hatte er angeklopft. Sein Gesicht lag im Schatten. Aber ich stellte mir vor, dass er sich die Situation anschaute und zu verstehen versuchte. Verlegen schwieg er. Verlegen zog ich mein T-Shirt zurecht. Ruud lag irgendwo am Fußende und biss in eine meiner Zehen. Ich konnte nicht sprechen. Keiner von uns.

Schließlich drehte Pablo sich um und verließ den Raum. Erleichtert atmete ich aus. Er war ein kleiner tapferer Kerl.

Ruud und ich lösten uns aus den Trümmern. Während er die Tür verschloss, breitete ich in stummer Absprache eine Decke neben dem Bett aus. Das kein Bett mehr war, sich seiner Funktion verweigerte und uns lieber von der Seite zuguckte, wie wir uns zueinanderlegten. Vorsichtig, zögernd, mit sichtbarem Abstand.

»Ich will, dass du bei mir bleibst«, sagte Ruud in die Stille hinein.

»Warum?«

»Muss ich es aussprechen?« Ich konnte ihn schlucken hören. »Weil die Liebe bei mir ist, wenn du bei mir bist.« Seine Stimme war ein Windhauch, und ich ahnte, dass es ihm schwerfiel, dies zu sagen. Es wird so viel Trara um den Glaubenssatz: *Ich liebe dich* gemacht. Riesig hohe Erwartungen sind daran geknüpft. Er hatte ja recht. Es gibt wohl keine ewige Liebe. Gerade deshalb nahm ich sein Geständnis wie ein kostbares Geschenk entgegen.

Weil ich Ruuds Gesicht sehen wollte, sprang ich auf und eilte zum Fenster. Die Vorhänge wollten zurückgezogen werden. Mondschein musste hereinfluten können. Zufrieden kehrte ich zurück, beugte mich über Ruud und schaute ihn mir zum ersten Mal richtig an. Er war so schön. Nein, er war nicht schön, aber einzigartig. Ganz bewusst saugte ich seinen Geruch ein. Meine Hand strich über seinen Bauch. Sanft. Haare richteten sich auf. Auch auf meinen Unterarmen. Ruud hatte beschlossen, sich tot zu stellen. Du darfst alles mit mir machen, drückte sein entspannt daliegender Körper aus. Dieses Alles war zu groß für mich. Doch ich schlug mich tapfer. Wie immer, wenn ich Hunger hatte, versuchte ich mich zu bezähmen. Um mich nicht zu überfressen. Vorsichtig knabberte ich mal hier, mal dort, biss kleine Häppchen ab. Probierte verschiedene Stellen. Ließ mir Zeit. Staunte und kostete. Bis Ruud sich nicht mehr zurückhalten wollte und die Regie zu übernehmen versuchte.

»Halt. Ich bin dran!« Entschieden drückte ich ihn in die Kissen zurück. Weil das nicht so einfach ging, musste ich mit ihm reden, ihm Anweisungen geben. Seine Augen waren jetzt weit aufgerissen. Vielleicht war auch ihm bewusst geworden: Wir kannten uns nicht wirklich, wussten nicht, ob wir uns aufeinander verlassen konnten. Fremde wollten eine Expedition wagen. Das Ziel kannten sie, nicht aber den Weg dorthin.

»Serpentinen sind mir lieber«, wisperte ich ihm zu. Und dachte an einen steilen Hang, den es zu erklimmen galt. »Wegen der Rutschgefahr. Und der zu befürchtenden Erosionsschäden.« Er verstand nicht. »Nicht wichtig«, antwortete ich und zog ihm die Unterhose aus. Dann streifte ich mir mein T-Shirt über den Kopf.

Schön, sagten seine Augen. Ruud legte seinen Blick auf meinem Busen ab.

Du bist auch schön, betonte ich schweigend. Und dabei wusste ich nicht, wie ich das meinte, denn er war mir immer zu groß und zu schwer und zu wild gewesen. Ein vollgefressener Kater, der seine Vergangenheit als Raubtier nicht leugnen konnte. Dennoch wollte ich mich in ihm verlieren. All meine Sinne waren auf ihn gerichtet. Es gab kein Rechts, kein Links, kein Oben und Unten mehr. Ich hatte so etwas noch nicht erlebt. Dieses totale Ausblenden aller Nebengedanken. In meinem Inneren schien der Raum geschrumpft zu sein. Nur ein einziger Wunsch fand darin Platz. Mein Körper fühlte sich wie ein kompaktes, pulsierendes Tier an. Selten hatte ich mich lebendiger gefühlt, nie weiblicher. Es war fast zu intensiv. Es tat weh. Plötzlich waren da hundert Arme und mindestens so viele Münder und Beine und Zungen. Es war leicht. Und unglaublich. Es war einfach unglaublich. Der Untergrund, ob kiesig oder schlammig, spielte überhaupt keine Rolle mehr, denn der Aufstieg erfolgte mühelos, als hätten wir wochenlang, nein, monatelang trainiert, für diesen Tanz, diese Expedition, dieses große Naturerlebnis.

Am nächsten Morgen, noch vor dem Frühstück, wollte Pablo von uns wissen:

»Muss man das jedes Mal machen?«

»Was meinst du?«, fragte Ruud, der breitbeinig in der Küche stand und den Kaffee aufbrühte.

»Muss man das jedes Mal machen, wenn man ein Kind haben will?« Pablo sprach Spanisch. Dieses Thema schien nur in der Muttersprache zu funktionieren.

»Ja, du Schlaumeier. Das muss man.« Wasser schwappte auf die Arbeitsfläche. Ruud griff nach einem Lappen und wischte es auf. »Und ich kann dir auch verraten, dass Lia und ich ab jetzt in einem Zimmer schlafen werden. Well, ich hoffe, das ist kein Problem für dich. Du kannst uns ja am Morgen besuchen.«

Ich konnte nur staunen über so viel Selbstbewusstsein. Auf der anderen Seite wusste ich, dass ich Ruud genau darum beneidete.

Ich versuchte erneut, den Großvater zu erreichen. Es war nicht leicht. Ich musste mehrere Anläufe nehmen, doch endlich nahm er ab. Ich teilte ihm mit, dass ich noch nicht bereit war zurückzukommen.

»Vielleicht in ein paar Monaten, vielleicht in einem Jahr.«

»Du traust dich?«, keuchte er ins Telefon. »Das ist ja allerhand. Ich werde dir das Kind wegnehmen lassen.« Das Keuchen ging in einen Hustenanfall über. »Ich war bis vor Kurzem froh, dann war ich besorgt, jetzt bin ich nur noch enttäuscht. Von dir ebenso wie von deinem Vater. Wollt ihr mir die letzten Jahre vergällen, mich zum Fußabtreter machen? Habe ich das verdient? Bin ich nichts mehr wert?«

Ich ließ ihn reden. Er gefiel sich im endlosen Monologisieren. Altbekannte Phrasen wurden wie Kuchenstücke serviert. In netten, gleichmäßigen Portionen. Nichts Originelles.

»Im Leben geht es immer darum zu entscheiden, was das Richtige ist. Und von dir erwarte ich, dass du das inzwischen weißt.« Es wäre wichtig, sich nicht beeinflussen zu lassen von den Falschen, fuhr er fort, sondern nach vorn zu schauen und das Wesentliche im Blick zu behalten. Immer wieder fiel der Kernsatz: Du und ich, wir müssen unseren Verpflichtungen nachkommen, sonst bleibt von der Familie nur mehr eine leere Worthülse übrig.

»Ota, ich glaube dir nicht mehr.«

»Warum?«

»Weil du dich und uns belügst. Marisol ist für ihr Kind da. Pablo soll bei seiner Mutter aufwachsen.«

»Sie kann ihm nichts bieten, nichts.« Er würde stets Gutes tun, wiederholte er, und wie dieses Gute in der Vergangenheit, Gegenwart und Zukunft aussah, aussieht und aussehen werde, das stellte er in einer langen Rede klar. Mein Aufenthalt in Panama, so schlimm die Dinge auch für mich liefen, diene dem übergeordneten Ziel, die Familie zusammenzuführen und zu erhalten. »Hast du verstanden?« Der Alte redete sich immer mehr in Rage. Dieses übergeordneten Ziels wegen erinnere er mich an meine Pflichten. Nur deshalb dränge und erpresse er mich. Er verrichte seine Arbeit. Dazu müsse er mich auf den richtigen Pfad zurückführen. Es galt zu verhindern, dass ich zur Abweichlerin wurde.

»Gerade du darfst nicht zur Versagerin werden. Meine ganzen Hoffnungen ruhen auf dir. Ich vertraue darauf, dass du wieder vernünftig wirst.«

Ich stand breitbeinig in Ruuds Wohnzimmer, wunderte mich über meine Ruhe.

»Liana?«

»Was?«

»Ich werde nur noch kurze Zeit auf dem Leben zu kauen haben. Bedenke, ich bin nicht mehr der Jüngste, krank vor Kummer und Sehnsucht. Wollt ihr, dein Vater und du, wirklich die allerletzten Nägel zu meinem Sargdeckel sein? Überleg dir das gut, ob du bei dem Spiel mitspielen willst.«

Und weil ich nichts erwiderte und unser Gespräch immer noch in trotziges Schweigen tunkte, hakte er mit ungläubigem Unterton nach. Ob ich etwas missverstanden hätte, ob ich ihm ernsthaft böse sei?

»Davon kannst du ausgehen.« Ich hatte mir vorgestellt, ihn zappeln zu lassen, bis es zischte, bis es verbrannt roch und es ihm in seiner verschrumpelten Haut eng wurde. Irgendwann jedoch konnte ich sein Lamentieren nicht mehr ertragen. Ich unterbrach ihn und las ihm seinen Brief vor. Wort für Wort, mit allen Drohungen, allen Lügen. Während des letzten Absatzes fiel mir auf, dass er mir gegenüber fast denselben Wortlaut verwendet hatte wie im Brief an unseren Onkel. *Ich werde nur noch kurze Zeit auf dem Leben zu kauen haben.*

Ja, sein Leben würde enden. Aber nicht durch meine Schuld. Etwas anderes starb. Es war unsere Liebe. Ein als unauslöschliche Tatsache fundamentiertes Gefühl hing am

Balken, der Kopf baumelte in der Schlinge. Und wenn wir nichts dagegen unternahmen, wenn er nicht nachgab, würde sich die Schlinge zuziehen. Aber nein, er wackelte und strampelte weiter. Und ich schaute ihm dabei zu. Ota und ich vollzogen gerade eine Art gemeinschaftlichen Suizid. So kam es mir vor. Ich hätte den Großvater auch anlügen und ihn vertrösten können, aber ich wollte nicht mehr, weil ich mich für die Wahrheit entschieden hatte. Allerdings nicht in allen Punkten. Pablos wahre Identität konnte ich dem Großvater nicht verraten.

»Du hast uns alle benutzt.«

Schweigen fiel in die Leitung wie Wasser in ein Fallrohr. Es umspülte uns, trug uns fort. Jeden in eine andere Ecke. Ich war traurig. Den Ota hörte ich schnauben. Gleich würde er explodieren. Er würde sich erneut rechtfertigen, er würde wüten, er würde wieder und wieder an die Familienehre appellieren. Ich wollte auflegen, aber nicht, ohne ihm zuvor meine ganz persönliche Meinung mitgeteilt zu haben.

»Deine Manipulationen haben dir und uns kein Glück gebracht. Mama hat mir immer gefehlt. Anina und ich waren krank vor Sehnsucht. Und du hast sie uns vorenthalten. Auch das ist die Wahrheit.«

Ich schaffte es nicht, ihn erneut seine Sicht der Dinge herunterspulen zu hören, und legte auf.

Nicht zum ersten Mal kam ich mir wie ein verlassenes Küken vor. Pablo und ich durchlitten die gleichen Qualen. Die Umstände hatten uns aus unseren Nestern gedrängt. Aber ich hatte den Vorteil, dass ich inzwischen erwachsen war. Eine Weile saß ich beschützt auf dem Nestrand, jetzt musste ich fliegen lernen.

Das war allerdings einfacher gesagt als getan. Die nächsten drei Tage verbrachte ich im Bett. Ich schaffte es nicht, sowohl flüssige als auch feste Nahrung bei mir zu behalten. Auch zahlreiche Gefühle wollten meinen Körper verlassen. Ruud und Pablo schauten mitleidig auf mich herab. Sie gaben nicht auf. Immer wieder brachten sie neue Leckereien vorbei, die ich an Check-in weiterreichte.

26

Zwei kleine Zwiebeln, drei Knoblauchzehen. Ich hackte sie und briet sie kurz an. Der Reis würde bald so weit sein. Ich stellte das Gas ab, rührte einmal um und lege den Deckel auf den schweren gusseisernen Topf. Im Garten holte ich Thymian, Estragon und Oregano. Zupfte auch ein paar Blätter von der roten Gartenmelde ab. Hans musste sie angepflanzt haben, sonst hatte ich sie noch in keinem panamaischen Garten entdeckt. Sowieso sah man Gemüse nur selten in den Hausgärten. Die Zucchini waren bereits gewaschen, entkernt und gesalzen. Ich fügte die Zwiebeln, Kräuter und klein gehackten Tomaten zum Reis und schmeckte die Füllung ab. Dann rief ich nach Pablo. Weil er nicht kam, ging ich wieder nach draußen.

»Kinderarbeit!«, rief ich und konnte gerade noch erkennen, wie Pablo rasch etwas zudeckte. Sein kleiner Körper zuckte. Er hockte unter einer neu gepflanzten Bananenstaude.

»Was machst du da?«

Der Handspaten fiel ihm aus der Hand. Unsicher kam er näher, schaute sich um, wischte sich die Hände an der Hose ab. Dann stand er auf der Terrasse. Mit schlechtem Gewissen.

»Hast du wieder Erasmos Schuhe versteckt?«, fragte ich lachend und erklärte ihm, dass ich seine Hilfe benötigen würde.

»Erasmo stellt seine Schuhe nicht mehr raus.«

»Was ist dann? Los, wasch dir die Hände!«

Kinderhals und Kindergesicht zeigten rote Flecken. Die letzten Tage waren auch für ihn nicht leicht gewesen. Als er zurückkam, zitterte er immer noch. Ich knöpfte ihn mir vor, drehte ihn zu mir. Sein Blick wirkte verstört.

»Sag, was hast du?«

»Nichts.«

Ich hatte keine Ahnung, wie man mit störrischen Kindern umging. Pablo und ich übten alle Varianten des Nichtverstehens. Am Schluss, so stellte ich mir vor, würde daraus ein bühnenreifes Stück entstehen, eine Art Tanten-Neffen-Schauspiel.

Ich zeigte Pablo, was er tun sollte.

»Füll du die Zucchinischiffchen, ich kümmere mich um den Salat.«

Es dauerte eine kleine Ewigkeit, bis Pablo fertig war. Irgendetwas lastete auf seiner Kinderseele.

»Kann man in einer Welt ohne Erwachsene leben?«, wollte er plötzlich wissen.

»Ein Kinderland?«

»Wenn man schon alles kann, so wie ich, dann braucht man doch keine Erwachsenen.«

»Und woher kommt das Geld für die Miete, für das Essen?« Ich zeigte auf den Kühlschrank. »Du könntest hier zurechtkommen, solange er gefüllt ist. Aber was ist danach?«

»Aber stell dir vor, es gäbe keine Erwachsenen, dann gäbe es auch keine Strafen, kein Gefängnisse, nicht einmal Schulen.«

Worauf wollte er hinaus? »Du willst doch in die Schule. Und ins Gefängnis kommst du nicht, das hoffe ich zumindest. Sag schon, was hast du ausgefressen?«

»Du verstehst mich nicht«, bestätigte er mir. »Ich will König werden. Der König über alle Kinder. Unter mir gibt es keine Verbote. Wie wird man König?«

»Wenn man der Sohn eines Königs ist.«

»Und vorher? Ganz am Anfang. Der erste?«

»Wurde König, weil er genügend Dumme gefunden hatte, die sich von ihm herumkommandieren ließen.«

Erst nachdem ich den Satz beendet hatte, fiel mir ein, dass Ruud und ich Pablo vom Status her bereits in den Adelsstand erhoben hatten. Unser Prinz, nannten wir ihn oft. Seinen Gedanken versetzte ich daher rasch einen Dämpfer.

»Vergiss es, du wirst nicht genügend Dumme auftreiben.«

Er war nicht beleidigt. Auch nicht belustigt. Stattdessen schaute er mich aus unendlich traurigen Augen an. Und ich ahnte, dass ich meine Äußerung entschärfen musste.

»Sag, was willst du werden? Außer König, meine ich. Lehrer vielleicht?«, fragte ich leichthin.

»Nein, die werden zu schlecht bezahlt. Erfinder, das ist besser. Ich erfinde ein Ananasmesser.«

»Meinst du, das gibt es nicht bereits?«

»Du kapierst es nicht. Ich meine, dass in jeder Ananas ein Messer verborgen liegt. Es fährt per Knopfdruck heraus und schält die Ananas.«

Als er mein Grinsen bemerkte, legte er nach.

»Das ist natürlich nur eine von vielen Erfindungen. Man muss sehr viel erfinden. Irgendwann ist dann eine Erfindung dabei, durch die man reich wird. Richtig reich. Es wäre zum Beispiel gut, wenn Menschen, die am Meer leben, eine Entsalzungsanlage im Mund hätten, so wie die Möwen.«

»Und warum willst du reich werden?«

Er betrachtete mich, als wäre ich ziemlich bis sehr dumm. »Damit ich mir alles kaufen kann.«

»Was fehlt dir denn?«

Pablos Unterlippe klappte nach vorne. Ungeduldig schob er sie hin und her, überlegte. Ich konnte aber auch sehen, dass er seine Wut bezähmen musste. Eine Wut, die sich in seinem Bauch wie ein Kreisel drehte, ihn verunsicherte. Er fand meine Frage blöd. Er fand mich blöd. Ich hatte mir vorgenommen, ihm den Autoschlüssel zu schenken, den mir Großvater gegeben hatte. Ich tat es nicht. Dieser Schlüssel musste zu seinem wahren Besitzer zurückkehren. Ich würde ihn eintüten, nahm ich mir vor, und in die Schweiz schicken.

Zwei Tage später bemerkte ich den Verlust.

»Wo ist er?«, fragte ich Ruud nach dem Aufräumen. Die letzten Gäste waren gegangen. Das Hotel lief immer noch schlecht. Wir würden etwas unternehmen müssen, damit wir mehr Hotelgäste bekamen.

»Wer oder was?«

»Der Hund?«

»Check-in?«

»Nein, der Welpe natürlich.«

Ruud schaute sich um, als könne das Hündchen aus dem Nichts auftauchen. Er hatte also keine Ahnung.

»Pablo!«, rief ich. Und in mir keimte ein furchtbarer Verdacht. Ich dachte rückwärts. Hatte er sich vor zwei Tagen nicht sonderbar benommen?

Es dauerte den ganzen Abend lang und bedurfte mehrerer Anläufe, bis wir ihm die Wahrheit aus der Nase gezogen hatten. Clara und er hatten sich um das Hündchen gestritten. Dabei war etwas zu Bruch gegangen, wie Pablo sagte. Mit geröteten Augen stand er vor uns. Ein Häufchen Elend. Zitternd. Er weinte nicht, eher drohte er sich aufzulösen. Schaukelnd bewegte er den Oberkörper vor und zurück.

Der Mund war zu einem Strich verengt. Die Augen hatte er auf den Boden gerichtet.

»Er wollte immerzu schlafen. Da haben wir ihn geweckt. Und Clara hat ihn neu gewickelt. Das wollte ich aber nicht. Er ist alt genug. Er braucht keine Windel mehr. Clara hat ihn mir aus der Hand gerissen. Da ist er hingefallen. Er ging kaputt.«

»Und was ist dann passiert?« Ruud stand neben mir. Wir bildeten eine Vater-Mutter-Front.

»Dann habe ich ihn beerdigt.«

»Und Clara?«

»Die habe ich nicht beerdigt.« Pablos Stimme piepste. Erschrocken schaute er auf, schnappte wie ein Ertrinkender nach Luft. »Was denkt ihr denn? Ich habe ihr nichts getan. Sie ist dumm, ich spiele nicht mehr mit ihr, das ist alles.«

Hilflos starrte ich Ruud an. Die merkwürdigsten Dinge spukten mir durch den Kopf. Leidet Pablo darunter, dass Ruud und ich ein Paar sind? Oder hat er irgendwie herausgefunden, dass seine Mutter immer noch zögert, ihn zu holen? Ich nahm mir vor, offen mit ihm darüber zu reden, sobald er mich fragte. Alles war besser als Heimlichtuerei.

Doch durfte ich mich in Marisols Leben einmischen, Erklärungen vorwegnehmen, die nur sie geben konnte? Ich wusste ja nicht einmal, wie man sich in dieser Situation verhielt. Es war leider wahr: Ich war keine ausgebildete Mutter.

Ruud hingegen zögerte nur einen Augenblick. Dann zog er den Jungen zu sich heran, umarmte ihn mit seinen starken Rudererarmen. Hielt ihn ganz fest. Bis das Kind nicht mehr zitterte. Und auch ich ruhig wurde.

27

Vor mir lagen zehn nagelneue Hefte. Liniert. Made in China. Ich nummerierte sie. Und fühlte mich zum ersten Mal wieder wie eine Schülerin. Ich bin gerne zur Schule gegangen. Jemand stand vorn und sagte einem, was man tun und was man gefälligst unterlassen sollte. Klare Ansage. Klare Regeln. Ich wusste, das Studium würde mir nicht weglaufen, dennoch wünschte ich mich ab und zu an eine Uni. An der Studenten und Professoren auf mich warteten. Bis es so weit war, wollte ich alles aufschreiben.

Es war Siestazeit, und ich hatte mich in den Schatten zurückgezogen. In meine Lieblingshängematte. Schon öfters hatte ich den Spruch gehört: Im nächsten Leben möchte ich als Katze wiedergeboren werden. Das war natürlich völliger Quatsch. Die wahre Glückseligkeit konnte nur darin bestehen, als Hängematte weiterzuleben, denn sie dient nur einem einzigen Zweck: der völligen Entspannung. Und wenn man das nicht mehr aushält, kann man sogar darin schreiben.

Meine Gedanken kehrten an den Anfang zurück. Wie alles begann. Mit einem Kind, das verschwand. Und von dem man nicht wusste, ob es gestohlen und verkauft worden oder im Krankenhaus verstorben war. Das Schicksal dieses Kindes hatte sich nicht geklärt. Und es war zu früh, um sich große Hoffnungen zu machen.

Doch ich dachte an Ruud und dachte an Pablo und spürte, wie meine Gefühle für diese beiden Männer mich stützten. Und wärmten. Ich hatte das Vertrauen verloren, aber auch wiedergefunden. Pablos Kinderlachen drang zu mir herüber. Ich konnte ihn nicht sehen, wusste nicht, wen er jagte oder mit wem er spielte. An dem Lachen hielt ich mich fest wie an einem Handlauf und entschloss mich, meine Aufzeichnungen mit ihm zu beginnen.

Frage: Was macht dich glücklich, Pablo?
Antwort: Dass ich lebe.

Mein allergrößter Dank gilt meinem liebsten Reisebegleiter, Jürgen, meiner liebsten Spanischlehrerin, Silvia Seibold, meiner Erstleserin und liebsten Mutter, Liane Tittes, und natürlich all denjenigen, die mich inspirieren und begleiten.